LA CONQUISTA DEL CIBERESPACIO

Pamela:

Recuerdo siempre lo mucho que te quiero y lo importante que eres en mi vida, una persona tan especial como tú merece conquistar el mundo.-

Te quiero mucho.-

tu mamá

24.12.2007.

DOMINIQUE NORA

LA CONQUISTA DEL CIBERESPACIO

EDITORIAL ANDRES BELLO
Barcelona • Buenos Aires • México D.F. • Santiago de Chile

Título de la edición original: *Les conquérants du cybermonde*
Edición original: Calmann-Lévy, 1995
Traducción: Carlos Gardini

Diseño de portada: Enrique Iborra

Reservados todos los derechos. Queda
rigurosamente prohibida, sin la autorización
escrita de los titulares del *Copyright*, bajo
las sanciones establecidas en las leyes,
la reproducción parcial o total de esta obra
por cualquier medio o procedimiento, incluidos
la reprografía y el tratamiento informático,
así como la distribución de ejemplares
mediante alquiler o préstamo público.

© Calmann-Lévy, 1995
© Editorial Andrés Bello, febrero 1997
  Av. Ricardo Lyon, 946, Santiago de Chile.

Editorial Andrés Bello Española
Rosellón, 184, 4.º 1.ª - 08008 Barcelona
http://www.ANDRES-BELLO.COM

ISBN: 84-89691-06-1
Depósito legal: B-3.279-1997

Impreso por Romanyà Valls, S.A. – Pl. Verdaguer, 1 – 08786 Capellades

Printed in Spain

*A Guillaume y Lola,
que soportaron con tanto buen humor
nuestra mudanza al ciberespacio.*

INDICE

Nota a la edición castellana 13

LA ERA DIGITAL   15

Simple como el zumo de naranja 17
Bienvenidos al ciberespacio 20
La pregunta de diez mil millones de dólares 22

1. LOS AVENTUREROS DEL CONOCIMIENTO   27

Un "Serge July americano" 29
¿Librería o supermercado? 33
El embate de las fieras 35
Las estrellas también mueren 39
Educación y diversión 42
Un gurú llamado Schank 45
La querella de los antiguos y modernos 48
Prensa en línea 52
¿Los lectores al poder? 55
Publicidad o muerte 58
Un periódico que no sirve para envolver pescado 61

2. EL PLANETA DE LOS CIBERNAUTAS   63

Cada cual con su tribu 66
Bravucones contra gatófilos 69
Un vestigio de la guerra fría 73
Ni dueños ni censores 77
Ciberflores 78
Renegados y terroristas 81

La caza de los virus 84
Custodio de las buenas costumbres 87
Entre dos galaxias 91

3. LA PANTALLA DE ALI BABA — 95

Navegación de largo aliento 98
Dinero intangible 103
Shopping virtual 108
Por el ojo de la cerradura 111
¿Un desierto urbano? 114
Pioneros de la ciberpublicidad 118
Pagar para no ver 122
Pánico en Madison Avenue 125

4. LA TELEVISION PERSONALIZADA — 129

El sueño del teleordenador 131
La gran mezcla interactiva 134
DAVID contra Goliat 137
La ventosa y el pulpo 140
La Baby Bell de las ovejas 142
Los cowboys de Engelwood 146
El carrusel de Orlando 149
La cuadratura del soft 152
Los encantos del viejo teléfono 154
Una guía televisual 157

5. JUEGO DE MANOS, JUEGO DE VILLANOS — 161

Una secretaria fantasma 164
Más rápido, más alto, más fuerte 166
La liberación de los siervos 169
El "predicador" islandés 174
La guerra de los formatos 178
¿Muerto al llegar? 181
Contra el imperio del cartucho 183
Sonic en Alcatraz 186
¿El Walt Disney del siglo veintiuno? 188
Las bodas de Nintendo 191
Papá Noel baja de las nubes 193
Donkey Kong: doping con micropastillas 196

6. HOLLYWOOD, NUEVA FRONTERA — 199

¿Hollywired o Sillywood? 201
Las telecomunicaciones urden su trama 205
Las películas no se prestan al juego 208
La moda cinelúdica 212
Casparín, fantasma sintético 215
Hacer actuar a los muertos 217
Clones de actores 220
El oro de los efectos especiales 224
El estudio virtual 227

7. VIRTUALMENTE TUYO — 231

El escuadrón de las viudas negras 233
Dos veces más rentable que una sala cinematográfica 236
Pterodáctilos y Loch Ness 238
El "huevo" de Jaron 242
¿LSD electrónico? 246
La medicina de la esperanza 248
Una tecnología del perdón 251

8. LA OFICINA NOMADE — 257

Criados serviciales 259
Una perla en la manzana 261
Un conejo en una galera 264
El D'Artagnan de las telecomunicaciones 266
El frenesí del celular 270
Se subastan frecuencias de radio 272
El derrumbe de la pirámide 274
El auge del SOHO 277
En un molino de Perche 280
Un mercado mundial de la materia gris 283

9. LA EUROPA MULTIMEDIA — 287

Un paso en falso 289
Un mal comienzo 292
Minitel o el complejo de Astérix 296
Rumbo al CD-ROM 300
Si no vienes a Lagardère... 303
Doscientas cadenas caen del cielo 308

La guerra del decodificador 310
Canal+: ¿más contratiempos? 313
Crónica de un retiro anunciado 315

LA SOCIEDAD ARBORESCENTE   319

¿Redes abiertas o redes propietarias? 321
¿Inforricos o ciberparias? 322
¿Educación o cretinización? 324
¿Democracia o mediocridad? 325
¿Economía inmaterial o fábrica de desocupados? 327
¿Libertad o seguridad? 328
¿Humanidad robotizada o robots humanizados? 330
La desaparición de las fronteras 331

Anexo. Multimedia: ¿quién hace qué? 333

Notas 387
Glosario 391
Bibliografía 403
Sitios de interés en Internet 407
Indice onomástico 411
Agradecimientos 417

NOTA A LA EDICION CASTELLANA

Todos los términos relacionados con informática y telecomunicaciones se explican en el glosario que figura al final del libro. El autor redactó el original francés de este glosario con la ayuda del *Dictionnaire du multimédia* de Jacques Notaise, Jean Barda y Olivier Dusanter (AFNOR), y con *Planète Multimédia* de Daniel Ichbiah (Dunod). En la versión castellana hemos añadido algunos términos y definiciones.

En nuestra lengua, el uso de términos relacionados con informática y telecomunicaciones dista de estar unificado y es dudoso que alguna vez llegue a estarlo. En España se emplea "ordenador" y en otros países "computadora" o "computador". En España es común hablar del Web (en masculino), pero para otros hispanohablantes es la Web (en femenino). La dudosa palabra "multimedia" se ha impuesto tanto entre usuarios y divulgadores que recurrir a "multimedios" parece pretencioso o confuso, aunque también es innecesario incurrir en el exceso y la imprecisión de transformar ese plural en un singular femenino, "la multimedia".

Lo cierto es que ninguna solución es definitivamente satisfactoria en un ámbito donde la terminología se multiplica y se modifica a la par de los cambios tecnológicos. En esta edición, pues, añadimos una lista de sitios de Internet donde el lector interesado podrá hacer consultas sobre estos problemas. Dicha lista también incluye sitios que funcionan como útiles complementos para la bibliografía y como herramientas para obtener más información sobre los temas tratados en este libro.

La era digital

Este libro está destinado a aquellas personas para quienes las palabras "multimedia", "CD-ROM", "CD-I", "televisión digital" o servicio "en línea" * no significan nada; aquellas personas que poseen un ordenador pero sólo saben usarlo como máquina de escribir, aquellas personas que se sienten intrigadas por esas "autopistas de la información" de que tanto hablan los medios, aquellas personas, en fin, que se preguntan si es necesario familiarizarse con las nuevas tecnologías de la información.

Esta investigación se propone aclarar las dudas de aquellas personas que trabajan en telecomunicaciones, informática y electrónica de consumo pero no comprenden las implicaciones de la convergencia de estos sectores, aquellas personas que trabajan en marketing, comunicación, medios, publicidad, arte o edición, y también a aquellas personas que conocen la realidad de su país pero desean apreciar mejor la estrategia de los protagonistas americanos. Esta obra está dedicada a los empleados o ciudadanos que desean evaluar la influencia de estas tecnologías en su trabajo y la organización de su vida, y también a quienes simplemente sienten curiosidad por el futuro y temen perder todo lenguaje común con sus hijos.

Que nadie se llame a engaño pensando que está al margen de estos interrogantes. Son urgentes para todos, de un modo u otro: en un mundo donde el Canal+ europeo se lanza a la televisión digital y Sony a la industria de los juegos de vídeo,

---

* Cada término técnico se explica en el glosario situado al final del libro.

en un mundo donde nuestros hijos flirtean por medio de ordenadores y los políticos hacen campaña "en línea", nadie puede ignorar la magnitud de estos cambios. Más allá del fenómeno de la moda, que lleva el fenómeno de los multimedia y las autopistas de la información a las portadas de las revistas y al corazón de las conversaciones, es indispensable hacer hincapié en estas mutaciones que quizá signen nuestra sociedad de manera tan radical como en su momento lo hicieron la imprenta, la electricidad o el teléfono. Esta revolución de la información será al siglo veintiuno aquello que la revolución industrial fue al siglo diecinueve.

No nos equivoquemos: contrariamente a las profecías de algunos, no caeremos de la noche a la mañana en aquello que ya se conviene en denominar la sociedad de la información. En este sentido, se trata menos de una revolución que de una evolución progresiva y, sobre todo, desigual en sus diversos componentes. Ciertas técnicas o ciertos mercados emergentes están condenados a un fracaso seguro. Algunas aplicaciones que hoy todos ignoran serán indispensables el día de mañana. Los cambios potenciales que aportará esta nueva era son tan profundos y plantean preguntas tan fundamentales sobre la organización de nuestra sociedad que es importante realizar un análisis documentado, evitando por igual los males de la apología ingenua y de la hostilidad temerosa.

Este libro no es un ensayo. Ante todo desea ser la crónica de una notable aventura colectiva, un reconocimiento del terreno en los entresijos de un universo que se derrumba. Es una galería de retratos de estos hombres que el lector desconoce y sin embargo están por cambiar el modo en que nos educamos, nos divertimos y trabajamos. Es la historia colectiva de un puñado de empresarios resueltos que apostaron al cambio para construir las Philips, las IBM y las Hachette del mañana. Es un viaje al corazón de estas empresas innovadoras que aceleran la inexorable mutación de nuestras economías hacia los servicios inmateriales y sientan las bases de una competencia económica cada vez más planetaria.

La exploración de los talleres donde se forja esta nueva "era digital" se centra en los Estados Unidos. Ante todo, el vicepresidente americano Al Gore fue el primero en formular el concepto de "autopistas de la información", las redes multimedia que prestarán servicios a empresas y hogares, pero además el dinamismo económico de los actores americanos, su supremacía tecnológica en ciertos ámbitos y la vastedad de su mercado les convierten en pioneros de esta nueva era. Así como en los años 60 se lanzaron a la conquista del espacio y en los años 80 pusieron su creatividad al servicio de la ingeniería financiera, los americanos del Norte se lanzan hoy a la conquista de una nueva frontera: las tecnologías de la información.

Simple como el zumo de naranja

El desarrollo de la era de la información reposa sobre una pequeña cantidad de tecnologías esenciales. La increíble aceleración actual se asocia menos con la innovación que con los progresos convergentes en tres campos de investigación que se vienen explotando desde hace varios años: la tecnología digital, los microprocesadores y la fibra óptica. Todos saben qué significa "digital". Es la invención que transformó nuestros discos negros de ayer en elegantes obleas plateadas de 12 centímetros de diámetro, los discos ópticos compactos, o CD de audio. El vinilo de los discos negros reproducía la música de manera analógica, por codificación eléctrica de la vibración sonora, luego por grabación física en los microsurcos. El CD de audio almacena estos sonidos en el lenguaje cifrado propio de los ordenadores. Contiene largas series de unidades elementales, o "bits", donde cada cual es igual a 0 ó 1. De allí el término "digital".

Este código ya se aplica al texto y a la imagen sintética (tratamiento de texto, juegos de vídeo), a la voz (teléfono digital) y a la música (CD de audio). La novedad es que hoy es posible tratar de igual modo las imágenes fijas y animadas. Ello significa que el mismo soporte –llamado "multimedia"– puede contener una mezcla de texto, música, relatos sonoros, fotos y secuencias filmadas. Los principales estándares digitales de consumo –físicamente comparables al CD de audio– son el CD-ROM (*Compact Disc-Read Only Memory*) del mundo informático y el CD-I (*Compact Disc Interactive*), explotado principalmente por Philips. El primero se lee en una pantalla de ordenador, el segundo en una consola conectada con el televisor.

Por primera vez el usuario puede, con la sola presión de un botón, navegar a gusto por obras educativas, culturales o simplemente lúdicas que son un cóctel más o menos armonioso de elementos procedentes de libros, discos y películas. Pero, a diferencia de los medios tradicionales, que se consumen en forma lineal y más bien pasiva, los programas digitales están dotados de cierto grado de interactividad: las intervenciones del usuario influyen sobre la ejecución del programa.

La digitalización de los medios estaba hasta hoy poco expandida, porque suponía una apabullante capacidad de cálculo informático. La propagación del soporte digital hoy se encuentra favorecida por el arrollador progreso que se ha realizado en los motores de los ordenadores, esas "pastillas" inteligentes denominadas chips o microprocesadores. La ley de Moore quiere que la industria microelectrónica llegue –a precio constante– a duplicar la potencia de estos microprocesadores cada dieciocho meses. Anteayer se habría requerido un súper ordenador para manipular cinco minutos de vídeo; ayer era posible con una *workstation* o "estación de trabajo"; hoy es un juego de niños en un sencillo ordenador hogareño.

El manejo de datos multimedia ha crecido aún más gracias a la "compresión" y la "descompresión" digitales. Una vez transformados en series de 0 y 1, los numerosos datos que se requieren para la reproducción de un sonido o una imagen se pueden compactar, por medio de sofisticados algoritmos que tienen la doble ventaja de eliminar los datos inútiles (sonidos inaudibles para el oído humano, repetición de información de una imagen a otra) y de reducir los otros al mínimo.

Como la deshidratación de un zumo de naranja exprimida, la compresión de datos cambia considerablemente la economía de la materia prima. En una botella de determinada capacidad, podemos transportar mucho más zumo concentrado que zumo fresco. Asimismo, en un espacio dado de memoria informática, podemos almacenar de seis a ocho veces más información, una vez comprimida; en el mismo canal satelital, por ejemplo, podemos difundir de siete a ocho veces más cadenas de televisión. Más aún, mientras la señal analógica es susceptible de degradación o de parasitismos durante la manipulación, la descompresión digital reconstituye el producto original en toda su pureza: el sonido es hi-fi y estéreo, la imagen cristalina.

Esta propiedad reviste suma importancia si en vez de almacenar los datos en un soporte "fuera de línea", como el CD-ROM, la difundimos por vía aérea (satélite) o por red (cable o teléfono). Si transmitimos música, obtenemos una emisión radial de calidad hi-fi. Si transmitimos imágenes, aparecen la videofonía y la televisión digital interactiva. Si hacemos pasar por el cable una mezcla de todo ello, creamos un medio nuevo, la comunicación "en línea", cuyo antepasado está en nuestros viejos servicios telefónicos y cuya versión contemporánea es la increíble nebulosa de redes denominada Internet. La última etapa es la construcción de universos sintéticos en "realidad virtual", donde el visitante puede desplazarse físicamente por espacios imaginarios tridimensionales, así como manipular objetos.

Las redes informáticas, que todavía están en pañales, están lejos de la madurez tecnológica que suponen estas aplicaciones futuristas. La función indispensable para su pleno desarrollo –la posibilidad de transmitir, en ambos sentidos, datos ricos en imágenes animadas– exige canales de gran capacidad. De allí la analogía americana con las "autopistas de la información". En contraste con los caminos vecinales y las carreteras provinciales que forman las redes de hoy, estas "infopistas" serán necesarias para el pleno desarrollo de la sociedad de la información.

Allí es donde interviene la fibra óptica, porque sólo estos diminutos "capilares de vidrio" darán a los cables la capacidad de transporte requerida. Sólo las técnicas de conmutación más recientes, tipo ATM, permitirán enviar instantáneamente un gran flujo de datos desde el emisor hasta el receptor. Pero es precisamente el costo de estas sofisticadas redes –capaces de transmitir, punto a punto y en tiempo real, imágenes, sonidos y textos– lo que hace dudar a ciertos expertos del realismo económico de este proyecto futurista.

Bienvenidos al ciberespacio

De un modo u otro, estas vías y herramientas de comunicación emergentes definen un nuevo espacio relacional donde los individuos, en vez de reunirse físicamente, conversan e intercambian datos por medio de terminales y redes entrelazadas. Este espacio de comunicación virtual, que se encuentra más allá de nuestras pantallas y nuestras tomas telefónicas, constituye aquello que el autor americano de ciencia ficción William Gibson llamaba *cyberspace* en su novela *Newromancer*, publicada en 1984.[1]

El "ciberespacio" se puebla de nuevos visitantes, o "cibernautas", al ritmo pasmoso en que los hogares se equipan con ordenadores (35 por ciento en Estados Unidos, 18 por ciento en Europa). Pero este universo etéreo parece por el momento un "planeta desconocido" donde los científicos e investigadores de la primera hora se codean actualmente con nuevos colonos: turistas maravillados, aventureros sexuales, empresarios de toda laya, piratas informáticos e incluso "bandidos de las grandes ondas". En vez de estar unidos por su proximidad geográfica, como en la "vida real", los habitantes de estas aldeas o "comunidades electrónicas" se juntan según sus relaciones profesionales o sus afinidades.

En esta cibersociedad, espejo deformante de la vida real, todo está por hacerse, por inventarse, por organizarse. Esta tarea es urgente, pues el ciberespacio, lejos de ser un campo de juego para marginados y tecnoperversos, constituye un entorno que tiene el potencial para transformar nuestra vida futura. Las condiciones en que los ciudadanos tendrán acceso a él y los servicios públicos y privados que ofrecerá, los modos en que se administrarán las redes y se organizará el comercio y la libertad de expresión, en que se protegerán o no la vida privada y la propiedad intelectual, ejercerán una influencia decisiva en nuestra civilización.

Hoy enfrentamos aquello que el creador del Media Lab del MIT, Nicholas Negroponte, denomina "el tránsito inexorable e irreversible de los átomos a los bits".[2] Los bits, unidades del lenguaje digital, ya son tan importantes como los átomos, componentes biológicos elementales de los objetos tangibles. No sólo las tecnologías digitales transforman aspectos enteros de la actividad industrial tradicional (diseño, manufacturación, mercadotecnia), sino que además las fuerzas vivas de nuestras economías dependen menos de nuestra capacidad para fabricar automóviles, botellas de agua mineral o camisas de lino que de nuestro ingenio para generar servicios, información, software.

"La informática ya no es cuestión de ordenadores −escribe Nicholas Negroponte−, sino un modo de vida." Dicho de otra manera, no es un segmento del mercado, una actividad comercial o de interés general, sino una función social, o incluso una relación humana capaz de escapar de la influencia de los bits. Esto transformará las empresas, la salud, la educación, las comunicaciones, el comercio y el ocio, e incluso los sentimientos, el dinero y la política.

Algunas de estas visiones son exageradas, pero otras ya están a la zaga de la realidad. La tecnología, a fin de cuentas, ya ha producido "milagros" similares. ¿Acaso sabíamos, en la época de las primeras bibliotecas públicas, que un día decenas de millones de personas, repartidas por todo el planeta, podrían consultar la misma obra al mismo tiempo y casi gratuitamente? ¿Era concebible, antes del nacimiento de la aeronáutica, que se pudiera atravesar el Atlántico en pocas horas? ¿Sospechábamos, antes del fax, que miles de páginas manuscritas viajarían en segundos de Manila a París, de Francfort a Los Angeles?

¿Acaso nos desconcierta el universo de Donky Kong y de Sonic, en el cual se mueven nuestros hijos? ¿No nos apabulla la naturalidad con que manejan nuestro reproductor de vídeo y nuestro ordenador? ¿Acaso no vemos que se efectúan transacciones financieras por teleconferencia, que las empresas se organizan por medio del teletrabajo? En las universidades americanas el ordenador personal ya es un instrumento tan indispensable como los manuales académicos. Los americanos ya gastan más dinero en la compra de ordenadores que de televisores. Los cibernautas ya suman millones. La primitiva infopista que es Internet ya cuenta con 30 millones de usuarios en un centenar de países.

La pregunta de diez mil millones de dólares

¿Efervescencia de los medios o fenómeno duradero? ¿Efecto de la moda u ola de fondo? Los americanos parecen entusiastas, los europeos más escépticos. El meollo de la cuestión, la pregunta de diez mil millones de dólares, está en los programas. ¿Los servicios pagarán las "tuberías"? Dicho de otro modo, ¿podemos inventar programas interactivos y aplicaciones multimedia que sean tan innovadores, útiles o amenos como para justificar la construcción de una red tan costosa? ¿Qué deben ofrecer los operadores para que el mercado les permita amortizar sus cuantiosas inversiones?

¿Música, cine, juegos e información personalizada? Por cierto. Por esto los Malone, los Diller, los Redstone, los Eisner y los Murdoch se arrojan sobre este cúmulo de programas: todos, desde los legendarios estudios hollywoodenses y las grandes cadenas de televisión hasta los editores de juegos de vídeo interactivos. Pero esta carrera hacia los bienes culturales está teñida de una gran incertidumbre: nadie sabe si el contenido de mañana se parecerá al de ayer. Ninguna persona ha encontrado la receta de la obra maestra interactiva. Algunos dudan que exista. Para complicar la ecuación, los consumidores no parecen muy dispuestos a pagar estos nuevos productos mucho más caros que los discos y películas que se compran o alquilan en la actualidad.

Este tipo de oferta no bastará por sí mismo para generar un mercado. La clave económica de las nuevas redes reside sin duda en una gama de servicios más rica: desde la agencia de viajes hasta la compra electrónica, desde la educación a distancia hasta la telemedicina, pasando por la teleparroquia. Las aplicaciones que permitirán el auténtico surgimiento de una sociedad de la información tal vez ni siquiera se hayan imaginado aún. ¿Acaso el espíritu humano no ha demostrado a lo largo del tiempo que descollaba en la creación de usos inéditos para las nuevas tecnologías? ¿Quién habría podido prever, cuando se descubrió la electricidad, los múltiples usos que le daríamos?

En la vieja tradición de la fiebre del oro, la era digital suscita, al menos en los Estados Unidos, una efervescencia empresarial sin precedentes. Las fuerzas vivas del país se han lanzado a la búsqueda del "estándar del mañana" o "la aplicación ganadora". Las empresas de software, de edición multimedia y de programas interactivos hacen eclosión, algunas para inventar aplicaciones para las nuevas redes, otras para crear los cibercomercios o la moneda electrónica del porvenir, otras para concebir juegos de vídeo, programas educativos, emisiones televisivas interactivas o parques de diversiones virtuales. Muchas de estas jóvenes empresas tecnológicas perecerán, otras vegetarán o serán readquiridas. Pero algunas se convertirán en las Microsoft o las Disney del mañana.

Por cierto no basta con que las nuevas aplicaciones multimedia sean tecnológicamente posibles –e incluso económicamente viables– para que lleguen al usuario. La historia universal está jalonada de "cadáveres" de inventos no utilizados. La ciencia siempre es más rápida que la capacidad de los hombres para aplicar sus hallazgos: cuando no son financieros, los principales obstáculos para la adopción de nuevas técnicas son culturales, psicológicos, jurídicos. ¿Es preciso recordar que las tecnologías digitales no son buenas o malas en sí mismas, que valdrán por lo que hagamos de ellas?

Un bit de la novela *Madame Bovary* no es diferente de un bit de la película *Jurassic Park* o de un bit del programa Microsoft Word. La era digital plantea un contacto perturbador entre industrias que hasta ayer no formaban parte del mismo mundo, una convergencia entre actores de las telecomunicaciones, la informática y la electrónica de consumo, cuyas máquinas y programas hablan el mismo idioma. Se crea una complicidad objetiva –más allá de intereses económicos a menudo conflictivos– entre los fabricantes de máquinas, los operadores de redes y los inventores de los programas que los harán despegar.

La economía mundial jamás vivió semejante redistribución de los naipes, semejante reestructuración de las relaciones de fuerza. En esta nueva era digital, las viejas barreras reglamentarias se derrumban: un bit de conversación telefónica es igual a un bit de vídeo, y ya no se justifica impedir que los especialistas en transmisión de imágenes –como los operadores de TV cable– trabajen en telefonía. En esta nueva era, las pequeñas y medianas empresas se enfrentan con los gigantes. Los consternados editores clásicos sufren el ataque de editores multimedia que jamás publicaron un libro. Los grupos de noticias ven emerger servicios de información en línea que no saben lo que es un periódico. Los amos del cine, de los medios audiovisuales y de los parques de atracciones son desestabilizados por los "ases de lo digital", que no se conforman con alterar la producción y distribución de filmes sino que pretenden inventar los ocios del mañana.

Los grandes capitanes de la industria se hacen las mismas preguntas que los empresarios jóvenes. ¿Cuáles serán las plazas fuertes de este nuevo entorno multimediático? ¿Dónde se instalarán las plusvalías? ¿Convendrá más poseer las redes, construir las máquinas, crear el software, licenciar o vender los servicios para cobrar un abono, concebir los programas? ¿En cuántas actividades y cuántos continentes hay que estar presente para ser dueño del porvenir? ¿Conviene hacer nuestras primeras armas en el ámbito profesional o saltar de inmediato a las aplicaciones masivas?

Los gigantes de las comunicaciones como Viacom se concentran en programas de entretenimiento; otros, como Time Warner, operan en las redes, los servicios y los contenidos. Microsoft, el rey del software, se lanza a los programas culturales, los servicios en línea y los sistemas de televisión interactiva; Motorola, especialista en procesadores y teléfonos portátiles, quiere entrar en la microinformática; Nintendo y Sega, príncipes del juego de vídeo, desean extender sus actividades sin permitir que los Philips, los Sony y los Matsushita les hagan competencia en su propio terreno.

Ninguna empresa del mundo dispone de las aptitudes y el dinero necesarios para dominar toda la gama de lo digital, y todos estos actores son presa de una fiebre de alianzas. Hablan, juzgan, negocian entre aliados naturales, entre competidores, entre enemigos de siempre, de igual a igual o de pulga a elefante. ¿Pero cómo maniobrar frente a un futuro tan volátil, cómo escoger las amistades? Algunas negociaciones llegan a buen puerto (Disney/ABC, Viacom/Paramount), otras se frustran (Bell Atlantic/TCI). Hay alianzas en materia de estándares, asociaciones técnicas, aproximaciones puntuales, acuerdos comerciales, complementos internacionales, participaciones cautelosas. Hay acercamientos fructíferos y jugadas engañosas, decisiones discretas y declaraciones altisonantes. Un cuadro que mostrara estos lazos en formación semejaría una inextricable telaraña en perpetua evolución (véanse los anexos).

La amplitud y vastedad de estas consultas, el clima de efervescencia en que se efectúan, testimonia la importancia de las apuestas. Porque las tecnologías de la información, aunque no cobren la forma de autopistas masivas, aunque tarden más de lo previsto en afectar los mercados de consumo, constituyen sin duda el "petróleo" del mañana. En conjunto, los medios y los entretenimientos, entre telecomunicaciones, informática y electrónica de consumo, pesarán más de dos mil millones de dólares en el horizonte del año 2000, es decir, dos veces más que en 1990. En los países llamados industrializados, las actividades manufactureras sólo emplean un trabajador de cada diez. Con la reducción de los gastos militares, las tecnologías de la información se han convertido en los centros de excelencia que determinarán la competitividad de mañana. El nivel salarial no será el principal factor de valoración del empleo; los nuevos criterios de elección serán la calidad del transporte y las comunicaciones. Muchos países emergentes, como Singapur y las Filipinas, parecen haber comprendido que este nuevo dato representa para ellos una nueva oportunidad.

Los Estados Unidos han aprovechado la ocasión para arrebatar al Japón la supremacía tecnológica,[3] pues lo digital consiste ante todo en software, cuya capital mundial se encuentra en Silicon Valley. Los multimedia son sueños, y Hollywood es la fábrica de sueños del planeta. Los americanos aman los riesgos y saben financiarlos. Disponen del dinamismo creado por la desregulación de las industrias, donde hay gran cantidad de actores agresivos (cable, teléfono), y de un mercado vasto e hirviente de innovaciones.

Teniendo en cuenta las posibles repercusiones de las decisiones y estrategias de los actores americanos en el resto del mundo, es urgente que los europeos y otros comprendan las posibilidades que presentan las nuevas tecnologías y reflexionen sobre la manera en que continuarán, en este nuevo mundo, promoviendo los valores y la cultura que definen nuestra identidad.

1

Los aventureros del conocimiento

"Hablar de CD-ROM con alguien que nunca los usó es como explicarle la sexualidad a un niño de seis años. Jamás podrá comprender el placer que se siente." La frase pinta al personaje: con sus camisas estampadas, sus propuestas anticonvencionales y su sensibilidad marxista-leninista-maoísta, Robert Stein se regodea en el malicioso placer de escandalizar al mundo civilizado de la edición americana. En los Estados Unidos, este original personaje se ha convertido, un poco a su pesar, en el apóstol del CD-ROM. Este disco láser plateado, del tamaño de un CD de audio, pero que se "lee" en una pantalla de ordenador, contiene unos 600 megabytes de datos multimedia, es decir, el equivalente de 330.000 páginas de documentos de texto, sonido, gráficos, fotos y secuencias fílmicas.

A ojos de la *intelligentsia* americana, "Bob" Stein es un provocador nato. Pero su mérito no reside tanto en sus modales rebeldes como en la particular empresa que fundó hace once años con su esposa Aleen. La Voyager Company, que edita exclusivamente filmes en discos láser y libros electrónicos en CD-ROM, ha escogido una vía doblemente iconoclasta: ante todo, ataca el santuario sagrado de la literatura y de los documentos; por otra parte, sólo edita sus títulos en formato Macintosh, a pesar de que esta plataforma es muy minoritaria en los Estados Unidos, con un 10 por ciento del mercado de los ordenadores personales.[4]

¿Estrategia suicida? "Jamás ganaremos mucho dinero. Pero no es nuestro objetivo", insiste Stein. En 1994, Voyager obtuvo unos 15 millones de dólares de facturación y apenas logró equilibrar sus cuentas. No importa. Para este agitador de ideas, lo esencial es "ofrecer a la sociedad productos enriquecedores. Escogemos nuestros proyectos según criterios intelectuales". Esta filosofía está bien expresada en el logo de la compañía: *Voyager: Bring your brain* (literalmente: "Trae tu cerebro"). ¿Pero el ordenador es realmente la herramienta mejor adaptada a las cuestiones del intelecto? Bob Stein tiene sus dudas: "Tal vez sólo somos a la edición electrónica lo que las cadenas públicas de televisión son a la televisión –bromea–: una coartada de la cual nos servimos para rescatar el medio".

El soporte CD-ROM conoció un notable crecimiento en 1994. La cantidad de CD-ROM vendidos en el mundo saltó de los 18 millones en 1993 a los 54 millones en 1994, año en que la facturación del sector supera los dos mil millones de dólares. Este éxito se debe a una creciente cantidad de hogares equipados con ordenadores personales: el 35 por ciento de los hogares en mayo de 1995. Además, todas las máquinas nuevas vienen provistas con un lector de CD-ROM integrado, acompañado por algunos títulos populares. Según la empresa Dataquest, las ventas mundiales de ordenadores multimedia pasaron de 8,8 millones en 1993 a 23,6 millones en 1994, con una proyección de 57 millones para 1996.

La compañía Voyager, a pesar de su pequeñez, se impuso rápidamente como símbolo de creatividad, audacia y calidad. Aparte de las 145 películas de la colección Criterion, su catálogo propone unos sesenta libros en disquete o "Expanded Books" (creados originalmente para Macintosh, pero ahora disponibles en formato PC). También encontramos grandes clásicos como *Of Mice and Men* de John Steinbeck o *David Copperfield* de Charles Dickens, la biografía del líder negro Malcolm X por Alex Haley y una encuesta de Randy Shilts sobre los homosexuales y lesbianas en el ejército de Estados Unidos.

Pero el gran talento de estos pioneros de la edición electrónica consiste en haber optimizado la capacidad multimedia del formato CD-ROM. Ante todo, llamaron la atención sobre autores como Robert Winter, profesor de musicología en la Universidad de California en Los Ángeles. Con la serie CD Companions, Winter supo concebir el equivalente moderno de la "lección de música". Sus títulos reemplazan el modo pasivo de escuchar las composiciones de Beethoven, Mozart y Dvorak por una modalidad activa que se apoya en las partituras, los comentarios accesibles y una perspectiva histórica de las obras. Tuvieron tanto éxito que luego Winter creó su propia casa de edición electrónica, Calliope Media. En un género más clásico, el magistral *Who Built America?* (un presupuesto de 300 millones de dólares, cofinanciado por una fundación) presenta la totalidad de los archivos, documentos, fotos y extractos de películas que permitieron a los historiadores escribir los dos volúmenes del libro.

Voyager, sin embargo, no desdeña lo excéntrico: *Freak Show*, realizado por el grupo de rock The Residents, de San Francisco, invita al usuario a compartir la existencia de una cohorte de fenómenos de circo. Es notable, en un registro mucho más grave, *The Complete Maus* de Art Spiegelman, una historieta para adultos que cuenta la experiencia de Vladek, padre del autor, en un campo de concentración. Los judíos están representados como ratones, los nazis como gatos y los polacos como cerdos. Este gran best-seller internacional de librerías se prestaba muy bien para el tratamiento multimedia. El CD-ROM enriquece la galería con bocetos de personajes, el relato original del padre en vídeo y con los planos de las barracas de Auschwitz, extraídos de archivos de la CIA. "La idea –explica la productora Elizabeth Scarborough– era mostrar los resquicios de la obra de Spiegelman. Ningún otro medio habría permitido este grado de riqueza e interactividad."

Un "Serge July americano"

Esta joven de ojos claros se cuenta entre los ocho productores de la compañía. "Nuestro oficio –explica– es mucho más creativo que el del editor de libros." Voyager ocupa el piso cuarenta de un inmueble del Soho, encima de la galería del "pontífice" del arte americano moderno, Leo Castelli. Elizabeth recibe a los visitantes en el diván de la recepción, donde se acumulan envoltorios y paquetes entregados por mensajeros. Encima de ella, un planisferio cubierto de alfileres ilustra el progreso mundial de los CD-ROM hogareños. Detrás de las dos telefonistas, que no cesan de atender el teléfono, se abre un vasto loft de piso amarillo donde se reúnen en jovial desorden varias decenas de jóvenes de ambos sexos. A las diez de la mañana predominan el café y la charla, en un ambiente que evoca el de *Libération* en los años 80.

No es casualidad. Robert Stein tiene el aire de un Serge July americano que se ha transformado en editor en vez de dirigir un periódico. Cuando era estudiante, participó activamente en el movimiento de los años 60 por las libertades civiles y militó contra la guerra de Vietnam. Después de estudiar psicología y pedagogía en las universidades de Columbia y en Harvard, respectivamente, sus compromisos políticos lo llevaron a Chicago, como editor de un semanario izquierdista. Esta experiencia, declaró un día, "me dio la facultad de desarrollar una visión de largo plazo, de juzgar las cosas pensando en decenios y no en trimestres".[5] En todo caso, esto parece ilustrar la aventura de Voyager, que se inicia en 1984, cuando Bob y Aleen lanzan una pequeña empresa de edición de filmes en disco láser desde su domicilio de Santa Mónica, en el oeste de Los Angeles.[6] Como audaces exploradores de una nueva frontera, los Stein aprovechan el soporte digital para enriquecer los grandes clásicos con secuencias inéditas y conversaciones con el realizador. Poco después se asocian con las películas Janus, de donde vienen los otros socios, Jonathan Turell y William Becker. A fines de los años 80, Voyager edita sus primeros CD-ROM.

Como los periodistas de la época heroica de *Libération*, los productores de Voyager compensan sus bajos salarios y la falta de reconocimiento social (¿quién recuerda el nombre de un productor de CD-ROM?) con un trabajo estimulante y una gran autonomía. Si Bob supervisa la mayoría de los títulos, el productor es realmente responsable de su proyecto. "Lo que resulta en verdad apasionante –explica Elizabeth– es sumergirse por completo en un tema, luego concebir tanto el contenido editorial como las herramientas de exploración que daremos al usuario." El trabajo de edición es mucho más estimulante (y dificultoso) porque aborda la triple dimensión del texto, las imágenes (fijas y animadas) y el sonido. El productor, en general con la ayuda de un asistente, un diseñador y programadores, se encuentra pues en el papel de un director de orquesta que debe integrar armoniosamente una multitud de fuentes diversas, según un guión complejo cuya arborescencia debe construir. El productor debe arbitrar de continuo entre las secuencias filmadas, agradables para los sentidos pero muy hambrientas de memoria, y los documentos de texto, menos problemáticos pero menos atractivos en la pantalla.

Otra dificultad radica en los derechos de autor y la propiedad intelectual. El soporte CD-ROM, que autoriza todas las manipulaciones de obras existentes (textos, dibujos, fotos, filmes) arroja al editor concienzudo en un inextricable laberinto jurídico. Primero, no existe un marco legal ni tarifas de referencia para la cesión de los derechos de explotación digital. Segundo, entre el editor, el productor y los artistas, no siempre es sencillo identificar a los derechohabientes. Sin precedentes, no hay precio de mercado: los poseedores de los derechos a veces elevan las tarifas al máximo, volviendo prohibitiva la utilización de sus datos. Por último, hay que determinar si las fotos o las películas que se manipulan para la edición de un CD-ROM generan un derecho de autor para el infografista que los ha transformado.

El proceso de producción de un libro electrónico se parece, en la vida real, al escenario típico de los juegos de vídeo: una sucesión ininterrumpida de trampas que se deben evitar. "Lo más duro –señala Elizabeth Scarborough– es prever el tiempo de desarrollo de un proyecto. Siempre hay sorpresas desagradables: un procedimiento técnico que se ha usado con éxito en ciertos casos puede fracasar por completo en otro contexto." El productor, que en general no es un técnico, tiene interés en asesorarse. "Es como cuando confiamos el coche a un mecánico –explica Elizabeth–. Para evitar que nos embauquen, nos conviene saber un poco de mecánica." Como dificultad adicional, los proyectos están en constante evolución.

En este mes de julio de 1994, la joven productora trabaja,

por ejemplo, en la adaptación del disco láser *For All Mankind*, un documental de Al Reiner que narra las misiones lunares Apolo a partir de películas de la NASA. Aunque el proyecto insistía inicialmente en el aspecto científico de esta odisea del espacio, el material de base se revela poco propicio para un tratamiento tan descarnado. En medio del proceso, pues, fue preciso concentrarse en el aspecto humano de la aventura: "los astronautas que osaron desafiar las estrellas".

De un modo u otro, no es posible tomarse libertades con los plazos. Elizabeth ya sabe que los astronautas le provocarán muchas noches en vela. "De todas maneras, la última fase de producción es a menudo una pesadilla", nos confía. En una verdadera carrera contra el tiempo, hay que reparar los errores detectados en las últimas pruebas de calidad. Por mucho cuidado que se ponga en la producción, siempre hay bugs, errores: "En un libro es fácil encontrar erratas. ¡Imagínese en un CD-ROM!" Si Voyager es famosa por la calidad de sus productos, muchas otras editoriales electrónicas pequeñas, en cambio, caen en la trampa que les tienden los plazos demasiado estrictos y una tecnología en evolución constante.

Como en toda industria naciente, los compradores precoces sufren los contratiempos. En muchos casos las dificultades provienen del hardware: el 40 por ciento de usuarios de CD-ROM que han conseguido un lector externo para conectarlo al ordenador se topan con inextricables problemas de reconfiguración del disco rígido de su PC (Apple prácticamente ha eliminado este tipo de inconveniente). O bien comprenden que su máquina no posee memoria suficiente para leer los títulos de última generación. Un producto como *Maus*, por ejemplo, requiere por lo menos 5 megabytes de memoria libre y, por cierto, una pantalla policroma. En otros casos, los trastornos se asocian con el software: ciertos CD-ROM tienen defectos técnicos, otros son decepcionantes en el contenido. Los más defectuosos adolecen de ambos problemas.

En un artículo cuyo título aludía a los CD-ROM como "defectuosos, lentos, fastidiosos, frustrantes", el *Wall Street Journal* del 6 de julio de 1994 reseñaba sin complacencia las innumerables quejas de los consumidores. Algunos juegos publicados en CD-ROM habrían llegado, inicialmente, a una tasa de devolución del 20 por ciento. Esto provocaba las iras del cliente. Una alarmante encuesta de Dataquest revela, en efecto, que en 1994 el 40 por ciento de los compradores de nuevos ordenadores personales no utilizaba en absoluto su lector de CD-ROM, y que, entre los que habían encontrado CD-ROM ofrecidos como obsequio con la compra de la nueva máquina, el 54 por ciento no pensaba comprar más títulos.

"En lo concerniente al contenido, ni siquiera hemos descubierto todas las posibilidades –reconocía Peter Yunich, presidente de Simon & Schuster Interactive–. La tecnología y las herramientas de desarrollo cambian constantemente. La mayoría de los CD-ROM son, por el momento, compilaciones más o menos burdas de información. Son raros los títulos que aprovechan realmente la tecnología, que ofrecen al usuario una experiencia singular que sólo sea posible por este medio." En los Estados Unidos, los expertos en multimedia usan un calificativo poco halagüeño para estos CD-ROM de factura mediocre: hablan de *shovelware*, un contenido arrojado a paladas.

¿Librería o supermercado?

Los que aun así intentan conseguir un CD-ROM específico tienen problemas para obtenerlo. Como toda categoría de producto radicalmente nueva, este medio se topa con un serio problema de distribución. "Los estantes de CD-ROM de los comercios de software están dominados por los juegos de vídeo, que representan el grueso de las ventas. Los productos de contenido más cultural no encuentran su lugar", confirma Bob Stein. De allí nace una iniciativa original. En marzo de 1994, Voyager y Apple inauguran una campaña para vender libros electrónicos en ciertas librerías importantes de las grandes ciudades americanas: Barnes & Noble, Tower Books y Shakespeare & Co de Nueva York, Brentano's de Los Angeles y Encino, The Tattered Cover de Denver, Super Crow Books de Toronto.

Las librerías se interesan más en los CD-ROM que sus interlocutores habituales –los editores clásicos– y toman el producto en serio. "Las librerías se están haciendo preguntas existenciales –explica Peter Yunich, presidente de Simon & Schuster Interactive–. Descuidaron el mercado de los disquetes informáticos, luego el del disco compacto, luego el de los casetes. ¿Actualmente van a ignorar el CD-ROM?" Tal vez no. "Cada año, nuestro stand de la American Bookseller's Association es asaltado por un creciente número de libreros", afirma George White, responsable de marketing minorista en Voyager.

En junio de 1994, el gigante del software, Microsoft, firma un acuerdo de distribución con el mayorista Ingram Book Co. Este nuevo canal de ventas no puede instalarse, sin embargo, de la noche a la mañana. ¿No será porque es preciso formar a los vendedores, que en su mayoría jamás han tocado un libro electrónico? Luego las librerías especializadas deben afrontar la competencia de las grandes cadenas de distribución generalizada –Wall Mart, K-Mart, Sears–, tradicionalmente más dinámicas.

Entretanto Voyager, cuyos productos de formato Macintosh tienen mala distribución en las grandes cadenas de software como Software Etc, lanza en otoño de 1994 un servicio de venta por catálogo. Pasar a la venta directa es también, para la pequeña empresa del Soho, un modo de mejorar sus márgenes de ganancia, pero es difícil que amase una fortuna. Resulta más barato producir un solo juego de vídeo (100.000 a 500.000 dólares en vez de un millón), y además es mucho más difícil hacer rentable un libro electrónico de gama alta. El editor que desarrolla sus propios CD-ROM toca aproximadamente la mitad de los 40 dólares que desembolsa el comprador, y en este mercado embrionario cuesta vender más de 10.000 ejemplares. La ecuación debería volverse más favorable a medida que se expanda el uso de ordenadores multimedia y que aumente la calidad media de los programas.

Entretanto, una compañía frágil pero prestigiosa como Voyager atrae inevitablemente los dardos de los gigantes que procuran afianzarse en este nuevo mercado. "Algunos grupos grandes nos han propuesto que nos asociemos con ellos para la producción", cuenta Stein. Como nunca ha sentido pasión por el "gran capital", el ex militante izquierdista se ha dado el lujo de escoger un socio siguiendo sus predilecciones. Después de pensar en asociarse con el francés Gallimard, al fin encontró un socio igualmente prestigioso, pero de hombros mucho más grandes: en marzo de 1994, Voyager cedió el 18 por ciento de su capital (por 6,75 millones de dólares) al grupo alemán Georg Von Holtzbrinck, el cual controla S. Fischer y la prestigiosa Rowholt en Alemania y MacMillan UK en Gran Bretaña, además de Henry Holt, Farrar Strauss & Giroux, St Martin's Press, W. H. Freeman y Scientific American en los Estados Unidos.

Esto es promisorio, pero Bob Stein no se hace ilusiones. "Para una casa como la nuestra, el gran desafío consiste en lograr mantener la independencia." Para ello Voyager debe completar su red de alianzas y ampliar su mercado. De allí nace una voluntad de internacionalización. En 1994, Aleen Stein, separada de su marido, se instala en París para lanzar Voyager International. Allí la empresa americana se asocia con el grupo Matra Hachette, que publica un título, *Circus!* Pero el negocio no prospera, en parte porque Aleen pronto renuncia a Voyager para crear su propia compañía, Organa, y además porque la concepción elitista de la edición electrónica tal como se practica en Voyager no congenia con Matra Hachette, que sigue su propia estrategia (véase el capítulo 9). Para muchos observadores, Robert Stein pertenece a esa raza de pioneros que desaparecen después de haber llegado a Eldorado.

El embate de las fieras

Los fundadores de Voyager saben que la batalla será cruenta. El crecimiento explosivo del mercado del CD-ROM deja a esta pequeña casa editorial en una jungla donde no sólo pretenden cazar centenares de empresas editoriales, sino también las "fieras" de la cultura y del entretenimiento: el disco multimedia interactivo no sólo atrae a los leones de la industria del libro, como Random House o Simon & Schuster, sino también a los leopardos del software como Microsoft, los tigres de la electrónica como Philips y Sony, las panteras de Hollywood como Warner Bros., Disney/ABC o Viacom/Paramount, además de las grandes *networks* televisivas como CBS y NBC, o los linces del juego de vídeo en vías de diversificación como Sega.

En 1993 y 1994 el mundo del software es una pista donde todos corren para crear cuanto antes su propia división de "medios interactivos" o "nuevos medios". El CD-ROM sale del arsenal confidencial de los soportes tecnológicos profesionales para convertirse en objeto de gran consumo. La diversidad de temas se vuelve comparable a la del mercado del libro. Desde *Woodstock 1969-1994* (Time Warner Interactive) hasta *The Bible* (por Charlton Heston, protagonista de *Los diez mandamientos* y *Ben Hur*), desde la National Gallery londinense (Microsoft) hasta un disco sobre "la CIA por dentro", por el ex jefe de inteligencia americano William Colby...; hay realmente para todos los gustos.

Al margen del juego de vídeo para consola u ordenador personal, que constituye una industria aparte (véase el capítulo 5), y de las áreas profesionales o prácticas (finanzas, derecho, medicina), el mercado masivo se subdivide en cuatro grandes categorías "nobles": los títulos de entretenimiento (deportes, aventuras, películas más o menos interactivas), las obras de referencia (diccionarios, enciclopedias, atlas, guías), los productos ludoeducativos y por último la literatura (muy marginal). Añádase una categoría que, a pesar de las críticas, no deja de ser floreciente, el CD-ROM pornográfico. En la feria de electrónica de consumo de Los Angeles, en mayo de 1995, el CD-ROM "para adultos" tenía su pequeño salón de exposición aparte. Más allá del sector estrictamente comercial, este soporte se ha convertido en una herramienta utilizada por las grandes empresas, así como por las organizaciones sin fines de lucro (Amnesty International, la Fundación Martin Luther King) para sus mensajes institucionales.

Felizmente para los Voyager de este mundo, los gigantes de los medios y de la comunicación todavía carecen del *know-how*, el dinamismo y la creatividad. Aun así, multiplican las ofertas de colaboración y coedición. Con el tiempo, aunque no siempre desarrollen sus propios títulos, se aseguran la producción y la distribución, quedándose con la mayor parte de los márgenes. En esta guerra desigual los grandes grupos movilizan recursos abrumadores; algunos, como Microsoft, aprovechan poderosas redes internacionales de venta.

En 1995 el líder mundial del software, que también desea convertirse en campeón de la edición electrónica, presenta una serie de títulos originales, entre ellos algunos best-sellers como la enciclopedia *Encarta* o *Musical Instruments of the World*. Creada en 1992 con más de 100 millones de dólares de inversión inicial, Microsoft Home emplea hoy a más de 600 personas. Los editores tradicionales y las grandes productoras cinematográficas poseen preciosos "fondos" –bibliotecas de libros, películas y archivos fotográficos– que otorgan su sustancia al CD-ROM. Ayer se conformaban con licenciar estos tesoros; hoy los explotan. Y esta "materia prima" libre de derechos debería permitirles editar títulos a un precio muy competitivo.

"Simon & Schuster se preparó para esta revolución antes que otros –explica Peter Yunich, presidente de Simon & Schuster Interactive–. En 1988 comprendimos que la presentación de los productos pasaría de la página física a la página lógica. Entonces iniciamos la conversión de todo nuestro fondo." En la actualidad, el 90 por ciento del "contenido" (textos, fotos, gráficos, etcétera) que posee Simon & Schuster está disponible en forma digital. Y la edición electrónica ya representa para el grupo, que tiene 140 filiales, el 20 por ciento de sus ingresos.

El primer editor de papel del planeta se propone ser también el número uno mundial de la edición electrónica. "Nuestro objetivo –continúa Peter Yunich– es presentar el contenido en una gama de medios mucho más variada: CD-ROM, comunicación en línea, televisión interactiva y, quién sabe, tal vez un día difusión cerebral por ondas directas. Hay que ser capaz de satisfacer las exigencias del nuevo consumidor, que ya tiene mucho margen para determinar cuándo, dónde y cómo desea tener acceso al contenido." La editorial Simon & Schuster, que a su vez es filial del grupo Paramount-Viacom, espera apoyarse en el múltiple *know-how* de su casa madre.[7] Pero

Peter Yunich, que no tiene interés en desarrollar por su cuenta los títulos interactivos, confía su realización a pequeños desarrolladores externos: "Editamos de 35 a 50 títulos por año, como Microsoft, pero con sólo 25 empleados permanentes en vez de 600".

Los expertos estiman que en 1995 existían en el planeta 10.000 títulos en CD-ROM. Pero un minorista rara vez tiene un stock superior a los 300 títulos. Los lugares de exposición –las estanterías– son caros y la mayoría de los títulos, al no tener siquiera la ocasión de llegar al gran público, deben contentarse con tiradas limitadas. En 1994, el 96 por ciento de los 912 pequeños desarrolladores de CD-ROM multimedia interrogados por Gistics Inc. estaban en rojo. El año 1995 es el año de las consolidaciones: muchos pequeños desarrolladores y editores, asfixiados por un par de malas ventas, están obligados a echar llave a la puerta o dejarse absorber. Es posible que pronto presenciemos la reestructuración de esta industria según el modelo de los estudios hollywoodenses: empresas independientes realizando o desarrollando CD-ROM que luego son editados y distribuidos por gigantes como Microsoft, Simon & Schuster, Philips Media o Matta Hachette.

Una de las categorías más dinámicas del mercado del disco plateado no es la más grande ni la más refinada. Es el sector que los americanos denominan *edutainment*, palabra integrada por *education* y *entertainment*, lo que se ha dado en llamar "edudiversión". Los CD-ROM "útiles" o ludoeducativos, los que no se contentan con enseñarnos a destrozar con creciente eficacia criaturas cada vez más repulsivas, tienen un éxito alentador. Según la Asociación Americana de Editores de Software, las ventas de programas educativos a los particulares aumentaron un 37 por ciento en 1994, una tasa más de tres veces superior al promedio de la industria. Es verdad que se trata de un campo todavía embrionario, pero los expertos le predicen un buen futuro, pues la venta de equipos hogareños va en aumento y los padres que han invertido en una de esas máquinas prefieren desembolsar cuarenta dólares por un CD-ROM que tenga cierto valor educativo que por una enésima versión de *Doom* o *Mortal Kombat*.

Las estrellas también mueren

La demostración del CD Companion de Voyager dedicado a la *Novena Sinfonía* de Beethoven reveló a Bill Gross las potencialidades de los multimedia. Este joven y talentoso programador habría podido pasarse toda su vida en Lotus. Bill y su hermano menor, Larry, habían revendido años antes a este fabricante de programas su propia empresa de software, y luego habían desarrollado para Lotus el programa Magellan. Pero Bill, que se había iniciado en los negocios vendiendo golosinas en la secundaria y pagándose sus estudios en el California Institute of Technology con la venta de colectores de energía solar y megáfonos, no tenía espíritu de asalariado.

"Quedé apabullado por la riqueza del Beethoven –recuerda–. Mi título preferido hasta entonces era *Manhole* de Cyan (la compañía de los hermanos Miller, que luego produjo *Myst*), por su interfaz increíblemente interactiva. Al ver el CD-ROM de Voyager, me dije que sin duda existía una manera de asociar un contenido de calidad y una interactividad sin precedentes para producir títulos aún más sensacionales." Bill tenía este proyecto en un rincón de la mente cuando, un hermoso día de 1991, su hijo David inició sus clases en el jardín de infantes. "El día en que lo dejé en la escuela, me dije que era preciso que yo creara a toda costa esa compañía –recuerda Bill–. Realmente ansiaba contribuir a su educación." En marzo de 1991, Bill Gross renunció a Lotus con tres compañeros tan aventureros –o temerarios– como para pasarse un tiempo sin salario. Su hermano Larry pronto se sumó al pequeño equipo.

Sin querer depender del CD-ROM, que todavía parecía lejos de la popularidad, Bill y sus amigos comenzaron por forjar sus propias herramientas de compresión de datos. Así llegaron a desarrollar, en un solo disquete, un programa visualmente tan sofisticado como el que se había creado para un CD-ROM (que posee cuarenta veces más espacio de memoria).

"En sus orígenes la compañía tenía el objetivo de producir un solo título, *Knowledge Adventure* –recuerda Bill–. Pensábamos vender 500 unidades en un trimestre... ¡Vendimos 5.000

desde el primer día!" La empresa Knowledge Adventure, entonces basada en la casa de Bill en el distrito de La Crescenta, al noreste de Los Angeles, recibió inmediatamente gran cantidad de propuestas: el escritor científico Isaac Asimov deseaba realizar con ellos una "aventura de la ciencia"; un ex astronauta americano ofrecía sus servicios para una "aventura en el espacio". La empresa se mudó al subsuelo de un inmueble comercial de La Crescenta y poco a poco lo colonizó por completo. Su catálogo incluye hoy varias "aventuras": el cuerpo humano, los insectos, el mundo submarino y, por cierto, los dinosaurios, y títulos para los más pequeños, como *Kid's Zoo* y *Magic Theater*. Knowledge Adventure, que ha triplicado sus ventas cada año desde su creación, registró en 1994 una facturación de 35 millones de dólares, lo cual le permite controlar un 4 por ciento del mercado de los programas ludoeducativos.

"Para preservar nuestra independencia –explicaba Bill Gross a mediados de 1994–, debemos duplicar nuestra porción del mercado en 1995." Para ello contaba con una cultura empresarial frugal y participativa. "Es indispensable que todos se sientan un poco propietarios –explicaba–, porque nuestra única posibilidad de éxito consiste en enfrentar rápidamente la competencia."

La compañía sobresale en ese tipo de ejercicio. En la primavera de 1993, cuando se estrenó la película *Jurassic Park*, Knowledge Adventure era la única editora que había publicado un título sobre dinosaurios. Para aprovechar el efecto de la moda, Microsoft publicó en agosto su *Dinosaurs*. El 1 de setiembre Bill Gross organizó un equipo comando que trabajó día y noche para lanzar en noviembre un nuevo título 3D (tridimensional), que abarcaba más de 30 minutos de animación, *3-D Dinosaurs Adventure*. Este juego, que permite al usuario simular la gestión de un parque de dinosaurios, se vendió tres veces más que el título de Microsoft.

Sin embargo, estos brillantes dinosaurios no han bastado para que Bill y Larry conservaran su independencia. Lo cual demuestra que aun las empresas jóvenes y promisorias pueden fenecer antes de su madurez en este peligroso universo donde la menor imprudencia de gestión basta para arruinar los tesoros de la inventiva. En el verano de 1995 todos los grandes grupos del sector reciben una carta confidencial del banco Morgan Stanley: Knowledge Adventure, que ha perdido 4 millones de dólares en 1994, busca comprador. Las hadas madrinas del mundo de los medios, sin embargo, se habían asomado tempranamente a la cuna de este niño prodigio: interesadas en su sistema de compresión de datos, AT&T y Paramount se habían convertido en socios estratégicos. Random House desarrolló con Knowledge Adventure una enciclopedia multimedia para niños de 7 a 12 años. El legendario cineasta Steven Spielberg había invertido personalmente en la pequeña editorial electrónica y colaboró en el guión de algunos títulos.

Spielberg, que tiene un hijo de la edad del hijo de Bill, adora los juegos de vídeo. Su amigo y cómplice de larga data, George Lucas, le hace enviar todas las novedades de Lucas Arts y él juega a menudo en red con su compinche el actor Robin Williams. El cineasta más cotizado del planeta es, por otra parte, un fanático de la tecnología: sus películas *E.T.* y *Jurassic Park* obligaron en su momento a los magos de los efectos especiales a superar el estado de su arte. A instancias de Lucas, que ha creado una fundación con fines educativos, Steven Spielberg milita para que estas tecnologías digitales sirvan también a una causa útil: su fundación Starbright está en las raíces de una iniciativa que permite a los niños hospitalizados para tratamientos de larga duración jugar y hablar en videoconferencia con su familia o con otros chiquillos enfermos.

Pero Bill Gross no goza largo tiempo de la colaboración de Spielberg: a fines de 1994, el cineasta crea su propio estudio de producción cinematográfica, Dreamworks SKG, con sus amigos Jeffrey Katzenberg y David Geffen. Y en abril de 1995 el terceto anuncia la creación de una sociedad de producción de CD-ROM y otros programas interactivos de entretenimiento, en conjunción con nada menos que Microsoft (véase el capítulo 5).

Educación y diversión

Si hay un concepto que no conviene nombrar ante Janice Davidson es el de "edudiversión". "La palabra sugiere una bastardización de los dos términos –protesta–. Por otra parte, he recomendado a los empleados de esta casa que jamás la pronuncien." "Jan" Davidson prefiere hablar de programas educativos. "Aprender –explica efusivamente– es una de las actividades más divertidas que existen." Cita con fervor la máxima de Marshall Mac Luhan: "Los que hacen una distinción entre educación y diversión no han comprendido ninguna de ambas cosas". Lejos del esnobismo de los multimedia y del berenjenal de las futuras autopistas electrónicas, Jan Davidson, de 50 años, dirige su empresa tal como reinaba en otros tiempos en su aula escolar: con determinación, ternura y rigor.

Esto ha dado sus frutos: en doce años, esta ex directora de escuela ha convertido Davidson & Associates Inc. en segunda editora americana de software educativo, después de Broderbund y delante de The Learning Company. Pero este desafío recién comienza, pues en agosto de 1995 sus dos competidores se fusionan. Jan Davidson no se ha lanzado a esta aventura para seguir una moda (en todo caso, ella fue una predecesora) ni para ganar dinero (se inició en la actividad de gestión "por accidente" y no ha cambiado su modo de vida), sino por convicción, pues afirma que "el sistema escolar moderno ya no debe preparar a sus alumnos para la era industrial, sino para la era de la información".

El éxito de Jan Davidson nos sugiere que los buenos sentimientos también sirven para los buenos negocios. Desde los trece años, cuando ella trabajaba como preceptora de los más pequeños en su Indiana natal, la niña quería enseñar. A principios de los años 80 Jan era profesora en Palos Verdes, en el condado de Orange, a una hora de Los Angeles. Su marido Bob, directivo de una empresa de obras públicas de Pasadena, le había dado tres hijos. Pero aun así esta pedagoga apasionada encontraba el tiempo, después de la clase, para dirigir pequeños cursos de recuperación para los niños con dificultades.

En esa época Jan sintió la necesidad de programas informáticos que facilitaran el aprendizaje personalizado. Los raros programas que entonces existían en el mercado eran represivos: a cada falta del alumno, el ordenador emitía un temible "¡cuac!" inspirador de culpas. Jan Davidson, cuyos conocimientos de informática se limitaban al uso de un viejo ordenador Apple II, pensó que podía mejorar las cosas. Así fue que, ayudada por un amigo que tenía ciertas nociones de programación, desarrolló un primer programa de lectura rápida, el Speed Reader, un programa de vocabulario, Word Attack, y por último un ejercicio de matemáticas, Math Blaster. La originalidad de estos títulos consistía en mezclar estrictamente el conocimiento con el juego. En Math Blaster, por ejemplo, la única manera de ayudar al protagonista, Blasternaut a salvar a su compañero de las garras de los depredadores del espacio consiste en resolver ecuaciones.

En cuanto Jan introdujo sus programas en el aula, todos los padres de sus alumnos los reclamaron. Ella empezó por vender por su cuenta los disquetes, duplicados en la casa por su hijo. Luego, ante su primer pedido de 100 unidades, incluyó los títulos en el catálogo de programas de Apple. Cuando en 1984 la empresa de Cupertino abandonó la venta directa, Jan procuró vender sus programas a una editora de software. El asunto habría llegado a buen puerto, a partir de un almuerzo previsto con una compañía de San Diego. Lamentablemente para él, el editor se equivocó de restaurante. Bob Davidson aprovechó para convencer a su mujer de que creara su propia empresa. En esa época, él ignoraba que esta decisión también cambiaría el curso de su propia vida.

En 1989 Jan Davidson tuvo necesidad de contratar un gerente. Hacía tiempo que Bob pensaba en colaborar en la gestión de esa pequeña empresa en pleno crecimiento, pero titubeaba en interrumpir una carrera promisoria. "Un día, mientras recorría la casa, tropecé con un test psicológico de sus años de universitario –cuenta Jan–. Subrayaba que Bob tenía pasta de *entrepreneur* y sería desdichado en un grupo grande." Jan se limitó a dejar el test en la mesa de la sala. Meses más tarde Bob asumía la dirección general de Davidson &

Associates. En marzo de 1993 la compañía ingresó en la bolsa de Wall Street, aunque los Davidson conservaron el 57 por ciento del capital.

A fines de 1994 Davidson & Associates se mudó a un flamante edificio del parque industrial de Torrance que lleva el nombre de Math Blaster, juego que entonces iba por su décima edición y ha vendido 1.600.000 ejemplares. Con ello se convierte en el segundo programa educativo en popularidad en todo el mundo, después de la serie Carmen San Diego de Broderbund. Edutil lo publicó en francés con el título Mission Maths. Hoy la compañía abarca un estudio de producción y un moderno estudio de dirección y sonido, empleando un músico de tiempo completo. Vestida con un severo cárdigan azul marino, Jan Davidson administra su pequeño mundo con austeridad y calidez, besando a uno con ternura, felicitando a otro por su nuevo hijo. El decorado y la filosofía empresarial están impregnados de seriedad.

A principios de los años 90, amenazados por la proliferación de pequeñas empresas y por gigantes del entretenimiento como Walt Disney, Sega y Electronic Arts (con su departamento EA Kids), los actores tradicionales del software educativo se ven obligados a redefinir su estrategia. Puesto en primer plano por la moda de los multimedia y las autopistas electrónicas, el mercado de la edudiversión se ha convertido en una verdadera jungla donde la inmovilidad significa la muerte. Davidson & Associates, que antaño publicaba exclusivamente en disquetes, adopta paulatinamente el formato CD-ROM y prolonga su línea de productos paraescolares con programas útiles para los pequeños (el Lego electrónico Kid CAD o el Multimedia Workshop) y programas de productividad para adultos (The Perfect Resume, Speed Reader).

La editorial electrónica de Torrance ha establecido sociedades de coproducción con el fabricante de juguetes Fisher-Price y la editorial Simon & Schuster. También ha adquirido un desarrollador de juegos de vídeo, Blizzard Entertainment, y una pequeña empresa especializada en síntesis de voz, Byte. Para Jan Davidson, no obstante, la competencia no es algo nuevo: en los años 80, presenció el embate de gigantes como CBS o Reader's Digest contra el mercado de los programas educativos. "Frente a esta nueva forma de competencia, nuestro principal patrimonio –explica– consiste en existir al cabo de doce años, en haber logrado paulatinamente esta reputación de credibilidad y seriedad, decisiva para los padres en el momento de la compra."

Davidson & Associates ha afianzado sus estrechos lazos con una categoría de compradores aún más conservadora: las escuelas. Bob Davidson, a quien le encanta comparar su pequeña empresa con un estudio hollywoodense de los años 30, pronto comprendió la importancia de dominar su sistema de distribución: no sólo se encarga directamente de las cuentas grandes como Software Etc o Baggages, sino que en 1992 tomó también el control de Educational Resources, un revendedor de software educativo de Illinois que abarca la mitad del mercado escolar. Davidson & Associates se encarga también de la distribución en escuelas de una quincena de editoras afiliadas, entre ellas Impressions, Knowledge Adventure y Software Toolworks.

Un gurú llamado Schank

En nombre de esta pasión por la docencia que nunca la ha abandonado, Jan Davidson forma actualmente a los profesores. Milita en una campaña para lograr que un sistema escolar que ella considera totalmente divorciado de las necesidades del mercado laboral se abra a la tecnología. "Hemos podido organizar maravillosos laboratorios-escuela, pero aún no tenemos la receta para reeditar este éxito en gran escala", explica. Según ella, el problema no se debe plantear en términos de dinero: "Cada año el gobierno consagra más de cinco mil millones de dólares a la compra de manuales escolares. Es hora de consagrar una parte de esos fondos a la tecnología". El principal desafío, admite sin reservas la ex profesora, es de orden cultural: "Los docentes deben cambiar totalmente sus métodos, aceptar que deben pasar del papel de maestros al de mentores". En cada simposio profesional, Jan sacude al público evocando un viejo adagio del Far West: "Si muere vuestro caballo, no os quedéis abajo".

Pero nadie tiene conceptos más duros para el sistema educativo americano (o europeo) que el profesor Roger Schank: "Las escuelas jamás enseñan lo que cuenta en la vida. Obligan a los alumnos a memorizar, todos al mismo ritmo, datos que ellos olvidan de inmediato. Los exámenes miden aptitudes que no tienen la menor importancia". El director del Institute for the Learning Sciences (ILS) de la Universidad del Noroeste, en el distrito norte de Chicago, tiene un discurso a la altura de la dificultad de su misión: reformar la capacitación empresarial y la enseñanza escolar acudiendo a programas multimedia.

A fines de los años 80, Arthur Andersen ofreció fondos a la Universidad del Noroeste para crear un departamento de ciencias informáticas digno de Stanford o el MIT (el Massachusetts Institute of Technology). Roger Schank dirigía entonces el laboratorio de inteligencia artificial de la Universidad de Yale, pero se apasionaba principalmente por el funcionamiento de la memoria humana y el software educativo. Este hombre con aire de gurú —ojos azules y penetrantes, barba entrecana y frente desnuda— ya pintaba como futura "oveja negra" del mundo académico. Extravertido, frontal y amante de las declaraciones públicas, repite con delectación que él mismo era un alumno mediocre, "que jamás prestaba atención ni hacía los deberes" hasta que se apasionó por la lingüística.

El ex mal estudiante tiene ideas muy precisas sobre lo que constituye una buena enseñanza: "Siendo niños, no aprendimos a caminar siguiendo un curso. Ante todo, hay que dejar que los alumnos aprendan por la acción y la exploración —explica, arrepantigado en uno de los gruesos divanes de cuero negro de su imponente oficina—. Hay que contarles historias que les conciernan, encontrarse con ellos en su propio terreno, para instarlos a actuar... salvo en aquello que se atascan. Sólo entonces serán receptivos y tendrán ganas de plantear preguntas, de saber más." Este método se podría aplicar perfectamente sin recurrir a la informática, pero el ordenador parece un medio ideal y económico para brindar al alumno una singular experiencia de aprendizaje. "El ordenador, como los padres, puede ofrecer esta instrucción en el momento deseado y en forma personalizada –subraya Schank–. En caso de atasco, la máquina interrumpe la ejecución del programa y enseña los datos pertinentes."

El Institute for the Learning Sciences, que funciona principalmente con donaciones del Pentágono y de Andersen Consulting, realiza profundas investigaciones sobre los procesos cognoscitivos. Sus ciento sesenta empleados estudian las maneras en que la mente humana manipula la información y aplican este saber a la concepción de programas educativos. El programa sobre la drepanocitosis,[8] creado por el Museo de las Ciencias y la Industria de Chicago, es una típica muestra de la clase de software que desarrollan los equipos de Roger Schank. "Las autoridades del museo no querían que el programa excediera los dos minutos: pensaban que ninguna representación podía retener la atención más tiempo –cuenta Schank–. Nosotros ignoramos esa restricción... y los visitantes pasan mucho más de diez minutos delante de la máquina."

¿Por qué? Porque el usuario es tenido en cuenta desde un principio. Es interpelado por una breve secuencia en vídeo: una joven pareja que ya ha tenido un bebé sano se pregunta si puede tener un segundo hijo sin correr el riesgo de la anemia. El usuario enfrenta entonces dos opciones: puede aconsejarlos, apelar a expertos o realizar él mismo los análisis de sangre. El programa no brinda ningún sumario general, ninguna instrucción precisa. El usuario se sume en una situación de crisis y debe tomar la iniciativa. Roger Schank, que sueña con desarrollar más programas de este tipo para las escuelas, aún no es comprendido por muchas instituciones educativas.

"Cada vez que creamos un buen programa, tropezamos con el conservadurismo del sistema", subraya. ¿Un ejemplo? Hace un tiempo el ILS concibió un programa llamado Creanimate. Los niños se familiarizarían con la biología dando vida a sus propias criaturas animadas. "Lo presenté a la National Science Foundation para obtener subsidios –cuenta Roger Schank–. Me respondieron que este software no congeniaba con los programas de estudio... ¡y que no sabían cómo evaluar su valor pedagógico!" En cuanto a los padres, Schank opina que son aún más rígidos: "Están empeñados en que los niños aprendan lo mismo que ellos aprendieron hace treinta años".

La querella de los antiguos y modernos

Harto del sector educativo, "excesivamente politizado", Roger Schank se concentra provisoriamente en los programas de formación profesional: "Por el momento, allí se sitúa el mercado. Las empresas tienen dinero y pocos prejuicios sobre la manera de capacitar a sus empleados. Lo que cuenta es el resultado". A fines de 1994, el ILS acaba de completar un programa informático para el proveedor local de agua corriente, el North West Water Group, el cual capacita a los encargados de tratar con el consumidor para que sepan gestionar las llamadas telefónicas.

Este software, que simula doce tipos de llamadas de clientes en apuros, dura aproximadamente cuarenta y cinco minutos. La formación completa se desarrolla en una veintena de horas, con un conjunto de programas de diversos niveles. "El objetivo de este CD-ROM –explica Laura, que ha trabajado en su concepción– es instar al usuario a reflexionar verdaderamente sobre lo que pudo causar el problema que le presentamos." El modo como aprenden el adulto y el niño son muy similares. "La única diferencia –explica Schank– es que los profesionales tienen menos necesidad de motivación. Al contrario, en general están menos dispuestos a correr riesgos. ¡Tienen más miedo de fracasar!"

Para su patrocinador principal, Andersen Consulting, el equipo de Schank ha realizado su trabajo más completo. Gracias a los programas de ILS, esta compañía de consultoría estratégica ha podido reemplazar el clásico curso de ciento cuarenta horas de capacitación en gestión –al cual somete tradicionalmente a los recién llegados– por una enseñanza multimedia intensiva en dieciséis sesiones. El grupo ahorra así una decena de millones de dólares anuales.

Bajo el efecto de estas "máquinas eminentemente subversivas que son los ordenadores", Roger Schank no desespera de que llegue el día en que las escuelas sigan el ejemplo de las empresas. En la escuela del profesor Schank, aprenderíamos historia creando nuestro propio periódico televisivo, y geografía seleccionando virtualmente comarcas desconocidas. "Idealmente, el día comenzaría por algunas horas transcurridas en conversación con programas inteligentes de este tipo. El resto de la mañana se consagraría a discusiones con los profesores a propósito de estos programas. A la tarde los alumnos harían trabajo de campo, cosas concretas."

No obstante, el mundo real está muy lejos de esta utopía. Los programas ludoeducativos del mercado son mediocres. "La mayoría de estos CD-ROM son títulos de entretenimiento, apenas disfrazados de productos educativos –señala Schank–. Muchos son fabricados por programadores y la idea misma de enseñanza está totalmente ausente." Por fortuna existen excepciones notables, como la serie de Simulations (Sim City, Sim Ant) de Maxis, que pone al usuario en posición de controlar la creación de su propia ciudad o su propio hormiguero. Pero la despareja calidad de los programas de eduversión provoca, en las escuelas americanas, en las asociaciones de padres y las instituciones de tutoría, un apasionado debate sobre la legitimidad del ordenador como herramienta de enseñanza.

El sistema escolar americano se encuentra en tal estado de derrumbe que de nada sirve refugiarse en la buena conciencia "solucionando los problemas a golpes de ordenador", explican unos. Los más hostiles a la informática en el aula alegan que estos métodos educativos crean analfabetos. Sólo el ordenador personal, herramienta de la era moderna, permite individualizar los métodos de enseñanza, y por ende cautivar la atención de niños que nada aprenderían con los métodos tradicionales, replican los apologistas del software. Por otra parte, subrayan, si miramos las prácticas actuales, los juegos de vídeo y el ordenador no competirían con la lectura sino con la televisión, cuyo nivel educativo es lamentable.

Este debate no se zanjará en poco tiempo. Sin embargo, precisemos que los Estados Unidos están mucho más avanzados que Europa (al menos en el papel) en lo concerniente a la presencia de la tecnología en la escuela. El 95 por ciento de las escuelas americanas poseen ordenadores, con un promedio de una máquina cada dieciocho alumnos. Es verdad que estas máquinas rara vez son multimedia, y con frecuencia permanecen confinadas en el laboratorio. Se estudia el ordenador como un objeto aparte, y no como la herramienta de trabajo interdisciplinario en que se ha convertido en la vida real. Pero las cosas podrían evolucionar rápidamente. Una señal: grandes universidades como California State sueñan con transformar el ordenador personal en una herramienta obligatoria que gozaría así de subsidios públicos, con igual derecho que los libros.

La cuestión resulta aún más controvertida porque resulta casi imposible juzgar el valor educativo de estos programas interactivos. "Ante todo, sería preciso que el programa estuviera a la altura de las circunstancias, lo cual no ocurre –subraya Schank–. Además, ¿cómo verificar la eficacia de los programas de este tipo? Los métodos de evaluación tradicionales son totalmente inapropiados." Jeannine Heron, investigadora en psicología en el Media Learning Center del colegio dominicano de San Rafael, cerca de San Francisco, no oculta su escepticismo: "El proceso de aprendizaje pone en juego mecanismos mucho más complicados que un programa ludoeducativo que abarca varios datos exógenos. Cuando los niños utilizan estos programas, se concentran en el juego y no en la información. Cabe preguntarse si retienen algo de todo eso".[9]

Por nuevo que sea, tal vez el CD-ROM no tenga una carrera muy larga por delante. Muchos especialistas lo consideran un formato transitorio. "El porvenir –explica Olivier Duizabo de Microsoft– es la mezcla de la tecnología CD-ROM con los datos en línea." Es decir, transmitidos en tiempo real, como paquetes, por una red de comunicaciones. Si esta red es de banda ancha (infraestructura telefónica modernizada con fibra óptica, o red de cable conmutada), puede transmitir información realmente multimedia.

¿Cuál es la ventaja de las comunicaciones en línea? "El CD-ROM impone al creador restricciones de capacidad de memoria, mientras que la transmisión por red en banda ancha abrirá posibilidades expresivas casi ilimitadas –afirma Bill Gross de Knowledge Adventure–. Además la comunicación en línea permite la intervención directa y la actualización permanente del contenido. También es más frugal económicamente: no hay embalaje, no hay distribución física, no hay stocks." Para los juegos de vídeo, la red tiene además el gran mérito de permitir partidas, en tiempo real, entre jugadores geográficamente dispersos.

Microsoft no ha esperado la fibra óptica para poner a prueba esta mezcla de tecnologías. El comprador de sus CD-ROM Complete Base Ball y Complete Basket Ball puede obtener cotidianamente complementos de información (resultados de partidos, puntajes de la semana) por medio de un servidor telemático. El campeón mundial del software salta al ruedo de la comunicación en línea con el lanzamiento de su propio banco de datos, Microsoft Network.

Desde compañías comerciales como Prodigy, Compuserve y America Online hasta la gigantesca red Internet, el universo americano de servicios en línea no ha esperado, para tener éxito, que las redes tuvieran potencia suficiente para transmitir información auténticamente multimedia. En 1994 esta cómoda telemática por ordenador personal va viento en popa, e incluso podría imponerse con amplitud antes que la hipotética "televisión interactiva", rehén de incertidumbres económicas y reglamentarias, vea la luz del día (véase el capítulo 4). Los desarrolladores como Bill Gross se preparan para todo tipo de eventualidad: "Nosotros somos creadores de contenido. Editaremos productos para todos los formatos de distribución viables, trátese del CD-ROM, de la comunicación en línea o de la televisión interactiva". Si hay un sector donde la distribución en línea es particularmente apropiada, es el de la información, por definición tan volátil. Desde 1993, la prensa americana se lanzó frenéticamente al ciberespacio.

Prensa en línea

San Mateo, Menlo Park, Stanford, Mountain View, Palo Alto, Santa Clara, Cupertino... El visitante que recorre por primera vez el Silicon Valley no puede sino sorprenderse ante los contrastes. Primero ve una sucesión de pequeños conglomerados de aspecto uniforme en un barrio tranquilo. Luego, detrás de las pulcras arquitecturas, en los laboratorios de compañías como Intel o Apple –pero también de empresas menos conocidas, como Netscape Communications o eShop–, descubre la ebullición creativa, la imaginación pura. Gran parte de la informática mundial nació en este mítico valle californiano donde ahora se gesta la revolución digital. En esta región tan efervescente, el 60 por ciento de los hogares posee un ordenador, dos veces más que la media nacional del país. El grupo Knight Ridder no podía soñar con mejor sitio para poner a prueba su periódico del futuro, el *Mercury Center*, versión electrónica del periódico local, el *San José Mercury News*.

"Con el tiempo, una gran proporción de la información que hoy se imprime se distribuirá en forma electrónica –explica Chris Jennewein, director general del *Mercury Center*–. Era imperativo, pues, que Knight Ridder diversificara los riesgos. En este sentido, nuestro servicio es una especie de laboratorio experimental." La iniciativa resulta aún más notable teniendo en cuenta que Knight Ridder, segundo editor americano de periódicos después de Gannett Co., ya había afrontado los trastornos de la información electrónica a principios de los años 80, sufriendo una pérdida de 50 millones de dólares con sus informes por videotexto Viewtron. El fracaso flagrante de este servicio, que sólo era accesible por medio de un terminal específico, se suele citar como ejemplo de lo que *no* debe hacerse.

Knight Ridder, que ya obtiene un quinto de sus ingresos por medio de la información electrónica, es conocida por sistemas en línea menos desastrosos, como la base de datos Dialog, o los terminales Money Center. Pero estos servicios pioneros, utilizados sobre todo por profesionales, bien podrían quedar sepultados bajo la nueva ola de información a pedido por ordenador personal. Para no dejarse superar, el grupo decidió, en la primavera de 1992, examinar el mercado del periódico electrónico, pero con mayor prudencia, pues su iniciativa se apoya en uno de los periódicos más populares: con una difusión de 290.000 ejemplares, el *Mercury News* es, desde 1851, el periódico de los habitantes del sur de la bahía de San Francisco. Por otra parte, se accede al *Mercury Center* por medio del banco de datos más dinámico del país, America Online. Pagando una suscripción de 9,95 dólares mensuales, todo poseedor de un ordenador personal equipado con módem tiene acceso al *Mercury Center*, pero también a muchos otros departamentos de este prestigioso servicio en línea (véase el capítulo 2).

La experimentación no es buen negocio: la inversión en la edición electrónica, sobre la cual Knight Ridder se niega a dar cifras precisas, alcanza varios millones de dólares: "Esencialmente el salario de los dieciséis empleados permanentes del *Mercury Center*", precisa Jennewein. Estos nuevos editores especializados son llamados *senders* ("remitentes"), porque son responsables de la información que se transmite por ordenador. El conjunto de los datos parte por la red a los servidores de America Online, y la versión electrónica del *Mercury News* está disponible todos los días a las cinco de la mañana (hora de California).

Pero el *Mercury Center* no se conforma con ofrecer una mera transcripción informática del periódico de papel. En más de los doscientos artículos que se publican en el periódico, el "visitante" del *Mercury Center* tiene acceso, todos los días, a más de 400 artículos no publicados: por ejemplo, listas exhaustivas de las transacciones inmobiliarias de la región, cotización de títulos en los mercados financieros, el texto íntegro de ciertas ruedas de prensa locales, los informes financieros trimestrales de las empresas, así como muchos despachos o notas. A fines de 1994, el *Mercury Center* enriquece su oferta con un servicio de "cacería de noticias": "El usuario puede personalizar su información –explica Chris Jennewein–. Selecciona una serie de temas sobre los cuales desea saber qué hay de nuevo". Además, desde noviembre de 1995, el *"Merc Center"*, como lo llaman en el valle, ofrece a los lectores que no tengan ordenador la posibilidad de recibir información complementaria por fax o por teléfono. El día del aniversario de Martin Luther King, por ejemplo, uno podía escuchar por teléfono extractos de los más célebres discursos del legendario líder negro.

El *Mercury Center* fue organizado por dos veteranos del periodismo –Bill Mitchell y Chris Jennewein–, a quienes Knight Ridder contrató específicamente para este proyecto. Pero al parecer gozan del respaldo irrestricto del director ejecutivo del *San José Mercury News*, Robert Ingle. En vez de hacer de la redacción electrónica un servicio aparte, su objetivo es, por el contrario, integrarlo al máximo a la vida del periódico tradicional. "Estamos en el corazón de la redacción –recalca Chris Jennewein–. Participamos en las reuniones y decisiones cotidianas, con los periodistas, de aquello que puede enriquecer su artículo en la versión en línea." También se solicita a los reporteros del periódico que respondan personalmente al correo electrónico de sus admiradores y críticos. A fines de 1994 el periodista Bob Ryan reemplaza a Chris Jennewein, ascendido a la cabeza de la unidad de nuevos medios del conjunto Knight Ridder, en San José.

La sinergia papel/pantalla, tan deseada por los directivos del *Mercury Center,* tarda sin embargo en cobrar arraigo. "La participación de los periodistas del periódico electrónico va desde lo intenso hasta lo inexistente", reconoce Jennewein. La existencia de su servicio suscita incluso críticas de fondo. Algunos reporteros estiman que un periódico digno de tal nombre no debe publicar información en bruto (y en consecuencia parcial) como los comunicados de empresas o los textos de las ruedas de prensa. Chris Jennewein defiende su punto de vista con argumentos clásicos: "Al precisar la naturaleza de los documentos, nosotros tomamos distancia. El objetivo, pues, es brindar a nuestros lectores medios para formarse su propia opinión".

¿Lectores al poder?

Pero, más allá de la simple lectura del periódico, que resulta menos fácil y atractiva en la pantalla que en el papel (falta de portabilidad, acceso menos instantáneo, pobreza gráfica), el equipo del *Mercury Center* procura desarrollar un diálogo con sus abonados, para hacer jugar plenamente esta interactividad propia de la comunicación informática. "Históricamente, nuestra relación con los lectores seguía la modalidad 'Nosotros publicamos, ellos leen' –insiste Robert Ingle–. Aquí todo cambia." Chris Jennewein despliega el periódico del día: "Observe, cuando el tema se presta a ello, nosotros suscitamos el diálogo". Fuera cual fuese el uso que se haga de las futuras autopistas de la información, los artículos del *Mercury News* presentan el logo del *Mercury Center* –la letra M, coronada por una bombilla estilizada–, trátese del último proyecto inmobiliario del valle o de la actualidad en Bosnia. Este emblema va acompañado por indicaciones sobre el modo de obtener información complementaria, pero también por preguntas directas que invitan al lector a enviar sus reacciones y comentarios al *Merc Center*.

Los responsables de la edición electrónica también suelen alentar el sentimiento de pertenencia de sus abonados a una comunidad local: organizan foros periódicos donde los participantes pueden dialogar "en directo" con personalidades como Susan Hammer, la alcaldesa de San José. En vez de percibirse como un servicio de información electrónica, el *Merc Center*, como su nombre lo indica, desea ante todo simbolizar un "enlace" de intercambio y discusión, el equivalente digital de la plaza pública.

Dos años después de su lanzamiento, el *Mercury Center* es en todo caso, con el *Chicago Tribune*, el periódico electrónico más antiguo y completo del país. Pero todo el mundo invade este territorio: USA *Today* y el *New York Times* también están en America Online; el *Atlanta Journal Constitution* en Prodigy. El *Washington Post* perfila un proyecto ambicioso, Digital Ink, al que se llega por intermedio del banco de datos Interchange (comprado por AT&T a Ziff-Davis). Desde su lanzamiento a fines de 1995, el periódico de la capital espera ofrecer un servicio multimedia que combine la tipografía tradicional de la edición en papel con fotos, en contenidos de toda pantalla y secuencias de vídeo. El *Los Angeles Times,* el *Detroit Free Press* y el *Chronicle* y el *Examiner* de San Francisco también tienen proyectos de edición electrónica.

En 1995 más de 120 periódicos americanos ofrecían un servicio electrónico interactivo, de una forma u otra. Para enfrentar a los gigantes de las telecomunicaciones y la industria cultural, ocho de los mayores grupos de la prensa americana,[10] que abarcan 123 periódicos, anunciaban la creación de una estructura cooperativa –New Century Network– que los ayudaría a desarrollar sus propios servicios en Internet.

Lejos de limitarse a la prensa cotidiana, esta marejada también afecta a otras publicaciones. Desde el venerable semanario *Time* hasta el mensuario *Wired,* desde las prestigiosas revistas *National Geographic* y *Scientific American* hasta revistas más "cerebrales" como *The New Republic,* la mayoría de las publicaciones de peso están presentes en línea, sea por intermedio de los grandes bancos de datos, o directamente por el World Wide Web de Internet (véase el capítulo 4). ¿Esta carrera hacia el ciberespacio es un mero producto de la moda o señala el porvenir del periodismo? Si persiste, ¿cuáles serán las consecuencias para la prensa escrita tal como la conocemos? La respuesta dependerá ante todo del éxito de los nuevos medios de cara a los usuarios. Para el *Mercury Center,* los resultados son moderados. Tres años después del lanzamiento, el servicio registra 25.000 horas acumuladas de consulta por mes (unos 250.000 accesos), lo cual procura al *Mercury Center* ingresos que todavía son insuficientes para equilibrar sus cuentas. Previsto inicialmente para 1995, el plazo se ha postergado para 1996.

No es asombroso, opina Jon Katz, crítico de medios del *New York Magazine:* "Con raras excepciones, los periódicos electrónicos semejan costosas tentativas de no dejarse superar por una nueva tecnología. No han encontrado su propia justificación: nos privan de aquello que más nos atrae en la lectura del periódico, sin procurarnos lo mejor del mundo en línea".[11] Aun en su estructura, la edición electrónica rompe con la jerarquización de la información que nos aporta por el periódico de papel, sin por ello entregar al usuario el poder de interacción que cabría esperar de un medio electrónico. Aunque se aliente al lector a expresar sus reacciones y a manifestar críticas, no por ello ejerce influencia sobre la línea editorial. "El verdadero poder –escribe Katz– está siempre en manos de un puñado de redactores en jefe que jamás leen el correo electrónico, y toman sus decisiones durante reuniones cotidianas restringidas."

Los servicios decepcionantes, como la edición electrónica del *New York Times*, @times (en America Online), tienen un carácter muy artificial. @times, donde la redacción del periódico está poco comprometida, acumula los defectos: ausencia de archivos (el periódico, que había vendido sus derechos a Lexis Nexis, debe renegociarlos) e interactividad muy limitada. Otras tentativas, como la del semanario *Time*, son más prometedoras. "Para nuestra grata sorpresa, hemos comprendido que la edición electrónica podía representar un auténtico mercado", sostiene Richard Duncan, director ejecutivo de la revista que es responsable de la versión en línea. En junio de 1993, al cabo de nueve meses de existencia, la versión electrónica de *Time* (en America Online) era visitada por más de 60.000 personas por semana, con una tasa de consulta que crecía a razón del 8 por ciento mensual. Y los ingresos generados por el servicio electrónico, que entonces contaba con seis empleados permanentes, le permitieron alcanzar el equilibrio financiero. En mayo de 1995, la frecuentación se estabilizó en torno de los 100.000 visitantes semanales.

Ocurre que *Time*, a diferencia de otros, ha logrado ofrecer un valor agregado electrónico digno de su reputación periodística. La revista se apoya principalmente en los consejos y la experiencia de su reportero tecnológico, Philip Elmer-De Witt. Y él ha reclutado, para animar sus grupos de discusión, a un reputado futurólogo de Silicon Valley, Tom Mandel de SRI International. Alentar las discusiones en línea, procurando canalizarlas, constituye un verdadero arte que este veterano de WELL (la comunidad electrónica de San Francisco) y de Internet domina a la perfección.

Aunque lanzada con criterio expe[rimental], la [edición elec]trónica de *Time* ha cobrado creciente [importancia dentro] de la revista. Incluso le otorga, según R[ichard Duncan, un pro]videncial baño de juventud. En la prim[avera de 1994, se en]riqueció su servicio con un boletín diario de actualidad, y pronto los periodistas y redactores en jefe del semanario aparecían en línea para defender un informe favorable al control de armas o bien para explicarse sobre una foto controvertida. "Hemos demostrado que no somos tan envarados como nuestra imagen hacía suponer –comenta Duncan–. Ahora nuestro objetivo es afirmarnos como líderes de la nueva era periodística." ¿Cómo? Completando el servicio electrónico de *Time*, creando un *site* (sitio o nodo) en la red World Wide Web (WWW) de Internet, y también ayudando a la casa matriz, Time Warner, a poner a punto la "cadena de información a pedido" del ambicioso proyecto de televisión interactiva que lanzó en pequeña escala, a fines de 1994, en Orlando.

Publicidad o muerte

No obstante, concebir periódicos electrónicos atractivos no es suficiente. Aunque los dos factores no sean del todo independientes, la suerte de estas publicaciones electrónicas dependerá más de su capacidad para atraer anunciantes que de sus méritos editoriales. Por el momento, el *Mercury Center*, como *Time* en línea, sólo perciben como ingresos los pagos que les efectúa America Online (10 a 20 por ciento promedio de los ingresos generados por su servicio), es decir que viven sólo del dinero de sus usuarios. Ahora el desafío consiste en hallar una manera de generar ingresos por publicidad que vuelvan el servicio económicamente viable. ¿A qué ritmo? Es una cuestión de estrategia: algunos editores prefieren asegurarse un público sólido antes de convocar a los anunciantes. Otros, en cambio, introducen la publicidad desde el principio.

"La dificultad no consiste tanto en encontrar anunciantes

como en redefinir la manera en que se deben presentar los anuncios", explica Richard Duncan de *Time*. Los afiches publicitarios chillones no convienen al medio ni a la cultura cibernética, y los anunciantes deben inventar formas de promoción más sutiles y más estimulantes, por ejemplo, el patrocinio de servicios que se perciban como auténticos valores agregados, o simplemente el ofrecimiento de obsequios. La era digital y de los medios a pedido anuncia un gran desbarajuste en la industria publicitaria (véase el capítulo 3). "Por el momento, sólo nos hemos arriesgado a la aparición muy discreta de algunos logos, como el de Compaq", comenta Richard Duncan.

En el *Mercury Center* cuentan con la introducción gradual de patrocinadores. Por ejemplo, en el rubro "arte de vivir", la marca Del Monte ofrecería recetas de cocina para utilizar mejor las conservas de maíz o de tomates. O bien la empresa inmobiliaria Coldwell Bankers propondría asesoramiento personal sobre casas y apartamentos. IBM, Ameritech y el banco Wells Fargo también se cuentan entre los anunciantes del *Merc Center*. "Con el tiempo –especula Chris Jennewein– no habrá razón para que no alcancemos la misma proporción de ingresos por publicidad/ingresos por ventas que en la edición de papel."

Pero el camino será largo, porque más del 70 por ciento de los ingresos de los periódicos americanos provienen de la publicidad. Se trata de un camino erizado de obstáculos, porque los desconcertados anunciantes y las agencias publicitarias están lejos de dominar el concepto de la publicidad interactiva, y el surgimiento de otros vehículos, como la televisión interactiva, podría trastocar aún más la situación. Además, los directivos de las publicaciones electrónicas todavía no tienen un conocimiento cabal del público que ellos pueden "vender" a sus anunciantes.

La informática permite el desarrollo de bases de datos y de sofisticadas herramientas de marketing, pero los bancos de datos como America Online, en plena crisis de crecimiento, no han tenido tiempo de desarrollarse. Además sus proveedores de contenido se quejan de no saber exactamente quién utiliza qué cosa de sus servicios, ni cuándo ni con cuánta frecuencia. Estos datos y su uso comercial son además objeto de un debate político acerca del derecho del ciberciudadano a hacer respetar su intimidad. El *San Jose Mercury News*, como el semanario *Time*, no tienen contrato de exclusividad con America Online y han lanzado otros globos de ensayo electrónicos, esta vez en la red WWW de Internet, donde el control visual y comercial del producto es integral.

Una cosa es segura: trátese de un banco de datos comercial o de la Internet, el ritmo de desarrollo de la publicidad es decisivo, pues el mismo dictará la influencia de estos nuevos medios sobre la prensa cotidiana y periódica. Los presupuestos publicitarios de los anunciantes no son elásticos, y las inversiones realizadas en línea amputarán las que tradicionalmente se reservan para periódicos y revistas. Los periódicos, tan dependientes de sus ingresos publicitarios, aparecen claramente como las publicaciones más vulnerables a una migración, aunque sea parcial, de los anunciantes hacia los nuevos medios. Este traslado, "aunque no constituya una amenaza directa para los editores de periódicos, debería no obstante acelerar la decadencia de los títulos menos sólidos, y acrecentar el ritmo de las consolidaciones", adelanta un estudio de SRI International, realizado por cuenta de una asociación de profesionales del papel. "Pero –añaden los autores– el éxito e incluso la supervivencia de las industrias afectadas dependerán de su capacidad para anticiparse a la erosión de la demanda."

Por cierto, nadie en los Estados Unidos, piensa en la desaparición abrupta de la prensa de papel. "La inercia y la dimensión limitada de este mercado no permiten presagiar un abandono masivo de los medios impresos tradicionales por parte de los anunciantes", concluyen los expertos de SRI International. Dentro de diez años, estos nuevos medios afectarían de manera significativa a lo sumo el 20 a 25 por ciento de los hogares americanos.

Un periódico que no sirve para envolver pescado

Para los grupos de prensa, la publicación en línea no constituye necesariamente una panacea. A ojos de algunos, la diversificación electrónica constituye una solución marginal para un problema más fundamental de decadencia. "La gente no ha dejado de leer los periódicos por culpa de los últimos artefactos electrónicos, sino simplemente porque resultan cada vez menos apropiados", declara Peter Theriot, del grupo Chronicle Publishing. Para Jon Katz, especialista en medios del *New York Magazine*, es imperativo que los periódicos hagan concordar la edición de papel con la nueva era electrónica. En vez de obrar como si revelaran informes que en realidad ya han circulado varias horas en todos los medios electrónicos, él opina que su función "consiste en explicar la actualidad, analizarla, cribar los detalles y enriquecer los editoriales, presentando las personas y las notas en un estilo vivaz, con mayor profundidad de lo que puede lograr otro medio".[12]

Pregunta: ¿los grupos de prensa son los mejor situados para triunfar en este nuevo entorno de la comunicación electrónica? No es tan seguro. "Podemos preguntarnos si los especialistas en comunicación en línea que contratan a los periodistas no serán más decisivos que los órganos de prensa que contratan a los especialistas en informática", señala François Benveniste, director de Calvacom, la pionera francesa de servicios en línea. ¿Pero la prensa puede escoger? Su porvenir depende de su capacidad de absorber de una manera u otra esta nueva revolución de los medios. Tribune Company, el sexto editor americano de periódicos, luego del grupo New York Times, es uno de los que han apostado con mayor franqueza a los medios audiovisuales y electrónicos. Además de las ediciones en papel y en línea del *Chicago Tribune*, el grupo ha comprado muchas emisoras de radio y televisión locales, y cuenta con la reciente adquisición de tres editoriales –entre ellas Compton's Multimedia, conocida por su enciclopedia electrónica– para lanzarse a la edición de CD-ROM.

Knight Ridder, por su parte, lleva a cabo en sus laboratorios de Boulder (Colorado) una serie de proyectos futuristas sobre el porvenir del periódico. El más ambicioso: un prototipo del "periódico del siglo veintiuno", puesto a punto por el director de nuevas tecnologías, Roger Fidler. Se trata de una tablilla electrónica ultraplana, con formato tabloide. Una vez que se "carga" por módem, este periódico electrónico no se separa de su dueño. En el tren, en el café, en la oficina, el usuario lo consultará tan cómodamente como su periódico preferido. Con portabilidad y manipulación garantidas, este periódico del futuro respeta además la jerarquía de las notas y la atracción visual del periódico de papel. En "primera plana" figuran los títulos y resúmenes de la actualidad del día; a continuación aparece la totalidad de los artículos con una mera presión de la pluma. A pedido, los gráficos y los afiches se animan, y las fotos se mueven en breves reportajes filmados. En síntesis, la "tablilla mágica" de Roger Fidler parece tener un solo defecto. Bien podría dar un mentís al viejo refrán que habla de las "ventajas" del periódico: al día siguiente no servirá para envolver el pescado.

2

El planeta de los cibernautas

Una cocina abierta, a la americana, un viejo televisor Zenith en equilibrio sobre una cómoda, una planta verde, un gato negro sobre un diván raído...

Las dos habitaciones de Stacy Horn, en Perry Street, entre Bleecker y Hudson, son típicas del West Village neoyorquino: estrechas, viejas y encantadoras. Pero con una diferencia: frente a la ventana hay dos enormes ordenadores, conectados por una maraña de cables a un increíble amontonamiento de módems, esas cajitas que sirven para conectarse con la red telefónica. Las luces electrónicas de los visores rojos parpadean. Los ordenadores pestañean esporádicamente a medida que la pantalla se ennegrece con texto.

En la sala de Stacy palpita el corazón de ECHO, es decir, The East Coast Hang Out, "el refugio de la Costa Este". Este servicio telefónico local, inaugurado en 1990, cuenta con más de 2.500 socios a fines de 1994. Concretamente, llamando a un número local por medio del módem de su ordenador personal, los abonados se "reúnen" en línea, en una suerte de sala virtual donde entablan conversaciones colectivas o privadas por intermedio del *e-mail* o correo electrónico. Los participantes componen un mensaje en la pantalla del ordenador y, pulsando una tecla, lo envían a determinado domicilio electrónico. El sistema opera, pues, como las "mensajerías rosas" del Minitel francés.

Pero ahí termina la analogía. Por una parte, el usuario de la red tiene más ventajas económicas: 20 dólares mensuales por una treintena de horas de acceso, más la tarifa normal de la comunicación local. Por otra parte, las conversaciones en línea pueden ser asincrónicas o instantáneas, privadas o colectivas. Ante todo, lejos de limitarse a las citas galantes, abarcan todos los temas: desde lo más trivial (cuidado de niños, compras) hasta lo más esotérico (arte etrusco, mecánica cuántica).

En realidad, las redes como ECHO, denominadas BBS –Bulletin Board System o "cartelera electrónica"–, son las pequeñas "aldeas" de un auténtico planeta de comunicación electrónica. En los Estados Unidos este mundo virtual de la comunicación informática, este etéreo "más allá de la pantalla", se denomina *cyberspace*. En la actualidad el ciberespacio constituye un mundo aparte. Tiene su matriz, la Internet o red de redes, que une a unas treinta millones de personas en el mundo entero. Tiene muchas megalópolis: la media docena de grandes bancos de datos comerciales como Prodigy, Compuserve o America Online totalizan más de 7 millones de abonados a mediados de 1995. Por último hay gran cantidad de aldehuelas o BBS como ECHO. Tan sólo en los Estados Unidos habría 45.000, es decir, 12 millones de usuarios habituales.

Pero, ya conversen por Internet, por America Online o por ECHO, los miembros de un grupo desarrollan tal sentido de pertenencia que forman una auténtica "comunidad virtual" que con frecuencia desafía los constreñimientos de la geografía y de los husos horarios. "Pronto descubrí que con mis compañeros yo era al mismo tiempo el público, el artista y el guionista de una improvisación perpetua. Del otro lado de mi línea telefónica se desarrollaba una auténtica contracultura que me invitaba a crear algo nuevo", escribe Howard Rheingold.[13] Mitad cowboys y mitad astronautas, los visitantes del ciberespacio comparten la euforia del explorador que se aventura en una comarca virgen, rica y peligrosa.

Este fervor, estas potencialidades, esta nueva cultura encuentran una perfecta expresión en el mensuario *Wired*. Creado en 1993 por Louis Rossetto y Jane Metcalfe, en esa zona del centro de San Francisco que hoy llaman el Multimedia Gulch, esta revista de gráficos fosforescentes y desestructurados se impuso en pocos meses como la lectura insoslayable de todos los "enchufados" del planeta.

En este tórrido día de junio de 1994, Stacy y su colega Sue desbordan de entusiasmo: el Whitney Museum of American Art ha tenido la iniciativa de crear un nuevo sitio de discusión en ECHO. "Es sensacional –exclama Stacy–. Podremos organizar debates con los curadores y los artistas del museo." El tema "Whitney" se suma así a la cincuentena de "conferencias" ya formadas. Salud, libros, cine, mitologías americanas, amor, sexo, deportes, menos de treinta años, más de cuarenta, mujeres solamente, conferencia judía: hay para todos los gustos. Cada círculo funciona como una sala de tertulias, animada por un patrocinador que goza de un acceso gratuito a ECHO. "Incluso tenemos un grupo animado por el periódico femenino *Ms.* –cuenta Stacy–. Las mujeres pueden discutir entre sí y con hombres sobre temas tabúes... como la menstruación."

Con su bermuda blanca y desflecada, su camiseta marrón y su aire romántico, esta frágil joven morena se parece más a una estudiante eterna que a una Pasionaria de la alta tecnología. "La técnica es aburrida", confiesa. Lo único que fascina a Stacy es la gran capacidad de la herramienta informática para desinhibir a las personas, para crear contactos. "Los que denuncian la tecnología fría y sin rostro se equivocan por completo –afirma–. La principal motivación de los miembros de ECHO es conocer gente." Algunos usuarios disfrazan su personalidad, usando en el ciberespacio las máscaras de sus fantasmas. Otros prefieren ser ellos mismos. Pero todos participan apasionadamente.

Stacy, que se crió en el tranquilo barrio de Huntington (Long Island), al este de Nueva York, ignoraba este universo hasta que ingresó en el programa de telecomunicaciones interactivas de la Universidad de Nueva York. Allí descubrió WELL, "una auténtica revelación". Creada en 1985 en San Francisco por los ecologistas del Whole Earth Catalogue, WELL (Whole Earth 'Lectronic Link), que actualmente cuenta con 10.000 socios, es en cierto modo el antepasado de todos los BBS del país. Howard Rheingold y la generación de los veteranos del ágora electrónica –John Perry Barlow, Mitch Kapor, Stuart Brand– dieron sus primeros pasos como cibernautas. En los años 60 militaban por los derechos civiles y organizaban manifestaciones contra la guerra de Vietnam. En los años 80, algunos de ellos se convirtieron en millonarios, aunque alegando que no habían renunciado a sus ideales. Es así que Mitch Kapor –uno de los fundadores de la compañía de software Lotus– y un puñado de compañeros de ruta crearon la Electronic Frontier Foundation. Esta "fundación de la frontera electrónica" es una sociedad sin fines de lucro que milita por la defensa de la cultura democrática y descentralizada del ciberespacio, contra la codicia de las grandes empresas y los negros designios del Big Brother, como llaman al gobierno federal.[14] La fundación procura, según la expresión de Kapor, promover una política "jeffersoniana" de la información, es decir basada, siguiendo la noble tradición de Thomas Jefferson, "en la primacía de la libertad individual y un compromiso con el pluralismo, la diversidad y la comunidad". Esta generosa ideología, a veces convertida en visión utópica, influye en gran medida sobre las reflexiones del presidente Bill Clinton y del vicepresidente Al Gore acerca de la construcción de las autopistas de la información.

Cada cual con su tribu

WELL es un poco el hijo natural de Stanford y de Silicon Valley. A fines de los años 80 nada de esto existía en Nueva York. En 1989 Stacy Horn renuncia a un empleo aburrido en el servicio de telecomunicaciones de la compañía petrolera Mobil, con la intención de escribir una novela. Entonces, para poder mantenerse, decidió lanzar un BBS de vocación cultural: "Yo soñaba comunicarme con celebridades, conversar con escritores, pintores, músicos, como la anfitriona de una tertulia literaria del siglo diecinueve". Para su gran sorpresa, el sueño poco a poco se cumplió. Los principios fueron difíciles, por cierto, pero en el segundo año ECHO equilibró sus cuentas. Y en 1993 fue el gran despegue, favorecido por la moda de la comunicación en línea. La entusiasmada Stacy quería lanzar luego redes similares a las de otras ciudades del país: un BBS "glamour" en Los Angeles, un BBS "vudú" en Nueva Orleans.

Nueva York cuenta con una media docena de comunidades electrónicas de identidad bien afianzada. Pipeline, creada por James Gleick, ex periodista del *New York Times*, juega a la modernidad: su principal finalidad es brindar a sus abonados una rampa de acceso a Internet. Panix –la más vieja, con 2.600 socios– mantiene una interfaz de uso hipertecnológica y desprecia cordialmente a los novicios. Transom, el servicio de la "generación MTV", reúne a gente de 18 a 34 años entusiasmada con el *techno-rap*. ECHO es el refugio de los intelectuales de izquierda y de las mujeres (40 por ciento). No es sorprendente que Stacy, irritada por la escasa representación en línea del "sexo débil", haya atraído a las mujeres obsequiándoles su primer año en el ciberespacio. En San Francisco, Ellen Pack y Nancy Rhine tuvieron un enfoque más radical aún: crearon el servicio Women's Wire, exclusivamente para mujeres.

Con círculos titulados Thug World ("el mundo de los matones") y Psychedelic Drugs ("drogas psicodélicas"), la red Mindvox es más radical en otro sentido. Este oasis electrónico para jóvenes "ciberpunks" antisociales es obra de dos ex piratas de la informática (*hackers*) de menos de veinticinco años, Bruce Fancher y Patrick Kroupa. Desde joven, Patrick se ganó la fama inventando un programa mítico –Phantom Access– que según él es capaz de violar los sistemas informáticos mejor protegidos del planeta. Bruce, por su parte, se levantaba todas las mañanas a las cinco para utilizar tranquilamente la línea telefónica familiar con su Apple II. Después de clase, hurgaba en los botes de basura de la compañía telefónica local, buscando conmutadores con sus compañeros hackers de la Legion of Doom ("Legión del Destino").

Así, la sedimentación de las afinidades electrónicas dividió la cibersociedad neoyorquina en estratos complejos que evocan un poco los guetos étnicos, sociológicos y religiosos de la vida real. Pero el apartheid social ahí parece menos pronunciado. Lejos de sustituir la realidad, el ciberespacio la prolonga e interpenetra. "La gente que se conoce en línea siempre termina por darse cita en la vida real", cuenta Stacy. En la jerga de los cibernautas, la expresión *in real life*, "en la vida real", es tan común que ha terminado por ser reemplazada por la abreviatura

IRL, o bien por F2F (*face to face*, "cara a cara"). "El otro día –continúa Stacy– me invitaron al cumpleaños de un socio de ECHO. Fue sensacional. Estaba Fear Tones, un grupo de rock que se formó en línea, parejas que se habían conocido en ECHO, hijos nacidos gracias a ECHO..."

Como un café de barrio, cada BBS tiene sus códigos, su ética, sus estrellas. Pero el conjunto de las comunidades virtuales comparte una serie de valores fundamentales, designadas por la palabra "etiqueta". Los que transgreden la etiqueta –con frecuencia los recién llegados– sufren la desagradable experiencia del *flame*, un mensaje personal que contiene términos groseros, obscenos u ofensivos, en síntesis, el equivalente cibernético de una carta injuriosa. "La práctica del *flame* es específica de la comunicación en línea –señala John Seabrook–. Pero los administradores de Internet no quieren darle publicidad, así como las compañías ferroviarias de principios de siglo no querían prevenir a los primeros viajeros sobre los peligros de las grandes llanuras." [15]

Los BBS más desaforados alientan la práctica del *flame*, otros la toleran, otros la prohíben. "Al principio –cuenta Stacy Horn–, ECHO no tenía reglas de juego. ¡Pero la gente se decía verdaderos horrores! Entonces decidimos que se permitiría atacar violentamente las declaraciones, pero no insultar a la persona misma. Ello impide que las discusiones acaloradas se conviertan en un ajuste de cuentas."

El ciberlenguaje no es tan frío como se pueda imaginar. Para paliar la ausencia de contacto visual, los cibernautas recurren a códigos emocionales bien establecidos, los *smileys*. Estos jeroglíficos modernos cobran sentido cuando los miramos ladeando la cabeza a la izquierda. Trozos escogidos: cierre de paréntesis) para una sonrisa; **:D** para una carcajada; **;)** para un guiño; **{Stacy}** para un beso (con efusión, **{{{{Stacy}}}}**; **:(** para indicar reprobación; **:/** para indicar contrariedad; **=:-()** para indicar miedo; **:-@** es un grito. Incluso se puede representar a Charlie Chaplin con **C|:-=** y a Abraham Lincoln con **=|:-)=** o enviar una rosa con **--<--<---@**.

Hay un sinfín de abreviaturas: FYU (*for your information*, "para tu información"); BTW (*by the way*, "entre paréntesis");

IMHO (*in my humble opinion,* "en mi humilde opinión"); RTFM (*read the fucking manual,* "lee el maldito manual", en respuesta a las preguntas del novato); OIC (*Oh, I see,* "ah, entiendo"); LTNS (*long time no see,* "hace tiempo que no nos vemos"); CUL8R (*see you later,* "hasta luego"), TNX (*thanks.* "gracias"). Pero conviene recordar que en el ciberespacio el uso de mayúsculas está tan mal visto como GRITAR al oído del prójimo cuando uno está F2F.

Los "enchufados" invierten en su vida electrónica toda la pasión que no encuentran en la vida cotidiana. Aun los de mayor edad adhieren. En los Estados Unidos, el 70 por ciento de las mujeres de más de cincuenta años posee un ordenador. A fin de cuentas, es el instrumento ideal para olvidar la edad, la sordera o la invalidez. El ciberespacio se ha convertido así en espejo deformante de la vida real, el LSD de los años 90. Hay juegos, bromas, reflexiones, trampas, angustias e insultos. Incluso hay suicidios: a principios de los 90, un miembro del WELL escribió un programa para borrar la totalidad de sus mensajes en los BBS de diversos grupos a los que pertenecía. Varias semanas después de haber así aniquilado sus largos años de vida en línea, se suicidó en la vida real.

Bravucones contra gatófilos

En Internet, cuya dimensión coloquial –Usenet– cuenta con unos 10.000 *newsgroups* o grupos de discusión, no es raro asistir a verdaderas batallas campales. En un caso célebre,[16] los desvergonzados *cyberpunks* de *"alt.tasteless"* declararon la guerra a los bienpensantes miembros de *rec.pets.cats.* Traducción: una banda de provocadores atacó sin piedad a un grupo de damas amantes de los gatos. El tono de un *"newsgroup"* es inmediatamente visible con la lectura de su FAQ *(Frequently Asked Questions),* una lista de preguntas y respuestas que le sirven de emblema. Ya traten sobre Bob Dylan, sobre Chechenia o sobre la cocina francesa, la mayoría de los *"newsgroups"* de Internet son serios. Es el caso de *"rec.pets.cats",* cuyos participantes intercambian confidencias sobre sus compañeros cuadrúpedos. Algunos de ellos son novatos de la informática, y buscan en línea cierta confortación después de la pérdida de un gato o un perro.

Algunos de estos "clubes" reúnen sin embargo a gente de gustos más exóticos. Por ejemplo, los motociclistas antiecologistas de *"alt.pave.the.earth"* discuten sin cesar sobre el mejor modo de cubrir el globo –océanos incluidos– con una delgada capa de hormigón, para poder batir récords de velocidad y contaminación. Los miembros de *"alt.devilbunnies"* rastrean obsesivamente en todos los continentes las señales de aparición y migración de imaginarios "conejos diabólicos".

En esta vena, los nauseabundos mensajes enviados por los habitués de *"alt.tasteless"* oscilan entre la escatología y la broma morbosa. Un día en que se aburrían, los fanáticos de lo innoble, liderados por *Trashcan Man* ("hombre-bote de basura"), comenzaron a dirigir a los amantes de los animales insidiosos mensajes de dudoso gusto. Uno de ellos pedía la mejor receta para el "gato a la polinesia", un segundo aconsejaba calentar el corazón de los mininos huérfanos en un horno de microondas; un tercero neutralizar a un gato rociándole los ojos con ácido muriático, otro hablaba de aplacar la fogosidad de una gata en celo acariciándole la vagina con un hisopo.

Este acoso habría podido durar indefinidamente si estos granujas no se hubieran topado con Karen Kolling. Karen, que vive con sus tres gatos en la región de San Francisco, es también ingeniera de la compañía de software Adobe, y veterana de Internet. Pronto respondió a las provocaciones de *"alt.tasteless"* enseñando a los amantes de los gatos a escribir *kill files*, programas-torpedo que permiten "matar" los mensajes no deseados de una persona identificada. Pero, después de una calma de corta duración, los provocadores repitieron sus ataques usurpando la identidad de auténticos miembros de *"rec.pets.cats."* La desdichada Karen comenzó a recibir llamadas anónimas y amenazas de muerte. Entonces desenfundó su arma nuclear, alertando por correo electrónico a las universidades o empresas privadas que brindaban acceso Internet a los más desaforados de estos bravucones. Amenazados con verse bruscamente privados del "cordón umbilical" que los unía al ciberespacio, se calmaron al instante.

Así como la pornografía contribuyó a popularizar la casete de vídeo y ciertos servicios telefónicos, el sexo forma parte del ciberespacio desde sus orígenes. El universo en línea, donde podemos ocultar nuestra identidad tras un seudónimo, favorece la libre expresión de los fantasmas más desaforados. Es bastante revelador que uno de los BBS más rentables del país sea Event Horizon de Jim Maxey. Maxey, que opera en Lake Oswego, Oregón, había comenzado por poner en línea imágenes digitales de planetas y de astros. Pero pronto comprendió que sus clientes preferían una imaginería más sugestiva. En 1992, su BBS de 64 líneas telefónicas, montado en un solo ordenador personal, facturó más de 3 millones de dólares. Event Horizon factura un promedio de 10 dólares por hora por medio del acceso a una fototeca electrónica compuesta esencialmente de imágenes "levantadas" de revistas especializadas. Ante una querella judicial de *Playboy*, Jim Maxey arregló el asunto desembolsando 500.000 dólares en efectivo. Como mujer de negocios avispada, la propietaria de la revista, Chris Heffner, aprendió la inevitable lección: hoy *Playboy* publica sus propios CD-ROM y también ha creado su propio sitio en Internet.

En Usenet, el grupo de discusión general "*alt.sex*" se subdivide en una docena de subgrupos especializados que trazan en el espacio sexual una auténtica geografía del deseo: "*alt.sex bondage*" para amantes del sadomasoquismo y el cuero, "*alt.sex.masturbation*" para amantes de los placeres solitarios, "*alt.sex.motss*" (*members of the same sex*) para los homosexuales, "*alt.sex.sounds*" para los que encuentran su fetiche en los ruidos eróticos. La moda de utilización de estos círculos tiene su aspecto escandaloso: las direcciones electrónicas de gran cantidad de estos "aventureros del sexo" delatan su pertenencia a universidades prestigiosas como Stanford, a grandes empresas como Microsoft y a organismos gubernamentales como la NASA.

Pero el ciberespacio no es una congregación de pervertidos ni de maniáticos. El romanticismo y el amor cortés también tienen su lugar. Laura Schneider y Jack Kolb, por ejemplo, se conocieron en línea, en un grupo literario del servicio en línea GEnie.[17] Laura, reportera judicial de Austin, Texas, había expresado su disgusto por James Joyce. En la escuela secundaria había sufrido mucho con el estudio de *Ulysses*. Jack, profesor de literatura en la Universidad de California en Los Angeles, se lanzó de inmediato a la defensa del novelista irlandés. La controversia se convirtió paulatinamente en conversación privada, primero por correo electrónico, luego por teléfono. Semanas después, Laura y Jack se dieron cita. "En los primeros minutos nos estudiamos –cuenta Laura–, procurando encontrar en el rostro del otro el estilo que revelaba en línea."

Meses después, a pesar de su persistente desacuerdo sobre Joyce, decidieron casarse. El cortejo en línea evoca los ritos románticos del siglo diecinueve, explica Laura: "Entonces se escribían esquelas a personas de gustos similares, y no era extraño que de allí naciera una relación amorosa".

Pero, ay, puede ocurrir que estos coqueteos cibernéticos terminen muy mal. En todo caso, tal fue la experiencia de Steve G., estudiante californiano de arquitectura que tuvo la mala suerte de prendarse en línea de la misteriosa White Jade.[18] "Me haces reír mucho. Adoro tu sentido del humor", le susurra ella por correo electrónico. El no desconfía. Habiendo simpatizado, continúan sus frecuentes conversaciones por e-mail. Ella le explica que también es estudiante, pero vive en la Costa Este. Deportista de alto nivel, espera que la seleccionen para los Juegos Olímpicos. Sus conversaciones se vuelven más íntimas. Jade le habla de su infancia infeliz en una familia rica y desgarrada. Pronto pasan noches hablando por teléfono y planean verse. Y, de golpe, nada más: Jade ya no aparece en línea ni responde por teléfono.

Días más tarde, en otro círculo de conversación cibernética, un tal Big Boy pregunta a Steve si tiene novedades sobre la joven: la compañera de cuarto de Jade, Sally, le habría dado a entender que ella estaba muy enferma. Steve enloquece. Trata de llamar a Jade diez veces por día. En vano. Cuando al fin se comunica con Sally, ella le confirma que Jade tiene leucemia y se está sometiendo a un doloroso tratamiento. Ya no puede trabajar, y no llega a pagar su parte del alquiler. Sus amigos estudiantes cuentan con poco dinero y no pueden ayudarla. Steve pregunta cuánto suman sus deudas. ¿Setecientos dólares? Se los remite en el acto. Jade desaparece para siempre con su dinero, y meses después Steve se entera en línea de que no es la primera víctima de Jade (alias Big Boy, alias Sally).

Trátese de una estafa directa ("necesito dinero para pagar el alquiler o el abogado del divorcio") o de extorsión (amenaza de enviar las exaltadas declaraciones del corresponsal a la pareja del mismo), los embaucadores que manipulan los sentimientos juegan con ventaja, pues muchas de sus víctimas están allí precisamente porque abrigan la esperanza más o menos consciente de conocer a alguien. El medio anónimo favorece la intimidad, los secretos se comparten de buena gana, el alma se abre más pronto. Además, estando en línea, es imposible juzgar al otro por sus entonaciones, su mirada, sus expresiones, gestos que rara vez engañan.

Un vestigio de la guerra fría

Por chocante que sea, la estafa no está ni más ni menos difundida en línea que en la vida real. A medida que el ciberespacio cobra popularidad, se agudiza una controversia igualmente profunda, esta vez provocada por intereses totalmente legales: los de las empresas, que miran con interés este vasto depósito de clientes al alcance del teclado. El primer "escándalo" fue producido por un pequeño bufete de abogados de Phoenix. En abril de 1994, Laurence Canter y Martha Siegel, una pareja de abogados especializados en procedimientos de migración y obtención de la Green Card (el valioso permiso de residencia en los Estados Unidos) decidieron ofrecer sus servicios por Internet.

La polémica no nació tanto del contenido –el mensaje era de lo más trivial– como de la forma: en vez de conformarse con colocar su publicidad en un espacio virtual apropiado –un grupo de discusión sobre migraciones, por ejemplo– Canter y Siegel escribieron un programa específico, multiplicando indefinidamente su anuncio en las carteleras de unos 10.000 newsgroups activos de Usenet. Imaginemos que al abrir nuestro buzón encontramos nuestra correspondencia personal aplastada bajo una pila de folletos publicitarios. Con esto la pareja de abogados no sólo se burlaba de la etiqueta de Internet, sino que lanzaba una auténtica provocación.

Los cibernautas pronto replicaron inundando a Canter y Siegel con *flames*. Insultos irreproducibles llovieron en su buzón electrónico por centenares, luego por millares. Un adolescente amenazó con "reducir a cenizas su podrido bufete". Un australiano envió mil pedidos falsos de asesoramiento por día. Un joven noruego, Arnt Gulbrandsen, se convirtió en héroe del día al lanzar por la red un *file killer* capaz de destruir todo mensaje procedente del ordenador de los provocadores. El volumen de correo electrónico que recibían los desdichados abogados alcanzó tal magnitud que el ordenador que los enviaba tuvo problemas de funcionamiento. De golpe, la empresa local que brindaba a los abogados el acceso a la red interrumpió la conexión.

¿Estas reacciones parecen histéricas? No olvidemos que la cultura original de la Net (abreviatura de *network*, "red"), como la llaman familiarmente en los Estados Unidos, es resueltamente antimercantil. Incluso encontramos una publicación electrónica de "destructores de publicidad" –*Adbusters Quarterly*– que tiene por vocación librar una guerra contra Marlboro, Budweiser, MacDonald's y otros "contaminadores de la mente". Aun los veteranos más moderados de la red encontraron justo el rechazo a la intrusión de Canter y Siegel. "Esos leguleyos merecían su suerte. Se portaron de manera estúpida", declara Vinton Cerf. Como presidente de la Internet Society, la asociación que administra la red, "Vint" Cerf es sin embargo uno de los que bregan para abrir esta infraestructura a los intereses comerciales. "La cultura tradicional de la red es cuestionada por las fuerzas del mercado. Eso atemoriza a algunos usuarios. Pero esta evolución es gradual y natural. Es un poco la historia de la aldea que se convierte en gran ciudad: los beneficios del crecimiento superan la nostalgia por el encanto perdido."

Vint sabe de qué habla. Este hombre afable de físico quijotesco, que hoy es vicepresidente de la compañía telefónica de larga distancia MCI, es uno de esos personajes legendarios que han "creado" el ciberespacio. El joven Vint Cerf y sus camaradas de la UCLA (Universidad de California en Los Angeles), a quienes hace veintiséis años se solicitó que trabajaran para montar la primera red informática del país, sabían que estaban por hacer historia. Ese verano de 1969, mientras medio millón de sus coetáneos vitoreaba en la gramilla de Woodstock, un puñado de jóvenes científicos americanos, por encargo del organismo de proyectos de investigación avanzada del Pentágono (ARPA), buscaba la manera de enlazar los ordenadores de los laboratorios de investigación de las universidades de Los Angeles, Santa Bárbara, Stanford y Utah. El mundo estaba en plena guerra fría y Estados Unidos procuraba crear una infraestructura de comunicaciones que fuera capaz de resistir una conflagración nuclear.

Retrospectivamente, la empresa parece sencilla, pero recordemos que en esa época los ordenadores eran enormes centros de cómputos de tamaño y potencia diferentes, dotados de sistemas operativos incompatibles. La idea misma de ponerlos en comunicación era herética. El 21 de noviembre de 1969, al cabo de días y noches de tesonero trabajo en la construcción de las herramientas y programas necesarios para esta comunicación, se estableció al fin la conexión UCLA-Stanford. En 1971, la red ARPANET (así llamada por la agencia que encargó el trabajo) unía una docena de lugares, entre ellos el MIT y la universidad de Harvard; en 1974 sumaba 62, y en 1981 más de 200. Los investigadores en cuestión, al principio reticentes frente a una iniciativa que ellos vivían como una intrusión, pronto se transformaron en conversos, pues la Net, lejos de servir sólo para intercambiar información científica, se convirtió en un medio de comunicación independiente. En sus primeros años de existencia fue –imposición de la época– escenario de un apasionado debate sobre la intervención estadounidense en Vietnam.

Cuando a principios de los años 70 varios países extranjeros quisieron sumarse a la infraestructura naciente, Vinton Cerf, ahora profesor de la Universidad de Stanford, desempeñó nuevamente un papel decisivo. Cuando Robert Kahn de ARPA le encargó que crease un sistema de conexión entre redes internacionales de normas muy diferentes, Cerf concibió un conjunto de protocolos de transmisión y ruteo que llevaba el bárbaro nombre de Transmission Control Protocol/Internet Protocol (TCP/IP). "TCP/IP es un producto puro de la mente de Vint –recuerda con admiración el director general de la Internet Society, Tony Rutkowski–. Lo diseñó en el dorso de un sobre, en marzo de 1973, en un hotel de San Francisco."

En los años 80, a medida que los ordenadores personales y los módems se volvían más accesibles, aparecieron decenas de nuevas redes, entre ellas la NSFNet de la National Science Foundation, que debía servir como esqueleto de lo que luego se convertiría en Internet. Pero la popularidad de la red entre los estudiantes quedó garantizada por el servicio que hoy se denomina Usenet, donde bullen los grupos de discusión. Si hoy conversan tanto los bravucones como los gatófilos, es gracias al protocolo de transmisión afinado por Kahn y Cerf.

"Los arquitectos de esta red original dieron muestras de una clarividencia inaudita –escriben Daniel Lynch y Marshall Rose–. Habían previsto que ciertas necesidades de comunicación muy específicas se toparían con el obstáculo de la gran variedad de modalidades de transmisión."[19] Aunque es simple de usar, explica Tony Rufkowski, el protocolo Kahn-Cerf se caracteriza por "una gran capacidad de adaptación tecnológica, la interoperatividad entre sistemas heterogéneos, así como una modalidad de transmisión bastante robusta para seguir funcionando aun en caso de ruptura de ciertos enlaces."

Cada mensaje es dividido en pequeños paquetes de menos de dos mil caracteres, que pueden seguir diferentes vías (redes de cable, telefónicas o informáticas, ondas satelitales) antes de reconstituirse en el disco rígido del destinatario final. Si por alguna razón el camino más directo se interrumpe, estos paquetes de datos se reconstituyen automáticamente en itinerarios alternativos. En este sentido, Internet puede resultar la única vía de comunicación confiable para una región aislada del mundo: por ejemplo, Moscú durante el golpe de Estado de agosto de 1991 o Los Angeles después del terremoto de febrero de 1994.

Ni dueños ni censores

Es comprensible, no obstante, que los habitués de Internet se sientan apabullados por las hordas de recién llegados: en 1994 la cantidad de usuarios aumentó a razón de más del 10 por ciento mensual. Así Internet ha pasado de ser una infraestructura científico-militar heredada de la guerra fría para convertirse, al cabo de dos decenios, en un conjunto de más de 35.000 redes que enlazan unos 3.500.000 ordenadores *host* o "anfitriones" y –aunque es imposible contarlos con certidumbre– más de 30 millones de usuarios en un centenar de países. En los Estados Unidos, todo individuo que pueda pagar unos quince dólares mensuales a un *service provider* ("proveedor de servicios") y de memorizar los mandos básicos del lenguaje Unix (el más difundido en el mundo PC), tiene acceso al exótico placer de "surfear" por las redes, participar en debates de newsgroups, hojear las últimas publicaciones del ministerio de comercio de la SBC (Comision de Operaciones Bursátiles) o conseguir los trabajos de un académico australiano sobre la civilización bosquimana.

Marcada por su historia, Internet es una "bestia" singular, una increíble mezcla de infraestructuras subsidiadas y dedicadas a la investigación, de redes privadas de empresas, de centros de información de todo tipo y de un sinfín de círculos de discusión. Es una estructura asociativa en cuyo seno colaboran competidores económicos salvajes: por ejemplo, para las infraestructuras telefónicas, los tres operadores de larga distancia estadounidenses AT&T, MCI y Sprint. Como es un gigante descentralizado, no conoce reglas de juego universales, dueños ni censores, sólo una "etiqueta" (*netiquette*). "Hasta los directorios que enumeran la dirección electrónica de todos los usuarios están descentralizados", explica Vint Cerf. La Internet Society, que cumple el papel del único poder central, es una suerte de cooperativa que se limita a una coordinación administrativa y técnica de las operaciones (estándares, seguridad, internacionalización).

El gobierno de Clinton ha desempeñado un papel importante en la popularización de la red, pues Bill Clinton y Al Gore la consideran el único prototipo, en vivo, de estas súper autopistas de la información que sueñan con construir. "Un día Bill Clinton y Al Gore decidieron que el gobierno americano debía estar en Internet –cuenta un ex alto funcionario–. Para poner las cosas en marcha, explicaron a diversos ministros y responsables de reparticiones públicas que se comunicarían con ellos por medio del correo electrónico. El jefe de la Federal Communication Commission, para quien yo trabajaba entonces, acudió a mí presa del pánico, preguntándome cómo se hacía."

Jugando con el efecto de la moda, la editora Addison-Wesley publicó en 1993 un listado de direcciones electrónicas de los ricos y famosos. En el gobierno y los negocios se puso de moda consignar las coordenadas electrónicas en la tarjeta de visita. La afiliación electrónica nos clasifica en el ciberespacio tanto como el domicilio de nuestra residencia o la marca de nuestro coche traducen nuestro estatus socioprofesional en el mundo real. Por cierto no todos pueden presentar la identidad cibernética de un Bill Clinton (president@whitehouse.gov), de un Bill Gates (el presidente de Microsoft, billgmicrosoft.com) o de un Vinton Cerf (vcerf@isoc.org).

Para el común de los mortales, entrar en la red por *gateways* como ECHO o WELL es mucho más chic que formar parte de la muchedumbre, inscrita en America Online (en el caso del autor, Dodonono@aol.com), cuya interfaz basada en iconos donde se cliquea está concebida para los tecnófobos. Dentro de algunos años, pronostican los militantes del ciberespacio, será tan ridículo carecer de domicilio electrónico como no tener número telefónico en la actualidad.

Ciberflores

Las capacidades de Internet han evolucionado: ha aumentado la velocidad de transmisión, ha aparecido el color, las fotos e incluso pequeñas secuencias en vídeo. "Uno de los pasatiempos favoritos de mi hijo de ocho años consiste en visitar los museos de imágenes fractales de la Universidad de Rennes", cuenta Tony Rutkowski de Internet Society. Pero el factor más explosivo es la popularidad de una de las subredes de Internet, el World Wide Web, que permite al usuario navegar de manera muy simple entre decenas de miles de páginas, conectadas entre sí por enlaces de hipertexto (véase el capítulo 3). Los administradores de Internet enfrentan hoy un reto cultural que está a la altura de sus proezas tecnológicas de antaño: organizar una transición gradual para pasar de una red elitista, financiada por el Estado norteamericano, hacia una infraestructura esencialmente privada, pero aun así capaz de conservar sus virtudes de cuasiservicio público. El gobierno estadounidense, que garantiza un pequeño 10 por ciento de las financiaciones de Internet, anunció que desde 1996 se limitaría a subvencionar el acceso a la red de las instituciones públicas (escuelas, hospitales, bibliotecas, etcétera).

Para los demás, todo dependerá del mercado. Muchas subredes de Internet ya son privadas, pues una cantidad creciente de multinacionales, por ejemplo, gestionan el conjunto de sus comunicaciones internas en ordenadores que emplean la infraestructura de la red. Estas redes privadas forman islotes que, por razones de seguridad, están protegidos del resto de la red por "barreras contra incendios" (*firewalls*). La empresa de informática Digital Equipment, que dirige una de las operaciones comerciales más vastas de la red, cuenta con 40.000 máquinas enlazadas con Internet, entre las cuales transitan más de 700.000 mensajes electrónicos por mes. El correo y los memos electrónicos también forman parte de la vida cotidiana de los empleados de IBM, Motorola, Merrill Lynch y Schlumberger. Esta gestión de alta tecnología, que da por tierra con la escala jerárquica, está por cambiar profundamente la cultura del mundo del trabajo (véase el capítulo 8).

Pero ciertas empresas van más lejos, sirviéndose de Internet como de una auténtica herramienta de cibermarketing. También allí las empresas informáticas señalan el camino. Digital Equipment, por ejemplo, conectó en Internet varios ordenadores que operaban con su nuevo microprocesador ultrarrápido Alpha. Dondequiera se encontrase en el planeta, un cliente potencial podía verificar el desempeño de esta "Ferrari de la informática". Resultado: siete meses después, más de 2.500 usuarios de veintisiete países del mundo habían probado el producto. Al igual que una creciente cantidad de fabricantes de hardware y de software, Digital Equipment presenta en línea más de 3.000 folletos y documentos técnicos sobre sus productos.

Abrir un ciberescaparate no está reservado a los gigantes. Al contrario: el poco costo de utilización de Internet, sobre todo en relación con la televisión, la convierte en un vehículo promocional ideal para la pequeña y mediana empresa. Porque, a pesar del irritante "caso de la tarjeta verde" del bufete Canter & Siegel, las empresas que demuestran tacto y respetan la *netiquette* pueden comerciar perfectamente en la red. Tomemos el caso de Larry Grant, florista y arbolista de Ann Arbor, Michigan. Larry no es ciertamente un enamorado de la tecnología. A decir verdad, ni siquiera tiene ordenador, pero ello no le impide andar por la cibercalle. Los cibernautas que buscan un florista tropiezan con una foto de Larry –pura sonrisa en medio de sus orquídeas– salpimentada con un ofrecimiento de arreglo floral a 35 dólares: "Cliquee aquí para hacer un pedido".

Esta simple "página" de promoción le ha conseguido en pocos meses una plétora de nuevos clientes, japoneses incluidos. El total para una inversión módica es de 28 dólares mensuales en Branch Information Services. Alentado por la cámara de comercio local, este proveedor de servicios Internet ayuda a las pequeñas y medianas empresas de la región a concebir y poner en marcha su propio servicio electrónico. Para ello ni siquiera es necesario aprender informática: los pedidos en línea llegan a Branch Information, que los retransmite al instante, en forma remota, a Larry Grant. Luego los ramos se despachan por los medios tradicionales.

Junto a los proveedores de material electrónico y los floristas, ya encontramos en Internet libros (con domicilio en Rockport, Massachusetts, la librería en línea de Laura Fillmore "libera" los textos de las obras, remitiéndolas a nuestro disco rígido), revistas, periódicos, direcciones de restaurantes, CD de audio y casetes de vídeo. Las direcciones con la designación "com" de dominio (*domain*) comercial –florist.com, chembank.com–, que identifica al usuario de la red como empresa comercial, se duplican todos los años. A mediados de 1995 había más de 30.000. Ciertos expertos ven en Internet el prototipo del mercado del futuro: no sólo un lugar donde podemos realizar nuestras compras de manera más práctica que en el mundo real, sino un instrumento que revolucionará la manera en que la gente consume y gasta (veáse el capítulo 3).

Renegados y terroristas

Seamos claros: por el momento, esta extrapolación es todavía un sueño. Internet no invita a la holganza ni al shopping. Para el hombre de la calle explorarla es tan inimaginable como visitar Tokio sin un mapa y sin saber japonés. Y su instrumentación podría resultar para las empresas tan peligrosa como un paseo nocturno por los peores lugares del Bronx, pues la protección de la información todavía es incierta. "La seguridad y el control de acceso a Internet son mucho más importantes para los empresarios que para los universitarios", subraya Vint Cerf. Y reconoce que por el momento la seguridad deja que desear. Es lo menos que puede decirse: en febrero de 1994, el organismo encargado de los sistemas de información de Defensa dio la alarma: "gran cantidad de redes informáticas no clasificadas del Ministerio de Defensa fueron infiltradas por piratas", fue la explicación que dio un oficial de seguridad informática ante un grupo de desconcertados hombres de negocios.

Desde luego, la información ultrasecreta –la que atañe al control de las armas nucleares u operaciones de espionaje– no es accesible por Internet. En cambio, la concepción de aviones y navíos de combate y las nóminas de pago del personal militar –el tipo de información que procuraban hallar los espías del Este en tiempos de la guerra fría– residen en ordenadores de Internet. Es el medio más eficaz para facilitar la comunicación entre diversas ramas de la administración, entre los investigadores de diversos laboratorios militares o entre el Pentágono y sus proveedores.

Pero fuera de las inexpugnables fortalezas informáticas del Pentágono, ciertos ordenadores *host* de Internet, que no tienen nada que ver con los militares, presentan una seguridad defectuosa. Un pícaro puede instalar subrepticiamente lo que llaman un "programa sorbedor", concebido para interceptar toda la información que transite por su ordenador anfitrión. Además, en Internet, cada mensaje contiene la identificación secreta del remitente, así como el password –clave– necesario para penetrar en la máquina del destinatario. Instalando con astucia este tipo de programa, los hackers pueden apropiarse de decenas de miles de identidades y códigos que luego usan para penetrar en las redes militares o privadas, en las cuales introducen nuevos programas sorbedores. Para peor, los programadores más sofisticados son capaces de volver invisible su software. En un santiamén, zonas enteras de la red quedan infiltradas por los hackers, que roban, modifican, alteran o destruyen archivos confidenciales o valiosos.

Esta vulnerabilidad constituye un tema de preocupación para las autoridades militares del país. Pero, por otra parte, la tecnología informática quizá brinde al Pentágono y los servicios de inteligencia americanos los medios para combatir tiranos y dictadores sin derramar una gota de sangre. En un lugar secreto de Virginia del Norte, los ciberestrategas del ejército preparan las bombas de la guerra de alta tecnología: virus que paralizan las centrales telefónicas del agresor, destruyen los ruteadores electrónicos de sus ferrocarriles, envían órdenes antojadizas a sus redes militares y hacen humo los millones de sus cuentas bancarias de Suiza.

En los Estados Unidos, la mayoría de los piratas informáticos no son por el momento gente que conspira contra la seguridad del Estado, sino pequeños renegados en busca de emociones fuertes, como en las películas *War Games* o *Hackers*. La mitología de los piratas que todos los años celebran su congreso –por iniciativa de Dark Tangent, alias Jeff Moss– está llena de historias heroicas. Está la de Phiber Optik, del grupo

MOD, una auténtica estrella del ciberespacio, que Stacy Horn había contratado para que se encargara de la seguridad de ECHO. A fuerza de divertirse infiltrando las redes de las compañías telefónicas, este joven de veintiún años, de físico angélico, debió afrontar en 1994 una sentencia de doce meses en una cárcel de Pennsylvania.

También está la de Kevin Mitnick, que logró tener en jaque al FBI tres largos años, hasta ser detenido en febrero de 1995, a los treinta y un años.[20] Los padres de Kevin Mitnick se divorciaron cuando él tenía tres años. Criado en Los Angeles por una madre que era mesera de restaurante, Kevin pronto desarrolló una obsesión compulsiva por la informática. Cuando adolescente, entró ilegalmente en el sistema informático de la escuela, luego en el centro de mando de la defensa aérea americana. No para tocar los expedientes, sólo para ver.

Este irreprimible deseo de violar los sistemas mejor protegidos jamás lo abandonó. Entre los dieciséis y los treinta y un años, cometió toda clase de infracciones electrónicas: inventó números telefónicos no facturables, cortó o manipuló a distancia líneas telefónicas. Estos talentos tan especiales ya le habían valido la prisión: seis meses, primero, por haber robado manuales técnicos a la compañía telefónica Pacific Bell y "visitado" la red de una universidad local; un año, en 1989, por haber robado un código secreto en Digital Equipment.

Mitnick debió sufrir entonces el equivalente de una "desintoxicación" en un centro especializado de Los Angeles, y sólo fue liberado a condición de que nunca más tocara un teclado de ordenador ni un módem. ¡Vana exigencia! La vocación de este joven solitario por la piratería es una especie de drogadependencia. "Delante de un teclado de ordenador, se siente todopoderoso", explica un psicólogo que lo ha tratado.

En 1992 el FBI comienza a investigarlo por nuevos delitos y Mitnick pone los pies en polvorosa. En fuga en el sur de California, el increíble hacker escapa continuamente de los agentes federales. Incluso logra manipular la red telefónica para escuchar las conversaciones de los hombres que se han lanzado en su persecución. Al fin lo capturan en Carolina del Norte gracias a la ayuda de uno de los mejores expertos internacionales en seguridad informática, Tsutomu Shimomura, cuyo ordenador Kevin había infiltrado. El pirata más buscado poseía un millón de dólares en datos y programas robados (incluyendo 20.000 números de tarjetas de crédito que nunca había usado).

Aparentemente, Phiber Optik, como Kevin Mitnick, son motivados sólo por la hazaña tecnológica. No está garantizado, sin embargo, que todos los hackers del planeta sean tan desinteresados. Algunos especialistas mencionan el peligro de un "Chernobyl de la información" provocado por ciberterroristas pagados por gobiernos enemigos, empresas rivales o simplemente por la mafia. "Un colega de Europa del Este me habló de una auténtica 'fábrica de virus', formada por dos ex programadores de los servicios secretos búlgaros, encargados de penetrar los sistemas de seguridad informática de Occidente", refiere John Norstad, profesor de la Universidad Northwestern de Chicago y especialista en seguridad informática en el universo Macintosh. "Desempleados tras la caída del muro de Berlín, se las ingenian para crear nuevos virus para infestar los ordenadores de las empresas occidentales."

La caza de los virus

¿Es Internet una casa de vidrio donde los secretos militares y civiles están a merced del primero que llega? Vinton Cerf da una opinión tranquilizadora: "La Net tiene, en efecto, problemas de seguridad. Pero se trata ante todo de una protección deficiente en ciertos ordenadores de ruteo. Sin embargo, existen muchas soluciones técnicas para fortalecer estas barreras". Y el presidente de la Internet Society describe con pericia las mil y un maneras de asegurar una transmisión inviolable de los passwords (las "claves" se pueden usar una sola vez o bien cambiar constantemente). No obstante, como subraya Tony Rutkowski, no puede existir una seguridad informática absoluta: "Un sistema abierto y descentralizado como Internet no será jamás cien por ciento seguro, así como nadie está absolutamente seguro cuando camina por la calle".

Dicho esto, la popularidad galopante de la Net va acompañada por una creciente vigilancia. "La multiplicación de la cantidad de ordenadores y de personas en red aumenta los riesgos de propagación –estima Norstad–, pero al mismo tiempo los usuarios toman más precauciones." Por otra parte, la red misma constituye un potente medio de lucha contra los nuevos virus. El lunes 28 de febrero de 1994, al caer la tarde, Norstad recibe un mensaje electrónico procedente de Italia. Luego otro más. El tercer pedido de auxilio llega en menos de media hora. "Con frecuencia sucede que la gente me llama o me envía mensajes por tonterías –explica este hombre tímido de barba entrecana–. Pero tres mensajes del mismo país, uno tras otro, sin duda revelaban un problema serio." Sus interlocutores le describen la repentina aparición de un nuevo tipo de virus. "Una vez que entra en el ordenador, la bestezuela salta alegremente de archivo en archivo hasta borrar por completo el disco rígido, a veces en cuestión de días", cuenta Norstad. Si el virus se transmite entre usuarios inexpertos, puede causar notables estragos antes de ser eliminado. Alguien puede contagiárselo, por ejemplo, al copiar un nuevo programa en una red, y luego transmitirlo a un amigo, al prestarle su juego electrónico preferido.

Los síntomas varían, y los virus más perniciosos trabajan en secreto. Hay virus que, como sus homónimos biológicos, van adheridos a programas específicos y se trasmiten por medio del intercambio de programas (sea por importación en línea, o bien por copia física de un disquete). Están los *worms* ("gusanos"), que proliferan sobre todo por las redes, pero sin estar adheridos a programas específicos. En 1987 un "gusano" devastador atacó la Internet. También están los "caballos de Troya", que causan enormes daños en el mayor secreto, mientras se ejecuta un programa de utilidades, invisibles para el ojo inexperto.

El nuevo virus italiano que le enviaron a Norstad parecía estar concebido como una "trampa para piratas": estaba envuelto en un programa atractivo, puesto en un BBS italiano para ser copiado ilegalmente. Como en esa época este programa de

Mac no se comercializaba en la península, muchos socios del BBS lo copiaron, contrayendo así el virus. "Por fortuna el virus fue de inmediato localizado por alguien que tenía experiencia suficiente como para enviarme un espécimen del archivo infectado", cuenta Norstad. No es de extrañar: este hombre es para la comunidad internacional de Mac lo que Michael Jordan para los fanáticos del baloncesto. John –jnorstad@nwu.edu para los cibernautas– es autor del célebre programa antivirus Disinfectant, que él pone gratuitamente a disposición de millones de usuarios de Mac en la red Internet.

Además de sus funciones de enseñanza, Norstad vela por la seguridad del sistema informático de la Universidad del Noroeste, y en este sentido forma parte de un círculo planetario de investigadores, ingenieros y especialistas en Macintosh a quienes se conoce como MASH (por la célebre serie de televisión). En el seno de este grupo informal, los "guardianes del zoológico" forman una pequeña brigada encargada específicamente de la seguridad. Un poco policías, un poco médicos, colaboran allende las fronteras para prevenir y curar las epidemias informáticas.

En este último día de febrero, John Norstad copia pues el archivo italiano infectado para enviarlo con urgencia, con un mensaje electrónico, a los guardianes americanos, australianos y franceses. Dejando sus demás tareas, estos especialistas procuran descomponer el virus para hallarle remedio cuanto antes. Una vez que identifican la bestezuela, la bautizan y –ya trabajen para una empresa comercial o para una universidad– intercambian vía Internet los resultados de su labor. Cuando afinan el antídoto, cada especialista envía su propia fórmula antiviral actualizada y la difunde. "Este ánimo de colaboración es típico del mundo Mac –explica Norstad–. El universo IBM, más despiadado, funciona en cambio sobre la base de la competencia entre universidades y empresas privadas."

En dos días, los guardianes encuentran un antídoto eficaz para el nuevo virus italiano, Init 9405. En su comunicado público común, John Norstad pone su Disinfectant en versión 3.5 a disposición de todos en varios sitios estratégicos de la Net. Los dueños de Mac que no tienen acceso a esta red, las grandes empresas que tienen por principio no utilizar software gratuito –"precisamente porque tienen miedo de los virus", ironiza John– o bien los particulares que investigan un soporte técnico, compran las nuevas versiones comerciales del programa, como Virex o Rival. Mientras habla, Norstad contempla su pantalla iluminada: él conserva en su disco rígido las muestras de unas veinte cepas de virus clasificados en el universo Macintosh: Zuc, T4, MDEF, Code 1. Naturalmente, cada animalejo de este laboratorio *in vivo* está cuidadosamente rodeado por un cordón sanitario de antivirus.

Custodio de las buenas costumbres

Mientras esperamos que los Vint Cerf y los John Norstad de este mundo transformen la jungla Internet en un barrio pulcro, ya existen en la red algunos oasis de orden y organización: los grandes bancos de datos, como America Online, Compuserve, Prodigy, Delphi y GEnie. No tienen la personalidad ni el encanto intimista de los BBS de salón, y carecen de la belleza barroca y el exotismo de la fabulosa Internet. No obstante, sabemos exactamente qué encontraremos allí: grupos de discusión, funciones de correo electrónico, información, datos financieros y bursátiles, centros comerciales, agencias de viajes, juegos y bibliotecas de software. En suma, un creciente abanico de actividades cómodamente accesibles por un costo muy razonable (diez dólares mensuales por cinco horas de consulta; de 3 a 4 dólares por hora suplementaria). Ello deriva en una tasa de crecimiento alucinante: estos servicios reclutan un millón de adeptos nuevos todos los años, totalizando más de 7 millones de abonados a mediados de 1995. Dado el ritmo al cual los hogares americanos se equipan con ordenadores, aún les queda un importante margen de crecimiento.

El viernes 29 de julio de 1994, en una suite del Hilton de Nueva York, Steve Case, presidente y cofundador de America Online, muestra a algunos visitantes la nueva interfaz de su banco de datos. El servicio, que antes tenía nueve departamentos, ahora tiene catorce: al rubro "gente", el más frecuentado, se añade Kids Only, exclusivamente para niños. El quiosco de periódicos, que abarca unas sesenta publicaciones, ya está separado de los servicios financieros; la educación y las referencias forman cada cual su propio rubro, al igual que los viajes y el centro comercial. Para pensar mejor su supermercado virtual, la compañía de Steve Case ha comprado Redgate, una pequeña empresa editora de catálogos electrónicos en CD-ROM, una punta en el ámbito todavía tambaleante del cibermarketing. Con el tiempo, la venta de publicidad en línea debería sumarse a las cuotas mensuales de los abonados, que por el momento constituyen la única fuente de ingresos del servicio.

"Con esta nueva interfaz, la navegación resultará aún más fácil", afirma Jean Villanueva, encargada de comunicaciones de America Online, cliqueando con facilidad los iconos de color de la gigantesca pantalla. El secreto de este servicio, el estímulo para su notable expansión, es ante todo un sistema de uso muy sencillo, inspirado por la interfaz "apuntar y cliquear" del mundo Macintosh. La compañía fue la primera en poner el ciberespacio al alcance de los analfabetos en informática. La apuesta ha rendido frutos: partiendo de cero en 1985, America Online superó los 3 millones de abonados en agosto de 1995, quedando en pie de igualdad con Compuserve de cara a la pionera Prodigy (2,5 millones). Mientras sus dos accionistas (IBM y Sears & Roebuck) soportan el déficit, Prodigy espera equilibrar sus cuentas por primera vez en 1995, pero America Online ha sido rentable desde un principio. Esta empresa basada en Virginia, sesenta kilómetros al oeste de Washington, ha registrado 7,3 millones de dólares de ganancias para el ejercicio que cerró en junio de 1995, sobre una facturación de 394 millones de dólares, con una progresión del 278 por ciento. Pero los gastos excepcionales asociados con sus adquisiciones implican una pérdida neta de 33,6 millones de dólares.

¿Moda u ola permanente? Para Steve Case, los servicios en línea constituyen realmente un "nuevo medio" que está por pasar del restringido canal de un pequeño porcentaje de hogares a un verdadero mercado masivo. "Trátese de conectar líneas de teléfono, TV cable u ondas radiales, trátese de efectuarla por medio de televisores, ordenadores o aparatos portátiles, la comunicación electrónica se volverá omnipresente –explica–. Afectará todos los aspectos de la vida cotidiana." El joven directivo no oculta su ambición: ocupar antes de 1996 el primer lugar en el ruedo americano, y de paso convertirse en el número uno internacional de esta naciente industria. ¿Cómo? Sencillo: "procurando ofrecer el servicio más rico y la interfaz más accesible, todo por una tarifa accesible y más baja que la de la competencia".

America Online celebra frenéticamente acuerdos para enriquecer sus servicios. En mayo de 1995 la compañía anuncia, por ejemplo, la aparición gradual de un nuevo sitio Web creado con los estudios cinematográficos New Line, la inauguración de una zona de liquidaciones permanentes con Home Shopping Networks, especialista en telecompras, así como la revelación en línea de una serie de nuevos sellos postales americanos con el tema de la historieta. Los proveedores de "contenido" de America Online obtienen, por las regalías, un promedio del 10 al 15 por ciento de los ingresos, que se prorratean con la cantidad de horas de consulta de su espacio en línea.

¿Por qué America Online consigue triunfar donde han fallado los pioneros del videotexto? No es sólo que el momento sea oportuno, estima Steve Case: "La mayoría de los servicios lanzados a principios de los años 80 fracasaron porque se concentraban en el contenido pero descuidaban el aspecto relacional". Es el error original de Prodigy, concebido como un instrumento de marketing y no como una herramienta de comunicación. Aun así, si hay una verdad unánime entre los empresarios del ciberespacio, es que los usuarios no buscan tanto información útil como el placer de la camaradería, el estímulo de conocer gente.

Para millones de americanos, el paseo en línea reemplaza la velada frente al televisor, incluso la visita al bar local. "Los picos de utilización de nuestro servicio corresponden exactamente a las horas de mayor rating de la televisión –confirma Steve Walden, director general de Prodigy–. Si fuéramos una cadena de cable, tendríamos un público del 5 por ciento de los hogares." Muy consciente de este deseo de conocer gente, America Online ha multiplicado en su servicio las oportunidades de interacción entre los usuarios. "Obramos de tal modo que los abonados nos perciban menos como un proveedor de datos electrónicos que como una comunidad, una familia", explica Steve Case.

A diferencia de los BBS, que ocupan "nichos" específicos del mercado, los servicios telemáticos generalistas procuran seducir al gran público, sin discriminación de edad, sexo, raza, sensibilidad política ni orientación sexual. Para no correr el riesgo de ofender a nadie, instauran reglas de conducta estrictas. En enero de 1994, Prodigy provocó una controversia sobre el derecho a la censura al suprimir el grupo Frank Discussion, donde las conversaciones se habían vuelto excesivamente groseras. America Online ha evitado este tipo de dificultad proponiendo a sus abonados un sistema de control que circunscribe el acceso de sus hijos a los lugares que se consideran seguros en la red.

No obstante, en America Online asistimos a diálogos surrealistas, auténticas piezas antológicas de la moral "políticamente correcta".[21] Ejemplo tipo: una bella noche de verano, un tal DPS1 irrumpe en el grupo de homosexuales y lésbicas de America Online. Entrando a saco en las conversaciones, comienza a tratar a unos y otros de "locos" y a lanzar insultos antihomosexuales del mismo tenor. Los "gentiles miembros" procuran bromear con él, hasta que se exasperan y apelan a un "guía". Así se designa en America Online a los sheriffs del servicio, custodios de las buenas costumbres. Trozos selectos:

Guía	:	DPS1, ¿conoces las reglas de America Online?
DPS1	:	¡Soy tan listo!
Guía	:	DPS1, tú aprecias tu abono al servicio, ¿verdad? Si continúas así, puedes ser expulsado…
DPS1	:	¡Banda de tortilleras, viejas marimachos! ¡Idos al infierno!

DYNAMIC GUY	:	Como verás, guía, es un verdadero acoso. Aquí ya nadie escucha a nadie.
GUÍA	:	Escuchad, mientras yo arreglo este problema, podéis optar por no recibir los comentarios de DPS1. Usad el mando "Ignorar" del teclado y no leer más lo que él dice.
GAY TEXUN	:	¿Pero cuál es la tecla? ¿Cómo se hace?

Dada la facilidad de empleo del servicio, muchos usuarios no sólo son novatos en el ciberespacio, sino también bisoños en informática. Estos novatos atraen además el desprecio de los cibernautas más aguerridos. "Cuando la navegación es demasiado fácil, como en America Online, la gente es demasiado pasiva. No hace ningún esfuerzo y las discusiones resultan superficiales", afirma Stacy Horn, fundadora del BBS neoyorquino ECHO. Es verdad que todas las noches cada lugar de encuentro del hotel virtual de America Online está ocupado, en promedio, por una treintena de personas que entran y salen, con frecuencia sin saber qué hacen allí. Y la conversación a menudo se limita a "¿Y es divertido estar aquí?", o bien "Hola. ¿Hay chicas aquí?"

Entre dos galaxias

A Steve Case no le importa. Su ambición consiste en construir un nuevo medio, no en ganar el premio Pulitzer del ciberespacio. Y para acelerar el crecimiento ya vertiginoso de la cantidad de abonados, no repara en medios. En 1994 y 1995 centenares de miles de disquetes de America Online que ofrecían gratuitamente las diez primeras horas de servicio se distribuyeron entre compradores de nuevos ordenadores o en revistas de informática especializadas como *Mac World* o PC *World*. Todo poseedor de un ordenador personal munido de un módem podía así copiar este software en su disco rígido, conectarse por vía telefónica y –asentando ciertos datos y un número de tarjeta de crédito– integrarse a la "gran familia" America Online. Por cierto, nada indicaba a este recluta en qué momento superaba el límite de diez horas de prueba gratuitas.

En realidad, la penetración del servicio ha aumentado tan rápidamente que America Online atravesó una grave crisis de crecimiento. En 1994 los abonados tuvieron dificultades para conectarse y los lugares más frecuentados del servicio se volvieron inaccesibles, por efecto de un atasco de tráfico. "Habíamos dedicado ocho años a construir una base de 300.000 abonados. ¡Y de pronto esta cifra se multiplica por ocho en dos años!", exclama Steve Case. Así debió redimensionar la empresa para aumentar la capacidad de la infraestructura telefónica, enriquecer la gama de rubros y reforzar los existentes, pasar de 150 empleados en 1992 a más de 600 tres años después. America Online prevé también la inauguración de un nuevo centro de servicios en Jacksonville, Florida, empleando varios centenares de personas.

Superado ese "recalentamiento", queda por afianzar el futuro. Y para los grandes servicios telemáticos generalistas, la partida será difícil. El gusto por la comunicación en línea ha cobrado tales proporciones que en 1994 todos los gigantes de la informática tenían un proyecto en vista. El grupo de publicaciones informáticas Ziff Davis creó el banco de datos Interchange, pronto adquirido por el gigante telefónico AT&T. Apple lanza eWorld, cuyo software de conexión, por cierto, se ofrece grácilmente con todos los nuevos Macintosh. Y Microsoft presenta su propia red, Microsoft Network, con acceso automático por medio de su nuevo sistema operativo Windows 95.[22] Dada la situación cuasimonopólica de Microsoft, Microsoft Network tiene el potencial para llegar al 85 por ciento de los ordenadores del planeta. Y además, sin siquiera mencionar a estos nuevos competidores, un número creciente de personas siente la atracción de las mil y una maravillas de la Internet, accesible cada vez más fácilmente por medio de la subred World Wide Web. En síntesis, el ciberespacio está por transformarse en un encarnizado campo de batalla donde ciertos especialistas ya ven los bancos de datos como cadáveres en absoluto virtuales.

Sin embargo, esta perspectiva no ha intimidado a Steve Case: "Lo que cuenta para los usuarios no es tanto la variedad de contenido como la calidad de la presentación. Y allí nosotros llevamos una indudable ventaja". No considera que Internet sea una amenaza: "No consideramos que Internet represente una competencia, sino una oportunidad de crecimiento suplementario; nuestra estrategia consiste precisamente en aprovechar el interés en la Net para posicionarnos como una de las rampas de acceso más fáciles".

En la primavera de 1995 America Online inaugura un modo de acceso a Internet bastante revolucionario. En vez de ofrecer a sus socios dos servicios diferenciados, el banco de datos organiza el Web por temas de interés e integra el acceso a sus propios rubros. El espacio "Televisión" de America Online, por ejemplo, presenta iconos de acceso a los servicios en línea de las cadenas ABC y NBC, proveedores de contenidos originales para el banco de datos, pero también al sitio Web de CBS. America Online anunció en junio de 1995 que, independientemente de su propio servicio, tiene la ambición de convertirse en gran proveedor de conexiones con la Net. Para contar con los medios, adquiere Global Network Navigator, creador de uno de los sitios más populares del Web.

Pero lo que diferenciará a los ganadores de los perdedores será la etapa tecnológica siguiente: la entrega por ordenador de un servicio más rico en contenidos multimediáticos que, en vez de conectarse como ahora a las líneas telefónicas, aprovechará las redes de cable de alta capacidad. Los servicios de Prodigy, Compuserve o America Online se limitan por el momento al intercambio de textos, gráficos y fotografías. El uso de una infraestructura de banda ancha, como la de los operadores de cable, permitirá el transporte de contenidos ricos en sonidos, imágenes y secuencias de vídeo. "Es muy probable que estos servicios multimedia por ordenador surjan más pronto que la televisión interactiva", explica Steve Case.

El planeta de los cibernautas titubea pues entre dos galaxias: las redes informáticas que evolucionan hacia una versión multimedia y la televisión interactiva. Steve Case se cuida las espaldas, negociando también con los fabricantes de decodificadores: "Es ridículo hablar de la guerra del teléfono contra el cable, del ordenador contra la televisión. Hay que considerar estos nuevos medios en un contexto mucho más amplio: los datos se transmitirán de manera integrada por diversos canales (teléfono, cable, ondas radiales) y serán captados en toda una gama de receptores (ordenadores, televisores, asistentes digitales personales)". Los servicios se adaptarán en naturaleza y presentación al tipo de terminal, eso es todo.

Para Steve Case y sus competidores, la victoria pasa también por una guerra territorial más clásica. Mientras que los BBS continúan siendo locales, los servicios generalistas están condenados a la expansión planetaria. Y, ante todo, a la conquista de Europa, donde America Online se enfrenta con el gigante alemán Bertelsmann (véase capítulo 9).

3
La pantalla de Alí Babá

A principios de 1995, el colmo del esnobismo para las mujeres de Nueva York, Cincinnati, Columbus (Ohio) y Peabody (Massachusetts) no consiste en comprarse un *tailleur* Dior sino en conseguir un Levi's a medida. Aprovechando los adelantos técnicos, la célebre fábrica de jeans introdujo en algunas de sus tiendas un sistema sencillo, capaz de fabricar y despachar pantalones a pedido. Concretamente, Nancy Smith entra en la tienda, un empleado le toma las cuatro medidas fundamentales con un metro y, presionando la pantalla táctil, hace ingresar estos datos en un ordenador. El programa le indica las referencias de los dos o tres pares de jeans que hay en stock, cuyas medidas se aproximan más a las de la cliente.

Al probarse, Nancy Smith indica las mejoras que se podrían añadir a estos modelos. Su expediente digital, completado, se transmite instantáneamente por módem a la compañía Custom Clothing Technology –inventora y operadora de este procedimiento–, que los envía a la fábrica Levi's de Mountain City, Tennessee. Allí un robot guiado por ordenador corta el denim según las medidas de Nancy Smith. Los trozos se etiquetan luego con un código de barras y se reintegran al circuito normal de lavado y costura. Al final de la cadena, este pantalón, separado de los demás gracias a su etiqueta, es enviado a la destinataria. La cliente, que recibe el jean personalizado dos semanas y media después del pedido, paga 10 dólares más que por el modelo fabricado en serie. En la primera prueba, realizada en una tienda de Cincinnati, las compras de jeans femeninos aumentaron un 300 por ciento en nueve meses.

En 1995 Levi's extiende este programa a una treintena de tiendas, y otros fabricantes de ropa pronto adoptan procesos similares. Basta de stock, basta de mercancía no vendida, basta de clientes descontentos. He ahí, piensa uno, el porvenir del comercio moderno. En absoluto. Este tipo de innovación representa sin duda un aprovechamiento fácil e inmediato de la tecnología, pero es apenas un cambio microscópico en el alba de la gran revolución de la era digital. Mañana el ordenador no sólo podrá brindar mercancías personalizadas sino reemplazar las estanterías, los vendedores, incluso las tiendas.

La instalación de millones de ordenadores multimedia en los hogares, la creciente penetración de los bancos de datos al estilo America Online y las conexiones a Internet, el surgimiento de procedimientos seguros de pago electrónico, perfilan un porvenir donde el ciudadano conectado llegará a hacer las compras desde su diván. ¿Está vacía la nevera? ¿Queremos comprar una nueva máquina lavadora? ¿Una corbata original para nuestro compañero o un camisón para nuestra amiga? ¿Nuestro hijo reclama el último CD del cantante Renaud? En un futuro próximo, haremos todas estas adquisiciones desde nuestra casa, en una breve media hora de paseo en línea entre dos o tres "centros comerciales virtuales".

En los Estados Unidos, ya es posible hacer las compras por ordenador. Pero la oferta está limitada a ciertos tipos de artículos, esencialmente ordenadores y programas informáticos, flores o discos. Los centros comerciales virtuales de los grandes bancos de datos o de Internet no están bien organizados ni bien provistos. Por otra parte, el acceso no siempre es fácil y la transacción a veces representa riesgos y peligros para el cliente. En consecuencia, el monto total de ventas en línea no superó los varios cientos de millones de dólares en 1994. En cambio, la telecompra representa un mercado de dos mil millones de dólares, la venta directa por catálogo 60 mil millones de dólares y el total del comercio minorista 220 mil millones de dólares.

Pero este orden de magnitud bien podría invertirse, pues en este momento Jim Clarck se interesa en la cuestión. ¿Jim Clarck? Si pronunciamos este nombre en Silicon Valley, los ojos de nuestro interlocutor se iluminan como evocando un héroe de leyenda. A los cincuenta años, este ex profesor de Stanford ya no tiene nada que demostrar: tuvo el genio de prever, en 1981, que la "informática visual", considerada entonces como un canal comercial estrecho, constituía el futuro. Entonces concibió un ordenador cuya capacidad gráfica, en vez de ser determinada por el aspecto lógico, como de costumbre, estaría inscrita en el silicio mismo de los microprocesadores: así nació Silicon Graphics Inc. Luego la empresa de Mountain View se convirtió en líder mundial de las estaciones de trabajo gráfico, capaces de manipular en tiempo real imágenes tridimensionales de calidad cinematográfica. Sus ordenadores pueblan también los estudios de efectos especiales más destacados de Hollywood, así como las empresas de desarrollo de juegos de vídeo de última generación o los laboratorios de ingeniería aeronáutica y de fabricación de automóviles.

En 1993 Jim Clarck impulsa Silicon Graphics hacia una nueva era, haciéndole firmar acuerdos con Time Warner para construir los servidores de vídeo y los decodificadores inteligentes de la televisión interactiva, y con Nintendo para la puesta a punto de la consola de juegos más potente del mundo. Sin embargo, en febrero de 1994, renuncia. Hacía años que el fundador de Silicon Graphics discutía diferentes estrategias con los demás directivos, sobre todo con su sucesor Ed McCracken. Jim Clarck quería que utilizaran su incomparable *know-how* infográfico para fabricar un ordenador personal barato, capaz de rivalizar con sus estaciones de trabajo. "Era preciso que Silicon Graphics entrara en los mercados masivos, porque los ordenadores personales determinan las pautas", explicó un día.[23] Pero Ed McCracken y los demás directivos, que según Clarck suelen definirse "por aquello que ya han hecho y no por lo que podrían lograr", optaron por permanecer en el circuito de las máquinas de gama alta, que ofrecían un margen superior al 50 por ciento. Entonces Jim Clarck se marchó.

Libre, rico y desempleado, Clarck bien habría podido desplazar a Silicon Graphics "por debajo", poniéndose a fabricar el ordenador multimedia de sus sueños. Pero no quería competir directamente con su propio "bebé", así que se puso a trabajar en el sector que a su juicio prometía el futuro más brillante: la televisión interactiva. Sin embargo, un examen más atento le indicó que la transición desde el modelo centralizado, unilateral y analógico de la teledifusión tradicional hacia un modelo digital, interactivo y multipuntos sería mucho más difícil y lenta de lo previsto. Este sector estaba dominado por gigantes como Tele-Communications Inc. y Time Warner (véase capítulo 4).

El ordenador personal, en cambio, era una herramienta digital e interactiva de por sí. Y, dado el ritmo exponencial de ventas de ordenadores y su conexión en red, las autopistas de la información y el gran mercado digital del futuro partirían de la osamenta ya existente de Internet. "Según la tasa de crecimiento actual, la cantidad total de usuarios de Internet debería superar la de abonados norteamericanos al cable desde fines de 1995", calcula Jim Clarck.[24] Su conclusión práctica: "Antes que la televisión interactiva tenga 100.000 espectadores, habrá miles de millones de dólares en transacciones por Internet".

Navegación de largo aliento

La diferencia entre Jim Clarck y otros visionarios es que él dispone de los medios para financiar sus intuiciones. Envía un mensaje electrónico a Marc Andreessen, un desconocido de veintidós años que acaba de aceptar un empleo en una pequeña empresa de software de Silicon Valley, y lo invita a visitarlo en su yate. ¿Por qué Marc? Porque, mientras trabajaba para el centro nacional de súper informática (NCSA) de la Universidad de Illinois en Urbana-Champain, concibió Mosaic, un programa de navegación –*browser* u "ojeador"– que convierte el paseo por Internet en juego de niños. En marzo de 1993, la universidad ofreció Mosaic gratuitamente por la Net; un año y medio después, el software contaba con más de 3 millones de usuarios.

Mosaic, en sí, no tiene nada de genial. Se trata simplemente de un programa más elegante que los demás. Permite moverse en una caótica jungla de datos por medio de enlaces de "hipertexto", es decir, funcionando como las asociaciones de ideas. Apoyamos el cursor en una de las palabras que aparecen en violeta en la pantalla y un clic del ratón (*mouse*) nos transporta al instante a otros lugares de la red que tienen una conexión lógica, dondequiera se encuentren en el planeta.

Mosaic también posibilita una presentación multimedia de los datos: donde antes sólo se accedía a textos, el cibernauta puede explorar un universo que abarca gran cantidad de gráficos, fotos en color, fragmentos sonoros y secuencias de vídeo. En síntesis, el programa Mosaic es la encarnación de una buena idea bien ejecutada en el momento oportuno. En realidad, la red World Wide Web o WWW, cuya exploración permite el Mosaic, existe desde hace varios años. La había creado el laboratorio de física de partículas del CERN (Conseil Européen pour la Recherche Nucléaire) de Ginebra.

Procurando facilitar las comunicaciones entre los investigadores de este sector que trabajaban en países y entornos informáticos diversos y sin pautas comunes, Tim Berners-Lee tuvo una idea original. En vez de tratar de estandarizar los ordenadores o los programas utilizados, pensó en estandarizar los datos mismos y crear un sistema universal de comunicación. Tim Berners-Lee es pues el auténtico padre del flexible modo de funcionamiento del Web, al cual podemos tener acceso tanto desde un ordenador bajo Windows como desde un Macintosh portátil o un súper ordenador Cray. Pero el CERN no se proponía concebir un programa masivo y atractivo para la exploración de la red, pues al mundo científico no le interesaba. Y éste fue el eslabón que Marc Andreessen creó con Mosaic, como si hubiera inventado un equipo de alpinismo que transformara una expedición al Everest en un paseo dominical. De ese modo, abrió para los novatos el mundo elitista y misterioso de la Internet.

Desde la puesta en circulación de una modalidad de navegación tan intuitiva y atractiva como Mosaic, el Web se ha convertido en uno de los lugares más visitados por unos 30 millones de usuarios de Internet: el ciberespacio de la aldea global, donde todos y cada uno pueden exponer e intercambiar ideas y productos. En enero de 1993 el WWW sólo contaba con una cincuentena de sitios. Dos años y medio después, había 35.000. Y comenzaron a lanzarse transacciones comerciales. En 1993 y 1994, Mosaic constituyó "el factor más importante de desarrollo del comercio en Internet", afirma Vinton Cerf. Según el NCSA de la Universidad de Illinois, el tráfico de Internet en navegación hipertexto se habría multiplicado más de 10.000 veces desde la aparición de Mosaic. Ningún medio ha conocido jamás semejante impulso. Y esto es sólo el comienzo: el Web contará con 11 millones de usuarios en 1998.

Es evidente que el potencial de este programa hizo soñar de inmediato a Jim Clarck. Si él convencía a Marc de fundar una empresa para desarrollar aplicaciones comerciales de Mosaic, podría transformar el universo todavía embrionario del Web en un ciberparaíso mundial de la comunicación y del comercio. Bastaría con que una versión mejorada del programa diera a todos los editores electrónicos potenciales –desde empresas grandes hasta pequeñas y medianas, e incluso los particulares– los medios para organizar, intercambiar y vender, con toda seguridad, información, servicios y productos. Los "visitantes", por su parte, dispondrían de una herramienta de navegación compatible para explorar estos sitios. Con mucho *know-how,* un poco de genio y una buena dosis de suerte, Marc y Jim crearon así la nueva pauta mundial de acceso a la información electrónica. Su producto se convertiría en ventana obligatoria de todos en el ciberespacio, y su empresa en la Microsoft del nuevo milenio.

Marc Andreessen no se resiste a la convocatoria de Jim Clarck. En marzo de 1994, ambos abordan el avión para Urbana-Champain. Al cabo de un día de intensas discusiones en el albergue University Inn, reclutan a una media docena de ex colegas de Marc. En abril de 1994 ambos anuncian la creación de Mosaic Communications. Jim Clarck pone 3 millones de dólares sobre la mesa –posee el equivalente de 37 millones en acciones de Silicon Graphics– y la firma Kleiner, Perkins, Caufield & Byers, de capital de riesgo, completa lo necesario. La combinación de un Jim Clarck con un Marc Andreessen es suficiente para atraer al inversor más timorato del mundo. Una sola sombra en este cuadro: la Universidad de Illinois, cuya NCSA ha quedado despoblada por esta "incursión", amenaza con entablar una querella a la empresa que tiene la impudicia de llamarse Mosaic sin siquiera haberse tomado el trabajo de adquirir la licencia del programa. En noviembre de 1994 Mosaic Communications se ve obligada a cambiar de nombre, convirtiéndose en Netscape Communications.

A mediados de setiembre de 1994, en los locales de Netscape en Mountain View, en el corazón de Silicon Valley, reina la euforia. Seis meses después de su creación, la pequeña empresa lanza sus primeros productos: el programa para servidor NetSite y el programa de navegación Netscape Navigator. El primero permite a los proveedores de servicios crear un sitio en el Web, el segundo es el instrumento de exploración de los usuarios. Según el modelo ya probado por Mosaic, Navigator se ofrece gratuitamente. Explica Rosanne Siino, encargada de comunicaciones de la empresa: "Habíamos acordado con los fabricantes de ordenadores y los principales proveedores de conexiones Internet que Netscape Navigator tuviera la mayor distribución posible".

Jim Clarck y Marc Andreessen no actúan así por altruismo, sino en nombre de intereses bien definidos: establecer con la mayor rapidez posible un estándar masivo. Sólo una importante reserva de consumidores potenciales munidos con Navigator estimulará la demanda de proveedores de contenido para NetSite, producto de valor agregado más fuerte. Esta estrategia rinde sus frutos: en junio de 1995, seis millones de personas tendrían el Navigator (actualmente vendido a 39 dólares). Los comerciales de Netscape se valen de esta notable base instalada para atraer a los editores electrónicos. "Hablamos con todos los usuarios potenciales de NetSite, desde organismos oficiales hasta editores de libros y periódicos, desde agencias de viajes hasta grandes empresas", explica Paul Koontz, del equipo de marketing de la firma.

Estos clientes tienen necesidades muy diferentes. A la organización militante, repartición oficial o empresa comercial que desee poner información en línea para su difusión gratuita, Netscape Communications ofrece su software básico a 5.000

dólares. En compensación, a las empresas que desean vender información, a los comerciantes que buscan generar transacciones en línea, a todos los que deberán solicitar a los visitantes información confidencial (como un número de cuenta bancaria o de tarjeta de crédito), la empresa vende por 25.000 dólares una versión de NetSite con códigos de seguridad. "Gracias al procedimiento de protección por encriptación puesto a punto por RSA, este software es realmente inviolable", explica Paul.

En agosto de 1994, Netscape Communications anuncia su primer cliente oficial: el periódico regional *San Jose Mercury News* usará NetSite para crear su publicación electrónica en Internet. El periódico del Silicon Valley es uno de los primeros del país en apostar a la conquista de esta nueva frontera, estableciendo el *Mercury Center* en America Online. No obstante, estos grandes bancos de datos presentan para los editores la doble desventaja de privarlos de su relación directa con el lector y del dominio de la presentación gráfica del producto.

"Los editores de prensa consagran mucho tiempo y dinero a concebir el aspecto y estilo de sus productos. Detestan que les arrebaten esta prerrogativa –confirma Paul Koontz–. Nuestros programas les brindan un marco creativo mucho más flexible que el de los grandes servicios telemáticos." Netscape Communications se orienta incluso hacia la fabricación de programas NetSite personalizados para grupos grandes como Mastercard International, que desean ofrecer servicios específicos a sus ciberclientes.

La diferencia entre los bancos de datos e Internet también es financiera: en el marco de un servicio como America Online el editor electrónico no desembolsa nada, pero sólo percibe una parte de los ingresos que genera. En el Web, el editor compra un programa como NetSite, paga el uso de la red e invierte en el mejoramiento y mantenimiento del sitio. En contrapartida, conserva la totalidad de las ganancias. Muchos proveedores de información electrónica, tras ingresar en el ciberespacio con los bancos de datos, querrían un día volar con alas propias en una Internet más popular. "Estoy dispuesto a apostar que los servicios como Prodigy, Compuserve y America

Online perderán dentro de algunos años la mitad de sus proveedores de contenido", pronostica Paul Koontz.

Lo que es cierto para un editor de prensa lo es aún más para un comerciante electrónico, poco deseoso de ceder una parte de sus ventas a un tercer operador. La empresa Netscape Communications no gestiona por sí misma el tráfico comercial que generan sus clientes. Se ha asociado con bancos como Wells Fargo y el Bank of America, y con la empresa First Data, especializada en el tratamiento de transacciones por tarjeta de crédito. Esta firma, con base en Hackensack, Nueva Jersey, gestiona ya las transacciones por tarjeta de 700 instituciones financieras, entre ellas el Chemical Bank y el Bank of New York.

Dinero intangible

En agosto de 1995, cuando Netscape ingresó en la bolsa, la cotización del título no se mantenía durante más de una hora, a causa de la demanda. Las acciones, ofrecidas a 14 dólares, subieron hasta 71 dólares, testimoniando el entusiasmo de los inversores por todo lo que se relacionara con Internet. Muchos analistas, no obstante, predijeron para Netscape, futuros menos eufóricos.

Si Jim Clarck y Marc Andreessen tienen la oportunidad de alcanzar el "Grial" comercial de la Net, están lejos de ser los únicos aspirantes. Empresas pequeñas y medianas como Spry, Spyglass y Quadralay compraron a la Universidad de Illinois una licencia para desarrollar sus propias aplicaciones comerciales del milagroso Mosaic. En 1995 estas pequeñas empresas son presa de grandes grupos preocupados por construir rápidamente rampas de acceso a Internet: Compuserve adquiere Spry y Microsoft toma una licencia para utilizar el Mosaic de Spyglass. Dado su potencial comercial, Microsoft es como una espada de Damocles para Netscape Communications. El campeón mundial del software anuncia que una versión sofisticada de su nuevo sistema operativo (Windows 95, lanzado en agosto de 1995) incluiría una puerta de entrada directa en Internet. En la actualidad, el Internet Explorer de Microsoft ya compite con el Netscape.

El objetivo de Jim Clarck es ocupar el terreno antes que Bill Gates active su poderosa maquinaria de marketing. "Si Microsoft hubiera lanzado su propio programa de navegación en junio de 1995, habría podido constituir un estándar –afirmaba Paul Koontz–. Pero si nuestro Navigator conquista diez millones de ordenadores antes de fin de año, nadie podrá ignorarlo." No obstante, Netscape sabe que a pesar de sus primeros éxitos, su suerte pende de un hilo. A Marc Andreessen le gusta repetir una broma que circula por Silicon Valley: "¿Cómo hacen los ingenieros de Microsoft para cambiar una bombilla eléctrica defectuosa? Respuesta: nada. Les basta con decretar que a partir de ahora el estándar es la oscuridad".

La tarea de Netscape Communications será aún más difícil porque el mercado de la seguridad en las redes constituye también una nueva "torta" sobre la cual se lanzan muchos pequeños desarrolladores de software. El 11 de agosto de 1994, en Nashua, New Hampshire, media docena de jóvenes de veinte años celebra la primera transacción "protegida digitalmente" jamás efectuada en Internet. Un cliente de Filadelfia acaba de comprar el último CD de Sting, *Ten Summoner's Tale*, en su compañía Net Market, que controla la oferta de floristas, librerías y disquerías. Por primera vez en la historia de la Net, este consumidor ha podido pagar enviando su número de tarjeta Visa, encriptado según la fórmula afinada por Daniel Kohn y asociados.

Las empresas como Net Market hoy son legión: aparte de Netscape Communications, están First Virtual de San Diego, California, CyberCash de Vienna, Virginia, Open Market de Cambridge, Massachusetts, DigiCash de Amsterdam, Holanda. Sin olvidar, por cierto, la ineludible Microsoft, que ha llegado a un acuerdo con Visa International. La misión de cada una de estas empresas no es de la misma índole. Algunas, como Net Market o First Virtual, se contentan con desarrollar sistemas de autorización de pago que protegen la transmisión en línea de números de tarjetas de crédito, aunque el cliente no tenga ninguna relación anterior con el vendedor. La mayoría de los sistemas de transacción hoy vigentes suponen que el cliente se ha inscrito previamente con el proveedor, indicándole –fuera de línea– sus coordenadas financieras.

En cambio, Microsoft, DigiCash y varios establecimientos financieros británicos (Mondex) y americanos, están pensando en modelos mucho más ambiciosos. En la era digital, el circulante monetario será parcialmente reemplazado por dinero electrónico. Entonces cambiaremos *e-money* (así como hay e-mail), una suerte de dinero líquido electrónico, igualmente seguro pero mucho menos torpe que los billetes de banco. Este dinero intangible serviría también para comprar bienes y servicios en línea, así como para pagar, en la vida real, las llamadas telefónicas, el autobús, el restaurante y la máquinas tragamonedas.

David Chaum de DigiCash imagina este esquema: Jean Dupont dispone de una tarjeta inteligente, una tarjeta un poco más sofisticada que una tarjeta telefónica. Al insertarla en una "billetera electrónica" personal –un artilugio portátil munido de una ranura–, ordena a su banco que le "cargue" el monto de efectivo deseado.[25] Las empresas más pragmáticas, como Smart Card Enterprise, consideran que esta función de alimentación se puede cumplir por medio de distribuidores automáticos de billetes o de teléfonos públicos equipados para este efecto.

Jean Dupont puede gastar este dinero a su antojo –incluso se lo puede regalar a su anciana madre– insertando la tarjeta en la ranura de la "billetera electrónica" del beneficiario. Siempre gracias a este ingenio, este último "deposita" virtualmente esta suma en su banco. Idealmente, el ciberespacio de la empresa real funcionaría con vasos comunicantes, siguiendo el mismo sistema. La única diferencia sería que en línea las transferencias (y los cálculos pertinentes) no se efectuarían por medio de una tarjeta inteligente sino por el ordenador conectado a la Net. Para unir ambos universos, los ordenadores equipados con un lector de tarjeta podrían "cambiar" el dinero destinado a pagar la suscripción a la versión electrónica del *San Jose Mercury News*, por ejemplo, o bien comprar un disco en una cibertienda. A la inversa, el ordenador sería capaz de transferir a la tarjeta del beneficiario el dinero de una transacción en línea.

Este sistema presentaría muchas ventajas: en la red, permitiría transacciones de poco valor entre simples particulares. Un periodista, por ejemplo, podría poner todas sus notas en línea y cobrar a cada lector algunos francos. En la vida real este procedimiento rebasaría a los bancos y comerciantes con aquello que Donald Gleason, presidente de Smart Card Enterprise (filial del grupo Electronic Payment Services, que pertenece a un consorcio de bancos), denomina "la pesadilla del efectivo". En Estados Unidos, el 80 por ciento de unos 360 mil millones de dólares de transacciones anuales se manejan en efectivo, y el 90 por ciento de ellas se relaciona con sumas inferiores a los 20 dólares. Según Gleason, el manejo de esta molesta mole de billetes representa 60 mil millones de gastos anuales.[26] "Tal vez el papel moneda no desaparezca nunca –explica este especialista–, pero los billetes y las monedas serán reemplazados cada vez más por una suerte de equivalente electrónico." En 1995, Smart Card Enterprise realiza sus primeras pruebas de la tarjeta de efectivo en el estado de Delaware.

El concepto de dinero intangible, sin embargo, presenta al ciudadano tantos problemas como los que resuelve: dada la multiplicidad de actores, ¿el sistema será estandarizado? ¿Universal? ¿Quién será garante del valor de esta tarjeta? ¿Cómo se regulará el dinero electrónico? ¿Qué sucederá en caso de pérdida de la tarjeta? ¿La transacciones serán realmente seguras? Por último, ¿este dinero líquido virtual ofrecerá el mismo grado de anonimato que los viejos billetes de banco? Si la primera serie de preguntas admite una solución técnica, la segunda aborda un debate sobre la organización de la sociedad digital, una polémica que enfrenta a los militantes de la protección de la vida privada con los defensores de la transparencia.

David Chaum, fundador de DigiCash, es un defensor incondicional del anonimato cibernético. Siendo estudiante, diseñaba prototipos de cerrojos y sistemas de alarma; en su adultez, se especializó en tecnologías de protección por encriptación. DigiCash ha desarrollado para el gobierno holandés un prototipo de tarjeta inteligente prepaga que, adosada a un dispositivo electrónico en el parabrisas de los automóviles y escrutada por una máquina de peajes de autopistas, debita automáticamente el monto adecuado, sin que el conductor deba detenerse. Su empresa es también uno de los pilares del consorcio que trabaja en CAFE (Conditional Access for Europe), un proyecto de billetera electrónica financiado por la Comisión Europea.[27]

El modo de funcionamiento de los protocolos de protección del sistema de moneda electrónica es determinante, afirma Chaum: "La elección sólo se puede hacer de una vez por todas". Y si optamos por un sistema donde sea posible la identificación de las personas, nos encaminamos hacia una sociedad donde "la vida de la gente será examinada y por ende controlada en una medida sin precedentes". Este modelo, a su juicio, "contradice los principios mismos de la democracia".[28] Un sistema transparente permitiría, en efecto, que un observador indiscreto pudiera "conocer hasta nuestros pagos más mínimos: cada taza de café o cada vaso de Coca que bebemos, cada barra de chocolate que compramos, cada puerta que empujamos, cada llamada que hacemos –alega Niels Ferguson, criptógrafo de DigiCash–. Así yo podría permanecer sentado ante mi terminal de ordenador y 'seguir' a alguien todo el día con más eficacia que si hubiera contratado a un detective privado".

En cambio, el dinero líquido digital con anonimato garantizado, el cual David Chaum ha vuelto técnicamente posible mediante la criptografía, plantearía enormes problemas a las instituciones comerciales, financieras y gubernamentales. Las tiendas prefieren un sistema rápido y más cómodo. Los bancos dan prioridad a la seguridad, y en consecuencia a la transparencia de los movimientos de fondos. En cuanto al gobierno, teme que un anonimato de este tipo aliente fraudes y delitos: desde el secuestro con "rescate digital" imposible de rastrear hasta el blanqueo electrónico del dinero de la mafia y de la droga. Un sistema transparente, en cambio, constituiría un verdadero paraíso para las reparticiones policiales y fiscales.

Esta controversia es eco de la polémica más general que nació de un programa criptográfico llamado PGP o Pretty Good

Privacy. Los procedimientos de protección de datos mediante codificación, antaño reservados a los militares, son cada vez más populares en Internet. Como lo expresa jovialmente su inventor, Phil Zimmermann, PGP permite a cada cual "susurrar algo al oído de una persona que se encuentra a miles de kilómetros". El problema es que el programa es tan eficaz que nadie puede violarlo, ni siquiera el organismo oficial que se encarga de ello, la NSA (National Security Agency). La criptografía utiliza tecnologías delicadas y Zimmermann ha debido afrontar una querella judicial por haber "exportado" el PGP, ofreciéndolo (gratuitamente) en la Internet. "Si yo hubiera inventado el automóvil –protesta–, no intentarían condenarme so pretexto de que unos ladrones lo utilizan para asaltar bancos."

Para defender sus prerrogativas, la NSA ha perfeccionado el procedimiento denominado Clipper Chip: gracias a este procesador situado en el terminal de transmisión, todo mensaje encriptado puede ser decodificado por el gobierno. En otras palabras, una información codificada que circule por el ciberespacio puede ser leída por su destinatario pero también por la NSA, a la cual el chip espía envía un doble de la clave de desciframiento. Una petición por las ciberlibertades civiles y un fracaso comercial derrotaron el Clipper Chip. A fines de agosto de 1995, el gobierno americano propone un sistema según el cual las empresas deben presentar las "claves" de su código a agentes acordados.

Shopping virtual

Algo es seguro: triunfe o no Jim Clarck en la batalla por el navegador universal, y sea cual fuere el medio que se imponga finalmente para proteger las transacciones en línea, el ciberespacio se convierte en una vasta zona comercial. La democratización del soporte CD-ROM, el éxito de las redes informáticas (BBS, bancos de datos, Internet), así como el advenimiento, más lejano, de la televisión digital interactiva, constituyen magníficas oportunidades. Si prospera, este nuevo universo comercial cambiará, gradual e irrevocablemente, no sólo las reglas del comercio minorista y por catálogo, sino también las leyes del marketing y la publicidad.

eShop es una pequeña empresa de San Mateo, en Silicon Valley. Creada en 1992 por Matt Kursh, forma parte de un sinfín de pequeñas empresas más o menos recientes –CUC, Redgate, MicroMall, Peapod, 2Market, Contentware, Catalog One, US Avenue– que está inventando el comercio del siglo veintiuno, que se efectuará desde nuestra casa por medio de un dispositivo electrónico, trátese de un ordenador personal, un televisor, un asistente electrónico o un teléfono inteligente. eShop ha licenciado su tecnología al gigante de las telecomunicaciones AT&T, para su servicio PersonaLink.

"El objetivo de esta empresa –explica la revista de la compañía– es convertirse en el principal proveedor mundial de tecnologías digitales destinadas al shopping multimedia interactivo." ¡Nada menos! El sueño de eShop, en efecto, consiste en reemplazar esas alocadas carreras en centros comerciales cada vez menos acogedores por media hora de fácil diálogo a distancia con nuestro ordenador o bien –el día en que sea interactivo– con nuestro televisor. ¿Su visión del futuro? Cómodamente instalados ante nuestra pantalla, llegamos al distrito comercial con algunos clics del ratón o del control remoto.

Allí aparece la lista de tiendas deportivas. Seleccionamos Super Sports, que nuestra amiga nos ha recomendado. Al principio, un vendedor que conoce nuestras compras anteriores nos propone artículos de esquí y de tenis que están en liquidación. Dada nuestra inexperiencia, pedimos una comparación de raquetas: el programa describe las ventajas de diversos modelos, en función de la superficie de la cancha y del nivel del jugador. Sin comprender el interés de estos modelos combinados, vemos una breve secuencia de vídeo sobre las técnicas de fabricación. Por último elegimos, indicamos la calidad del cordaje y pagamos el total con nuestra tarjeta de crédito.

Una vez que regresamos de la tienda de comestibles virtual y hemos organizado las tareas escolares de nuestra hijita, podemos retomar tranquilamente nuestra novela o ir al cine.

¿Utópico? Las tiendas de comestibles electrónicas, como Peapod, ya ofrecen a los habitantes de Chicago y San Francisco la posibilidad de comprar alimentos por ordenador. Y en los locales de eShop, la demostración multimedia realizada para Land's End (el equivalente americano de la Trois Suisses francesa) no está muy lejos del visionario paisaje que nos describe la empresa.

El visitante de Land's End se dirige a "regalos", "20 artículos más vendidos", "shopping express" o simplemente a la exploración de la tienda por secciones. Si le cuesta elegir camisas para hombres, cuyas fotos aparecen en pantalla, pide la asistencia de una encantadora vendedora que en un pequeño marco de vídeo explica las sutiles diferencias entre el modelo Oxford y el cuello italiano. Por el momento estas secuencias son pregrabadas, en función de las preguntas más probables de los clientes. Pero en el porvenir, es decir en una red de banda ancha, estos "videovendedores" podrán atendernos en tiempo real.

De acuerdo. ¿Pero por qué el ciudadano de la era digital preferiría hacer shopping virtual? Una encuesta de Louis Harris & Associates de octubre de 1994 indica que sólo el 32 por ciento de las personas interrogadas se dejan tentar por el shopping electrónico. Con esto es la categoría menos deseada de los catorce rubros propuestos, muy lejos de la información médica, el diálogo con el gobierno, la educación, el cine y la información personalizada. "Estas cifras son absurdas. La gente no sabe de qué hablamos. Ello equivale a preguntar a un americano que viviera en 1886 si desea subirse a una gran máquina metálica volante para viajar a Francia", protesta Chuck Spong, presidente de MicroMall. Su empresa concibe centros comerciales electrónicos para diferentes tests de televisión interactiva en los cuales participa su empresa madre, Microware (véase el capítulo 4).

Los apóstoles del comercio multimedia explican también que el consumidor moderno no tiende tanto a "ver, tocar y sentir" el producto antes de comprar. De lo contrario, ¿cómo explicar la monumental facturación (60 mil millones de dólares) que realizan en los Estados Unidos los especialistas en venta directa y venta por catálogo? "¿Por qué hacer las compras en línea y no en las tiendas o por catálogo? Porque nosotros ofrecemos la comodidad del shopping diversificado en un solo lugar. Con asistencia, información y evaluación instantánea de los productos", subraya Leslie Noble, la vicepresidenta de marketing de eShop. La empresa ha afinado tres tipos de software: el "navegante", distribuido gratuitamente entre los clientes para que exploren la tienda; el "constructor", que permite a los comerciantes fabricar y gestionar a gusto sus cibertiendas; y el "depósito", que facilita el almacenaje de toda la información sobre los productos y los clientes. Este último se puede conectar con el sistema de facturación, de autorización de crédito y de expedición.

Según eShop, estas herramientas digitales permiten a los comerciantes crear con gran flexibilidad entornos de venta virtuales muy diferentes: tienda de saldos, boutique de lujo, mercado al aire libre o catálogo numérico. "A medida que esta industria crece, las ofertas electrónicas se diferencian progresivamente: desde la tienda de lujo hasta el almacén de fábrica –afirma Leslie–. Así es como sucedió en la vida real: en los años 70, uno iba a Sears para todo; luego reaparecieron las tiendas especializadas." Gracias a estos programas sofisticados, el comerciante también puede demostrar sus productos en contexto: exponer batas en un desfile de modas, poner sus esquís en los pies de un campeón de slalom o entretener a sus clientes con una secuencia documental sobre la fabricación de joyas artesanales.

Por el ojo de la cerradura

Por cierto, la presentación del objeto variará en función de la naturaleza del producto o del medio utilizado: una llanta de automóvil necesitará una demostración en vídeo, mientras que las corbatas sólo se presentarán en fotos. La televisión permitirá presentaciones más fílmicas que el ordenador. Pero, en todos los casos, la apariencia, la imagen, el estilo propio del centro comercial virtual serán primordiales. "Es preciso que las herramientas de construcción de estas cibertiendas pasen de las manos de los ingenieros a las manos de los diseñadores –afirma Chuck Spong de MicroMall–. La misión de un comerciante consiste ante todo en crear una fantasía... y satisfacerla."

Chuck sabe una cosa: contrariamente a otros prosélitos del shopping electrónico, ha pasado veinticinco años en la distribución mayorista, sobre todo en Gimbell's de Filadelfia y Lazarus de Indianápolis: "Hacer compras no es una ciencia exacta, sino un arte. Las mujeres suelen comprar más rápidamente que los hombres, porque saben de antemano lo que quieren. Los hombres tienen más tendencia a remolonear. También tienen la particularidad de no ser muy sensibles a los colores. Pero dos individuos jamás compran de la misma manera. El interés de la tienda electrónica radica en que permite crear el tipo de emoción capaz de inducir una compra, artículo por artículo, y sobre todo cliente por cliente".

Observando nuestra manera de hacer las compras y almacenando cierta cantidad de información sobre nosotros, los comerciantes electrónicos podrán incluso concebir una oferta a nuestra medida. "Por primera vez desde la desaparición del buhonero –señala con entusiasmo Chuk Spong– los comerciantes tendrán la ocasión de escuchar a sus clientes en directo. Y los consumidores podrán expresarse no sólo con sus dólares." Evidentemente, la transparencia del universo electrónico es el sueño del especialista en marketing: no sólo el comerciante tendrá nuestras medidas y conocerá nuestros colores preferidos, sino que podrá crear promociones personalizadas. Si hemos comprado una raqueta de tenis en el curso de los últimos meses, él nos ofrecerá un descuento sobre las cajas de pelotas. Si pedimos pañales para el chiquillo de un año, nos ofrecerá descuentos sobre ropa infantil. Si algunas de nuestras compras delatan un gusto por los artefactos electrónicos, no podremos ignorar el lanzamiento de un nuevo aparato.

¿Intimidatorio? El hecho de que la transacción se efectúe por ordenador acelera una tendencia visible en el universo comercial americano: el progresivo deslizamiento del marketing masivo hacia el marketing personalizado. "La rápida declinación de la eficacia de los medios masivos, junto con el impulso de los medios individualizados e interactivos, de medios *one on one*, convierte el marketing personalizado en herramienta indispensable para la supervivencia de toda empresa en la era interactiva", escriben Don Peppers y Martha Rogers.[29] Según ellos, la revolución digital interactiva está por reescribir las leyes de los negocios.

"Las nuevas reglas de competencia en los negocios se concentrarán en el 'papel de los consumidores' más que en el papel del mercado", afirman. Por ejemplo, para Pampers, la cifra clave consistirá en el porcentaje de pañales que cada cliente compre al grupo Pampers, más que en su papel global en el mercado americano de los pañales. Las estrategias del "papel del consumidor" se basan en la lealtad y las compras repetidas, explican los autores, con lo cual las empresas que deseen tener éxito estarán más obligadas que nunca a cuidar la calidad de sus productos y servicios. También tendrán que desarrollar relaciones a largo plazo con estos clientes y hacer más distinciones entre sus diversos grupos de consumidores, de modo de concentrar sus esfuerzos en los compradores más asiduos.

La compañía telefónica de larga distancia AT&T ya envía a sus abonados cartas que les hablan de su anciana madre en Israel o de sus hijos en Francia, y el hotel Claridge Casino de Atlantic City desea feliz cumpleaños a sus clientes por cartas individuales. "Las empresas acopian toneladas de información sobre nosotros, las seleccionan por medio de la informática para evaluar nuestra disposición a comprar tal producto, y utilizan estos conocimientos para fabricar el mensaje de marketing personalizado que nos insta a realizar esta compra", subraya un artículo de *Business Week* acerca del fenómeno del marketing en línea.[30] El acopio de esta información a veces pasa inadvertido: por ejemplo, al llenar y enviar la tarjeta de garantía de una nueva compra, el consumidor brinda al sector de comercialización preciosas indicaciones sobre su estilo de vida.

Los diversos poseedores de datos –empresas, encuestadores y gobiernos– se revenden entre sí esta información: el estado de Ohio, por ejemplo, cedió recientemente su lista de registro de vehículos y de permisos de conductor a la empresa

TRW por 375.000 dólares. O bien, al combinar un registro de títulos de propiedad de automotores con una lista de bienes inmobiliarios, resulta fácil el acceso a datos supuestamente secretos, como los ingresos mensuales de una persona o un hogar. Naturalmente, estas prácticas ya son objeto de debate sobre el derecho de las empresas a espiar la conducta del ciudadano consumidor, como por el ojo de la cerradura. Esta controversia sin duda se exacerbará con el crecimiento del cibercomercio. America Online ha sido objeto de quejas por la utilización comercial de su fichero de abonados.

Los promotores del comercio electrónico, con afán tranquilizador, afirman que los consumidores celosos de su anonimato podrán, como en la actualidad, prohibir la comercialización de datos privados que les conciernan. "Las compañías telefónicas ya son particularmente sensibles a las cuestiones de la vida privada. Nosotros no divulgamos estos datos en la escala hogareña. Aun así, a menudo son interesantes en conjunto", explica Carey McCann, responsable de marketing de US Avenue, el cibermercado que US West ha concebido para la televisión interactiva. Este tipo de problema tal vez se regule de la misma manera que la violencia en la industria de los juegos de vídeo: por la autodisciplina. "Si los profesionales toman la iniciativa –explica Carey McCann–, el gobierno y los legisladores no podrán inmiscuirse."

¿Un desierto urbano?

La influencia del crecimiento del shopping electrónico sobre el comercio minorista es difícil de prever. Pues, aunque esta actividad sufra cierto grado de estandarización, aunque la tecnología permita la prestación de servicios fáciles y rápidos, la rapidez con que caerán las barreras psicológicas y culturales es un dato incierto y depende en parte de la suerte de la televisión digital interactiva. Si la mayoría de las pequeñas y medianas empresas que hemos citado comienzan por ingresar en los catálogos

CD-ROM y los servicios de venta en línea (a los cuales se tiene acceso por ordenador), muchos expertos convienen en pensar que el mercado realmente masivo es el de la pantalla pequeña. La telecompra tradicional, tal como la practican las cadenas QVC o Home Shopping Network, ya es una actividad próspera, con unos 2.500 millones de dólares en ventas anuales.

No obstante, dadas las dificultades tecnológicas y las demoras sufridas por los tests en vivo, es probable que la televisión interactiva no llegue al gran público antes de diez o quince años. Algunos actores importantes del sector diversifican pues su estrategia, investigando también el mercado en línea. En setiembre de 1994, la cadena Home Shopping Network (HSN, controlada por Liberty Media, filial de Tele-Communications Inc. de John Malone) compró una pequeña empresa de Silicon Valley que se especializaba en la venta en línea de productos informáticos: Internet Shopping Network. El gigante de las telecompras (mil millones de dólares en ventas) obtiene así los medios para jugar en ambos tableros, o mejor dicho, en ambos tipos de pantalla, informática y televisiva.

"En 1993 los americanos compraron más ordenadores personales que televisores –señala Jeff Gentry, presidente de ESN Interactive–. Ahora se fabrican en el mundo más ordenadores que automóviles. Los que quieran ganar dinero en el comercio electrónico en el curso de los diez próximos años deberán estar presentes en el mercado en línea." Por medio de alianzas con los distribuidores de renombre, los industriales de marcas prestigiosas y los proveedores de servicios en línea, HSN espera convertirse en el comerciante electrónico dominante de la era interactiva. Enfrentará la competencia de empresas que antes no se dedicaban primordialmente a esta actividad, como MCI. El segundo grupo americano de telefonía de larga distancia ha decidido lanzarse audazmente al asalto del ciberespacio. MCI no sólo propone conexiones con Internet sino que también organiza, con ayuda de Netscape, un ambicioso centro comercial en línea donde el usuario tendrá acceso a los ferrocarriles Amtrack, a los seguros Aetna Casualty, a los productos Sara Lee, a los calzados y vestimentas Timberland.

Los expertos más optimistas calculan que el mercado global de la venta electrónica alcanzará 300 mil millones de dólares hacia el año 2000, es decir el 15 por ciento del monto actual de ventas minoristas. "Dada la estrechez de los márgenes de ganancia de la gran distribución, esto bastaría para llevar a la quiebra a muchos comercios tradicionales", explicaba un reciente editorial del semanario británico *The Economist*.[31] En esta nueva industria, encontramos una diversidad de modelos financieros. La compañía eShop, como Netscape, aspira a vivir de la venta de su software, el cual espera convertir en estándar. Los organizadores de cibermercados como US West o MCI, en cambio, pueden pretender tres tipos de remuneración: una tarifa fija pagada por los comerciantes que estén presentes en línea, un porcentaje de sus ventas e ingresos generados por la publicidad. Ellos tendrán que buscar el "cóctel" óptimo.

Sea cual fuere el modelo que adopten unos u otros, una cosa es segura: en el universo del shopping electrónico un comerciante se ahorra costos de construcción, publicidad, personal y stock. Teóricamente, estas economías son tan importantes como para permitirle pagar honorarios decentes al administrador de su cibermercado, así como al propietario de la red propiamente dicha, y aun así rebajar notablemente los precios minoristas sin sacrificar ganancias. Ejemplos: Internet Shopping Network calcula un costo de 20 centavos por transacción, en vez de los 5 dólares por venta tradicional por correspondencia. CUC International de Connecticut, que vende a sus miembros productos a mitad de precio, llega a ser rentable con márgenes del 4 al 5 por ciento (la mitad de los márgenes de las tiendas de fábrica).

¿Ello significa que los productos del cibermercado serán siempre más baratos que en el centro comercial de la esquina? No necesariamente. Para el reparto de comestibles a domicilio, los servicios como Peapod, que trabajan con supermercados existentes, cobran los productos mucho más caro que en la estantería. Es verdad que los precios deberían bajar mucho el día en que tengan suficientes clientes para tratar directamente con los fabricantes de alimentos. Pero aun así no superarán a las grandes cadenas de supermercados que en los últimos diez años han hecho todo lo posible para optimizar su funcionamiento. En otros casos, el industrial no querrá distanciarse de sus vías de distribución tradicionales. "Un fabricante de calzado deportivo, que había querido reducir sus precios en línea, pronto tuvo que enfrentar la rebelión de las tiendas especializadas como Footlocker", señala un observador.

Además de los floristas y de los comerciantes de productos culturales e informáticos, los distribuidores que toman más en serio el comercio electrónico son los especialistas en venta por correspondencia. Empresas como LL Bean, Land's End y Spiegel, que envían a los americanos unos 15.000 millones de catálogos por año, son las primeras en verse amenazadas por los medios interactivos. El catálogo multimedia presenta el inconveniente de que no se puede consultar fácilmente en el tren o en el cuarto de baño, pero tiene muchas otras ventajas: se puede actualizar cotidianamente en tiempo real, es más dinámico y contiene mucha más información que su equivalente en papel ilustración. Este, por otra parte, resulta muy caro de fabricar y distribuir. Y además los especialistas en venta por correspondencia pueden convertirse más libremente al cibercomercio porque la logística del reparto ya está organizada y, sobre todo, porque no han invertido en inmuebles.

Para las grandes tiendas como J. C. Penney, Nordstrom, Marshall Field o Sears, propietarios de monstruosos bloques de cemento que jalonan el paisaje americano, la transición es más delicada. En los años 80, la competencia los impulsó a invertir masivamente en inmuebles, reduciendo sus márgenes. Resultado: la mayoría de ellos prueban tímidamente las aguas del cibercomercio, como una posible diversificación de sus proyectos, rogando que esta nueva tendencia no los arruine. Los observadores más pesimistas predicen el derrumbe del comercio tradicional, la desertificación de las zonas comerciales: los baldíos urbanos quedarían librados a los delincuentes, los vendedores de crack y las ratas. Felizmente, esta posibilidad dista de ser inevitable. Incluso es posible, señala *The Economist*, que gracias a la competencia electrónica los grandes distribuidores vuelvan a aprender una vieja lección: "Los consumidores prefieren las tiendas donde no los tratan como ganado".

Las grandes cadenas deberán pues dar a sus clientes nuevas razones para que vayan a visitarlas. Nordstrom instala guarderías infantiles en sus tiendas. Otros modifican por completo sus lugares de venta, transformándolos gradualmente en espacios de entretenimiento o en pequeños parques de diversiones. Esta modalidad ya había afectado a los restaurantes y cafés, como vemos en los Hard Rock Cafe y Planet Hollywood. Ahora les llega el turno a los vendedores de artículos de consumo. Así, esas especies de Disneylandias del baloncesto conocidas como Nike Town tienen gran éxito entre los jóvenes, mientras que los Incredible Universe de Tandy (aparatos electrónicos) siempre están llenos. Unos veinte conglomerados urbanos americanos, preocupados por dar nuevo dinamismo a sus *inner cities*, coquetean con el desaforado concepto de Urban Entertainment Destination Project ("centro urbano de diversión"). Uno de estos proyectos –a la vez parque, cine múltiple y centro comercial– encara la rehabilitación del célebre barrio neoyorquino de Times Square (calle 42 y Séptima Avenida).

Para los optimistas, el tiempo y el dinero que el consumidor ganará con el shopping en línea le permitirá "pellizcar" en las pequeñas tiendas artesanales donde los precios elevados quedarán ampliamente justificados por una calidad superior de los productos y un servicio distinguido. Así el modisto y el carnicero de la esquina se pondrían nuevamente de moda, y las pequeñas tiendas resucitarían. Siempre se puede soñar.

Pioneros de la ciberpublicidad

En 1990 Bill Cleary decidió asociarse con Mark Kvamme, y le regaló la mitad del capital de su agencia de publicidad, que ya tenía tres años. "Mi abogado me trató de loco –recuerda con aire risueño el barbado Bill–. Pero yo sabía que yo no necesitaba dinero, sino potencia intelectual." Mark y Bill hicieron lo mismo, en 1992, para atraer al tercer compinche, Tom Suiter, un ex empleado de Apple como ellos, que ahora era consultor de imagen de las empresas. De ahí el nombre de la agencia, CKS, por Cleary-Kvamme-Suiter. CKS Partners no se parece en nada a una agencia tradicional, ni por el pasado de sus socios-gerentes, ni por su modernísimo material (que sirve sobre todo para enlazar oficinas geográficamente dispersas), ni por su filosofía empresarial decididamente Zen, ni por el estilo de sus campañas publicitarias.

Por otra parte, su sede está muy lejos de la Madison Avenue neoyorquina, Meca del mundo americano de la publicidad. Por su origen, su cultura y la actividad de muchos de sus clientes, CKS es un producto puro de Silicon Valley. Pero pronto rompió ese capullo. "Cuando una oficina supera la cincuentena de personas, se corre el riesgo de que la política interna prime sobre la creatividad y el trabajo en equipo –explica Bill Cleary–. Entonces se desplazan los equipos para aproximarlos a sus clientes." En consecuencia, CKS Partners, cuya sede se encuentra en Campbell, California, dispone ahora de una constelación de oficinas: en Cupertino y San Francisco, California, en Portland, Oregón, y en Londres, Inglaterra. Estas sedes dialogan continuamente entre sí, gracias a una red de comunicaciones ultrarrápida en fibra óptica.

Con 130 empleados y una facturación neta de 30 millones de dólares en 1994, CKS Partners sigue siendo pequeña en relación con los gigantes de Madison Avenue, pero sin duda prefigura mejor que las Mac Cann Ericsson o las Ogilvy & Mathers lo que será la agencia publicitaria de la era interactiva. El uso inteligente de la última tecnología –incluso para tareas llamadas tradicionales– le confiere una productividad por empleado 2,5 a 3 veces superior al promedio del sector. Tomemos como ejemplo el cambio de imagen de los aviones de American Airlines. La compañía aérea deseaba abandonar sus colores –azul, naranja y blanco– por algo más elegante e internacional. Los especialistas de CKS simularon en ordenador más de 500 combinaciones de diseño y de colores, antes de presentar una selección limitada a los directivos de United, que al fin optaron por una sobria combinación de gris y de azul marino. Lo mismo hicieron para el diseño de los despachos de los aeropuertos. "Sin la simulación digital, una tarea de este orden habría costado mucho más", explica Mark Kvamme.

Al margen del empleo productivo de la tecnología, CKS procura definir la nueva filosofía publicitaria que debería acompañar la transición del mundo de los medios analógicos al de los medios digitales personalizados. Además la agencia –cuya lista de clientes incluye Apple, United Airlines, Motorola, National Semiconductors, TV Guide On-Screen, Pacific Bell, Norwegian Cruise Lines, Northern Telecom, NeXT y 3DO– se ha estructurado, según la fórmula de Bill Cleary, como una especie de "laboratorio experimental". Aborda la comunicación empresarial de manera innovadora y totalmente integrada, sin favorecer uno u otro soporte en especial.

Mientras los departamentos interactivos de las grandes agencias trabajan con montos desdeñables en relación con la cifra global de la empresa madre, CKS Partners ya obtiene el 10 por ciento de sus ingresos en proyectos que se relacionan con los nuevos medios. La agencia practica actualmente el marketing multimedia en CD-ROM y también ha concebido una larga secuencia de demostración de ensayo en línea de la agenda electrónica Newton de Apple. En otoño de 1994 CKS también logró, en colaboración con el editor de prensa informática Ziff-Davis, la realización de una "cadena de marketing" centrada en el mundo de los ordenadores personales. Más original aún: para poder fabricar ella misma sus productos multimedia, CKS Partners ha comprado a Apple un estudio de producción digital de última tecnología, situado en Cupertino: "dos mil metros cuadrados de platós de rodaje, gabinetes de sonido y laboratorios de montaje, y la mejor máquina de café expreso de la región", bromea Bill.

La adquisición de semejante herramienta no era indispensable para el funcionamiento de la agencia, pero los tres fundadores están convencidos de que el universo de la publicidad está en vísperas de una mutación gigantesca. "Los cambios culturales, las evoluciones del mundo de la distribución, el advenimiento de los medios digitales y el paso de una economía industrial a una economía de servicios provocan una gran conmoción en las áreas de publicidad y marketing –estima Bill Cleary–. La mayoría de las cosas que hemos aprendido podrían perder validez en la era digital, así como el saber agrario se reveló inoperante después de la revolución industrial. Este salto tiene cuando menos la misma importancia."

En este período tan estimulante como arriesgado, existe una sola certidumbre: "Los que sigan viviendo en el mundo de los medios tradicionales están condenados a la decadencia". Según él, la publicidad a la antigua, "arcaica y pasiva", será suplantada gradualmente por una publicidad "proactiva y centrada en la información", una suerte de "publicidad personalizada".

El advenimiento de la era digital debería modificar la relación de fuerzas entre los publicitarios y el público. En lugar de constituir un *target* pasivo condenado a sufrir el mensaje publicitario, el usuario de un medio interactivo está sentado en el asiento del piloto. Ahora es él quien escoge los anuncios que le interesan y el momento de asimilarlos. "La publicidad interactiva es más fructífera, pues brinda información al consumidor en el momento y la forma que él decide –explica Mark Kvamme–. El contenido de los mensajes publicitarios, ahora centrado 100 por ciento en la marca del producto, será 20 por ciento para la marca y 80 por ciento para la información."

En su oficina de Cupertino, Mark tiene una gran pizarra blanca que él gusta de cubrir con bosquejos. Por una parte, explica el joven mientras dibuja, hay poseedores de "contenido" (cine, música, información de todo tipo), y por la otra están los dueños de las autopistas de la información (los operadores de servicios en línea, las compañías telefónicas, los operadores de TV cable). "Estas dos categorías no saben dialogar. Jamás han trabajado juntas. Nosotros, las nuevas agencias de publicidad, debemos obrar como intermediarios. Ayudamos a las empresas a digitalizar sus activos, a organizarlos y hallar los medios de difusión apropiados. Y a descubrir a los anunciantes interesados en subvencionar este contenido."

Mark Kvamme estima que los nuevos medios, más costosos que los tradicionales, con el tiempo serán subvencionados por la publicidad en la misma proporción (hasta un 80 por ciento): "No hay motivos para que el consumidor final acepte pagar mucho más por el uso de estos nuevos medios. El papel de la promoción publicitaria es histórico. A fin de cuentas, aun la Biblia de Gutenberg fue subvencionada por la Iglesia". Pero en la era digital, en vez de ese universo sencillo donde el anunciante podía escoger entre una quincena de vehículos (periódicos, revistas, afiches, radio, grandes *networks* de televisión, cadenas de cable), habrá un centenar de opciones.

Terminó la época dorada donde podíamos llegar a millones de personas por medio de un spot televisivo de 30 segundos en las horas de gran audiencia. Este mundo de certidumbres ya comenzaba a erosionarse con la TV cable. La creciente popularidad del universo en línea y el surgimiento de la televisión personalizada completarán el proceso. La fragmentación y personalización de los medios exigen al anunciante una redefinición de sus objetivos de comunicación y de marketing, con el objeto de elaborar un "plan mediático" más complejo.

Una dificultad complementaria para los profesionales del marketing y la publicidad: las herramientas digitales interactivas, que permiten medir con lujo de detalles la reacción del público ante tal o cual producto, vuelve obsoletos los métodos tradicionales de cálculo de la eficacia de un mensaje publicitario. Ya no pueden conformarse con proporciones gruesas establecidas a priori, como en el pasado. Para las agencias, esto representa una ventaja de doble filo: por un lado, sabrán exactamente a quién llegan los mensajes, cuándo y de qué manera; por el otro, también sus clientes dispondrán de mandos más sofisticados que les permitirán juzgar el material. Los profesionales de la publicidad serán más responsables que nunca de sus resultados. Importante corolario: los nuevos medios harán perimir el modelo del encargo, que reina en la industria.

Pagar para no ver

Los medios digitales diseñan un mundo mediático incierto y cambiante, al cual los publicitarios deberán adaptarse día a día. Ya no se puede crear algo "definitivo": la publicidad de la era digital será evolutiva por definición. CKS Partners, por ejemplo, corroboró con su secuencia sobre la agenda Newton que para obtener buenos resultados era indispensable modificar continuamente ciertos detalles. "La información sobre un producto o una empresa circula con creciente celeridad y las fuentes de información se diversifican –subraya Mark Kvamme–. Ya no recrearemos más un nuevo producto publicitario todos los días, sino que el mismo mensaje será modificado permanentemente en función de las reacciones del público."

El modo mismo de lanzar el mensaje publicitario cobrará formas mucho más diversas. Don Peppers y Martha Rogers distinguen tres grandes familias de mensajes que pueden dominar los medios interactivos. Ante todo habrá lo que ellos denominan "publicidad invitacional": "Si quieren tener éxito, los anunciantes deberán dejar de gritar frenéticamente sus mensajes al oído de los consumidores y presentar una invitación cortés, tendiendo a entablar o continuar un diálogo".[32]

La "publicidad solicitada" también debería ocupar un lugar central en el universo interactivo. Si se trata de mensajes informativos, enviados a pedido, corresponderá al consumidor obtener conocimientos antes de comprar algo, con el objeto de comparar precios, desempeños y prestaciones de los competidores. "Hoy existen dos clases de publicidad solicitada, ambas en forma impresa: los pequeños anuncios y las Páginas Amarillas –señalan Don y Martha–. Se trata de soportes publicitarios más importantes en valor, y cuyo crecimiento es el mayor." Imaginemos el potencial de Páginas Amarillas multimedia e interactivas. La mayoría de las Baby Bell americanas, editoras de guías telefónicas, trabajan en este concepto con la perspectiva de ingresar en el mercado de la televisión interactiva.

Los anunciantes y las agencias publicitarias, en fin, tendrán la posibilidad de optar por la "publicidad integral": "Al huir los consumidores de la publicidad tradicional, los publicitarios buscarán cada vez más incluir su nombre o su marca en la sustancia misma de los programas de entretenimiento", señalan Don Peppers y Martha Rogers. En los Estados Unidos, la presentación de productos ya es común en el cine, con tarifas bien diferenciadas según el detergente Splurch, por ejemplo, esté visible en segundo plano o en las manos de la protagonista.

Ahora se habla de extender esta práctica a los juegos de vídeo: anunciantes como Adidas, Coca-Cola, Seven Up, Snickers, Penguin y el Midland Bank inglés han hecho la experiencia.

La era interactiva anuncia también el retorno de una forma de publicidad vieja como la televisión, el sponsoring o patrocinio. Los *soap operas* ("teleteatros") de ayer eran producidos con el dinero de los fabricantes de jabón, del cual derivaba su nombre. En la era interactiva, las empresas como Texaco, Kellogs y Procter & Gamble ofrecerán al telespectador su emisión o película favorita. En el entorno mediático tradicional, la subvención está implícita. Al leer la revista *Time*, por ejemplo, tendemos a olvidar que el ejemplar nos costaría doce dólares si General Motors y AT&T no pagaran 150.000 dólares para poner un anuncio de una página. Al ver la última película de Arnold Schwarzenegger, tampoco pensamos que sin la publicidad de la aspirina Advil pagaríamos el doble por entrar en el cine. En el universo clásico de la teledifusión, nadie tiene necesidad de recordarnos esta simple verdad económica: es difícil escapar de la publicidad.

En cambio, en un mundo donde el telespectador decide lo que aparece en la pantalla, el mercado quizá se vuelva explícito. Será un toma y daca, explican Don y Martha: "Mira este vídeo de diez minutos del último modelo de Chevrolet, y te ofreceremos una película paga en la sesión de tu elección". O bien: "Responde a este breve cuestionario sobre Kellogs, y no pagarás los tres próximos episodios de Murphy Brown". O incluso: "Cliquea el botón 'dime algo más' en cualquier momento de este anuncio informativo de diez minutos, y quizás gane un crucero por el Caribe".

En Estados Unidos ya existen empresas que aplican este tipo de exhortación en los medios interactivos actuales. El teléfono y el fax FreeFone, por ejemplo, pagan al usuario por soportar anuncios publicitarios. En cuanto a la empresa HomeFax, instala gratuitamente un fax en casa de los particulares a condición de que acepten llenar una vez por mes un cuestionario de una página sobre un producto, y recibir cierta cantidad de faxes promocionales. En el futuro, este tipo de arreglo podría extenderse a los nuevos medios. Desde luego, el usuario podrá escapar totalmente de los mensajes publicitarios. Pero deberá estar dispuesto a pagar el precio: tal vez cien dólares por mes, contra veinte o treinta en un universo donde la publicidad sea tolerada.

Teóricamente, este nuevo mundo será dirigido por consumidores-usuarios. Pero aun así implica un gran riesgo de mezcla de géneros, porque el mensaje tendrá la apariencia de información objetiva, aunque sea suministrado por una fuente interesada como es el industrial o el comerciante. Marketing, publicidad y venta quedarán tan entrelazados que resultará difícil hacer la distinción, subrayan Don Peppers y Martha Rogers. ¿Qué hay más insidioso, en efecto, que estos anuncios de nuevo estilo que cobrarán la forma de "programas de seducción"? No sólo podremos pedir en cualquier momento cualquier producto expuesto en la pantalla por un anuncio informativo, sino que la proyección de *Indiana Jones* se detendrá unos segundos para permitirnos pedir al instante el sombrero que lleva Harrison Ford.

Llevando al extremo el concepto de colocación de productos en el cine, los anunciantes mismos producirán algunas de nuestras diversiones. El fabricante del whisky Cutty Sark patrocinó recientemente un juego de realidad virtual que efectuó una gira por las tiendas europeas y americanas: el jugador-capitán del barco debe salvar una preciosa carga de Cutty Sark amenazada por los corsarios y las tempestades. El juego de vídeo preferido de nuestros hijos, escriben Don Peppers y Martha Rogers, quizá sea Burger Hunt, producido por McDonald's, el gigante de la comida rápida: una cacería de hamburguesas donde el jugador lucha contra los *hamburglars*, villanos de una imaginaria McDonaldlandia.

Pánico en Madison Avenue

No nos engañemos: el marketing masivo y la publicidad tradicional tal vez mantengan su predominio durante los próximos diez o quince años. Los 30 mil millones de dólares en ingresos por publicidad seguirán bajo el control de las empresas tradicionales. Pero la era digital genera nuevas herramientas, brindando a los industriales, publicitarios y comerciantes medios revolucionarios para llegar a su público con precisión. Y los que no aprovechan estas oportunidades corren el riesgo de volverse rápidamente obsoletos. La mayoría de los anuncios publicitarios que aparecen en los medios están mal avenidos con el concepto de interactividad, sostienen los escépticos, porque procuran promover el nombre de una marca para artículos pequeños cuya compra no exige un juicio muy afinado (pasta dentífrica, aspirina, detergente). Contrariamente a estas ideas convencionales, sin embargo, la experimentación con los nuevos medios no se limitará a los productos tecnológicos complejos, como los ordenadores o los automóviles.

Así lo manifestó Edwin Artzt, directivo del grupo de bienes de consumo Procter & Gamble, ante la "crema" de la industria publicitaria americana, que se reunió en 1994 en Nueva Orleans para la convención anual de la Asociación de Agencias de Publicidad. Su discurso exhortaba a la industria a adaptarse urgentemente a los medios interactivos. "Según lo que sabemos hoy –advirtió Artzt– nadie puede estar seguro de que los programas de televisión financiados por la publicidad tengan futuro en el mundo que se está gestando: un mundo de vídeo personalizado, de pago a distancia y de cadenas *pay-per-vie*." Cuando el primer anunciante americano se convierte en prosélito del cambio, las agencias no pueden darse el lujo de pensar que los medios interactivos son un epifenómeno.

El incierto mundo de los nuevos medios intimida a los capitanes de la industria. Tienen buenas razones: "Las agencias de publicidad operan hoy según un modelo económico que ya tiene doscientos cincuenta años –destaca Ted Leonsis, presidente de la empresa de marketing interactivo Redgate Communications (grupo America Online)–. A las agencias no se les paga para crear anuncios publicitarios que vendan los productos. Reciben su remuneración de grupos como CBS o Time Warner para difundir los mensajes publicitarios de sus clientes en sus medios. En este contexto, la agencia que más gana es la que crea una campaña publicitaria original y la difunde durante tres años. Es exactamente lo contrario de lo que exigen los nuevos medios: una actualización cotidiana, el seguimiento de las reacciones, un diálogo en tiempo real y la valoración del contenido."[33]

No es sorprendente, pues, que la mayoría de los directivos de las empresas americanas consideren que su agencia publicitaria no está adaptada a este nuevo entorno. En agosto de 1994, sólo el 12 por ciento de los 280 gerentes interrogados por la revista *Advertising Age* estimaba que su agencia habitual estaba equipada para ayudarlos a hacer marketing en la autopista de la información. No obstante, sería falso afirmar que los mastodontes del sector están totalmente al margen. Ciertas tiendas, como Chiat/Day, han buscado situarse en la vanguardia de esta revolución digital realizando un trabajo innovador con clientes como Coca-Cola o Nissan. El gigante neoyorquino Ogilvy & Mathers, por su parte, está presente en el marketing interactivo desde 1983. En sus planes encontramos CD-ROM, quioscos interactivos, mensajes publicitarios en línea y spots para televisión interactiva. A mediados de 1994, la renuncia del fundador de Ogilvy & Mathers Direct, el pionero Martin Nisenholtz, que se pasó a la Baby Bell Ameritech, dejó esta división acéfala en un período dificultoso.

A instancias de los estudios hollywoodenses, las otras grandes casas de Madison Avenue han creado más o menos recientemente su propio departamento interactivo. Pero su comprensión de los nuevos medios todavía es superficial. La broma que circula en esta industria es que el marketing interactivo es un poco como el sexo entre los adolescentes: "Todos están obsesionados por el asunto, todos creen que el otro lo hace y quiere dar la impresión de que tiene experiencia. Pero los pocos que realmente hacen algo no saben hacerlo muy bien". La explicación es sencilla: aunque McDonald's, Chevrolet y aun el correo americano experimentan con la ciberpublicidad, la mayoría de los anunciantes le consagran menos del uno por ciento de su presupuesto total. Para las agencias, la inversión en la producción, la gestión y el ensayo de nuevos productos publicitarios interactivos es desproporcionada en relación con los ingresos obtenidos. "Las agencias de publicidad se amilanan porque no ven ganancias en el corto plazo –reflexiona Robert Greenberg, de R/GA Digital Studios, un estudio digital neoyorquino que ha realizado anuncios de televisión interactivos para la "red total" de Time Warner en Orlando–. He conversado con una treintena de patrocinadores de las grandes agencias. Me asombró ver que pocos de ellos tenían una visión clara de su porvenir."

4
La televisión personalizada

En la entrada del edificio, un letrero anodino: Microware Systems. El edificio vecino alberga el Consejo Nacional de Producción Porcina, y el hotel de la esquina ofrece habitaciones principescas a precios razonables. Este barrio de Des Moines, Iowa, nos recuerda que estamos más cerca de los cerdos que de Silicon Valley. Sin embargo, entre estas paredes de ladrillo, dos hombres sueñan con construir la nueva Microsoft. El gigante de Seattle ha construido su imperio logrando que su sistema operativo, Windows, sea el estándar mundial para ordenadores personales. Los fundadores de Microware, Ken Kaplan y Larry Crane, ambicionan cumplir el mismo papel para una pequeña caja negra que en el futuro podría ser aún más rentable: el decodificador digital que convertirá nuestro televisor en rampa de acceso a las autopistas de la información. Si los gigantes del software no la devoran, esta oscura y pequeña empresa de Des Moines tiene el potencial para convertirse en una de las empresas líderes de la era multimedia.

¿Microware? Aunque su nombre nos resulte desconocido, sus productos ya están presentes en la vida cotidiana. Instalada en Francia desde 1990, esta empresa provee sistemas operativos personalizados para diversas aplicaciones industriales: desde ciertas cabinas telefónicas hasta las máquinas de análisis sanguíneo de los laboratorios Hoffman-Laroche, desde el acelerador de partículas Aglaé del Museo del Louvre hasta el del CERN de Ginebra, desde los dispositivos de enlace coche-andén del "tren-bala" Atlantique hasta los teléfonos celulares del fabricante alemán AEG.

Pero la era digital podría permitir que este peso pluma del software (20 millones de dólares de facturación en 1994) ingresara en el mercado masivo de los decodificadores para la televisión del futuro. No el hardware, por cierto: los aparatos serán fabricados por empresas como General Instruments, Scientific Atlanta, Zenith Electronics y Hewlett Packard. Los ingenieros de Microware, en cambio, intentan instalar en estos millones de cajas un sistema operativo de su invención, DAVID (Digital Audio Video Interactive Decoder), y valerse de este "decodificador digital interactivo de audio y vídeo" para enfrentar a competidores –Microsoft, Silicon Graphics, Apple– que son verdaderos Goliats.

En esta batalla sin cuartel, DAVID ha despegado con gran pompa, pues su arquitectura fue escogida por uno de los principales promotores de la televisión del futuro, la compañía regional de telefonía de la Costa Este, la Bell Atlantic. El resultado es que a mediados de 1995 DAVID ya estaba licenciado para una veintena de fabricantes potenciales de decodificadores, entre ellos las americanas IBM y Compression Labs, la europea Philips, las japonesas Fujitsu, Mitsubishi y Kyocera y las coreanas Samsung y Goldstar. "A fines de 1995 el planeta contará con 250.000 decodificadores que funcionarán con DAVID. En 1996 con 500.000, y en 1997 con más de un millón", pronosticaba Herb Miller, director de la división multimedia de Microware. Su visión fue confirmada por el gigante de la telefonía móvil Motorola, que en agosto de 1995 adquirió el 11 por ciento del capital de la empresa, con una opción para subir al 24 por ciento desde ahora hasta el año 2000.

Si las primeras generaciones de máquinas son satisfactorias, ¿por qué el sistema operativo de Microware no podría convertirse en el estándar en uno de los mayores mercados que ha conocido la electrónica masiva? Así sueñan Ken Kaplan y Larry Crane, pero para ello será preciso que se produzcan varios milagros. Y sobre todo que este mercado se materialice. En 1995, la "televisión inteligente", que tanto hacía soñar a los medios americanos, estaba todavía en el limbo.

El sueño del teleordenador

Observemos el panorama. La revolución digital, como hemos visto, nace del simple hecho de que es posible traducir a lenguaje informático no sólo los sonidos sino también las imágenes fijas y animadas. Ya podemos consignar estos datos multimedia en soportes compactos como el CD-ROM, y tenemos la edición electrónica. Pero también podemos transmitirlos por vía satelital, hertziana o subterránea, y entonces tenemos la televisión llamada "digital", por oposición al modo de codificación y transmisión "analógica" clásica.

Los americanos creían que este avance tecnológico serviría para lograr la televisión de alta definición (TVHD), es decir, para enriquecer la cantidad de datos por pantalla, con el objeto de mejorar la calidad de la imagen. Los años 1992 y 1993 quedaron así signados por una guerra tripartita entre la TVHD cien por ciento digital *made in USA* y las normas de TVHD europeas (Mac) y japonesa (Muse), cuya transmisión seguía siendo analógica. Pero el público pronto se mostró más interesado por una gran variedad de programas que por una mejor resolución de la imagen. Concretamente, allí donde una emisora hertziana, un canal satelital o un canal de TV cable difundía una sola cadena analógica, la transmisión digital permite hoy difundir de siete a ocho. En Estados Unidos, el primer paquete digital satelital de 150 cadenas fue lanzado en 1994 por el consorcio Hughes-RCA (Thomson). En Europa, su Canal+ y la CLT inauguran la era de la teledifusión digital en el otoño de 1995 (véase el capítulo 9).

Pero si lo digital sólo sirviera para multiplicar la cantidad de cadenas, no provocaría tal conmoción. Lo que vuelve revolucionaria esta técnica es su capacidad para lograr un sistema de difusión interactivo, es decir, capaz de responder con cierta inteligencia a las demandas del telespectador. Y a partir de allí entramos de plano en la especulación, pues si la televisión interactiva es tecnológicamente viable, su desarrollo sigue siendo incierto.

Aun así soñemos un poco, pues sólo la desmesura de esta visión futurista, este sueño de niño, explica hoy el empeño de los operadores y proveedores de programas americanos: si cada televisor posee cierta inteligencia y las redes de transmisión permiten una vía de retorno de la información, los datos televisivos digitalizados no son más que bits como los otros. Pueden –como los datos informáticos– ser llamados, editados o manipulados a gusto por un telespectador convertido en usuario. El televisor, que se transforma en "teleordenador" merced a un sofisticado decodificador, convierte a cada abonado en coreógrafo de su propia danza televisual.

Entonces resulta pertinente hablar de televisión de 30, 150 ó 500 cadenas, en la medida en que cada cual fabrica su propia televisión personalizada. El telespectador se convierte en amo de su pantalla, escogiendo con toda libertad el momento y la manera de distraerse, informarse, aprender, hacer compras, consultar anuncios publicitarios informativos o cultivarse. Es el mejor de los mundos posibles en un entorno audiovisual, y hasta la palabra televisión queda obsoleta. En una industria que oscila entre el modelo centralizado de difusión masiva (*broadcast*) y el de los medios inteligentes y descentralizados (*narrowcast*), esta herramienta de comunicación resulta tan potente e interactiva como el ordenador personal, pero mucho más fácil de manejar, y realmente masiva.

Para que este sueño se concrete, el teleordenador debe estar conectado a una red esencialmente constituida por fibra óptica, que transporte a la velocidad de la luz una cantidad casi ilimitada de datos. De golpe, al no estar racionado, el acceso de los proveedores de programas a esta red de alta capacidad se vuelve barato. "Al modificar radicalmente la relación de fuerzas entre distribuidores y creadores de cultura, el teleordenador romperá para siempre el estancamiento de la difusión televisada", escribía en 1992 el visionario George Gilder.[34]

En este caso figurado, un sofisticado sistema de conmutación digital del tipo ATM[35] permite a todo usuario comunicarse con los demás usuarios, como en una red telefónica punto a punto. Resultado: al no ser monopolio de empresas como Time Warner, Canal+ o News Corp., el paisaje audiovisual mundial pertenece a cada usuario-actor, según el modelo de una Internet multimedia. "En vez de una arquitectura amo-esclavo, el teleordenador determinará una arquitectura interactiva donde cada receptor será capaz de tratar y emitir imágenes de vídeo o toda otra información –escribe George Gilder–. En vez de exaltar la cultura de masas, valorizará el individualismo. En vez de favorecer la pasividad, estimulará la creatividad."

Hasta aquí la utopía. Pero seamos prudentes: las inflamadas profecías de un Marshall McLuhan, en los años 60, sobre un medio nuevo, extraño y promisorio como la televisión contrastan lamentablemente con la realidad actual. Tampoco sabemos si la televisión interactiva cumplirá sus promesas como el viejo tubo catódico. Ante todo, la viabilidad económica del instrumento todavía está en cuestión. ¿La gente querrá realmente "interactuar" con la emisora de televisión? ¿Para cuáles aplicaciones? ¿Cuánto está dispuesta a pagar? ¿Esta demanda permitirá amortizar los gastos requeridos? Por otra parte, el modelo ideológico de una televisión interactiva tipo Internet puede toparse con ciertos hechos obstinados.

El mismo Gilder reconoce que la conjunción de una torpe política regulatoria del gobierno americano con la obstinación de ciertos grandes operadores –como TCI de John Malone– en conservar los mandos de control podría prolongar el statu quo de la televisión "totalitaria" e impedir el advenimiento de un modelo abierto y descentralizado. "Entonces la interactividad tendería a cobrar la forma de juegos de vídeo y programas con pago a distancia", se lamenta. Ciertos actores como Andrew Grove, el presidente de Intil, o Jim Clarck de Netscape, apuestan a que el ordenador personal, dotado de una interfaz realmente amiga, llegue al gran público antes que la televisión interactiva. Los visionarios como Nicholas Negroponte, del Media Lab, predicen incluso la inminencia del ordenador multimedia de 200 dólares: "Si Compaq e IBM no los fabrican, serán Nintendo y Sega quienes lo hagan".

La gran mezcla interactiva

Importa poco que el desafío de las autopistas de la información se plantee por medio de televisores inteligentes u ordenadores de consumo masivo. Lo esencial –desde el punto de vista del usuario y de los industriales– es que estas técnicas tienen el potencial para desarrollarse gradualmente al tiempo que estimulan ciertos mercados ya florecientes, como el alquiler de casetes de vídeo (12.000 millones de dólares de ingresos anuales), las compras por catálogo (64.000 millones), los juegos de vídeo (12.000 millones), la conexión a redes y servicios en línea (28.000 millones). Motivados por el tremendo potencial de estos nuevos medios, así como por el peligro que representa la inmovilidad, los emperadores americanos de la electrónica, la telefonía, la TV cable y las industrias culturales se lanzan agresivamente a la refriega.

También Bill Gates (Microsoft), Ray Smith (Bell Atlantic), John Malone (TCI), Gerald Levin (Time Warner) y Sumner Redstone (Viacom/Paramount) transforman los Estados Unidos en un vasto laboratorio experimental de comunicaciones avanzadas. Mejor dicho, en una profusión de áreas tecnológicas, convertidas en campo de batalla industrial. Sólo estas pruebas en vivo darán, a partir de 1996, los primeros indicios sobre la viabilidad de estas nuevas tecnologías.

Ciertas reacciones preliminares son alentadoras. Una encuesta encargada por Hewlett Packard evalúa el "corazón del mercado" de la televisión interactiva en 14 millones de hogares sobre una población calificada[36] de 37 millones de personas. La segunda "franja", más ambigua en cuanto al concepto de interactividad, comprende 12 millones de hogares; los 11 millones restantes son francamente hostiles. La consultora Link Ressources de Nueva York estima, por su parte, que estos nuevos servicios podrían penetrar en 9 millones de hogares americanos en 1998 y 27 millones hacia el año 2000.

Aun así, es necesario que los servicios interactivos valgan la pena, porque estos programas de un nuevo tipo constituyen indudablemente los verdaderos motores –y la esfera de rentabilidad más duradera– de esta revolución digital. Si no son atractivos, nadie gastará un céntimo para abonarse. En la era digital, el contenido cobra mayor preeminencia que nunca. Esta regla de oro es la que impulsa a las compañías telefónicas y los operadores de TV cable hacia Hollywood (véase el capítulo 6). También motiva el apetito de los grandes de las comunicaciones por las *networks* televisuales, ya autorizadas a poseer programas. Estas grandes cadenas de televisión, analógicas y gratuitas, cuya decadencia habían profetizado algunos analistas, deberían constituir, en cambio, potentes plataformas de lanzamiento para los servicios digitales interactivos de mañana. "Es un universo de 500 cadenas –destaca un profesional de la televisión–, pero necesitaremos más que nunca de esos grandes ejes de audiencia que son las *networks*, para estimular a las personas de muchos canales pequeños y especializados." Es uno de los motivos por los cuales el grupo Disney absorbió, en agosto de 1995, la red Capital Cities/ABC, mientras que CBS, adquirida por Westinghouse, es también codiciada por Ted Turner, en busca de aliados ricos.

La busca de contenido es también un acicate para las pequeñas empresas de multimedia. Estos creadores presienten, mejor que los grandes grupos, que para imponer la televisión interactiva no bastará proponer películas a pedido ni reacondicionar los diversos productos de diversión más o menos interactivos preexistentes. Habrá que reinventar la manera de producir: nueva escritura, nuevos conceptos, nuevos protagonistas. Una nueva cultura.

Esta apuesta creativa motiva a actores como Knowledge Adventure, Trilobyte, Cryo o Infogrames. Aunque por el momento producen para el único mercado viable –el del CD-ROM–, tienen en reserva proyectos más o menos complejos acerca de comedias o películas interactivas, es decir, parques de diversiones virtuales para juegos de rol. El canadiense Warren Eugene está convencido de que los grandes ingresos vendrán del casino virtual. Soslayando las leyes americanas que prohíben las apuestas en la mayoría de los estados, tiene la intención de abrir en Internet un "casino en línea" cuyo servidor se encontraría en las islas jamaiquinas de Turks y Caicos.

En la infraestructura, la pugna se vuelve más encarnizada a medida que la gran aventura digital se combina, en los Estados Unidos, con una promesa de desregulación para las telecomunicaciones y la TV cable. Resultado: la competencia abarca todos los carriles de la carretera y a veces enfrenta a actores que hasta ayer nomás se ignoraban. Una rápida ojeada: los operadores de cable (Comcast, Cox, TCI, Time Warner) y las compañías telefónicas (las siete Baby Bells nacidas de la fragmentación de AT&T) se enfrentan o se alían en la batalla por la creación y la gestión de "tuberías". Los fabricantes de decodificadores clásicos (General Instruments, Scientific Atlanta, Zenith Electronics), las empresas de informática (Apple, Hewlett Packard, IBM) y los especialistas en electrónica de consumo y juegos de vídeo (Philips, Sony, Thomson-RCA, 3DO) se enfrentan por la producción de decodificadores inteligentes. Los campeones confirmados del software como Apple, IBM y Microsoft, pero también francotiradores como Microware, pretenden reinar sobre la inteligencia de estas cajas negras. Los expertos en bases de datos (nCube, Microsoft, Oracle, Sybase) o en máquinas potentes (Digital Equipment, IBM, Silicon Graphics, Sun Microsystems) se disputan la puesta a punto de grandes servidores de vídeo, "rocolas" de imágenes que constituirán una de las piezas decisivas de las redes multimedia.

Añadamos a esta cohorte de combatientes los integradores de tecnologías (Alcatel Network Systems, Arthur Andersen, AT&T), encargados de velar para que las piezas del rompecabezas encajen armoniosamente, y el cuadro está casi completo. Por el momento, es como si nos obligaran a mirar un Georges Seurat con la nariz sobre el lienzo. Distinguimos las pinceladas, pero tendríamos que retroceder un poco para tener una visión del conjunto. En este ámbito inestable, las megaalianzas son tan rápidas como los divorcios; las declaraciones altisonantes suceden a engañosos estudios de mercado, las pruebas más simples van a la par de los experimentos más ambiciosos. Por otra parte, el tránsito del estado experimental actual a proyectos más concretos depende tanto de decisiones regulatorias como de factores sociológicos que nadie domina. En síntesis, tardaremos años en saber si esta televisión futurista puede afectar de veras un mercado vasto.

¿Encontrará su equilibrio económico en el nivel más modesto (la mera multiplicación de cadenas) o alcanzará en un futuro próximo el grado de interactividad que hace soñar a los nuevos profetas? En vez de presentar una lista de preguntas sin respuesta, o de hacer un inventario de "quién hace qué" (véase los Anexos), hemos optado por describir el nacimiento caótico de esta nueva era televisiva y las fabulosas apuestas que están relacionadas, a través de la estrategia de tres actores americanos de la "gran trifulca" interactiva: en lo concerniente al software de funcionamiento, la empresa Microware; en lo concerniente a la gestión de las vías de acceso, la compañía telefónica US West y su aliada Time Warner.

DAVID contra Goliat

Volvamos pues a nuestros "cerdos" de Iowa. En cierto modo, los fundadores de Microware, Ken Kaplan y Larry Crane, debían estar convencidos del enorme potencial de su empresa. De lo contrario, no habrían rechazado en 1986 la propuesta de compra de Microsoft. Philips acababa de escoger el sistema operativo de Microware, OS/9, para equipar su consola multimedia CD-I, y Bill Gates, que recién ingresaba en este mercado, pensó que le sería más fácil adquirir la pequeña empresa de Des Moines que desarrollar por su cuenta este tipo de producto. Pero los cowboys del Medio Oeste no cedieron. ¿El dueño de Microsoft no quería oír hablar de una asociación? Bien, ya vería. A fin de cuentas, Ken y Larry tenían la costumbre de sentirse desdeñados por el establishment de la electrónica. Microware había nacido así.

Corría el año 1977. Ken y Larry, entonces estudiantes de informática en la Universidad de Drake, Chicago, habían obtenido una beca de la National Science Foundation para concebir programas que funcionaran con la primera generación de microprocesadores. Se habían presentado en Motorola, fabricante de los procesadores 6800 (predecesores de la serie 68000, que equiparían los Macintosh) para proponerle la creación de un sistema operativo que facilitara las aplicaciones industriales multitareas en tiempo real. "Motorola no tuvo interés –recuerda Larry Crane–. Lo cual no nos impidió escribir este programa, bautizado RT/68." De todos modos, Ken y Larry no tenían ganas de trabajar para una multinacional. Al ver el porte de carnicero y la barba de cavernícola de Larry, comprendemos que no habría sido feliz dentro de la escala jerárquica de Motorola.

"Microware nació en un apartamento, cerca del campus de Drake –continúa Ken Kaplan–. Una vez terminado el software, pusimos un pequeño anuncio en *Byte Magazine*. Para nuestro gran asombro, nos llovieron pedidos de todo el mundo." Un investigador de física de la Universidad de Heidelberg, Alemania, quedó tan impresionado por el RT/68 que quiso colaborar con Ken y Larry, y terminó por convertirse en representante de ellos en ese país. Internacional desde su creación, Microware realiza hoy un tercio de sus ventas en Estados Unidos, un tercio en Europa y otro tercio en Asia. La empresa, totalmente controlada por sus 200 empleados, financia su propia expansión.

En vista de este golpe maestro, el grupo Motorola cambia de actitud: en 1978 encarga a los jóvenes programadores un nuevo sistema operativo para su último microprocesador, el 6809. Así nace el OS/9. En 1982 Tandy lo adopta para sus primeros ordenadores de color. Después le llega el turno a Fujitsu. ¿Por qué este éxito? "El OS/9 tiene dos características originales –explica Herb Miller–. Por una parte, es muy pequeño y muy rápido, con lo cual es un software de tiempo real ideal para las aplicaciones industriales conectadas, que requieren la realización simultánea de varias tareas. Por otra parte, su arquitectura es modular, así que es fácil añadirle funciones de audio y vídeo y adaptarlas a diversos usos."

Esta reputación internacional pronto llama la atención de Philips, que investiga un sistema operativo para su lector de discos compactos interactivos. "Quizá seamos una de las pocas empresas del mundo que ganan dinero gracias al CD-I", bromea

Ken Kaplan. Aunque el estándar del gigante holandés no haya conocido un éxito total (véase el capítulo 5), la experiencia fue decisiva para Microware. "Gracias a Philips, hemos podido observar el circo multimedia desde la primera fila –subraya Kaplan–. Y en 1990 ya comprendíamos que el futuro pertenecía a la televisión interactiva."

Microware trabaja luego con Bellcore, el laboratorio de investigación común a las compañías telefónicas locales. Su objetivo es transmitir vídeo por cables telefónicos de cobre. El OS/9 sufre graduales modificaciones para una utilización en red. Aunque la compañía telefónica Bell Atlantic se pone en búsqueda de un sistema operativo para los decodificadores de su sistema de televisión digital, sólo el pequeño equipo de Microware está capacitado para presentarle un proyecto acabado. Ningún competidor –ni Microsoft, ni Silicon Graphics ni Hewlett Packard– es capaz de responder al pedido en ese momento.

A fines de 1993 Bell Atlantic publica, para los decodificadores de sus pruebas, una lista de especificaciones que sólo DAVID satisface. Y los tres fabricantes de decodificadores seleccionados por el operador –IBM, el tándem Philips-Compression Labs y Sagem– eligen DAVID como un solo hombre. Así la modesta empresa de Des Moines parece surgir de la nada para entrar, de la noche a la mañana, en la mediática arena de la televisión interactiva. Ken Kaplan llega a la primera plana del *Wall Street Journal*.

En la primavera de 1995, DAVID desembarca en Hong Kong, Gran Bretaña e Italia. El producto está bien adaptado al flujo de una industria balbuceante, donde conciliar los equipos de todos los proveedores es un rompecabezas: "Concebido como sistema abierto, DAVID es compatible con todo tipo de decodificadores, servidores de vídeo y redes de transmisión", señala Ken Kaplan. En los Estados Unidos, el consorcio de televisión digital TELE-TV –integrado por Bell Atlantic, Nynex y Pacific Telesis– imita por su parte la elección técnica de Bell Atlantic. Este cártel de producción y distribución de programas interactivos sólo tiene sentido si las redes de sus participantes comparten un estándar tecnológico. En mayo le llega el turno al primer fabricante americano de decodificadores, General Instruments, de anunciar un acuerdo de licencia para la incorporación de DAVID a su línea de productos digitales. Para Microware esta victoria resulta de particular importancia, pues anteriormente General Instruments y su socio Intel pensaban dotar a sus productos con el sistema operativo de Microsoft.

La ventosa y el pulpo

En los mercados tecnológicos emergentes, los primeros no siempre tienen la certeza de conservar el liderazgo, aunque sean los de mejor desempeño. Sony lo aprendió del peor modo, a fines de los años 70, con sus grabadores de vídeo Betamax, pronto desplazados por el VHS de la competencia. En los Estados Unidos se dice actualmente, hablando de las víctimas en la carrera por un estándar, que las han "betamaxeado". Es precisamente el peligro que hoy enfrenta Microware, porque la batalla recién comienza y los participantes son muchos y están muy motivados. En Des Moines, el enemigo más temible es evidentemente Bill Gates. "Microsoft es nuestra competencia más seria –reconoce Kaplan–. Pero estoy convencido de que DAVID ganará la guerra de los decodificadores. Contamos con una sólida experiencia en el mercado de la electrónica de consumo, y un buen avance en el parque instalado."

Desde su primer revés, en efecto, Microsoft ha revisado totalmente su copia. La empresa de Bill Gates es célebre por triunfar menos por sus innovaciones tecnológicas que por una gran perseverencia en el mejoramiento de productos inventados por otros, así como por su marketing agresivo, generador de volumen. Comparar los esfuerzos de estas dos empresas en el mundo de la televisión interactiva es como comparar la ventosa con el pulpo. En materia de televisión interactiva, Microsoft va más allá del software para la caja negra. Su enfoque, mucho más abarcador –bautizado MITV, Microsoft Interactive TV– consiste en proponer a los operadores una solución digital integrada: un entorno completo que no sólo abarcaría la inteligencia del decodificador sino también los diferentes programas que operarían en la red y los servidores de imágenes. Varios socios experimentarán con este ambicioso dispositivo de televisión digital interactiva: el operador de cable Tele-Communications Inc. en Seattle y Denver, la compañía telefónica SBC Communications en Houston.

"El software es el pegamento que unirá todas las piezas de la autopista de la información", explica Quinn Ellis, del equipo de MITV. Y Bill Gates tiene la ambición de reinar sobre cada fragmento de código necesario para el buen funcionamiento de esas infopistas. La estrategia de un software homogéneo, distribuido de un extremo al otro de la cadena, es lo único capaz de asegurar la compatibilidad plena de todas las piezas del rompecabezas, de garantizar la seguridad de las transacciones y de mantener la capacidad de evolución tecnológica del sistema, según proclaman en Redmond. Pero semejante estrategia sitúa a Microsoft en competencia directa con todos los que aspiran a una parcela de ese mercado del futuro. Y su voracidad causa temor. La intransigencia de Bill Gates ya le ha causado sinsabores: sería él quien en 1994 hizo fracasar un acuerdo tripartito sobre los estándares, con los titanes Tele-Communications Inc. y Time Warner.

Al reto de sus socios se añade el del sistema judicial: cada adquisición de Microsoft provoca una investigación para averiguar en qué medida la firma de Seattle viola los principios de la competencia leal, cometiendo abusos por su posición dominante. Es preciso señalar que su enfoque de las autopistas de la información es cuanto menos abarcador: Bill Gates no sólo ambiciona convertirse en el primer editor de CD-ROM del planeta y acecha sobre la televisión interactiva, sino que también lanza su propio servicio en línea, Microsoft Network. Y para estar seguro de no pasar por alto las nuevas áreas del comercio electrónico y la banca a domicilio, la firma de Seattle también quiere controlar al líder americano de aplicaciones informáticas financieras, Intuit. Pero una advertencia de las autoridades antitrust le hizo renunciar. A mediados de 1995 el campeón de Seattle intenta actuar con la mayor discreción posible, trabajando desde cero para adaptar sus soluciones de software a los materiales de sus socios.[37]

Entretanto, la pequeña Microware continúa moviendo pragmáticamente sus peones. A los quince meses de iniciar la distribución de sus primeros DAVID, concibe una segunda generación de cajas. Esta línea de productos representa, a fines de 1994, un cuarto de su facturación. Microware se acerca al punto muerto de su inversión inicial de medio millón de dólares, una cifra que no se compara con los 100 millones de dólares de presupuesto anual de que dispone la división Advanced Technologies de Microsoft. Este departamento del gigante de Seattle representa cinco veces las ventas y tres veces el personal de la pequeña empresa de Des Moines.

Ken Kaplan, sin embargo, no se deja amilanar. "Nuestras ambiciones multimedia no terminan en DAVID", observa. Confiesa que sueña con mercados promisorios "para decodificadores inalámbricos, videoconferencia y todos los productos cuya existencia aún ignoramos". El acuerdo estratégico con Motorola, en agosto de 1995, debía darle los medios para cumplir estas ambiciones. Si Microware ganaba su apuesta multimedia, Bill Gates lamentaría no haber sabido, en su momento, controlar a esos malditos picapleitos de la región porcina...

La Baby Bell de las ovejas

En materia de televisión interactiva, Bell Atlantic es la empresa telefónica con más *glamour*. En octubre de 1993, su presidente Ray Smith causó sensación al anunciar un acuerdo para la adquisición del primer operador de cable del país, Tele-Communications Inc., de John Malone. Y aunque el proyecto zozobró cuatro meses después porque Smith y Malone no podían ponerse de acuerdo sobre el precio, el declamatorio dueño de Bell Atlantic no ha cesado de confirmar su ambición en los servicios multimedia. Anuncia una inversión de modernización de su red de 11.000 millones de dólares en el curso de los cinco años siguientes; hace construir en Virginia un centro de transmisión digital de 200 millones de dólares; se asocia con otras dos Bells para producir programas. Por último, adquiere con Nynex la compañía CAI Wireless Systems, una empresa de TV cable "inalámbrica".

Ray Smith afirma que en su territorio el 46 por ciento de los abonados a la TV cable estarían dispuestos a cambiar de proveedor si Bell Atlantic les ofreciera un servicio similar. "Para el año 2000, las Bells habrán conquistado el 50 por ciento del mercado de la TV cable", proclama.[38] ¿Las Bells? Es posible, ¿pero cuáles? Al decir de ciertos analistas, Bell Atlantic no sería el precursor ni el verdadero líder en esta carrera en pos del "Grial" audiovisual. La superaría otra empresa menos propensa a las declaraciones grandilocuentes: US West. US West es un poco la Cenicienta de las "siete hermanas Bell". Cuando en 1984 el gobierno federal decidió desmantelar a la monstruosa "Ma Bell" (como llaman los americanos a la ex AT&T), que entonces ejercía el monopolio del sistema telefónico del continente, dejó las comunicaciones de larga distancia en manos de AT&T y repartió la "torta" de la telefonía local en siete monopolios geográficos. De este a oeste y de norte a sur: Nynex, Bell Atlantic, Bell South, Ameritech, SBC (ex Southwestern Bell), US West y Pacific Telesis.

En este reparto desigual, US West recibió las peores cartas: un territorio con forma de T, que abarca catorce estados de montañas inhóspitas, llanuras salvajes y desiertos áridos. La mitad de las líneas de US West se encuentran en comunidades de menos de 100.000 habitantes y su aglomeración más importante (Minneapolis-Saint Paul) ocupa un decimoquinto lugar entre las grandes ciudades del país. "Nuestro territorio cuenta con más ovejas que seres humanos", bromean en la sede de la compañía, con base en Englewood, en las afueras de Denver, Colorado. Es preciso creer que también las ovejas usan el teléfono, pues US West, que cuenta con 61.000 empleados y 25 millones de clientes, en 1994 registró 1.420 millones de dólares de ganancias sobre 10.900 millones de facturación.

Paradójicamente, las desventajas geográficas de la Baby Bell de las Rocallosas parecen haber desempeñado un papel determinante en su vertiente multimedia. "Sin duda eso impulsa a trabajar con mayor empeño para ofrecer nuevos servicios", analiza Michael McKeever del banco Lehman Brothers, quien asesora a esta empresa en su estrategia de alianzas. Otra diferencia: mientras la mayoría de las Bells veían a los operadores de cable como enemigos hereditarios, US West, en cambio, procuró asociarse con ellos. Aclaremos que en Englewood, en el asentamiento industrial de alta tecnología que está junto a la carretera 25, la sede de la compañía de teléfonos se encuentra a poca distancia de la torre de Tele-Communications Inc.

A principios de los años 90, los dos vecinos forman la asociación británica TeleWest, la primera del mundo en ofrecer, en una Inglaterra totalmente desregulada, un servicio integral TV cable-teléfono (hoy cuenta con más de 273.000 abonados al cable y 219.000 líneas telefónicas). En julio de 1992, estas dos empresas y AT&T prueban en Denver una oferta de "vídeo personalizado". Y en febrero de 1993, US West es la primera Baby Bell en anunciar un ambicioso plan de modernización de su red telefónica con fibra óptica (una inversión de 500 millones de dólares durante veinte años) para poder transmitir imágenes. La compañía es igualmente activa en servicios de comunicación móvil.

Este conjunto de iniciativas no es fruto del azar, sino de un plan estratégico. A fines de 1991, el presidente de US West, Richard McCormick, ex directivo de AT&T, pone en marcha un *think tank* compuesto por una veintena de directivos. Les encomienda la misión de describir el papel de la empresa en el nuevo universo digital. "Nuestro nombre era Cottage Time, por el nombre del edificio donde celebrábamos nuestras reuniones", cuenta Thomas Pardun, uno de los participantes, que hoy encabeza el departamento multimedia de US West. En mayo de 1992 este grupo comando llega a conclusiones osadas. "Sabíamos que el monopolio de que gozábamos en la telefonía local iba a desaparecer –explica Tom Pardun–. Y habíamos comprendido que se iniciaba una convergencia inevitable entre las áreas de TV cable y teléfono."

Este concepto de "convergencia" entre Bells y los operadores de cable se convirtió luego en un lugar común que es motor de las alianzas: en vez de pagar dos veces por la modernización de las redes (telefónica y de cable), parece sensato organizar, región por región, sociedades híbridas. Ambas áreas poseen una parte del *know-how* requerido para afrontar el desafío de las nuevas redes multimedia: las Bells dominan el secreto de la conmutación en redes punto a punto y disponen de abundantes recursos financieros; las compañías de cable saben operar redes de banda ancha y son expertas en programación.

Ya que los operadores de cable podían proponer servicios telefónicos en sus redes, US West también debía prepararse para ofrecer programas y servicios audiovisuales. Desde la fragmentación de Ma Bell, el paisaje regulatorio americano quedó marcado por una lenta pero implacable erosión de los cotos cerrados: AT&T debió compartir los servicios de larga distancia con retadores "oficiales", MCI y Sprint. El área más reciente de comunicaciones móviles estuvo menos regulada desde su origen (véase el capítulo 8). Esta desregulación hoy comienza a afectar los servicios de base.

Aquí no entraremos en los complejos detalles del ritmo de esta desregulación, que a su vez depende de cada estado (que regulan el 80 por ciento de los ingresos telefónicos del país), del juez federal de 72 años Harold Greene (quien escruta el paisaje regulatorio que él diseñó once años atrás al fragmentar AT&T) y por cierto del Congreso, único organismo habilitado para votar nuevas reglas de juego para todo el país. Aclaremos sencillamente que al menos en cuatro estados –Illinois, Maryland, Nueva York y Washington– ya está abierta la competencia para el suministro de servicio telefónico de base, y que media docena más proyectan hacerlo.

En setiembre de 1994 el Senado rechazó una importante ley de desregulación global de las telecomunicaciones, primera reforma completa del Communications Act al cabo de sesenta años. Las poderosas compañías telefónicas regionales no apreciaban una disposición que les impedía entrar en los mercados de larga distancia y equipo telefónico mientras no hubieran demostrado que sufrían una competencia tangible en su propio territorio. Sin embargo, una ley similar debía votarse a fines de 1995. Al cabo, teniendo en cuenta cierto respeto por algunas obligaciones de servicio público, es probable que todo el mundo –las Baby Bells, las compañías de larga distancia, los operadores de cable, pero también competidores más exóticos, como las compañías de gas y de electricidad– pueda ofrecer todo tipo de servicio telefónico en todo el territorio.

Por otra parte, para las compañías telefónicas, la posibilidad de proponer servicios de vídeo interactivo y de poseer programas audiovisuales depende en gran medida de la Federal Communications Commission, que supervisa la industria del cable. La evolución del paisaje regulatorio está asociada, aquí también, con la revisión del Cable Act de 1992. Estos corsés jurídicos son nuevamente cuestionados en los tribunales: habiendo ganado un juicio en la apelación, Bell Atlantic quedó autorizada, en noviembre de 1994, a ofrecer servicios de vídeo en su territorio. Algunas de sus hermanas han emprendido acciones similares.

Los cowboys de Engelwood

Los actores de estas industrias no esperan la eliminación del embrollo regulatorio para prepararse para la "convergencia". Un leve retraso legislativo no detendrá las tendencias más marcadas, mientras que la batalla comercial depende de pocos meses de diferencia. "En este tipo de competencia –afirma Tom Pardun del Multimedia Group de US West– un avance de doce meses puede resultar decisivo." Con profunda convicción, US West lleva a cabo su ambicioso plan de mutación a tambor batiente. Esto también implica una valla defensiva: cuando termine el monopolio, cada Baby Bell deberá proteger su feudo contra los agresores. "Nuestras investigaciones demuestran que en los Estados Unidos el 30 por ciento de los usuarios optarían, si tuvieran la posibilidad, por cambiar de compañía telefónica –explica Pardun–. Eso representa tanto una oportunidad como una amenaza." Aunque su austero territorio no atrae codicias ajenas, la compañía de las Rocallosas ha anunciado un plan de reducción de costos para tener mejor desempeño en sus operaciones clásicas.

Pero US West ha tomado el toro multimedia por las astas, probando de paso que los Bell Heads, considerados parangones de burocracia monopólica, eran capaces de actuar tan osadamente como los cowboys del cable. "En los Estados Unidos –explica Tom Pardun– es preciso preparar nuestra red para la transmisión de imágenes, aprender el oficio del cable a través de alianzas y adquisiciones para generar nuestros propios servicios interactivos y obtener un máximo de valor agregado. En el plano internacional, hacemos hincapié sobre la telefonía inalámbrica y el cable." Esta "larga marcha" hacia los multimedia comienza con gran pompa mediante una asociación con el grupo Time Warner, entonces el segundo operador de cable del país (10 millones de abonados).

La alianza se cimenta a mediados de 1993 mediante la adquisición del 25,5 por ciento de Time Warner Entertainment, por 2.500 millones de dólares. Time Warner había creado esta filial poco después de la megafusión entre Time Inc. y Warner Brothers en 1989, como un vehículo para juntar capitales y aliviar su pesada deuda. Poco después, las japonesas Toshiba e Itoshi tomaron el 12 por ciento del capital de Time Warner Entertainment. El ingreso de US West en esta estructura es más una asociación industrial que un manotazo financiero. "Estábamos en negociaciones paralelas con Tele-Communications Inc., pero pronto se impuso la elección de Time Warner –explica Pardun–. Porque nuestro presidente, Richard McCormick, y el presidente de Time Warner, Gerald Levin, compartían la misma visión del futuro, pero también porque Time Warner incluía en su dote matrimonial interesantes activos: la famosa cadena HBO, así como los estudios de cine Warner Bros."

Y, como circunstancia determinante, los reinos de los dos aliados son geográficamente complementarios, lo cual no sucedía con Tele-Communications Inc. US West ayudaría a Time Warner a saltar al ruedo de la telefonía en los "cotos privados" de Bells en el este, a la vez que aprendía el oficio del cable. En julio de 1994, la Baby Bell afianza su posición de operador de cable comprando, sola esta vez, dos redes de la región de Atlanta: Wometco Cable y Georgia Cable Television.

En el plano anecdótico, los directivos de US West están convencidos de que el "histórico anuncio" de la fusión entre Bell Atlantic y Tele-Communications Inc. fue precipitado por su propia alianza con Time Warner unos meses antes. Y se burla de esta estrategia del alarde público y del comunicado de prensa. "Nosotros no anunciamos públicamente el trato con Time Warner hasta haber arreglado los detalles con banqueros y abogados –subrayan en la sede de US West–. Ray Smith y John Malone declararon sus intenciones en todos los medios, basándose en una carta de intención de dos páginas. Luego comprendieron, durante las negociaciones, que el trato no era realista."

De todos modos, los estrategas de Engelwood no creen en esta clase de megaadquisiciones. "La cultura de las Baby Bells y la cultura de los operadores de cable todavía están muy alejadas", estima Tom Pardun. Las dificultades de un verdadero matrimonio provienen además de la diferencia entre los modelos económicos de estas dos actividades, y el modo en que esta diferencia se percibe en Wall Street. Las acciones de las Baby Bells, que tienen un crecimiento lento pero un flujo de capital regular y reservas abundantes, son inversiones ideales para padres de familia, mientras que los títulos de los operadores de cable son mucho más arriesgados. "Una asociación como la nuestra provee el 90 por ciento de las ventajas de una fusión, pero sin los riesgos del choque", continúa Pardun.

Por otra parte, señala Michael McKeever de Lehman Brothers, "el enfoque US West/Time Warner tenía desde el principio un objetivo preciso: la construcción de la Full Service Network de Orlando". El proyecto de Full Service Network (una "red total" de televisión interactiva), patrocinado por Time Warner y US West para 4.000 hogares de la localidad de Orlando, Florida, es ciertamente la más ambiciosa de la cuarentena de pruebas que se están realizando en los Estados Unidos. No se trata de ofrecer programación de cine personalizada, sino de organizar la red multimedia ideal del futuro: un ramal sofisticado de esas autopistas de la información que nos promete la era digital.

El carrusel de Orlando

Esta vez no hay medias tintas. Las películas que los usuarios solicitan por medio del decodificador inteligente no son puestas a mano por los empleados en una batería de reproductores de vídeo, como sucedía en experimentos anteriores. Las imágenes no se transmiten por redes telefónicas locales con cable de cobre.[39] Time Warner rompe las aceras para poner fibra óptica hasta en los últimos "nodos" de la red, en el centro mismo de los barrios. La "melena" de esta infraestructura (que va desde el nodo hasta el hogar del usuario) aún está compuesta por cable coaxial clásico. En jerga técnica, se trata de una arquitectura híbrida fibra/coaxial. En el mercado de los particulares, nadie en los Estados Unidos prueba una solución que tenga 100 por ciento de fibra óptica, que sólo se justificaría si el usuario se convirtiera también en gran difusor de imágenes.

Esta estructura de la Full Network permite ofrecer una vasta gama de servicios interactivos: películas de moda, plataformas de telecompra con catálogos de vídeo personalizados, anuncios publicitarios interactivos, cadenas de juegos, información personalizada, así como diversos servicios más exóticos. Y si la experiencia fuera concluyente, si la conducta de los usuarios dejara presagiar un rápido equilibrio económico, esta arquitectura se extendería rápidamente al resto de la red de cable. "En US West nos hemos comprometido a que el 85 por ciento de nuestra red sea capaz de ofrecer servicios completos, de aquí hasta fines de 1998", explican en Time Warner. Entretanto, estas ideas visionarias se ponen a prueba en Florida. Inversión: 5 mil millones de dólares.

¿Por qué Orlando? La zona escogida constituye para Time Warner un mercado en crecimiento que presenta un porcentaje elevado de hogares con niños, y está dotado de un buen sistema escolar. Sobre los 5.200 abonados al servicio de cable de ese distrito, el operador seleccionó los 4.000 hogares más motivados, los que aceptaron que se observe de cerca sus hábitos de consumo. Estos "conejillos de Indias" están equipados con un decodificador digital capaz de transformar el televisor en herramienta interactiva, así como un control remoto sofisticado y, para algunos, una impresora de color. Conservan el acceso a los programas (analógicos) tradicionales –las grandes redes CBS, ABC, NBC, Fox, así como la cadena de televisión pública PBS–, los cuales pueden seguir mirando de manera pasiva. Pero además tienen la posibilidad de jugar y de interactuar con media docena de servicios digitales nuevos.

Concretamente, el usuario de la televisión digital primero ve aparecer en la pantalla una especie de "carrusel", un control giratorio de imágenes de vídeo que representan las diversas aplicaciones posibles. Originalmente, Time Warner había pensado en simbolizar este carrusel inicial, al cual se puede regresar en cualquier momento, por medio de una ciudad imaginaria tridimensional. El usuario debía cliquear el edificio del cine para ver una película, el supermercado para la telecompra, la sala de juegos para los juegos de vídeo, etcétera. Pero los tests revelaron que esta analogía, utilizada con frecuencia por los servicios informáticos en línea, no era tan sencilla. "La idea del carrusel se corresponde mejor con el universo audiovisual –señala Terry Weissman, un ingeniero de Silicon Graphics que colaboró en el proyecto–. Nosotros nos apoyamos en el medio televisión, y no procuramos imponer a los usuarios conceptos e interfaces informáticas."

En la fase de lanzamiento, a principios de 1995, la elección de las aplicaciones posibles se limita al vídeo a pedido, los juegos de vídeo y el shopping interactivo, con socios como Spiegel, especialista en ventas por correspondencia, y Eddie Bauer, tiendas de ropa. El servicio, constelado de anuncios interactivos, se enriquecerá poco a poco: la telecompra se extenderá a los comestibles, bebidas y medicamentos, en colaboración con la cadena de tiendas Shoppervision. La impresora se usará para el envío de tickets, cupones de descuento y diversas informaciones. El usuario también podrá explorar un ambicioso servicio de información personalizada que se denomina News Exchange (concebido por el equipo de la revista *Time*, con la ayuda de las cadenas CNN, ABC y NBC). Poco a poco aparecerán ofertas más innovadoras: teleeducación, videofono, comunicaciones personales.

Para resolver el difícil acertijo tecnológico de la Full Network, Time Warner y US West escogieron aliados de peso. El campeón mundial de la infográfica, Silicon Graphics, provee doce servidores de vídeo derivados de sus máquinas Challenge, AT&T soporta la tecnología de comunicaciones ATM. El fabricante de hardware y el especialista en telefonía también han fundado una empresa común (Interactive Digital Solutions), encargada de crear el entorno digital de la red. Por otra parte, Silicon Graphics y Scientific Atlanta han perfeccionado un decodificador digital interactivo. Esta versión modificada de Indy, la workstation de gama baja de Silicon Graphics, es diez veces más potente que un ordenador personal.

Anunciado originalmente para la primavera de 1994, el lanzamiento de la red se realiza modestamente en diciembre de 1994, con el objetivo de llegar a un despliegue completo durante 1995. US West realiza su propio test multimedia en Omaha, Nebraska, siguiendo un calendario similar. Tanto las Baby Bells como las compañías de cable cometieron el error de despertar la impaciencia del público y de los medios con sus anuncios prematuros. En general habían subestimado la dificultad de poner a punto proyectos tan ambiciosos. "La Full Network es mucho más completa que todo lo que se ha intentado en este campo –explica David Perro de Silicon Graphics–. Imaginemos a miles de consumidores pidiendo diferentes servicios al mismo tiempo."

Aun para un producto simple, como una película, es preciso que la orden del usuario se transmita desde su decodificador a la red, y que se encauce hacia un servidor que se encuentra físicamente a miles de kilómetros. A continuación, el servidor identifica el objeto deseado y envía el paquete de imágenes digitales al decodificador del solicitante, donde las imágenes se descomprimen, y se proyectan en pantalla. El viaje dura menos de un segundo.

Añadamos que el auténtico "vídeo personalizado" requiere que el usuario domine las mismas funciones que si manipulara su reproductor de vídeo: hacer avanzar y retroceder la película, como si se tratara de una casete, e incluso interrumpir unos minutos. Otro gran desafío tecnológico: los juegos de vídeo en tiempo real, que suponen la capacidad de intervenir instantáneamente en un programa de rico contenido gráfico.

La cuadratura del soft

"El verdadero desafío de la Red Total es la puesta a punto de un entorno digital que permita este tipo de funcionamiento", explica David Perro. Inventar una solución de software que permanezca totalmente invisible para el abonado es la tarea de Interactive Digital Solution, la filial común creada a dicho efecto por Silicon Graphics y AT&T. "Con este tipo de trabajo, la industria informática se aventura en un terreno inexplorado –confirma James Barton, director general de la compañía. Y continúa, cubriendo una hoja blanca con hábiles garabatos–: Nuestra tarea es concebir el paquete de software que interactúe con la red de transmisión física, así como generar herramientas que permitan a los proveedores de programas crear aplicaciones como la telecompra interactiva, y a los usuarios navegar sin dificultades por el sistema." Los ingenieros de Interactive Digital Solutions utilizan para ello técnicas de programación muy nuevas, denominadas "de lenguaje orientado hacia los objetos".

La interfaz entre el sistema y el usuario es muy importante. A fin de cuentas, la suerte de la televisión interactiva, como la de todas las novedades tecnológicas, será signada por el interés que encuentre el público en los programas interactivos, pero también por su sencillez de uso. En los Estados Unidos, la consigna de los diseñadores de estos sistemas es KISS ("beso"), una sigla que significa *Keep It Simple, Stupid* ("que sea simple, tonto"). Todos los que participaban en los tests de televisión digital interactiva –Time Warner a la cabeza– habían subestimado la magnitud del desafío. "El software es como la cebolla –bromea este ingeniero–. Cada nueva capa da ganas de llorar."

Las empresas como Microsoft y Silicon Graphics, pues, serán juzgadas por su capacidad para resolver esta "cuadratura del soft". El modo absolutamente antagónico en que estos dos grandes competidores han resuelto la ecuación evidencia además culturas informáticas que se encuentran en las antípodas: mientras Microsoft pone en paralelo una batería de ordenadores personales, Silicon Graphics (como Oracle y Digital Equipment) se apoya en servidores grandes. "El enfoque del ordenador personal es el único tan flexible y económico como para afrontar el reto de la televisión interactiva", explican en Microsoft. Y James Barton retruca: "El método de aplicar el modelo del ordenador personal al mundo de la televisión está condenado al fracaso".

Mientras se espera la reacción del mercado, la acidez de los comentarios nos da la medida de la importancia de esta apuesta. Como el vídeo y el sonido se han transformado en bits, su manipulación, antes reservada a los especialistas en electrónica de consumo, ya forma parte de las prerrogativas de los especialistas en informática. Este salto tecnológico les ofrece la oportunidad de extender su empresa comercial a los mercados masivos.

Para Silicon Graphics, la Red Total presenta una doble oportunidad: en primer lugar, encontrar nuevos interesados para sus grandes servidores, que hasta ahora se vendían principalmente en la industria, la teledifusión, la producción cinematográfica y la animación. En segundo lugar, llenar los decodificadores del futuro con potentes micropastillas RISC, concebidas por su filial MIPS.[40] En efecto, existe cierta sinergia entre los decodificadores de Orlando y la nueva consola de juegos de vídeo Ultra 64, que SGI concibe para Nintendo (véase el capítulo 5). Estos dos aparatos, explica el presidente de Silicon Graphics, Ed McCracken, "utilizan el mismo tipo de arquitectura: la de un teleordenador. Creemos tener una buena probabilidad de convertirnos en uno de los protagonistas de este nuevo mercado (decodificadores analógicos interactivos y productos afines), el cual representa el segmento de nuestra industria que está en más alto crecimiento".[41] En la actualidad, el renglón "ocio y diversión" representa un 15 por ciento de las ventas de su empresa, pero con el tiempo este porcentaje podría ascender al 50 por ciento.

La competencia se burla de las posibilidades de Silicon Graphics en el mercado de los decodificadores: "Sus cajas son estaciones de trabajo de 2.000 a 3.000 dólares cada una –explica un competidor–. ¿Cómo es posible amortizar semejantes costos?" Pero Ed McCracken no se molesta con estas críticas: veterano de la informática, está acostumbrado a que la relación desempeño/precio de los ordenadores se duplique cada dieciocho meses. "El costo actual importa poco. El objetivo es que estos decodificadores estén a un precio accesible para el gran público dentro de tres o cuatro años. Si nuestros decodificadores alcanzaran el nivel de los 200 a 300 dólares en 1994, eso significaría que el sistema está subdimensionado: su capacidad técnica o su desempeño serán insuficientes el día del lanzamiento".

En Time Warner, las preguntas sobre la viabilidad económica de la Red Total suscitan el mismo nerviosismo. "Nuestro objetivo en Orlando consiste en construir una máquina para viajar al futuro –subraya James Chiddix, uno de los principales diseñadores de la red de Orlando–. Esta instalación prefigura lo que será la tecnología dentro de algunos años. Ahora estamos en una posición privilegiada para descubrir cómo y en qué servicios la gente está dispuesta a gastar dinero." [42] En pocas palabras, la Red Total es un campo de prueba de ideas, más destinado a afinar conceptos que a ser rentable, salmodian a coro los socios de Orlando.

Los encantos del viejo teléfono

Este cántico, sin embargo, se topa con el escepticismo de muchos observadores. Según la encuestadora Forrester Research, el experimento costaría a los operadores unos 1.700 dólares por casa. Además, las pruebas ya realizadas por Tele-Communications Inc. y US West en Denver han demostrado que los consumidores compraban un promedio de menos de tres películas por mes y que no estaban dispuestos a pagar por ello más que los 3 ó 4 dólares que cobra el videoclub de la esquina. ¿Cómo encarar un nivel de inversiones tan elevado ante esta perspectiva? "A 4 dólares las dos horas, de los cuales la mitad va para Hollywood, el operador de la red sólo recibe 1,6 centavo por minuto, ni siquiera el precio de una llamada", calcula un consultor.

El equilibrio económico de la red descansará sobre dos factores que no se tienen en cuenta en este tipo de cálculo, replican en Time Warner: la publicidad interactiva y los servicios telefónicos. Grandes anunciantes como Visa o Chrysler ya están presentes, a título experimental, en la Full Network. Por otra parte, los operadores de cable esperan incorporar en estas redes servicios telefónicos, incluido el viejo servicio de un teléfono común y corriente. El surgimiento de la televisión interactiva está muy ligado a la desregulación de las telecomunicaciones y el interés de los industriales de todo el mundo en los servicios multimedia se explica en parte por el telón de fondo de una desregulación histórica. Imaginémoslo: de pronto, el "gran queso" que permitió la fortuna de las Baby Bells, pero también de empresas como NTT, Deutsche Telekom y France Télécom, es accesible a los francotiradores. La transmisión de voz y de datos para particulares y empresas es una fuente de ingresos tan estables y abundantes que por sí sola podría justificar la modernización de las redes de cable.

Dos cifras: en los Estados Unidos, los ingresos de la TV cable ascienden a 20 mil millones de dólares; el mercado de la telefonía local a 90 mil millones. Se comprende que los operadores de cable estén ansiosos, pues sus redes, una vez equipadas con fibra óptica y centros de comunicación, también podrán transmitir voz y datos. Semejante modernización de las infraestructuras no está al alcance de todos los operadores pequeños. Además, los años 1994 y 1995 se caracterizan, en Estados Unidos, por un gigantesco movimiento de concentración. Mientras los pequeños actores tienden la mano, un puñado de grandes operadores como Tele-Communications Inc., Time Warner y Comcast se adueñan de todo lo que hay a su alcance.

Entre setiembre de 1994 y marzo de 1995, Time Warner adquirió nuevas redes por 5.300 millones de dólares. Esto no sólo la convirtió en la número uno *ex aequo* con Tele-Communications Inc. (11,7 millones de abonados) sino que sus activos ahora incluyen 33 importantes conjuntos regionales de más de 100.000 abonados, lo que debería facilitar su ingreso en los servicios multimedia y telefónicos. En Orlando, Time Warner se contenta en principio con hacer aquello que le permite la regulación local: propone a las empresas un acceso directo a los servicios de larga distancia (compitiendo así con BellSouth) y experimenta con los particulares sus servicios de comunicación personal en teléfonos celulares. Pero, con el tiempo, esta empresa se interesará en el teléfono clásico, el videofono y la videoconferencia.

Time Warner no oculta sus ambiciones de convertirse en un grande del sector. No obstante, para ello ha escogido un camino original: mientras los demás operadores de cable apuestan a las comunicaciones móviles y responden a las licitaciones federales para la venta de licencias, mientras Tele-Communications Inc., Comcast y Cox Cable se alían con el operador de larga distancia Sprint, Time Warner escoge US West para su ataque contra el teléfono común. No menos de setenta ingenieros de la Baby Bell de Englewood están destacados para gestionar la diversificación del operador de cable hacia la telefonía. En 1994 y 1995, Time Warner también invade los mercados desregulados: ciertas ciudades de Ohio, Rochester (estado de Nueva York) y luego la misma ciudad de Nueva York. En estos primeros campos de batalla, el operador intenta atraer al cliente con una interesante oferta combinada de cable y teléfono.

Sin duda, la "campaña del teléfono" será dura para los operadores de cable. No sólo deberán invertir mucho para actualizar infraestructuras vetustas y mal mantenidas, sino que deberán rivalizar frente a los consumidores con las Baby Bells, que gozan de buena imagen. Mientras que el servicio de las Bells se suele considerar como satisfactorio, las empresas de cable son famosas por las frecuentes interrupciones del servicio y su falta de amabilidad. En este contexto, el ambicioso plan multimedia de Time Warner está grabado con hipotecas suplementarias. El grupo, que se interesa primordialmente en el servicio tradicional y no en el móvil, depende más que los demás de una desregulación federal de los teléfonos. Por otra parte, Time Warner y US West podrían tener intereses contradictorios en el futuro.

A principios de 1995 sobreviven a la prueba más importante para su alianza: en enero y febrero, Time Warner adquiere poco a poco dos nuevas redes de cable, Cablevision Industries y Houston Industries. Comprensible en el aspecto táctico, esta consolidación en el cable eleva las deudas del grupo al astronómico nivel de 18 mil millones de dólares y hace temblar sus títulos en Wall Street. Los inversores no aprecian la disolución de los activos "nobles" del grupo (HBO, Warner Brothers), consecuencia del canceroso crecimiento de sus intereses en el cable, mucho menos rentable.

A principios de febrero de 1995, el gigante mundial de las comunicaciones anuncia su intención de ceder activos para saldar sus deudas. Reagruparía todas sus actividades de cable en su filial Time Warner Entertainment, que asumiría de golpe una gran parte de la deuda. HBO y Warner Bros se reintegrarían en el holding madre. La idea causa escándalo en Wall Street pero no en Engelwood, porque una de las motivaciones de US West en esta alianza es justamente, como hemos visto, echar mano de una parte del prestigioso software cultural de Time Warner. Richard McCormick posee además derecho de veto sobre toda decisión que afecte a Time Warner Entertainment.

Una guía televisual

A diferencia de sus hermanas Bell Atlantic, Pac Tel y Nynex, las cuales, asesoradas por la agencia CAA, han creado una sociedad de producción (véase el capítulo 6), US West no desea entrar en la producción audiovisual. Pero adora la idea de compartir, como accionista, el éxito financiero de la cadena HBO y los estudios Warner. La Baby Bell de Engelwood cuenta también con el *know-how* de sus socios de Hollywood para penetrar, esta vez más directamente, en el área en expansión de los servicios multimedia. Una de las actividades tradicionales de las compañías telefónicas consiste en poner en contacto a los vendedores y los compradores, por medio de las Páginas Amarillas de sus guías. Mañana estas páginas de servicios encontrarán una prolongación natural en el entorno interactivo multimedia. Además US West está preparando para las pruebas de Orlando y Omaha un ambicioso servicio de telecompra: US Avenue.

Pero su arma secreta es una guía local del ocio y la salida llamada GOtv. En las oficinas de la división Marketing Ressources de US West, en un sector de la sede, la responsable de GOtv, Margaret Picinelli, y su pequeño equipo muestran con orgullo este programa de nuevo tipo. Hay presentadores, pero no es un *talk show*; vemos anuncios de películas, pero no es una emisión sobre el cine; se visitan restaurantes, pero no es una revista publicitaria. "Piense en GOtv como una revista de vídeo de calidad, donde el consumidor tiene un control total", explica Margaret.

GOtv es una especie de guía televisual, un programa interactivo que da al usuario toda la información que necesita sobre restaurantes, clubes nocturnos, películas, obras teatrales, conciertos y otros espectáculos locales. Contrariamente a la guía de papel, GOtv jamás se desactualiza y permite efectuar reservas y compra de billetes. "En lugar de concebir un producto esperando que gustara, nos dejamos guiar en cada etapa por las necesidades de los usuarios –explica Margaret Picinelli–. Antes de optar por GOtv, el equipo examinó y puso a prueba una cuarentena de conceptos." US West propondrá esta cadena en sus pruebas de Orlando y Omaha, pero también espera venderla a otros operadores.

En la concepción de GOtv, los especialistas de marketing de la Baby Bell han podido sacar partido de sus dos experiencias previas: por una parte, una colaboración con France Télécom para un servicio Minitel (no demasiado concluyente) en Minneapolis-Saint Paul; por otra parte, la realización de la guía interactiva CityKey, que decenas de miles de clientes de hoteles de San Francisco y Orlando consultan en el televisor de su habitación. "Comprendimos que el acceso a este tipo de servicio debía ser instantáneo, que la interfaz de utilización debía ser muy amiga y que era preciso ofrecer una amplia gama de información, pero también datos más detallados", explican en US West.

Como herencia del ensayo Minitel, US West ha conservado buenas relaciones con la empresa francesa Softec, que colaboró en el diseño y la realización de GOtv. Concretamente, el servicio tiene la originalidad de presentar dos niveles de uso. El telespectador pasivo puede mirar el programa como si se tratara de una cadena clásica: dos animadores joviales le describen en cuatro spots las nuevas atracciones de la ciudad. Pero el usuario apurado también puede cliquear con su control remoto los iconos referentes a cine, cena, espectáculos o regreso a los programas, que aparecen en la parte inferior de la pantalla. Así tiene acceso, dentro de cada rubro, a información crítica y práctica. Para el cine, por ejemplo, podrá descubrir lo que proyectan en su barrio, ver los avances, consultar las críticas, informarse sobre horarios e incluso comprar productos relacionados con ese espectáculo.

Los grandes de Hollywood, entusiasmados, ya han anunciado su colaboración con GOtv. En cuanto a los restaurantes locales, contribuyen al servicio según sus medios; en las Páginas Amarillas, algunos ponen letreros promocionales o proyectan su logo en letras destacadas, otros se contentan con una simple mención. Allí los dueños de restaurantes podrán optar entre un anuncio en videotexto, proyección de diapositivas o una presentación televisual más compleja. Gratis para el usuario, GOtv será pagado por los proveedores de servicios y la publicidad. Entre los sesenta y cinco grandes anunciantes a los que han llamado, Visa fue la primera que confirmó su participación.

5
Juego de manos, juego de villanos

Para Graeme Devine y Rob Landeros, la revelación sólo llegó en una sala de juegos de vídeo de Las Vegas en enero de 1992. Hasta entonces los dos jóvenes creadores creían haber tomado la buena decisión en el buen momento. Pero también los carcomía la duda: ¿gustaría su primer juego, The 7th Guest ("el séptimo huésped")? ¿Llegarían a poner término a su realización? En esta época, un año después del nacimiento de su empresa –Trilobyte– Graeme y Rob ya se habían devorado casi todo su presupuesto y su editora, Virgin Games, era tan reacia a comentar sus trabajos como a darles información precisa sobre su próximo cheque. "Al margen de la reacción entusiasta de algunos jóvenes, en la sede de Trilobyte, estábamos totalmente en la bruma", cuenta Rob.

La inquietud de estos pioneros está en proporción con su audacia: Graeme el técnico y Rob el artista trabajan en el afinamiento de un juego totalmente revolucionario. En lugar de concebir un título para el formato cartucho, soporte tradicional de las consolas de juegos Nintendo y Sega, procuran inventar un título para ordenador, que saca partido del nuevo soporte CD-ROM. Con unos clics del ratón, el usuario se interna en el universo fantástico y ultrarrealista de una vieja mansión encantada. Esta suerte de película interactiva mezcla armoniosamente, valiéndose de efectos especiales, un universo tridimensional creado con el ordenador y con personajes reales filmados en vídeo.

Más allá de la notable apuesta tecnológica, el intento de estos pioneros tiene la dimensión heroica de una cruzada.

Graeme y Rob saben que si ellos triunfan, el mundo de los juegos de vídeo nunca más será el mismo. Porque este simple cambio de formato –del viejo cartucho al CD multimedia– suena para la industria como la promesa de una revolución: juegos más sofisticados, un público mayor y tal vez el final de la hegemonía Nintendo-Sega. Es que hay poderosos "caballeros blancos" –Matsushita, Philips, Sony– que se disponen a montar en el brioso CD para lanzarse al asalto de la fortaleza hasta entonces inexpugnable de los emperadores del cartucho.

En Las Vegas, pues, están llenos de aprensión ese invierno, cuando Rob y Graeme muestran el resultado de su trabajo a un periodista curioso. "Entonces el juego estaba en plena producción: muchas secuencias sólo eran bidimensionales", recuerda Rob. No importa, en un santiamén, una compacta multitud se reúne delante de la pantalla. The 7th Guest causa sensación. De golpe, el pequeño stand de Trilobyte se convierte en uno de los "puntos calientes" de la gran bienal americana de los juegos de vídeo y las estrellas de la profesión acuden a felicitar a los dos desconocidos.

Cuando en abril de 1993 Virgin al fin comercializa el juego, es un triunfo: una primera partida de 80.000 unidades se despacha en menos de una semana. Graeme y Rob se enteran de la buena noticia cuando están trabajando en *The XIth Hour* ("La undécima hora"), concebido como una continuación del primer juego. "The 7th Guest tiene el aspecto, la banda sonora, la atracción lúdica y la capacidad de asustar dignas de una gran producción de Hollywood –señala el crítico de una revista de informática–. Esta historia de horror multimedia causará escalofríos aun a los jugadores adultos más cínicos." Los comentarios boca a boca hacen el resto y en otoño de 1994 este título –también editado en el formato Compact-Disc Interactive (CD-I) de Philips– excede los 500.000 ejemplares, superando todos los récords históricos de venta de juegos en disco óptico.

Pero antes de conocer el triunfo, Graeme Devine y Rob Landeros debieron afrontar largos años de dudas y contrariedades. Los dos hombres se habían conocido a fines de los años 80 en Virgin Games, en Irvine, al sur de Los Angeles. Nacido en Escocia y criado en Inglaterra, Graeme es uno de esos autodidactas de genio que han mamado los juegos de vídeo desde su más tierna infancia. Cuando adolescente, lo expulsaron de la escuela por ausencia injustificada: se había tomado una semana para terminar la programación de la versión inglesa del juego Pole Position (Atari). Antes de ser contratado por Virgin como vicepresidente de investigación y desarrollo, Graeme ya había creado y vendido en Inglaterra dos pequeñas empresas de juegos.

La trayectoria de Rob es tan diferente de la trayectoria de Graeme así como su maciza silueta y su fisionomía de indio contrastan con el porte desgarbado y el rostro demacrado del joven británico. Rob interrumpió sus estudios de medicina para consagrarse al cómic underground, antes de emprender estudios de arte en Los Angeles. Al cabo de algunos años transcurridos entre la firma Lockheed y la fabricación artesanal de joyas, Rob descubre en la consola de juegos Commodore Amiga un potente medio de expresión. Habiendo contribuido de manera notable a los gráficos de Defender of the Crown, pronto es ascendido a director artístico de Cinemaware, y luego, en 1988, de Virgin Games.

"En esa época –cuenta Rob– Virgin era una empresa pequeña de doce personas, en plena expansión." Pero, para gran decepción de Rob y su amigo Graeme, el editor se orientó hacia juegos como Mac Kids, destinados a los niños. "Con sus gráficos edulcorados y su paleta de sólo dieciséis colores, para nosotros no era precisamente el nirvana", bromea Rob. El programador y el artista soñaban, al contrario, con explorar un nuevo soporte lleno de potencialidades, el CD-ROM. En 1989, lo dicen abiertamente en una reunión de ejecutivos. Virgin Games juzga que la idea es prematura. Es preciso recordar que en esa época el continente norteamericano contaba con pocos miles de lectores de CD-ROM y las herramientas de software capaces de desarrollar juegos para este formato aún no existían.

Este detalle no bastó para arredrar a los dos intrépidos. Aburriéndose en su trabajo, Graeme y Rob recorren los corredores de todas las convenciones sobre CD-ROM. En sus horas perdidas se encierran para concebir un juego que aproveche íntegramente la capacidad multimedia del nuevo formato. "Siendo ambos grandes consumidores de cine y televisión –explica Rob–, queríamos dar al juego de vídeo la calidad gráfica de las imágenes televisivas." Un día de invierno de 1990 Graeme y Rob deciden arriesgarse: habiendo preparado para The 7th Guest un guión de quince páginas, se lo presentan a Martin Alper, presidente de Virgin Games.

Media hora después, el jefe los invita a almorzar. "No veo un porvenir para ustedes aquí", comienza. ¿Enfadado? Al contrario. Seducido por la idea, el presidente de Virgin Games está dispuesto a financiar y editar el proyecto iconoclasta, pero a condición de que los dos creadores lo desarrollen fuera de la empresa. "A veces me pregunto si lo hizo para desembarazarse de nosotros", bromea Rob. Pero Martin Alper habría tenido medios menos costosos para eso: el contrato de los dos jóvenes autores se eleva a 360.000 dólares: dos veces más, en esa época, que el presupuesto de desarrollo medio de un juego para ordenador personal.

Una secretaria fantasma

Poco antes de la Navidad de 1990, Graeme Devine y Rob Landeros abandonan la efervescente región de Orange County para ir a fundar su "sociedad del tercer tipo" en un tranquilo pueblecito de la Costa Oeste. San Francisco es demasiado cara, Seattle y Portland demasiado lluviosas. Los dos amigos se internan en Oregón, donde Rob ya había vivido anteriormente. Una bella noche de invierno llegan a Jacksonville. Una fina pátina de nieve brilla sobre las tradicionales casas de ladrillo rojo de la ex aldea minera. Allí los viajeros asisten maravillados a una magnífica ceremonia de iluminación del árbol navideño y deciden desempacar sus maletas. En enero de 1991, Trilobyte –una combinación de "trilobite", nombre de una familia de fósiles marinos de la era primaria, y "byte"– se instala en la vecina aldea de Medford, capital mundial de la pera.

Pero el cuento de hadas termina allí, al menos provisoriamente. Mientras comen una hamburguesa en el restaurante del aeropuerto de Medford, Rob evoca con una sonrisa los caóticos comienzos de Trilobyte: una serie de desengaños casi dignos del escenario de horror de The 7th Guest, encomendado al autor de ciencia ficción Matthew Costello. "Habíamos previsto un presupuesto de vídeo de 5.000 dólares –cuenta Rob–. Pensábamos que bastaría para vestir de fantasma a nuestra secretaria Diane, para conseguirnos una cámara y filmarla nosotros mismos." Los dos amigos habían localizado en las inmediaciones una gigantesca mansión gris desocupada que serviría como marco de la intriga. Las secuencias de vídeo –unos quince minutos en total– serían luego digitalizadas e incorporadas a un universo sintético creado por ordenador.

Simple, al menos en los papeles. En la realidad, la sábana de la desdichada secretaria fantasma se caía continuamente, el decorado no correspondía, las imágenes eran de mala calidad. En pocas palabras, aunque Diane sea un fantasma muy verosímil –ella conserva el papel–, los aprendices de realizadores deben resolverse a contratar un equipo de rodaje y actores profesionales. Pero los contratiempos no cesan: la empresa de producción, que no está acostumbrada a esta clase de rodaje, elige como fondo una pantalla azul cobalto. "Ahora bien, para las imágenes que se deben digitalizar, es preciso el azul ultima –explica Rob–, el único que se levanta fácilmente en el ordenador, para ser reemplazado por decorados sintéticos." Por eso, en ciertas escenas de The 7th Guest, el cabello de los personajes aparece mechado de azul. El colmo de la mala suerte: cuando Trilobyte al fin consigue una tela del color apropiado, uno de los actores la atraviesa durante una fuga. "El remendón lucía espantoso en la pantalla –cuenta Rob–. Tuvimos que contratar más programadores para borrarlo imagen por imagen."

La posproducción resultó aún más pesadillesca que el rodaje. "Habíamos subestimado por completo la dificultad de almacenar, transferir y manipular semejante cantidad de datos", cuenta Rob. Las técnicas de compresión de datos aún no estaban a punto, el montaje por ordenador de secuencias filmadas requería enormes capacidades de memoria que resultaban demasiado costosas. Graeme y Rob tuvieron que apañárselas pasando sin cesar de un disco rígido al otro, con los fragmentos de las películas, las animaciones y los datos sonoros de su futuro juego.

Estos talentosos improvisadores tuvieron sin embargo algunas sorpresas agradables: la aparición en el mercado, justo a tiempo, de herramientas de software indispensables para la animación en serie de personajes u objetos tridimensionales. Pero The 7th Guest jamás habría visto la luz del día si Graeme Devine no hubiera inventado su propio sistema de desarrollo, GROOVIE.[43] En total, la realización del juego duró dos años.

Por este motivo, The 7th Guest sobrepasó totalmente su presupuesto inicial. Subió de 360.000 a 600.000 dólares, límite que Virgin no quería superar. Aunque la suma alcanzó finalmente a 1.200.000 dólares, hubo que encontrar un socio suplementario. El gigante Nintendo pagó la otra mitad de los gastos de desarrollo. En esa época, el número uno mundial de los juegos de vídeo pensaba construir con Sony una consola compatible con el formato CD-ROM, pero después cambió totalmente de estrategia.

Más rápido, más alto, más fuerte

El éxito de The 7th Guest bien valió algunas gotas de sudor frío. Eufórica con el resultado, Virgin Games no vacila en publicar el título siguiente. En cuanto a Graeme y Rob, gracias al porcentaje de ingresos destinado a los autores (un 15 por ciento), pueden cofinanciar los dos tercios del desarrollo de The XIth Hour, cuyo presupuesto supera el millón y medio de dólares. Esta segunda producción se abordó desde un principio de manera más profesional: conscientes de su falta de experiencia en cuestiones de imagen, los directores de Trilobyte contrataron de manera permanente al realizador David Willer.

Este veterano de lo audiovisual, que reivindica con orgullo sus "quince años en Hollywood", se hace cargo del cásting y de los rodajes. No tiene que ir muy lejos para buscar a los actores: un festival anual de teatro shakesperiano reúne una comunidad artística en el pequeño pueblo vecino de Ashland. The XIth Hour se ambienta en la misma mansión encantada que el primer juego. Pero muchas escenas se ruedan en exteriores, en la región. "Produjimos 69 minutos de vídeo en once días –cuenta David Willer–. Los actores, que realizaban su primer trabajo interactivo, estaban totalmente fascinados." Sólo lamenta que el presupuesto, detenido mucho antes del triunfo de The 7th Guest, haya permitido un rodaje en vídeo y no en celuloide.

Trilobyte tuvo que nivelar el conjunto de sus herramientas –hardware y software– para poder manipular el monstruoso volumen de 150 gigabytes de datos multimedia. Al final estos datos se compilaron en dos CD-ROM que se leen con la fluidez de una casete de vídeo (30 imágenes por segundo). Aclaremos que entre las dos producciones, la tasa de compresión digital progresó enormemente. "Si hubiéramos dispuesto de los mismos parámetros de compresión, el juego no hubiera entrado ni en veinte CD-ROM", bromea Rob Landeros.

"The XIth Hour comprende más de una hora de vídeo, 500 extractos sonoros, 150 objetos manipulables, 42 tesoros a descubrir, 13 enigmas lógicos, 6 juegos de inteligencia artificial –describe James Yokota, director del proyecto–. Es una realización que supera el sueño más ambicioso que hubiéramos tenido." El observador inexperto pasa por alto ciertas proezas técnicas del juego: para refinarlo, el realizador David Willer ha incluido decenas de cortes en las secuencias fílmicas más largas. Por ello, los programadores informáticos debieron realizar una tarea titánica. "Cuando se filma un personaje de perfil y no de frente –explica James–, es preciso recomponer, imagen por imagen, decorados de fondo totalmente diferentes." También fue preciso todo el talento del director artístico, Robert Stein III, para comunicar la sutileza de los efectos de luz, en las escenas donde los protagonistas empuñan una linterna.

Cuando los creadores de Trilobyte conciben un juego, los únicos criterios que valen son el interés de la narración, la calidad cinematográfica del título y la facilidad de navegación del jugador.

No se trata de realizar estudios de mercado: "No vale la pena probar nuestras ideas ante paneles de consumidores –explica David Willer–. La gente no puede saber si le gustará algo que todavía no está inventado." Los diseñadores del juego no se dejan arredrar por las limitaciones técnicas. "La filosofía de nuestra empresa es sencilla –resume James Yokota con una carcajada–: tomar una idea seductora, añadir algunos refinamientos que la vuelvan imposible de realizar... y Trilobyte lo logrará."

En síntesis, la consigna es lanzarse a encontrar soluciones. Sólo mediante la aceptación de estos riesgos Graeme y Rob pudieron producir el primer título de éxito en CD-ROM. Los demás proyectos en desarrollo siguen la misma línea. Además de The XIth Hour, Trilobyte trabaja en tres nuevos títulos. Uno de ellos, Doggy Dog, es un juego de rol satírico sobre el universo jerárquico de las grandes empresas americanas. "Si hubiéramos tenido que reproducir en papel las 80 horas de diálogo, el guión tendría 30.000 páginas. Habríamos tenido que talar todos los bosques de Oregón –bromea James–. Creamos nuestro propio estudio de grabación de audio, con un sistema de libreto electrónico, leído en pantalla por los actores."

El libreto del juego abarca tantas posibilidades que animar los labios de los personajes y almacenar en el CD-ROM una secuencia visual correspondiente a cada trozo de diálogo sería a la vez irritante y devoraría gran cantidad de megabytes. Los programadores también esperan refinar un procedimiento donde la animación de los personajes, en vez de ser memorizada de antemano, sería desplegada en tiempo real por el diálogo mismo. Dicho de otro modo, la banda sonora operaría como "motor" gráfico, algo jamás visto.

En otoño de 1994, Trilobyte, que cuenta con veinticinco empleados permanentes, se alberga en una gran casa victoriana del centro de Medford. En los dos pisos, las pequeñas oficinas están atestadas de jóvenes que parlotean delante de las estaciones de trabajo NeXT, de característico diseño negro. Pero la empresa, que proyecta financiar tres títulos por año (y quizás publicarlos con su propia etiqueta), avanza a grandes trancos hacia la cincuentena de empleados. Por otra parte, se prepara para efectuar su segunda mudanza en cuatro años. "No queremos crecer demasiado –precisa James Yokota–. Correríamos el riesgo de perder nuestra identidad." Si Trilobyte reitera el éxito de su primer juego con los títulos siguientes, la presión para crear más aumentará.

Como precio por su gloria, Graeme Devine y Rob Landeros hoy deben gestionar el crecimiento acelerado de su "bebé". Han descubierto que su reclusión geográfica no sólo presentaba ventajas: hay escasez de programadores, excesivos gastos en transporte aéreo. Pero los dos jóvenes se enfrentan ante todo al dilema tradicional de los artistas que se convierten en empresarios por fuerza de las circunstancias. "No es fácil renunciar a la creación, ni siquiera parcialmente", suspira Rob. Sabe bien que Trilobyte, a pesar de su triunfal lanzamiento, es una compañía frágil y pequeña. "Trabajamos con técnicos en evolución en una industria en plena mutación –dice el joven gerente–. Es aterrador, porque no podemos seguir ningún modelo establecido. Un fracaso nos puede liquidar de golpe."

La liberación de los siervos

Por cierto, Trilobyte no es la única empresa de juegos que apostó con éxito al formato CD. En 1993 salen títulos como el espectacular Myst de los hermanos Rand y Robyn Miller, o el desaforado Rebel Assault de Lucas Arts. En Francia, la pequeña empresa de desarrollo Cryo/Compagnie des Images de Jean-Martial Lefranc, Philippe Ulrich y Rémi Herbulot explota sus potencialidades en este nuevo medio con juegos como Dune, Lost Eden y Commander's Blood (distribuidos por Virgin). Pero, por un puñado de títulos capaces de superar los 100.000 ejemplares, el mercado cuenta con centenares de resonantes fracasos. El arte de crear juegos interesantes en este potente soporte multimedia está aún en pañales y todavía no ha generado sus Spielbergs.

La industria del juego de vídeo pasa también por un período de transición tecnológica que se traduce en un retroceso del mercado. En 1994 las ventas totales de software para juegos –todas las plataformas incluidas– descendieron a 4 mil millones de dólares en los Estados Unidos, un 5 por ciento. Detrás de esta cifra hay que ver una notable decadencia del formato cartucho y un avance arrollador del CD, que sin embargo todavía es marginal. Según la encuestadora neoyorquina Link Ressources, las ventas de juegos interactivos en disco compacto (para consolas dedicadas y ordenadores personales), que en 1993 representaban sólo el 4 por ciento de las ventas del mercado americano, deberían llegar al 11 por ciento en 1994 y al 19 por ciento en 1995. Pero no nos engañemos: como el hardware es costoso y los buenos títulos son raros, este mercado permanecerá, hasta 1997 y 1998, dominado por los tradicionales cartuchos, para los cuales ya existe (con todos los segmentos combinados) un parque mundial de 100 millones de lectores.

Aunque los principales actores de esta industria –con la notable excepción del líder, Nintendo– convienen en pensar que el formato CD constituye el futuro de estos juegos, la dificultad radica en adivinar el ritmo de la transición, así como la distribución entre consolas dedicadas y ordenadores personales. Al apostar demasiado pronto al CD-ROM, los recién llegados corren el riesgo de perderlo todo, de naufragar antes que el formato se imponga realmente. Por otra parte, ingresar demasiado tarde en la danza del disco multimedia representa el riesgo de dejar que la competencia instale su propia plataforma y de perder, tal vez irremediablemente, preciosas porciones de mercado. Esto es sin duda lo que preocupa al emperador Nintendo.

Un panorama general: en 1993 todo es simple todavía. El mundo de los juegos de vídeo pertenece a dos empresas japonesas: Nintendo, líder mundial, seguida de cerca por su hermana enemiga, Sega. Los demás protagonistas –las americanas Atari y Commodore, la japonesa NEC– se reparten las migajas de ese imperio. Nintendo no usurpó este puesto de campeón: esta empresa familiar de Kioto, que antaño fabricaba tradicionales juegos de naipes japoneses, obró un milagro al reanimar pacientemente una industria que se daba por muerta.

En 1982, en efecto, la americana Atari, líder de un mercado de 3 mil millones de dólares, deja caer la calidad de sus juegos, y el público se aleja. La estrepitosa baja de las ventas está jalonada por resonantes fracasos. El mercado empequeñece a tal extremo que en la Navidad de 1983 hay muchos minoristas que no quieren oír hablar de los juegos de vídeo. Nintendo urde pacientemente su trama sobre estos escombros, reconstruyendo –juego tras juego, distribuidor tras distribuidor– un imperio de varios miles de millones de dólares dominado por su héroe, el galante y bigotudo plomero Mario. Con buena lógica monopólica, Nintendo se esfuerza por conservar el control absoluto de este nutritivo maná. La empresa de Kioto no sólo fabrica exclusivamente las consolas de lectura, usando una arquitectura propietaria, sino que el juego mismo está concebido por sus propios desarrolladores o por desarrolladores externos con licencia. Nintendo también ha conservado su monopolio sobre la fabricación de los cartuchos mismos.[44]

El emperador del juego debe enfrentar, no obstante, una temible competencia, porque la japonesa Sega y su travieso erizo azul, Sonic, pronto se lanzan al mercado renaciente. Desde principios de los años 90, cada temporada navideña se caracteriza por una guerra total entre los dos campeones, una contienda que afecta a los creadores de juegos, los minoristas y el gran público. En las estanterías de las tiendas, en los spots televisivos, en las revistas especializadas, Mario lucha contra Sonic y todo está permitido. Después del crac, Nintendo había resucitado el mercado seduciendo a los niños de 4 a 11 años con consolas de una potencia de 8 bits, una imagen de calidad limitada y una escasa paleta de colores. Sega declara la guerra tecnológica lanzando en 1990 su consola Genesis, de 16 bits.

El uso de gráficos más refinados al servicio de juegos estimulantes –y a menudo más violentos– permite al retador seducir a una clientela más madura (11 a 18 años) y anotar puntos cruciales contra su poderoso rival. Nintendo contraataca en 1991 con su Super NES. Pero Sega ya le ha asestado un rudo golpe al desdibujar la imagen *cool* de su contrincante. En 1993 y 1994 le arrebata la supremacía en los mercados europeo y norteamericano.

Con cada avance tecnológico (8 bits, portátil, 16 bits), los padres quedan condenados a comprar una nueva consola y una nueva tanda de cartuchos de juegos, en general incompatibles con máquinas de distinta generación. En 1994 los hogares se equipan con consolas de juegos de vídeo a una tasa del 55 por ciento en Japón, del 45 por ciento en los Estados Unidos y del 18,4 por ciento en Francia. Nintendo, que obtiene 5.150 millones de francos de beneficio sobre una facturación de 27.000 millones de francos, es entonces la empresa más rentable de Japón. En el ínterin, Sega paga sus conquistas en el mercado con una menor rentabilidad: 1.200 millones de francos de ganancias (antes de los impuestos) sobre 23.100 millones de francos de ventas en el ejercicio que cerró en marzo de 1994.

Pero muchos analistas apuestan por Sega. En 1995-1996 se anuncia un nuevo salto tecnológico, con el surgimiento de máquinas de una potencia de 32 y 64 bits, concebidas para sacar el mejor partido del formato CD. No sólo esta ruptura vuelve a cuestionar la relación de fuerzas entre Sega y Nintendo, sino que incluso podría terminar con la hegemonía de estos dos gigantes, en gran medida asistida por el rígido modelo económico del formato cartucho. Nintendo y Sega han adoptado, en efecto, la sencilla pero eficaz estrategia de Polaroid: abaratar la consola y vender caros los programas. En otras palabras, para obtener cuanto antes un público cautivo, comercializan la máquina al precio de costo (un promedio de 200 dólares en el momento del lanzamiento, menos de la mitad dos años después) y obtienen sus ganancias de los juegos (30 a 70 dólares cada uno). En este mercado, como en todas las industrias del ocio, el programa (software) es tanto el cebo estratégico que permite vender la consola (hardware) como la fuente principal –en este caso única– de ingresos.

También es vital, para estos industriales, producir por su cuenta la mayor cantidad posible de juegos compatibles con sus consolas. Al principio la mayoría de los programas de juegos son concebidos y desarrollados por los equipos de Nintendo y Sega. Pero como el mercado se desarrolla a ritmo desenfrenado, los dos emperadores deben apelar gradualmente a una creciente cantidad de desarrolladores y editores independientes. En 1994 Nintendo y Sega publican respectivamente el 30 y el 50 por ciento de los títulos de su propia plataforma de 16 bits.

El resto se distribuye entre cientos de licenciatarios del exterior, que adquirieron el privilegio de pagar los derechos de acceso al formato y los derechos de fabricación (de 10 a 30 dólares por unidad, en función del tamaño del juego) para producir títulos compatibles con estos fabulosos parques de consolas.

Hasta hace poco, los emperadores del juego ejercían un poder hegemónico sobre sus licencias. Gracias a los chips antipiratas, ningún creador independiente podía publicar un juego compatible con las consolas Nintendo y Sega sin pasar por las horcas caudinas. Y los "amos del juego" abusaban de ello, decidiendo olímpicamente la cantidad de títulos que cada uno de sus licenciatarios podía emitir por año, cuántas unidades de esos juegos se fabricarían y la fecha de lanzamiento. Se reservaban también el derecho de modificar los juegos en función de sus deseos, incluso de rechazarlos al final del proceso si no se atenían a sus criterios de calidad. Los licenciatarios, en cambio, asumían importantes riesgos financieros en la etapa de desarrollo, en la fabricación y en el almacenaje. Compraban en contante y sonante una cantidad fija de cartuchos que Nintendo y Sega hacían fabricar en Asia, lo cual se traducía en gruesas pérdidas si el título andaba mal.

Al principio Nintendo y Sega imponían a sus creadores relaciones exclusivas: los amigos de Mario no podían ser los de Sonic. Para justificar este control despótico, Nintendo y Sega invocaban el interés general: sólo la calidad sostenida de los juegos evitaría un nuevo crac. Pero estas reglas de funcionamiento permitieron a ambos reinar como dictadores, monopolizando el poder y las ganancias en un mercado cada vez más vasto. Lo esencial de los ingresos de Nintendo depende de las regalías que pagan sus licenciatarios. En 1992 las ventas mundiales de consolas y juegos de vídeo superan los ingresos de las salas de cine. En 1994 los jugadores gastaron un total de 13 mil millones de dólares en juegos de vídeo hogareños y en salas públicas, y 500 millones en programas de diversión por ordenador.

Los dos amos amasaron una fortuna con un puñado de "siervos": Acclaim y Electronic Arts en los Estados Unidos, Capcom y Konami en Japón. En 1994, Nintendo, Sega y sus cuatro empresas representan el 75 por ciento de la facturación en la industria del cartucho. Pero los nuevos potentados del software lúdico, así como los cientos de editores y desarrolladores menores que se reparten el resto del mercado, hoy sólo sueñan con una cosa: sacudirse el yugo y sacar mayor provecho del botín que han generado con su talento. Hoy este deseo ya no es una fantasía, pues los titanes mundiales de la electrónica de consumo, exasperados al ver que un segmento tan lucrativo del mercado se les va de las manos, han pasado a la ofensiva.

El "predicador" islandés

Es el 13 de mayo de 1995 en Los Angeles. Por primera vez, la industria americana del juego de vídeo, adueñándose de la tutela de la electrónica de consumo, organiza su propia exposición profesional, la Electronic Entertainment Expo. En el inmenso centro de conferencias, al sureste de Hollywood, hay un solo stand más suntuoso, atractivo y frecuentado que los de Sega y Nintendo. Es el de Sony Computer Entertainment, la rama del grupo japonés que se encarga de promover su flamante consola de juegos PlayStation. Presa de la curiosidad, excitados como los espectadores de un campeonato de boxeo que promete ser épico, los 33.000 participantes de esta fastuosa manifestación se aglutinan en Sony para probar el desempeño de una cajita de plástico gris cuya consola de mando evoca una pequeña nave espacial.

En la actualidad el destino de Sony está bastante ligado a esta consola. La PlayStation es el arma secreta de Sony contra Nintendo y Sega, su punta de lanza para conquistar el lucrativo planeta de los juegos de vídeo. La máquina se comercializa desde noviembre de 1994 en el mercado japonés, donde Sony afirma haber vendido casi un millón. La competencia cuestiona esta cifra. "A lo sumo habrán vendido 500.000", se murmura en Los Angeles.

En el alba de la batalla, es habitual que todos alardeen. Pero se acerca la hora de la verdad: en octubre de 1995, la

PlayStation invade las tiendas de juguetes y de electrodomésticos de Estados Unidos, Europa y el resto del mundo, al precio de 299 dólares. Salvo por la Jaguar de Atari, desacreditada por las carencias de su catálogo de juegos, es la más barata de las consolas de nueva generación dotadas de microprocesadores de 32 bits y especialmente concebidas para aprovechar plenamente el formato CD-ROM. En la Navidad de 1995 deberá vérselas con la máquina de la empresa americana 3DO (fabricada por Panasonic y Goldstar) y sobre todo con la temible Saturn de Sega, lanzada en Japón en noviembre de 1994 y en los Estados Unidos en julio de 1995 (399 dólares). En abril de 1996 entra en la lid la Ultra 64, fabricada por Nintendo en sociedad con Silicon Graphics.

¿Por qué esta carrera hacia el disco óptico? "El CD-ROM representa el porvenir de esta industria –afirma Steve Race, dueño de Sony Computer Entertainment–. Un disco compacto es cuatro veces más barato de producir que un cartucho, se fabrica en la décima parte del tiempo y contiene hasta cien veces más datos. Con semejante salto tecnológico, el porvenir se convierte en una página en blanco." La singular y delicada misión de su división, instalada cerca de San Francisco, es imponer en el mundo de los juegos el estándar PlayStation. Steve Race sabe que no tiene margen de error.[45] Sony ha preparado su ingreso en este mercado durante cinco años y le ha consagrado más de 500 millones de dólares.

"La decisión se tomó a fines de 1990, en conversaciones entre Mickey Schulhof y yo", cuenta Olaf Olafsson, presidente de Sony Electronic Publishing, filial del grupo consagrado a la edición electrónica. En 1990, mientras dirigía la actividad "componentes electrónicos" de Sony en la Costa Oeste, Olaf ayudó también a Michael ("Mickey") Schulhof, gerente de la Sony norteamericana, a elaborar la estrategia de largo plazo del grupo. Durante los años 80, Sony había invertido muchísimo en la industria cultural, comprando poco a poco los discos CBS y los estudios de cine Columbia y TriStar. Desde entonces, la número dos internacional del electrodoméstico controla casi un cuarto de la industria mundial del ocio.

Pero también comprobó que la famosa sinergia entre hardware y software, que justificaba esta bulimia del contenido, tardaba en concretarse: tras haber pasado por pérdidas y ganancias gran parte de esos activos hollywoodenses que había pagado en exceso, Sony registró 3.300 millones de dólares en pérdidas, sobre 44.700 millones de dólares de facturación, en el ejercicio que cerró en marzo de 1995. Hoy en día el grupo apuesta al juego de vídeo para capear el temporal.

"Mickey y yo veíamos venir el giro tecnológico del CD-ROM –continúa Olaf– y sabíamos que revolucionaría el contenido de los juegos de vídeo: la industria cambiaría de rostro." Este cambio se produce al finalizar el dominio absoluto del formato cartucho, con sus eternos juegos de combate y sus carreras de coches en dos dimensiones. Como lo demuestra el éxito de Trilobyte, el CD-ROM permite gráficos mucho más refinados, con imágenes sintéticas tridimensionales y técnicas cinematográficas. "Nuestro *target* principal –explica Olafsson en la feria de Los Angeles– es el 'niño digital': el que no recuerda nada anterior al nacimiento de MTV (el canal de música, un éxito del grupo Viacom) y el ordenador personal."

El formato CD también es la puerta abierta para juegos destinados a jóvenes adultos: juegos de rol y aventura, simulaciones complejas. Este salto tecnológico también abre una industria hasta entonces dominada por programadores con otros talentos. Los guionistas, productores, diseñadores, artistas y músicos tendrán ahora los medios para su creatividad. Para Sony esto representa una ocasión ideal para aprovechar su doble casco de campeón tecnológico (padre del walkman, coinventor del disco compacto de audio, con Philips) y de peso pesado de las industrias "culturales".

"Para alimentar nuestra propia plataforma de juegos con títulos atractivos –continúa Olaf– necesitábamos montar rápidamente una estructura de desarrollo, edición y distribución de juegos de vídeo." De hecho, cuando en 1992 se atascaron las negociaciones realizadas con Nintendo para concebir una consola de 16 bits que incluyera a la vez cartucho y CD-ROM, Sony había resuelto abordar sola esta nueva actividad. Pero el grupo de Akio Morita y Norio Ohga no había olvidado el estrepitoso fracaso del estándar Betamax en los reproductores de vídeo: los grandes de la industria cinematográfica lo habían liquidado en los años 80 al optar por el formato compctidor VIIS. Esta vez no descuidarían el arma estratégica de los programas: antes de lanzar su propia plataforma, el grupo esperaría para disponer de auténtico *know-how* en materia de juegos, y un sólido catálogo de títulos.

Para evitar un conflicto de intereses, Sony Electronic Publishing se reorganizó a principios de 1995 en torno de tres divisiones: Sony Computer Entertainment, encargada de marketing y ventas de la PlayStation y de los juegos en este formato propietario; Sony Interactive Entertainment, responsable de la distribución de los CD para otros tipos de consolas y ordenadores; y Sony Interactive Studio, concentrada en la creación y desarrollo de juegos para todas las plataformas.

En el centro de este proceso creativo interno encontramos la empresa británica Psygnosis, adquirida por Sony en 1993. Psygnosis, que dispone de siete estudios de desarrollo en el mundo –uno de ellos en los Estados Unidos y otro en París– emplea a 250 creativos. Los otros juegos del grupo se editan bajo la etiqueta Sony ImageSoft, y los CD-ROM no lúdicos bajo la etiqueta Sony Electronic Publishing. Olaf Olafsson supervisa además la potente base de fabricación industrial de los discos láser, tanto para juegos de vídeo como para libros electrónicos: "Sony fabrica más de la mitad de todos los CD-ROM producidos en los Estados Unidos", explica con orgullo.

Cinco años después de su creación *ex nihilo*, Sony Electronic Publishing presenta una facturación superior a los 400 millones de dólares. "Es una locura –exclama su joven presidente–, hemos triplicado nuestras ventas todos los años." Las ganancias, no obstantc, tardan en materializarse: como la mayoría de los inexpertos en edición de juegos de vídeo, Sony ha sufrido con la recesión del mercado en 1994. En su catálogo, como en los de Time Warner Interactive o Viacom New Media, hubo pocos grandes éxitos y muchos fracasos. "Nuestro puntaje fue mediocre en el formato cartucho, donde editamos sobre todo juegos concebidos por otros –reconoce Olafsson–. Pero nuestro esfuerzo de desarrollo en CD empieza a redituar con productos como Mickey Mania o los títulos realizados con el canal deportivo ESPN." A principios de 1995 Sony toma la decisión de detener la edición de juegos en cartucho para concentrar sus esfuerzos en la PlayStation.

Olaf Olafsson debe a su origen islandés un leve acento nórdico y un porte de vikingo. Al escuchar a este joven corpulento de elocución rápida y contagioso entusiasmo, al imaginar sus días de gerente agitado, nadie puede dudar que consagra sus noches y week-ends a la creación literaria. A los treinta y dos años, Olaf Olafsson ya ha publicado tres novelas –*Nine Key*, *Marketplace of the Gods* y *Absolution*– y una obra teatral que se estrenó en 1994 en Reikiavik.

Nada preparaba a este enamorado de las letras para dirigir una empresa de juegos de vídeo ni para trabajar para una multinacional japonesa. Olaf Olafsson abandonó Islandia a los diecinueve años para estudiar física atómica en la Universidad de Brandeis, cerca de Nueva York. Cuatro años después su profesor, que no lograba persuadir a este brillante alumno de hacer una carrera de investigador en los Estados Unidos, le envía, como último recurso, a uno de sus ex protegidos, Mickey Schulhof. En vez de convencer a Olaf de convertirse en físico, Schulhof lo contrata para Sony. Intuye en el joven esa rara mezcla de sensibilidad creativa, conocimiento científico y sensatez económica que está tan arraigada en la "familia" Sony.

La guerra de los formatos

Olaf Olafsson necesitará todo su talento –y una buena dosis de suerte– para lograr su intento de desestabilizar a sus temibles competidores, cuyas máquinas y juegos ya truenan en más de la mitad de los hogares americanos. Otros ya han procurado antes que él derribar a Mario y Sonic, sin mayor éxito.

El gigante Philips ya había disparado la primera salva en Europa. En 1991, el grupo de Eindhoven lanza la primera consola multimedia dirigida al gran público: una consola CD-I que se conecta a un televisor para leer discos compactos interactivos. Para Nintendo y Sega, el asalto no es frontal, pues no se trata de una máquina exclusiva para juegos, sino de un aparato de entretenimiento familiar. Mucho más cara que una consola de juegos (1.200 francos) en el momento del lanzamiento, ahora la mitad), la máquina Philips está concebida para leer tanto títulos de diversión y deportes como programas ludoeducativos, álbumes de fotos en CD u obras electrónicas de referencia. Philips produce una parte de los CD-I y, recurriendo a un modelo muy abierto, procura producir un gran catálogo de títulos.[46] Demasiado prematuro, demasiado caro, sin un público muy preciso, diagnostican los expertos. "El CD-I es la navaja suiza de los productos multimedia –ironiza un analista–. Hace de todo, pero no tan bien como las máquinas dedicadas: en los juegos, tiene peor desempeño que una consola; en los títulos educativos, es menos sofisticada que un ordenador."

En la primavera de 1995, el parque instalado de lectores CD-I alcanza apenas el millón de máquinas. El desempeño no está mal por tratarse de una tecnología totalmente nueva (el CD de audio tardó por lo menos el mismo tiempo en imponerse). Pero ello no basta para garantizar la supervivencia del estándar. Philips, que invirtió 500 millones de dólares en este esfuerzo, no admite su derrota: en 1994, el agregado de una tarjeta de vídeo añade a esta máquina la capacidad de leer CD de audio tradicionales, así como los títulos clásicos en CD-I y películas.[47] "El producto ya se vende como 'el CD del televisor", explicaba Eric Lux, entonces director de desarrollo de Philips Media Games en Los Angeles, aunque luego se pasó a Virgin.

Philips, que ya había convencido a la mayoría de los grandes estudios hollywoodenses de editar su catálogo de películas en CD-I, procura hoy transformar este fracaso a medias en una avanzada en la próxima batalla de la electrónica doméstica: la de los CD de nueva generación, con una capacidad de memoria dos veces superior. Philips y Sony, coinventores del CD de audio, se han puesto de acuerdo sobre el formato del futuro: un CD multimedia de alta densidad (CD-MCD) que, al superponer dos conjuntos de datos en una sola faz, permite almacenar diez veces más datos que un CD-ROM.[48] Incluirá pues, además de tres horas de vídeo, bandas sonoras en todos los idiomas. La ventaja para Philips: la inversión en CD-I no estaría perdida, porque los nuevos lectores de CD de alta densidad también podrán leer los CD-I.

En realidad, Philips y Sony no tienen prisa en lanzar esta nueva generación de CD y reproductores digitales de vídeo. Pero Matsushita, Fujitsu y Toshiba, junto con Thomson Multimedia, no lo entienden de esta manera: ansiosos de liberarse cuanto antes de la obligación de pagar regalías sobre sus productos CD en tándem con los inventores, tratan de seducir a Hollywood con su propio estándar, el SD o Superdensity Disc, basado en el mismo tipo de tecnología. Ante estas dos propuestas, los estudios de Hollywood parecen divididos.

En el verano de 1995 nadie sabe si se producirá a un consenso, o si la guerra de los formatos llegará a las tiendas, con el riesgo de desorientar aún más a los desconcertados consumidores. La batalla de la alta fidelidad –"casete digital" (DCC, Philips) contra "miniCD" (MiniDisc, Sony)– ya terminó en nada. Por primera vez, en todo caso, los fabricantes de ordenadores pueden arbitrar entre los campeones de la electrónica de consumo: después de todo, este estándar de alta densidad concierne también al CD-ROM de mañana que, para complicar aún más las cosas, será grabable.

Gane o pierda la batalla del hardware, Philips –que ya es propietaria de los discos y películas Polygram– aprovecha la ocasión para reforzar su actividad en el software multimedia. Creada en principio para alimentar exclusivamente la plataforma CD-I, la filial Philips Interactive Media comienza en 1993 a producir títulos CD-ROM para ordenadores personales. "La idea –explica Eric Lux– es convertirse por completo en una empresa de edición electrónica. En 1995 más de la mitad de nuestros títulos aparecerán en formatos que no serán CD-I." Es una manera de estar presentes en un área promisoria sin poner todos los huevos en el mismo cesto.

¿Muerto al llegar?

El segundo ataque contra el imperio del cartucho provino de una pequeña empresa de Silicon Valley, 3DO de Trip Hawkins. Este ex integrante de Apple ya había fundado, en 1982, Electronic Arts. Diez años después, Trip, que convirtió la empresa de San Mateo en la primera editora americana de juegos de vídeo, está doblemente insatisfecho: frustrado por las limitaciones tecnológicas del soporte cartucho y exasperado con la restricción económica que Nintendo y Sega imponen a los editores. Este *entrepreneur* de alma decide entonces –¡oh sacrilegio!– retar a los gigantes japoneses poniendo la piedra fundamental del juego de vídeo en CD-ROM.

Como experto en los negocios, Trip sabe que una pequeña empresa nunca tendrá la solidez necesaria para atacar de frente a estos campeones. Adopta entonces una original estrategia de asociación: 3DO no construirá las máquinas, sino que licenciará su tecnología a fabricantes poderosos que sueñan con penetrar en este mercado. Por lo demás, 3DO no desarrollará directamente los juegos. La pequeña empresa quiere atraer a su estándar a los mejores creadores, recurriendo a un modelo económico más "justo": pide sólo 3 dólares de regalías por disco, en vez de 15 dólares promedio por cada cartucho.

"La astucia de nuestro enfoque –explica Rick Tompane, vicepresidente de 3DO– es que no atacamos frontalmente a Nintendo y Sega en su propio terreno, sino que ponemos contra ellos el peso de aliados poderosos." En los papeles, el plan es seductor. Y el carisma de Trip atrae a la cuna de 3DO a hadas madrinas tan prestigiosas como las americanas Time Warner y AT&T, la coreana Goldstar y la japonesa Matsushita. En otoño de 1993, Matsushita comercializa las primeras máquinas 3DO bajo su marca Panasonic. La capacidad gráfica de estas consolas de 32 bits, concebidas para la arquitectura CD-ROM, envía las máquinas de 16 bits de Nintendo y Sega a la prehistoria. Pero la mejor tecnología nunca basta para conquistar un mercado. La nueva máquina es mucho más cara (más de 600 dólares en el momento del lanzamiento) y, sobre todo, los títulos pertinentes aún no aparecen.

"Sobrevaloramos el interés de los creadores de juegos en aprovechar al instante esta nueva tecnología –reconoce hoy Rick Tompane–. Muchos de ellos se contentaron con transferir los títulos ya existentes a nuestro formato." Peor aún, antes de trabajar en el estándar 3DO, la mayoría de los desarrolladores potenciales quiso esperar a que el parque instalado alcanzara el millón de máquinas. A fin de cuentas, era mucho más rentable para ellos entregar la parte del león a Nintendo, sobre un título del cual se vendía un millón de unidades, que obtener márgenes más importantes sobre algunas decenas de miles de ejemplares.

Así, 3DO fue víctima del círculo vicioso del huevo y la gallina: el software sólo llega cuando el hardware ya ha impuesto un estándar, pero sin "municiones software" el hardware no puede librar la batalla. Al cabo de un año Panasonic sólo ha vendido 120.000 máquinas, y 3DO se encuentra en tales aprietos financieros que Trip Hawkins saca la empresa a flote valiéndose de su propio dinero. En otoño de 1994 anuncia un giro estratégico: en primer lugar, 3DO se pone a desarrollar juegos por su cuenta; en segundo lugar, la empresa, en la obligación de promover "su" consola en lugar de los fabricantes, multiplica por dos (a 6 dólares) el "derecho de acceso" a su soporte. Los creadores se rebelan, pues el formato ni siquiera era rentable cuando pagaban 3 dólares.

La competencia se burla. "Los desarrolladores la llaman 6DOA", bromean en Sony Computer Games, 6 por la duplicación del derecho de peaje, y DOA por *Dead On Arrival* ("muerto al llegar"). En labios de Tom Kalinske, director general de la Sega americana, los términos son menos crudos, pero el diagnóstico es igualmente severo: "3DO sólo representa el 0,2 por ciento del mercado de las máquinas de juegos. No existe". Y el director general de la Nintendo americana, Howard Lincoln, comenta ácidamente: "En este negocio rara vez hay una segunda oportunidad".

Para peor, AT&T anuncia en 1994 su intención de retirar capital de 3DO. Pero Hawkins parece empeñado en no tirar la toalla: en enero de 1995, 3DO cuenta con un parque mundial de 500.000 máquinas, la mayoría en el Japón. A mediados de mayo, la empresa construye en la feria de Los Angeles un lujoso stand, compartido con sus socios industriales Panasonic y Goldstar. Las máquinas son más baratas (380 dólares) y el catálogo de juegos incluye unos 200 títulos. Trip intenta recobrar la ventaja mostrando su segunda generación de consolas, M2, basada en los potentes microprocesadores RISC de IBM, "tigres" de 64 bits que en 1996 estarán rugiendo dentro de las máquinas de 3DO.

No obstante, hoy hay pocos expertos que apuesten a la supervivencia de esta temeraria empresa. "El error fundamental de Trip Hawkins –estima un analista– es haber escogido un modelo económico diversificado: él no controla el precio de sus consolas, fabricadas por otros, ni la abundancia y la calidad de sus juegos, en general creados por terceros. La ecuación económica entre hard y soft es así imposible. Matsushita no tiene motivos para sacrificar sus márgenes en beneficio de 3DO y los editores de juegos." Evidentemente, el análisis retrospectivo es fácil. "Al principio estos mismos observadores alababan nuestra brillante estrategia –ironiza John Edelson, director comercial de 3DO de Europa–. Como dicen los franceses, cuanto más sube el mono, mejor se le ve el trasero."

Contra el imperio del cartucho

Olaf Olafsson no ha cometido este tipo de error: "Para evitar el desastre 3DO, hemos montado una filial totalmente consagrada a la actividad juegos, con un enfoque hardware-software y una distribución integrada." Sony es pues el primero en tratar de enfrentarse con Nintendo y Sega con sus propias armas y en su propio terreno. ¿Arriesgado? A pocas semanas del comienzo de las hostilidades, el retador se muestra confiado: "Sea cual fuere el criterio de desempeño (cantidad de poligramas generados por segundo, paleta de colores, rapidez de lectura del CD-ROM), nuestra PlayStation, que incluye varios coprocesadores de 32 bits, es tecnológicamente superior a todas las consolas anunciadas por la competencia, incluida la 64 bits de Nintendo", nos explica, tabla comparativa en mano, Todd Colletti, responsable en Sony Computer Entertainment de las relaciones con los desarrolladores independientes.

Por lo demás, el grupo ya dispone de redes de distribución específicas en Europa y los Estados Unidos. "No nos será difícil ocupar un lugar favorable en las estanterías", subraya Olafsson. Y además Sony no es cualquier empresa. "Nuestra fama inspira confianza tanto entre los minoristas como entre los consumidores", se regocija Steve Race. Por último el francotirador tiene los medios para lanzar su PlayStation con toda la pompa: el grupo gastará más de cincuenta millones de dólares tan sólo para la campaña de promoción inicial.

Olaf y Steve saben muy bien, sin embargo, que todo el dinero del mundo no basta para vender títulos mediocres. Sin héroes tan populares como Mario y Sonic, sin juegos tan cautivantes como Street Fighter o Mortal Kombat, la PlayStation fracasará. Todas las unidades de Sony Electronic Publishing desarrollan títulos para esta consola. Pero su calidad no está garantizada. En un contexto de creciente convergencia entre el juego de vídeo y el cine, entre Silicon Valley y Hollywood, el hecho de poseer Sony Music y Sony Pictures puede, según el uso que se haga, constituir para el grupo una herramienta suplementaria, o bien una verdadera trampa (véase el capítulo 6).

En realidad, la ventaja decisiva de Sony en esta guerra sin cuartel es el soporte de los desarrolladores y los editores independientes. Su formato PlayStation ha atraído gradualmente a 400 empresas de terceros. Acclaim, Capcom, Electronic Arts, Konami, Lucas Arts, Virgin: todos los grandes nombres del sector figuran en la lista. Para Jack Sorenson de Lucas Arts, "Sony es un actor creíble cuyo modelo económico está muy abierto a los desarrolladores independientes". ¿Por qué? "Para los creadores nuestras herramientas de desarrollo son mucho más fáciles de utilizar que las de 3DO o Sega", afirma Denis Friedman, responsable de Psygnosis de Francia. En efecto, Psygnosis ha desarrollado las "cajas de herramientas de software" que utilizarán los desarrolladores para crear títulos en PlayStation. "En vez de hacer efectos de manchas en la PlayStation –continúa Friedman–, comenzamos por trabajar duramente con los grandes editores."

Por lo demás, al cobrar a los licenciatarios un "derecho de acceso" variable (de 6 a 12 dólares por CD-ROM, negociable en función del país y de la importancia de los títulos), Sony les propone un modelo económico menos abierto que el del CD-ROM (libre de derechos) o del CD-I, pero menos restrictivo que el del cartucho. "Los desarrolladores y los minoristas detestan el cartucho porque los costos de fabricación son demasiado altos y las demoras de distribución les imponen enormes gastos de almacenaje", destaca Olaf Olafsson. Además, el soporte CD promete ser más rentable. "Cuando editamos en cartucho, nuestro dinero parte del sureste asiático para comprar el silicio necesario para fabricar los microprocesadores –explica Bing Gordon, vicepresidente de Electronic Arts–. Preferimos sin duda el modelo del CD, donde el dinero está invertido en la producción. El riesgo de los stocks es reemplazado por un riesgo creativo: si el título fracasa, al menos hemos capacitado a nuestros equipos para la tecnología del porvenir."

Aunque el formato CD no representa sino un pequeño porcentaje del mercado de los juegos de vídeo, algunos editores no titubean en tomar partido a favor de este promisorio soporte: "Como permite crear juegos más interesantes para un público de más edad, el CD-ROM tiene el potencial de ampliar un 50 por ciento el mercado global de los juegos de vídeo", afirma Bing Gordon de Electronic Arts. El líder norteamericano de los juegos de vídeo es uno de los promotores más entusiastas del nuevo formato, y en él produjo más de la mitad de sus nuevos títulos de 1994 y el 80 por ciento de la cosecha 1995.

Resumiendo, el creador independiente puede consagrar muchos esfuerzos a la producción en CD con varias ventajas: el propietario de la plataforma, si crea una buena parte de sus títulos, no gana menos. Y el consumidor final compra un título por 40 dólares, cuando un cartucho costaría de 50 a 60. Sería el mejor de los mundos si no existiera una auténtica desventaja: como los procesadores están situados en el lector y no en el programa, las consolas aptas para leer estos CD resultan caras.

La estrategia de los "militantes del CD" consiste pues en ayudar a los constructores a alcanzar economías de escala, contribuyendo a acelerar la tendencia del mercado hacia el disco óptico. "Cuantos más CD interesantes editemos –explica Bing Gordon–, más pronto se equipará la gente con consolas de última generación. El despegue de las ventas permitirá a los fabricantes llevar el precio de sus máquinas por debajo de los 200 dólares, umbral donde se volverán realmente masivas."

La PlayStation también dispone, para su lanzamiento en Occidente, de un catálogo de una veintena de juegos, entre ellos títulos promisorios como Ridge Racer, Tekken, Destruction Derby, Wing Commander III. Esta primera ola de títulos, sin embargo, no aprovecha todo el desempeño de la máquina. "Al principio los desarrolladores serán sobrepasados por las posibilidades técnicas de la consola", pronostica Denis Friedman. Ellos se preparan para las dos Navidades siguientes. Sus equipos de Psygnosis de Francia trabajan a toda marcha en el desarrollo de dos juegos tridimensionales, Power Sport Soccer y La Cité des enfants perdus (basada en la película de Jeunet y Caro).

Sonic en Alcatraz

El éxito de Sony no está garantizado. En el ínterin, el nuevo "campeón del mundo", Sega, duplica las apuestas. ¿Su arma letal? La consola Saturn, lanzada con gran pompa en la feria de Los Angeles. "Desde noviembre último hemos vendido un millón en el Japón y contamos con despachar más de 3 millones en el primer año de comercialización en Estados Unidos –anuncia triunfalmente Tom Kalinske, el efusivo presidente de la Sega norteamericana–. Saturn estará en las tiendas en julio". Potencia: 32 bits. Precio: 399 dólares, con dos CD de regalo. Ha estallado la guerra de Saturn contra PlayStation.

En el otoño de 1995 los protagonistas ya están preparados. Las máquinas están en las tiendas minoristas, los títulos en las estanterías, las campañas de marketing se aceleran. Esta Navidad, más que las precedentes, el mercado mundial de los juegos cobrará la apariencia de un monstruoso pugilato. Saturn no es la única plataforma de 32 bits de Sega: en 1994, la empresa comercializó el adaptador 32X, que duplica la potencia de la Genesis. La máquina así modificada sólo demostrará su desempeño con los títulos desarrollados expresamente para este nuevo motor, pero también será capaz de leer los antiguos juegos. Esta compatibilidad retrospectiva constituye un argumento de venta crucial para Sega. "Las consolas ocuparán áreas muy diferentes –explica Tim Dunley, responsable de Saturn–. La Genesis será reposicionada como producto introductorio, una especie de 'mi primer Sega', mientras que la 32X se convertirá en la máquina de todo el mundo y Saturn seducirá a los jugadores de más edad y amantes de la tecnología".

Tom Kalinske pone los puntos sobre las íes: "La transición hacia el CD-ROM tardará unos tres años. Entretanto, es preciso hacer algo para despertar el interés de los jugadores en el mercado del cartucho". Pero el fuerte de Sega no es el hardware, sino la legendaria capacidad del grupo para fabricar juegos interesantes y un genio para el marketing que le ha permitido superar a Nintendo.

Ante todo, Sega sabe comunicarse con la "generación MTV". Un ejemplo: en este hermoso domingo de octubre de 1994, bajo el ojo vigilante de los perros guardianes, una cohorte de jóvenes bronceados en traje de baño desembarca en Alcatraz. No, el estado de California no ha rehabilitado la legendaria isla-prisión de la bahía de San Francisco. La ciudad la ha alquilado a Sega para el lanzamiento de su juego estrella de fin de año, Sonic & Knuckles. Y los jóvenes "prisioneros" son en realidad esclavos del juego: los felices participantes del final de un gran torneo, que se retransmite en directo por MTV. Sega consagra cuarenta millones de dólares tan sólo a la promoción de este nuevo título, que pone en escena las andanzas del célebre erizo azul Sonic, y uno de sus "primos" de Australia, llamado Knuckles. No sólo el nuevo héroe de Sega, de cabello rojo y rizado, hace de las suyas en Sonic & Knuckles, sino que una tecnología inédita le permite deslizarse en los antiguos cartuchos Sonic 2 y Sonic 3 para revelar al jugador aburrido niveles del juego hasta entonces inaccesibles.

Tal como Sonic, este energúmeno de poderes asombrosos es un hijo del Sega Technical Institute, el centro de investigación y desarrollo de la empresa en Silicon Valley. "Knuckles es el benjamín de la familia, y ya estamos muy contentos con él", explica afectuosamente el directivo Roger Hector. En la planta baja de la Sega norteamericana, su laboratorio, protegido por una gruesa puerta codificada, está continuamente sumido en la penumbra. Allí los mejores programadores, especialistas en infográfica y artistas de la empresa –unos cuarenta en total– preparan, año tras año, los dos o tres títulos que servirán de punta de lanza. "Lo importante no es publicar muchos juegos –continúa Roger Hector–, sino producir títulos de muy alta calidad, crear personajes que constituyan el activo más valioso de Sega."

¿El Walt Disney del siglo veintiuno?

La apuesta de Sega al formato láser no es sorprendente. El grupo ya había inventado el accesorio Sega CD (que dota a la consola Genesis de un puerto CD-ROM), para no dejarse relegar por pequeños independientes como Atari y Commodore. En general, el grupo, desde su creación, ha hecho de la tecnología su comodín. Mientras que Nintendo nació en 1889, con el bisabuelo de su dueño actual, la pequeña empresa que luego se transformaría en Sega fue creada en 1954, en Japón, por un joven americano de Brooklyn. Al principio David Rosen (siempre copresidente de la Sega americana) se dedicaba a la importación y exportación de objetos de arte. Pero el joven empresario debe sus primeras ganancias auténticas a la superioridad de sus cabinas de fotografía automática, que importaba de los Estados Unidos.

Después Rosen Enterprises empieza a importar máquinas tragamonedas de juegos de vídeo. Insatisfecho con la calidad de los productos entonces disponibles, adquirió una fábrica en Japón y decidió crear sus propias máquinas de juegos, llamadas Service Games, abreviado SEGA. Gracias a éxitos como Periscope, un clásico de la batalla naval, Sega prospera tanto que en 1971 es adquirida por el potente conglomerado americano Gulf & Western (antepasado de Paramount). Rosen amasa una fortuna y sigue al frente de los negocios. Pero después del crac de 1983, que pulveriza la industria del juego de vídeo, el accionista neoyorquino se asusta y liquida los activos de Sega.

David Rosen y uno de sus brillantes directivos japoneses, Hayao Nakayama, no ven el mercado de la misma manera: a la cabeza de un grupo de inversores nipones, compran Sega de Japón por 38 millones de dólares. Nakayama asume la presidencia del grupo y Rosen la dirección de su filial americana. Superando milagrosamente el cataclismo, los dos hombres se imponen tres reglas de oro: primera, producir software de excelente calidad; segundo, mejorar constantemente la tecnología; tercero, no poner todos los huevos en el mismo cesto. Cumplen estas reglas al pie de la letra.

Diez años después, la introducción de Genesis (16 bits) permite a Sega poner en jaque a Nintendo. Pero los años 90 anuncian un desafío de otra magnitud para este dinámico grupo: convertirse en uno de los principales proveedores de contenido de las nuevas autopistas de la información. El hombre contratado para dar cuerpo a esta ambición es Tom Kalinske, un as del marketing que en 1990 abandona la industria del juguete. "No importa quién gane la guerra de los formatos –explica–. Sega es ante todo un proveedor de contenido, de programas y entretenimientos, y todo el mundo tendrá necesidad de esto."

En la actualidad Tom Kalinske ve a Sega como uno de los futuros gigantes del entretenimiento, el Walt Disney del siglo veintiuno. "No estaremos satisfechos hasta que haya tantas personas que jueguen con nuestros productos como telespectadores de la serie *Beverly Hills*", repite el insaciable presidente. Y Sega parece dispuesta a todas las audacias con tal de llegar a estos fines: sintiendo el viento de la moda multimedia, el grupo de Redwood City empieza a producir títulos para ordenadores personales, hasta entonces cordialmente despreciados por los reyes de la consola. Para abordar la creación de títulos en CD con mejores cartas, Sega concierta un acuerdo con el estudio hollywoodense MGM. El talento narrativo y la capacidad de producción de esa gran empresa ayudarán a inventar juegos cinemáticos de nueva generación cuya receta aún nadie conoce.

En el aspecto distribución, Sega no descansa: para probar los procedimientos de telecobro a domicilio, Kalinske crea, con los operadores de cable Time Warner y Tele-Communications Inc., la cadena Sega Channel. Este canal, inaugurado en 1995 en varias redes de cable americanas, está concebido como una herramienta promocional de los nuevos juegos (se ponen en circulación algunos extractos) y como un medio para cobrar a distancia los títulos más viejos, regularmente renovados. Para Sega la idea consiste en introducirse en el mercado de la televisión digital. "Cuando la interactividad de las infraestructuras lo permita, estos juegos se podrán jugar en red, en tiempo real, con varios participantes", explica Steve Payne, responsable de desarrollo.

Pero eso no es todo. Sega, históricamente muy fuerte en las salas de juego públicas, debe prepararse para lo que podría convertirse en el porvenir de este sector: los miniparques de diversión en realidad virtual (véase el capítulo 7). Alentado por el éxito de sus centros de atracción futuristas de Osaka y Yokohama, Japón, el grupo concertó una alianza con MCA-Universal para reproducir la experiencia en los Estados Unidos. En su sed de diversificación, Sega no titubea en abordar sectores totalmente nuevos: su ordenador lúdico para los pequeños, Pico, es el primer integrante de una gama de juegos electrónicos educativos.

Quien mucho abarca poco aprieta, dice el refrán. ¿Tendrá el grupo el vigor suficiente para llevar a cabo sus múltiples iniciativas y seguir siendo el mejor en su actividad básica? La erosión de sus resultados, debida a la guerra de precios librada contra Nintendo, deja a Sega en una posición débil en el momento en que Sony invierte muchísimo en el lanzamiento de su PlayStation.

Las bodas de Nintendo

Nintendo, en cambio, es tan conservadora y concentrada como Sega temeraria y dispersa. Apoyada en recursos financieros que le permitirían adquirir al contado la más atractiva de las grandes compañías de Hollywood, el gigante de los juegos de vídeo es sistemáticamente prudente frente a los nuevos mercados. Hasta ahora se ha conformado con adquirir un satélite de telecomunicaciones en Japón y con lanzar –muy discretamente– una cadena de juegos de vídeo para pruebas de televisión interactiva en el archipiélago. Pero en Estados Unidos, nada. Aunque este inmovilismo frustra a algunos directivos americanos de Nintendo, el discurso oficial sigue siendo tradicional. "No entiendo que sea un riesgo permanecer concentrados en la única actividad y el único estándar que por el momento resultan extremadamente rentables –explica con calma el director general, Howard Lincoln–. Estoy tranquilo: estoy sentado sobre Mario."

Nintendo creó cierta sorpresa al anunciar en mayo de 1995 que su máquina Ultra 64, cuyo lanzamiento estaba previsto para Navidad, sólo saldría en Estados Unidos en abril de 1996. "El mejoramiento de la calidad gráfica de los últimos juegos para la consola de 16 bits es tan espectacular que queremos estar seguros de poder efectuar el salto suplementario, que justificaría la compra de una nueva máquina", declara Howard Lincoln. Los expertos presentes en la Electronic Entertainment Expo murmuran además que Nintendo, que siempre ha desarrollado una estrategia dirigida al gran público, espera también que las micropastillas de su socia Silicon Graphics se abaraten, para poder vender la Ultra 64 a menos de 200 dólares.

Codesarrollado con el fabricante de hardware Silicon Graphics, este sofisticado lector de cartuchos, dotado de un microprocesador de 64 bits, debería ofrecer una experiencia de juego única. "Desde el punto de vista tecnológico, Ultra 64 será sin duda el líder en precio y calidad", afirma George Zachary, responsable del marketing de productos de consumo en Silicon Graphics. El líder mundial de las estaciones de trabajo gráficas, con base en Mountain View, Silicon Valley, no fabricará las consolas por su cuenta. Su presidente, Ed McCracken, tiene por regla no entrar en una actividad cuyos márgenes de ganancia sean inferiores al 50 por ciento. Pero son los ingenieros de Silicon Graphics (y de su filial microelectrónica MIPS) quienes han diseñado la arquitectura RISC de este potente conjunto de microprocesadores.

¿Por qué un constructor de estaciones de trabajo gráfico de gama alta se introduce en estos mercados masivos de escaso margen, que son auténticos campos de batalla? Es sencillo. Silicon Graphics debe encontrar salidas masivas para sus súper chips. Si Nintendo triunfa, no sólo el fabricante de hardware obtendrá generosas regalías, sino que también se beneficiará con importantes economías de escala sobre sus microprocesadores. Eso permitirá a MIPS imponer su arquitectura RISC frente a la de sus principales competidoras: Sun, IBM y DEC. La apuesta es enorme cuando sabemos que estos microprocesadores, muy bien adaptados al universo digital, están destinados a suplantar a los procesadores tradicionales de tipo CISC.

"La verdadera guerra del estándar RISC no se desarrolla donde creíamos –explica Ed McCracken–, sino en el mercado de la electrónica de consumo, como las consolas de juego, los decodificadores, los televisores digitales y otros productos de gran consumo por el gran público".[49] Para él, los microprocesadores instalados en estos productos serán, antes del fin del decenio, diez veces más numerosos que los destinados a los ordenadores. Por otra parte, aunque la máquina Nintendo no se imponga, el esfuerzo de Silicon Graphics no habrá sido en vano: su trabajo de investigación y desarrollo en Ultra 64 también le será útil en el ámbito de los decodificadores digitales para la televisión del mañana.

Sea como fuere, Nintendo permanece hostil, por el momento, al viraje del mercado de los juegos hacia el soporte CD:

la empresa de Kioto explica incluso que se propone mejorar una nueva generación de cartuchos que tenga más capacidad de memoria. ¿Por qué? "Estamos convencidos de que el soporte CD no tiene velocidad suficiente para los juegos de vídeo", explica Howard Lincoln. El soporte del disco óptico presenta un tiempo de reacción mucho más lento que el cartucho. Este inconveniente, evidente con la primera consola Panasonic-3DO, donde el jugador a veces debe esperar varios segundos para ver en pantalla el efecto de sus acciones, se atenúa sin embargo en las máquinas Sony y Sega.

Para colmo, pequeños desarrolladores innovadores, como Rocket Science Games, llegan a compensar parcialmente esta desventaja estableciendo "acumuladores de memoria" donde están prealmacenados algunos principios de secuencia. Pero estos trucos imponen al juego ciertas limitaciones de diseño. Aunque el CD no se aviene con el *"target* principal" de Nintendo: niños de 6 a 11 años, amantes de juegos de acción y de combate, donde el principal factor es la agilidad de los dedos. "Para estos jugadores importa poco la inteligencia de la ambientación o el realismo gráfico; lo que quieren es reventar bombillas mientras juegan", bromea un analista.

Papá Noel baja de las nubes

¿El ex rey del planeta de los juegos no teme repetir el error de apreciación que le hizo descender al segundo puesto en el formato 16 bits? El gurú del marketing, Peter Main, se burla de esta objeción con una broma: "¿Sabe cómo se reconoce a un pionero del Far West? Lleva muchas flechas clavadas en la espalda". El día en que uno de estos nuevos mercados despegue de veras, estiman en Nintendo, la potencia y el talento del grupo le permitirán abatir a sus competidores, aun a aquellos que han empezado antes.

Es evidente que no todos opinan así. "Crear un juego en formato CD es tan diferente que los especialistas en cartuchos no tendrán ninguna ventaja, al contrario", afirma Steve Gray, responsable tecnológico del estudio californiano Digital Domain, que ahora se lanza al juego de vídeo. "No se trata sólo de creación –subraya otro observador–. El modelo económico del CD, su ciclo de fabricación, su distribución, su marketing, no tienen nada que ver con los del cartucho. Supone una larga curva de aprendizaje."

Más allá de los argumentos técnicos, las motivaciones de Nintendo para prolongar la era del cartucho parecen tener una justificación económica. "Hasta ahora, el entusiasmo por el CD-ROM viene sobre todo de la industria, no del consumidor –señala Peter Main–. Para adoptar este formato, nosotros esperaremos a que el mercado mismo haya votado por él con ambas manos." La estrategia de la empresa de Kioto es clara: al retardar todo lo posible el ascenso del disco óptico, espera percibir durante varios años las grandes ganancias que obtiene con el cartucho. Al hacer esta elección, Nintendo piensa cimentar su notable potencia financiera, evitar riesgos inútiles y retardar las perspectivas de rentabilidad de advenedizos como Sony o 3DO, que han apostado todo al CD.

No obstante, detrás de esta actitud conservadora, Nintendo prepara también un formidable contraataque. El 28 de setiembre de 1994, excepcionalmente, la filial americana abre sus puertas a algunos dichosos escogidos para una visita de la sede de Redmond, cerca de Seattle, Washington. La idea es mostrarles el servicio de soporte para el consumidor (más de 300 empleados, una llamada cada tres segundos), el departamento de evaluación de juegos y el centro de distribución, sin olvidar las demostraciones y ensayos de nuevos títulos y una presentación completa de marketing.

Durante dos días, Howard Lincoln, Peter Main y sus principales directivos desenrollan la alfombra roja ante un puñado de periodistas especializados. Inaudito. ¿Es la filial americana de ese elusivo grupo de Kioto, esa sociedad que antes rechazaba entrevistas y visitas, desdeñaba la publicidad comparativa y trataba con desprecio a los periodistas que pedían probar sus nuevos juegos? En efecto. Bienvenidos al "Nintendo nuevo estilo": más pragmático, más flexible, más competitivo y un poco más humilde.

En la sede americana de la empresa, el panel donde exhiben sobres ilustrados con las hazañas de Mario, Link y Zelda da testimonio de la pasión de los niños americanos por los personajes del universo Nintendo. "Para estos millones de pequeños jugadores –explica nuestra guía– nosotros no somos una empresa comercial, sino una institución que está a medio camino entre Mickey y Papá Noel." Y he aquí que el Papá Noel Nintendo, desestabilizado por Sega, debe bajar de su pequeña nube. "La época en que teníamos una idea preconcebida del modo en que era preciso vender nuestros productos ha pasado –explica George Harrison, director de marketing y comunicaciones–. A partir de ahora, haremos las cosas de otro modo."

¿Cómo? Ante todo, reconociendo que la competencia existe. Por primera vez, a fines de 1994, Nintendo recurre a la publicidad comparativa: por medio de spots televisivos y páginas de revistas, la empresa describe su ventaja sobre Sega. Su nueva campaña televisiva –con el tema "Hazte oír: juega a todo volumen"– imita el estilo desenfadado de su mayor rival y trata de ganar prestigio entre los jóvenes. Por otra parte, Nintendo trabaja más cerca de la prensa especializada, hasta el momento totalmente desatendida.

Ante esta nueva política de comunicaciones, se designa una nueva cabeza. En julio de 1994 Howard Lincoln asciende oficialmente a director general de la filial americana. "El cambio no tiene mayor significación. Simplemente, dos dirigentes valen más que uno", explica Lincoln con modestia. Minoru Arakawa, fundador de la filial americana y yerno del presidente Hiroshi Yamauchi, conserva sus funciones de presidente. Pero con su voz suave y su rostro delgado, Howard Lincoln, que se había iniciado en 1981 como asesor jurídico de la empresa, da al grupo de Seattle una mayor visibilidad en los medios. Arakawa, en efecto, no tiene gusto ni intuición para las relaciones públicas. Cuando Nintendo compró el Mariners, el equipo de béisbol de Seattle, el gerente japonés explicó con toda franqueza que a él sólo le interesaba el golf.

La plana mayor de Nintendo sabe muy bien que este cambio de imagen no bastará para cambiar la situación. "En el curso de los últimos dieciocho meses, Nintendo no ha publicado ningún juego fuera de lo común –reconoce Peter Main–. Y hemos cometido el error de pensar que un marketing intensivo bastaría para hacerlo olvidar." Desde principios del año 1994, el grupo hace hincapié en el desarrollo de nuevos juegos. Ahora se reparte entre Japón, Estados Unidos, Canadá y Gran Bretaña, donde por primera vez en su historia participa en una empresa externa de desarrollo, Rare.

Donkey Kong: doping con micropastillas

En noviembre de 1994, Nintendo saca su arma secreta, Donkey Kong Country. El simbolismo es fuerte: ya en 1981 un juego centrado en este tierno gorila había permitido a Minoru Arakawa imponer Nintendo en los Estados Unidos. El Donkey Kong de entonces –un grosero conjunto de cuadratines dotado con una limitada capacidad de movimiento– gesticula todavía en una máquina tragamonedas de época, en un museo de la sede de Redmond. Evidentemente, el diseño tridimensional y la agilidad del Donkey Kong 1994 relegan a su ancestro al nivel de un protozoo. Con sus amigos, Diddi Kong y otros alegres primates, el simio de hoy persigue obstinadamente un precioso botín de bananas, a través de una serie siempre renovada de suntuosos decorados: jungla, montaña rocosa, nieve, fondo del mar.

A mediados de 1995, Nintendo vendió 8 millones de casetes de Donkey Kong Country, batiendo todos los récords del mundo. La empresa no había escatimado gastos de promoción, obsequiando a millones de jóvenes clientes una casete de vídeo sobre los entretelones de la creación del juego. El espectador penetra en el sanctasanctórum de la Nintendo americana –el laboratorio de desarrollo– y allí aprende, de labios de los jóvenes programadores, los trucos que dan acceso a algunos de los innumerables "niveles ocultos" del juego. En las aulas de todo el mundo sólo se habla de eso.

Nintendo está exultante, porque este éxito no sólo representa una victoria puntual, sino que el campeón de los juegos también piensa hacer "la prueba de mercado" de la superioridad sistemática que tiene un buen juego sobre una nueva consola. "Para jugar a Donkey Kong Country no es preciso un adaptador especial ni una cuenta bancaria en Suiza", se lee en un anuncio publicitario. "Nintendo ha demostrado que podía procurar una experiencia lúdica superior a las demás en la máquina de 16 bits", destaca George Harrison. En el otoño de 1995, Nintendo espera reeditar un golpe similar con el cruento juego de combate Killer Instinct. La empresa de Kioto también piensa prolongar varios años la longevidad de su consola Super NES, usada en más de 11 millones de hogares de todo el mundo.

En realidad, este impresionante truco de prestidigitación debe mucho al azar. Originalmente Donkey Kong Country fue desarrollado por Nintendo de Japón y la empresa británica Rare para la nueva máquina Nintendo Ultra 64. Es decir que el diseño y la animación tridimensionales de los personajes se realizaron en los enormes ordenadores Challenge de Silicon Graphics. "Pero en otoño de 1993 –cuenta Peter Main–, los equipos de Rare pensaron que podrían sacar el juego para la plataforma de 16 bits."

Entonces, trabajando día y noche con el inventor japonés de Donkey Kong, los programadores de Rare lograron el *tour de force* de dar una calidad gráfica digna del entorno de 32 bits a un juego que opera en una consola de 16 bits. ¿El secreto? El añadido, en el cartucho del juego, de un nuevo microprocesador capaz de acelerar considerablemente la velocidad de cálculo del lector. En otras palabras, en vez de exigir al jugador que se comprara una consola más potente, Nintendo ha fortalecido su simio con dosis de micropastillas. Donkey Kong Country cuesta sólo 69,95 dólares sin impuesto, un poco menos que el lector Super NES.

Resucitar el formato de 16 bits no constituye sin embargo más que uno de los componentes de la estrategia de espera de Nintendo. En agosto de 1995, el grupo de Kioto lanza Virtual Boy (180 dólares), un equipo ligero para juegos sencillos, en relieve, con gráficos rojos sobre fondo negro. Pero en la sede de Seattle todos saben que el verdadero combate se librará en la Navidad de 1996, entre Ultra 64, Saturn y PlayStation, porque con los actores menores de la industria (Atari, NEC, Commodore) y los estándares CD-I y CD-ROM (informática), el mercado suma nueve formatos rivales de CD multimedia. Nueve estándares incompatibles (algunos para el televisor y otros para ordenador) se pelean por los mismos consumidores y los mismos dólares. Para estar a tono con los anuncios publicitarios de la prensa especializada, el porvenir promete "más sangre, más tripas en el aire y más carne fría". Y no sólo en las pantallas pequeñas.

6

Hollywood, nueva frontera

El día en que Graeme Devine y Rob Landeros, los fundadores de Trilobyte, vieron bajar dos agentes de Hollywood de una limusina blanca, se sobresaltaron. El vehículo parecía fuera de lugar frente a la sede de la empresa de Medford, Oregón, capital mundial de la pera. A falta de instrucciones especiales, la secretaria de la agencia de talentos International Creative Management (ICM) había reservado el mismo tipo de coche a que estaba acostumbrada. Bill Block y Steve Stanford sentían gran embarazo: llegar en limusina no era el mejor modo de convencer a los autores del triunfal juego The 7th Guest de convertirse en sus clientes. Al contrario, eso contribuía a confirmarles todos los estereotipos acerca de la vida de los agentes, esos influyentes intermediarios que por una comisión negocian los contratos entre sus clientes (guionistas, actores o directores) y los grandes estudios de Hollywood.

En este caso la negociación no llega a término. Graeme Devine no está maduro para firmar con ICM ni ninguna de las agencias de Los Angeles que lo cortejan. Si un día Trilobyte concibe "series" interactivas para la televisión de mañana, ¿por qué no? Entonces los agentes podrían serle útiles para negociar con los difusores. Pero en cuanto editor de juegos en CD-ROM, Devine se ve más como el jefe de un estudio que como un talento que necesita representantes. "Fueron ellos quienes vinieron a buscarnos –explica–. Y si queremos emplear a uno de sus actores en una de nuestras producciones, no nos corresponde pagarles el 10 por ciento de comisión." Al parecer, la cultura de Trilobyte y la de Hollywood todavía están tan alejadas como las zapatillas Converse de los mocasines Weston.

No es de extrañar. Hollywood es un mundo pequeño y cerrado donde reinan el esnobismo, el boato y las lentejuelas. Por otra parte, es el único lugar de Estados Unidos donde ninguna persona importante nos atiende por teléfono si no somos presentados por alguien "de peso". Al contrario, en Silicon Valley –y en los cientos de compañías pequeñas y medianas que desde el corazón de Texas hasta las llanuras de Iowa suscriben a este modelo empresarial–, reina una atmósfera informal y austera. Se juzga a la gente por sus méritos, no por sus relaciones. Y aunque la cultura ambiente es reacia a la autoridad, es resueltamente abierta al mundo. Los fundadores de una empresa promisoria muestran sus productos sin hacerse rogar.

Y he aquí que hoy en día, ironía de la revolución digital, los reyes del *show business* son desestabilizados por un puñado de programadores iconoclastas. El mercado de los juegos de vídeo, como hemos visto, pesa más que los ingresos mundiales en las salas de cine. Con el surgimiento de nuevos medios –CD-ROM, universo en línea, realidad virtual y mañana, quizá, televisión interactiva– las películas tradicionales pueden ser desplazadas por una serie de diversiones inéditas, en general creadas por ordenador. Entonces, las agencias cazadoras de talentos, los estudios y las productoras de todo pelaje intentan conseguir una porción de la torta. Se deben adaptar a este mundo un poco aterrador donde conocer a Oliver Stone y llamar a Tom Cruise por el nombre de pila no bastan para asegurarse la gloria y el éxito.

Los agentes –que, con el correr de los años, han cobrado cada vez más poder en Hollywood– tratan de desempeñar el papel de "intermediarios" entre ambos universos. El surgimiento de los multimedia –donde el CD-ROM representa la piedra fundamental– abre a sus clientes tradicionales (realizadores, guionistas, actores y músicos) una nueva frontera. Prestigiosos realizadores de la agencia CAA (Creative Artists Agency), sobre todo John Singeltor (*Boyz in the Hood*), Oliver Stone (*Natural Born Killers*) y Francis Ford Coppola (*The Godfather*), ya han expresado su deseo de explorar este nuevo medio.

"Por el momento, los contratos más frecuentes se relacionan con guionistas –explica un agente–. Aunque los programadores de juegos son técnicos sin par, no siempre tienen talento para crear personajes y narrar historias." Los autores de los guiones lineales, que tienen principio, medio y fin, ¿sabrán imponerse en el universo interactivo, donde el curso del relato se ramifica siguiendo los caprichos del jugador? "Es preciso que tengan una mente abierta para aprender este nuevo lenguaje –subraya este agente–. Cada vez que la tecnología de los medios cambió (de la radio a la televisión o del cine mudo al cine sonoro–, hubo gente que se adaptó y gente que desapareció."

¿Hollywired o Sillywood?

Como lo muestra la visita de los dos agentes a Medford, ICM, CAA y William Morris sueñan con descubrir a los Steven Spielberg y los Martin Scorsese de la era interactiva y anudar lazos entre los "artistas" del ordenador y los pesos pesados del cine y la televisión, ávidos de penetrar en el mercado multimedia. "Hasta ahora los programadores fueron explotados por los editores de software. Nosotros podemos cambiar eso", argumenta un agente. "Los intereses de los autores de juegos y de los autores multimedia hoy están tan mal defendidos como los intereses de los realizadores y los autores de Hollywood en los años 20, sometidos al contrato de los grandes estudios de producción", enfatiza Jeff Berg, jefe de ICM.[50]

¿Podrán los agentes ganarse la confianza de estos artistas, que a su vez también son empresarios? "Al principio eran recelosos, dada la reputación de boato y superficialidad que en general se asocia con Hollywood –reconoce este agente que prefiere conservar el anonimato–. Pero cada vez son más receptivos." Una señal: en otra época, la gente de Hollywood jamás habría participado en la gran misa bienal de los juegos de vídeo. En la actualidad, los agentes y los grandes de Hollywood no sólo acuden allí en tropel sino que pueblan la Electronic

Entertainment Expo de Los Angeles. "Nuestro reto consiste en hacerles comprender que no somos parásitos, sino que estamos a favor de ellos, que creamos valor agregado –continúa mi interlocutor–. Tome el caso de una pequeña empresa que desea vender los derechos cinematográficos de un juego. No sabría a qué puerta llamar; no conoce las condiciones financieras que obtienen otros en casos similares. Si nosotros negociamos un contrato 110 por ciento mejor de lo que esta empresa habría obtenido por su cuenta, ¿eso no vale un 10 por ciento de la comisión?"

Estén a la búsqueda de editores o de coproductores, deseen penetrar en el cerrado mundo del cine o sueñen con lanzarse a la comercialización de uno de sus héroes sintéticos, ciertos autores de juegos de vídeo sienten fascinación al ver que hoy se abren las puertas de agencias que hasta ayer no sabían lo que era un CD-ROM y se habrían negado a atenderlos por teléfono. Estos jóvenes virtuosos del ordenador pueden tener alma de marginales, pero no son insensibles a la idea de trabajar un día con un Francis Ford Coppola o un David Lynch. Es así como las pequeñas editoras de juegos como Vortex se unen a la agencia William Morris, Greg Roach de Hyperbole firma con The Agency for the Performing Arts, y los hermanos Miller de Cyan, que deseaban adaptar para el cine su juego de gran éxito, Myst, escogen a Jim Preminger. Piensan que una pequeña agencia se molestará más por ellos que una institución de Wilshire Boulevard, que representa a la crema de Hollywood.

Los talentos de estos dos mundos diferentes, por lo demás, no necesitan agentes para empezar a codearse. Son nupcias que sus apologistas denominan Hollywired (contracción de Hollywood más *wired*, "conectado"), y sus detractores Siliwood (Silicon Valley más Hollywood, pero también un juego fonético con *silly wood*, "bosque tonto"). Guionistas y diseñadores hollywoodenses de renombre han escuchado las sirenas de Silicon Valley: Strauss Zelnick, ex presidente de los estudios Fox, aceptó la dirección de la empresa de juegos Crystal Dynamics, antes de encabezar el esfuerzo multimedia del grupo alemán Bertelsmann. Mike Backs, coautor con Michael Crichton de *Rising Sun*, una novela de éxito, y responsable del aspecto gráfico de la película *Jurassic Park*, es cofundador de la empresa de juegos Rocket Science Games. Además, esta nueva empresa, en la cual han invertido Sega y Bertelsmann Music Group, ha atraído a veteranos del cine y la televisión como el artista conceptual Ron Cobb (*Alien*, *The Abyss*, *Conan the Barbarian* y *Back to the Future*), o los ex productores de televisión David Brownstein y Matthew Fassberg.

La misión de Rocket Science Games es poner la imaginación y el realismo gráfico de Hollywood al servicio de una nueva generación de programas de entretenimiento: hoy para los diversos formatos de juegos de vídeo en CD, mañana para los servicios en línea, el cable interactivo o todo nuevo medio de distribución viable. La apuesta es arriesgada. "La riqueza del guión y la sofisticación de los gráficos cuestan menos que el carácter lúdico del título", afirma con escepticismo un analista. De hecho, los puntajes de sus primeros títulos –Cadillacs and Dinosaurs y Loadstar, editados a fines de 1994 en CD-ROM y Sega CD– son decepcionantes en relación con las expectativas suscitadas por la creación de la empresa.

Rocket Science, sin embargo, no es la única que apuesta al porvenir de los juegos cinemáticos y la diversión interactiva: en marzo de 1995, DreamWorks SKG, el nuevo estudio de producción de Steven Spielberg, Jeffrey Katzenberg y David Geffen, anunciaba una sociedad con Microsoft. La crema de Hollywood y el príncipe del software (y líder del mercado de CD-ROM) reunieron sus talentos para hacer soñar a la generación Nintendo. Los primeros títulos de su filial común, DreamWorks Interactive, se esperan para la Navidad de 1996. Por otra parte, para no perderse el viraje tecnológico del dibujo animado, DreamWorks se lanza a la refriega concertando una alianza con los constructores de ordenadores Silicon Graphics e IBM. "Le puedo asegurar que tenemos la ambición de hacer las cosas tal como nadie las ha visto jamás", declara entonces Katzenberg. Nadie se toma a la ligera al hombre a quien Disney debe *Lion King* y otros grandes éxitos de similares características.

Estos espectaculares esfuerzos para crear una sinergia rentable entre la cultura del cine y la del microprocesador arrojan luz sobre el genio precursor de George Lucas. El legendario realizador de *Star Wars* presintió este acercamiento hace más de quince años. Este gran nombre de la dirección y la producción (Lucas-Films produjo, entre otras cosas, la serie de Indiana Jones de Spielberg) había comprendido antes que los demás el interés de poner las nuevas tecnologías al servicio de la fábrica de sueños. Ante la incomprensión de los grandes de Hollywood, huyó de Los Angeles para establecerse en San Rafael, al norte de San Francisco. Apostó su carrera y su reputación a la mezcla, entonces considerada aberrante, del cine y la informática.

De las particulares necesidades de producción de *Star Wars* nació su empresa Industrial Light & Magic, que hoy domina el promisorio mercado de los efectos especiales y la producción digital. Pero su casa de juegos de vídeo, Lucas-Arts, encara con prudencia la mezcla de imágenes filmadas con imágenes sintéticas. "Recurrimos poco a la digitalización de secuencias de vídeo", confía Jack Sorenson, presidente de Lucas-Arts. Teniendo un conocimiento más íntimo de Hollywood, Lucas-Arts está menos fascinada que los advenedizos por el proceso de producción cinematográfica. "Apelamos a ese elemento cuando un mayor realismo agrega dramatismo al juego –continúa Sorenson–. Pero ello impone ciertas restricciones. El vídeo es lineal y bidimensional por naturaleza, mientras que el principio del juego, por el contrario, consiste en crear un relato multilineal en un ámbito tridimensional."

Al margen de estas brechas culturales y creativas, las nupcias de Hollywood con Silicon Valley plantean un gran problema económico, porque las películas y los juegos operan en escalas radicalmente diferentes. Es comprensible que un título como The 7th Guest, que costó un millón de dólares y generó más de 45 millones de dólares de ingresos, haga babear a los productores de Hollywood, donde una producción cuesta cuando menos 8 millones y con frecuencia no alcanza el equilibrio. Pero esta rentabilidad será algo excepcional mientras el mercado de los juegos siga dominado por el formato cartucho. En el renglón del CD-ROM, donde el gran éxito comienza con los 50.000 ejemplares, los costos de producción tienen, en cambio, tendencia a trepar con mayor rapidez que la expectativa de ganancias. Con frecuencia hay que vender más de 100.000 unidades tan sólo para amortizar la inversión.

Además, mientras no haya tantos hogares equipados con lectores de CD-ROM como con consolas de juegos, el nivel de las remuneraciones existente en el mercado del entretenimiento interactivo no tendrá una medida común con las cifras exorbitantes de los pesos pesados del cine. "La gente de Hollywood gasta en comer lo que nosotros gastamos en crear un juego", se queja un desarrollador de Sega. Concretamente, un autor percibe 5 por un guión de CD-ROM, cuando percibiría 100 por un guión de película, explica un experto. Los talentos hollywoodenses que trabajan con lo interactivo deben conformarse a menudo con una remuneración en *stock-options*.[51]

Todo aprendizaje tiene un costo, y los profesionales que se nieguen a asumirlo podrían lamentarlo un día. Es muy posible que los productores u otros talentos que no se han preparado para el soporte CD-ROM no sepan saltar al tren de la interactividad el día en que realmente arranque. Y más allá del disco compacto se avizoran medios como los servicios en línea y la televisión interactiva, que estarán en competencia más frontal con la tradicional industria audiovisual.

Las telecomunicaciones urden su trama

Si William Morris o ICM redoblan esfuerzos para atraer a los jóvenes talentos del juego de vídeo, Michael Ovitz, el Gran Manitú de la poderosa agencia CAA, no pierde el tiempo en coquetear con ganancias pequeñas. "Siempre tuvimos una lista de clientes selectos en todos los sectores de la agencia", declara a *Los Angeles Times* su colega Dan Adler. ¿Para qué buscar la cantidad, cuando tienen entre sus representados a Robin Williams, Kevin Kostner y Barbra Streisand? Michael Ovitz, pues, encuentra más apropiado –y mucho más remunerativo– tratar de modelar el nuevo paisaje de esta industria del ocio.

El 1º de noviembre de 1994, tres de las Baby Bells –Bell Atlantic, Nynex y Pacific Telesis– causan sensación al anunciar su ingreso en el mundo audiovisual bajo la égida de CAA. En la gran fusión de la televisión del futuro, estas tres compañías locales de teléfono (que atienden, en conjunto, a más de 30 millones de hogares) están dispuestas a salir de la sujeción de una telefonía local cuyo monopolio se resquebraja. Han formado el consorcio Tele-TV, que se prepara para un ataque frontal contra los operadores de TV cable y satelital para proveer, en la pantalla pequeña, programas y servicios interactivos de todo tipo: de la diversión a la comunicación, de la información a la telecompra. Con mucho dinero pero con escasa experiencia en la industria del *show business*, las Bells no podrían encontrar mejor guía que Michael Ovitz. Sin parar mientes en gastos para la modernización de su red telefónica, las tres empresas consagrarán más de 300 millones de dólares, en tres años, al desarrollo de la programación, pero también al afinamiento técnico y comercial de las redes de difusión.

Pero en agosto de 1995, Ovitz sorprende a toda Hollywood al aceptar la presidencia de Walt Disney Co., dos semanas después que el grupo anunciara la compra de la red de televisión Capital Cities/ABC. Al abandonar CAA para convertirse en brazo derecho –¿y sucesor?– de Michael Eisner, Ovitz alcanza el apogeo de una carrera más cercana a la de un banquero que a la de un agente hollywoodense.

Hacía muchos años que el hombre más discreto e influyente de Hollywood actuaba como guía de lujo para inversores extranjeros. Fue él quien contribuyó a vender MCA-Universal a Matsushita, luego a revenderla a Seagram. Fue él quien asesoró a Crédit Lyonnais cuando este banco tuvo la desgracia de "heredar" de su cliente Giancarlo Paretti una Metro Goldwin Mayer en estado lamentable. Habiendo adquirido esta controvertida posición de asesor estratégico para francotiradores, Michael Ovitz fue convocado en 1992 por Nynex. En la misma época, la operadora de larga distancia AT&T también exploraba sus posibilidades en Hollywood.

Presintiendo que los amos de las telecomunicaciones, sentados sobre pilas de dinero, pueden desempeñar un papel protagónico en la nueva era del ocio digital, Ovitz contrató en junio de 1994 al hombre encargado del sector multimedia de AT&T, Robert Kavner. La revolución digital redefine las actividades y desquicia las carreras. El traslado de Kavner –50 años, ex director financiero de AT&T y sucesor potencial del presidente Robert Allen– no pasó inadvertido en el universo de las telecomunicaciones ni en el del cine. Aunque Robert Kavner no haya aparecido en primer plano cuando se anunció la asociación CAA-Baby Bells, es uno de sus principales artesanos. Además supo reclutar para Tele-TV a profesionales como Howard Stringer, que antes trabajaba para la cadena CBS. La partida de Michael Ovitz para el imperio Mickey crea bastante confusión en este pequeño mundo. Es posible que las tres Bells rompan con una CAA huérfana o busquen otro punto de anclaje en Hollywood.

Lo cierto es que las aproximaciones entre los administradores de las "tuberías" y los productores de "contenido" están en el orden del día: en la primavera de 1995 el segundo americano de la telefonía de larga distancia, MCI, anuncia una significativa inversión en el News Corp. de Rupert Murdoch. Otras cuatro compañías telefónicas (Ameritech, BellSouth, SBC. Communications y GTE) habían concertado una alianza con el grupo Disney. Ironía de la suerte, Ovitz pasa a ser su mentor. Este tipo de asociación, no obstante, provoca el escepticismo de algunos competidores. "¿Para qué servirá esta aproximación a Disney? ¿Para crear un sistema de navegación basado en Mickey Mouse?", ironiza Tom Pardun. Es previsible: él se encarga de los esfuerzos de diversificación de la única Baby Bell que no ha sucumbido a los encantos de Hollywood, US West. Cobrando distancia ante lo que considera un "espejismo", la compañía de Denver, Colorado, ha escogido otro camino, una alianza estratégica con Time Warner y la adquisición directa de pequeñas redes de TV cable. "No deseamos entrar directamente en la producción. Preferimos crear servicios interactivos y afianzarnos en el papel de proveedores de programas", explica Pardun.

Sólo el tiempo permitirá juzgar cuál es la estrategia más hábil en un entorno regulatorio y económico tan volátil. Pero señalemos una cosa: hasta ahora son raros los inversores externos que Hollywood no ha devorado crudos. Hasta Coca-Cola arrojó la toalla en 1992. Sony, que recogió la antorcha de Columbia/TriStar, tuvo que resolverse, a fines de 1994, a pasar 3.200 millones de dólares por ganancias y pérdidas. Matsushita prefirió revender el estudio MCA-Universal al grupo Seagram. En cuanto a Crédit Lyonnais, tendrá suerte si sale más o menos indemne.

Las películas no se prestan al juego

Los motivos que transformaron Hollywood en arenas movedizas para los inversores externos –su atmósfera cerrada, su funcionamiento burocrático– dificultarán a los grandes estudios americanos el éxito en la producción de entretenimientos interactivos. Ello no les impedirá probar suerte: los reyes de las pantallas grandes y pequeñas del planeta saben bien que no pueden ignorar por mucho tiempo una industria que, con todos sus segmentos combinados, superó en 1994 los 13 mil millones de dólares. Pero esta actividad les trae malos recuerdos. "La ironía es que los grandes estudios estaban en el negocio de los juegos de vídeo y sufrieron un tremendo revés en el derrumbe de 1983 y 1984", señala un agente. Recordemos que a principios de los años 80 el líder mundial de los juegos, Atari, era una filial de Time Warner, y Sega una división de Paramount.

Pero, tras sufrir ingentes pérdidas, los gigantes de Hollywood optaron por liquidar estas divisiones, dejando que las japonesas Nintendo y Sega reconstruyeran y dominaran esta industria. "Los estudios han pasado por alto muchas diversificaciones lucrativas, como las redes de cable y los programas de telecompra –comenta un agente–. Estas empresas se consideraban demasiado arriesgadas y poco nobles." Después los operadores de cable tuvieron su revancha. Uno de ellos, Viacom, ganó la batalla por la adquisición de Paramount. Y un personaje como John Malone, el efusivo dueño de Tele-Communications Inc., es hoy tan poderoso como el dueño de un estudio.

Para las grandes compañías de Hollywood, el tránsito del formato cartucho al CD-ROM –y luego a un universo de juegos en red– representa la ocasión de entrar en este baile. Primero, porque el proceso de producción de un juego multimedia se aproxima cada vez más al de una película. Además, porque los estudios poseen filmotecas y héroes –como James Bond y la Pantera Rosa– que pueden constituir buena materia prima. Ayer se conformaban con ceder la licencia a los creadores de juegos, hoy quieren explotarla ellos mismos. Por último, los gigantes pueden impulsar estos productos interactivos con la arrolladora potencia comercial que ya demuestran para distribuir sus películas. Para Sony se suma otro motivo: la voluntad de convertirse en un grande de los juegos de vídeo.

Pero de una planificación racional a una ejecución lograda hay un largo trecho que se llama *know-how*. En el mundo de lo interactivo, los estudios parten de cero. "Hace menos de tres años –cuenta un abogado especializado–, quise negociar la compra de la licencia de una película para una editora de juegos. El servicio jurídico del estudio me envió por fax un contrato de *merchandising* por sus camisetas. Cuando los llamé, me dijeron: 'No hay problema. Tache camisetas y ponga CD-ROM'." Para esta editora de juegos, "los grandes estudios son conservadores. Son enormes máquinas de marketing y distribución, pero no tienen la menor visión de la industria y se contentan con dejarse llevar por los acontecimientos". Tom Zito, de la empresa Digital Pictures, especializada en juegos cinemáticos, también está sorprendido por la incomprensión de los directivos de Hollywood: "Con frecuencia me preguntan qué más habría que filmar para lograr una versión interactiva de tal película. Cuando les respondo que el 110 por ciento de las escenas, se caen de espaldas".

Pero los estudios han avanzado un poco: han dejado de ceder los derechos interactivos de sus filmotecas y han creado divisiones específicas encargadas de valorizar sus activos en CD-ROM. Los primeros resultados, sin embargo, son decepcionantes: encontramos pocos títulos en el hit-parade 1994 de los juegos de vídeo. "Hay una diferencia abismal entre una película y un juego. Los que en Hollywood creen que saben hacer

CD-ROM porque saben narrar una historia y producir bellas imágenes tendrán un duro despertar", predice Skip Paul, vicepresidente ejecutivo de MCA-Universal, que supervisa los esfuerzos interactivos del estudio.

Skip sabe de qué habla, pues pasó diez años en Atari. Su enfoque, pues, es modesto: "Lo esencial es contar con auténticos profesionales del juego, gente que comprenda la naturaleza de estos productos". MCA tiene una participación en la sociedad Interplay, que trabaja con el estudio en varios juegos, pero también desarrolla títulos de manera totalmente autónoma. "Contratamos a algunos jóvenes recién egresados del MIT y les dimos un rincón en el estudio", explica Skip Paul.

La Fox procede de manera aún más pragmática, y por el momento limita sus ambiciones a la explotación de su filmoteca. "Contrariamente a lo que ocurre en otros grandes estudios, como Time Warner, nuestra división interactiva depende directamente del estudio de producción –observa Ted Hoff de Fox Interactive–. Esta consanguinidad es indispensable para que haya sinergia entre la película y el juego." Con el tiempo Fox espera formar su propio equipo de creación de juegos, pero por el momento Fox Interactive, nacida en mayo de 1994, encarga sus CD-ROM a terceros. "Hemos entrevistado de 200 a 300 desarrolladores de juegos en el mundo –precisa Ted Hoff–. Nosotros escogemos al socio, caso por caso, en función de la naturaleza del proyecto." La empresa francesa Cryo, por ejemplo, fue seleccionada por la Fox para la versión CD-ROM de *Return to the Planet of the Apes*.

En términos comerciales, el interés consiste en lograr que el juego se beneficie con la potencia del golpe que representa el lanzamiento de la película. "El marketing y la distribución de CD-ROM se confían a Fox Video, muy influyente en el nivel minorista –analiza Ted Hoff–. Además procuramos coordinar la salida del juego con el estreno del filme." Cuando la producción de la película es más o menos tan rápida como la del juego, Fox comercializa el CD-ROM al tiempo que lanza la casete de vídeo de la película. Así ha sucedido con *Die Hard III: With A Vengeance*.

Sin embargo, esta sinergia entre película y juego rara vez

se demuestra en los hechos. Sobre todo, no permite realizar un buen juego. En los años 1993 y 1994, el concepto parece más bien contraproducente: presionados para publicar un juego al tiempo que una película de gran presupuesto cuya producción estaba muy avanzada, los estudios con frecuencia demoran varios meses la realización del software. No obstante, conocían precedentes catastróficos: a principios de los años 80, Steve Ross, jefe de los estudios Warner, llamó un día al jefe de su filial Atari para pedirle que sacara un juego basado en la película *E.T.* de Steven Spielberg en seis semanas. El resultado fue un histórico fracaso de 65 millones de dólares. La leyenda dice que los stocks no vendidos están enterrados en alguna parte del desierto de Nevada.

Diez años después, la historia se repite: el grupo Sony, que había decidido convertirse rápidamente en un importante editor de juegos, previendo su ingreso en el mercado de las consolas, produce también su cuota de "fracasos sinergéticos", entre ellos *Cliffhanger* y *Last Action Hero*. El éxito de una película no salva un mal juego; a la inversa, un fracaso en la pantalla grande puede resultar en un buen CD-ROM. Por lo demás, usar actores de renombre es costoso. La salida conjunta, en 1995, de la película y del CD-ROM de *Johnny Mnemonic*, adaptación de un relato de ciencia ficción de William Gibson,[52] constituye una prueba interesante para el grupo japonés.

En todo caso, Sony opta por la prudencia. "Los juegos de éxito basados en películas se cuentan con los dedos de la mano. Nos cuidaremos de toda transferencia sistemática", afirma Steve Race, responsable del lanzamiento de la consola de juegos PlayStation. Para él, la sinergia con Hollywood no se sitúa tanto en el desarrollo simultáneo de títulos como en "el conocimiento del consumidor y la red de distribución". Por ejemplo, Blockbuster, que controla la mitad del mercado del alquiler de los casetes de vídeo, también se convierte en importante distribuidor de juegos.

La moda cinelúdica

A decir verdad, aunque las circunstancias se prestan a una tendencia hacia lo interactivo, combinar la producción simultánea de una película y un juego es técnicamente dificultoso. "El productor de una película de gran presupuesto no desea que una banda de energúmenos invadan su plató con una cámara de vídeo para filmar el juego", reconoce Tom Zito de Digital Pictures. Por lo demás, el ritmo de desarrollo de ambos productos es muy diferente: se requieren por lo menos dieciocho meses para la realización del CD-ROM, contra una docena para la película. Aún más complicado: en el caso del juego, el trabajo más largo se realiza en el ordenador, después del rodaje.

Los presupuestos, como hemos visto, no son de la misma magnitud. En 1995 un CD-ROM de lujo, con más de cuarenta minutos de vídeo a toda pantalla, se produce con 2 a 3 millones de dólares, mientras que el costo medio de un largometraje asciende a 30 millones de dólares. Muchos observadores de la industria del juego se preguntan si Hollywood, que funciona sobre la inflación de los costos, sabrá producir y distribuir eficazmente sus programas interactivos. Un problema falso, a juicio de Ted Hoff de la Fox: "De todos modos, cuando recurrimos a terceros para los juegos, ellos cobran exageradamente sus servicios, porque saben que los necesitamos y disponemos de muchos medios". Conviene, pues, asimilar el *know-how* e internalizarlo.

En vez de los monstruosos grandes estudios, los desarrolladores de juegos prefieren a veces las compañías de producción televisiva, que trabajan de manera más flexible y tienen más voluntad de riesgo. "Los productores serie B son más agresivos y más propensos a comprometerse con un proyecto interactivo", señala Eric Lux de Philips Media Games. Philips ha firmado asociaciones con las empresas Full Moon y Bay Watch, para el desarrollo de películas y juegos combinados.

Los estudios cinematográficos con más éxito de taquilla no son forzosamente los más avanzados en la carrera del entretenimiento digital. Por fuerza de las circunstancias, el equipo de Frank Mancuso que, bajo la égida del Crédit

Lyonnais, recibió una Metro Goldwyn Mayer/United Artists moribunda, ha reflexionado más sobre el porvenir de la industria que una Disney o una MCA/Universal. "Pensábamos que el único modo de triunfar consistía en reestructurar la MGM como el estudio del próximo milenio –nos confía Alan Cole Ford, responsable de la estrategia–. Sólo una crisis como la que hemos atravesado permite realizar reorganizaciones tan profundas." La Metro Goldwyn Mayer ha delegado la promoción de sus juegos en su división de vídeo, MGM Home Entertainment, que realiza pruebas imaginativas.

En noviembre y diciembre de 1994, por ejemplo, el estudio y su socio, la editora IVI Publishing, realizaron una campaña de marketing cruzada para la versión vídeo de la película *Blown Away* y el CD-ROM del mismo nombre. El juego, que incluye mucho vídeo a toda pantalla, fue realizado por Imagination Pilots con otros actores. "Se produjo demasiado tarde y en muy poco tiempo", reconocen en el estudio. Pero la operación original de promoción debería permitir a la MGM, no obstante, verificar la validez del concepto comercial. "Según las estadísticas, las personas que más recurren al alquiler de casetes de vídeo tienen una edad promedio de 25 a 44 años, con un par de hijos, y son también nuestro *target* prioritario para el uso del CD-ROM", explica David Bishop, vicepresidente ejecutivo de MGM Home Entertainment.[53]

MGM/UA tiene otros seis proyectos de CD-ROM para 1995, pero el estudio ha creado expectativas al firmar, a principios de 1994, un acuerdo de producción con Sega. "La idea –resume Alan Cole Ford– es invertir el modelo: encontrar muy buenas ideas para juegos y, si el producto se presta, producir una película a partir de allí." La relación no es exclusiva: MGM trabaja en otras coproducciones con Matra Hachette Multimédia, y Sega permanece en libertad de asociarse con estudios competidores. "En general, Hollywood puede aportar algo en materia de guiones y medios de producción", reconoce el director general de Sega de Estados Unidos, Tom Kalinske. No todos comparten su optimismo. "No saldrá nada –retruca un editor de juegos de la competencia–, porque ambas culturas están en las antípodas: MGM cuenta con Sega para hacer juegos con James Bond, mientras que Sega querría que MGM produjera la película de Sonic."

Lógrese o no, la alianza confirma una nueva moda, la producción de películas inspiradas en juegos de vídeo de éxito. En 1994 tuvimos *Double Dragon* y *Street Fighter.* En 1995, *Mortal Kombat,* y también se esperan *Doom, Myst, King's Quest* y *Leisure Suit Larry.* Hay, sin embargo precedentes desastrosos. Hace unos años Disney sufrió un fracaso humillante con *Super Mario.* Pero esta vez Hollywood se juega entera: los presupuestos de estas películas alcanzan a 40 millones de dólares y además reúnen a varias estrellas. Ivan Reitman realiza *Doom* para la Universal, *Street Fighter* es escrita y realizada por Steven De Souza (coguionista de dos de las películas de la serie *Die Hard,* protagonizada por Bruce Willis) e interpretada por Jean-Claude Van Damme. Por otra parte, el filme es producido por el editor de juegos de vídeo Capcom, que le ha consagrado 40 millones de dólares esperando obtener de la pantalla grande por lo menos 12 millones de compradores del juego. Los 8 millones destinados a Van Damme rinden su fruto: el editor japonés aprovecha el rodaje para producir secuencias del título siguiente, *Street Fighter III: The Movie Game.*

Es muy probable que el día en que el mercado interactivo despegue realmente y los presupuestos de los productos interactivos se acerquen a los del cine, Hollywood esté presente. Es probable que los grandes estudios se conformen, como hoy sucede con la mayoría de los filmes, con promover y distribuir juegos de vídeo desarrollados por creadores independientes o afiliados. Lee Isgur, que analiza la industria de los medios para el banco Jefferies & Company, hace una comparación sencilla. A mediados de 1995, el valor bursátil acumulado de todos los editores de juegos de vídeo del mundo –incluidos Nintendo y Sega– superaba los 30 mil millones de dólares. En cambio, el valor acumulado de los gigantes que querían entrar en el sector del ocio interactivo –procedentes de la electrónica de consumo, las telecomunicaciones, las grandes redes de televisión, los estudios cinematográficos– ascendía a 730 mil millones de dólares. "Muchas editoras de juegos serán compradas en los próximos años", concluye.

Casparín, fantasma sintético

Al margen de sus ambiciones en el ocio interactivo, los grandes estudios no pueden ignorar las tecnologías digitales que transforman la industria del cine desde dentro: en la actualidad, el modo en que se producen y realizan las películas; mañana, tal vez, la promoción y distribución. Ayer, los efectos de multitud se rodaban con miles de extras de carne y hueso, las escenas selváticas transcurrían efectivamente en la selva virgen y los "monstruos" tenían cierta materialidad: esqueleto de varillas, carne de cartón piedra y caucho. Hoy se puede crear todo eso y mucho más en un ordenador.

En mayo de 1995 saltan corchos de champán en un hangar anónimo del pueblecito de San Rafael. La compañía de efectos especiales de George Lucas (la empresa no tiene logo, al parecer para evitar que sus fanáticos la tomen por asalto) acaba de poner punto final a una aventura que signará la historia del cine. Industrial Light & Magic, a la cual debemos los trucos de filmes legendarios como *Star Wars, E.T.* y *Jurassic Park*, ha dado otro paso más en el dominio de la ilusión con la creación del primer héroe sintético tridimensional, el fantasma Casparín. La película *Casper, The Friendly Ghost* es otro "bebé" surrealista de la empresa Amblin de Steven Spielberg.

"Hasta hace unos años –explica Christian Rouet, responsable de software en Industrial Light & Magic–, los efectos especiales formaban parte de la posproducción. Habíamos visto algunas películas como *Roger Rabbit*, donde el actor debía actuar sin contrapunto, pero eso no cambiaba profundamente las características del rodaje." Después tuvimos *Jurassic Park*. Por primera vez, en lugar de filmar maquetas de dinosaurios montadas sobre ruedas, los equipos de Industrial Light & Magic concibieron, modelaron, animaron y pintaron las criaturas prehistóricas totalmente por ordenador. El andar del tiranosaurio, su modo de bambolear el vientre cuando corre, de reflejar la luz en sus escamas, son fruto de una titánica labor informática. Hubo ejércitos de diseñadores, animadores, programadores y especialistas en gráficos para concebir y operar el software ad hoc en potentes estaciones Silicon Graphics. "Cuando hicimos la primera demostración con los dinosaurios para Steven [Spielberg], yo tenía lágrimas en los ojos –cuenta George Lucas–. Era un momento histórico, un poco como la invención de la bombilla eléctrica o la primera llamada telefónica. Habíamos franqueado un límite y las cosas nunca más serían iguales."[54]

Spielberg y Lucas no fueron los únicos en emocionarse con esta creación. Aun en la actualidad, el mundillo hollywoodense de los *f/x* (abreviatura fonética de *effects*, "efectos especiales") se refiere a las eras "prejurásica" y "posjurásica". Aunque ha sido más gradual de lo que sugiere esta fórmula, es indudable la ruptura tecnológica entre ambas épocas: la del trucaje "óptico" tradicional (manipulación del negativo del filme con impresión óptica) y la del trucaje "digital": (digitalización de las secuencias filmadas, luego mezcladas con imágenes puramente sintéticas). Así, el reinado de los programadores y especialistas en infográfica sucede al de los maquetistas y decoradores.

No es que la maqueta en miniatura o tamaño natural se haya vuelto totalmente superficial. Las películas como *True Lies* y *Apollo XIII* han requerido la producción completa de aviones de caza Harrier o de naves espaciales. Pero estos modelos ya están sometidos a las necesidades de la manipulación digital. Y podrían desaparecer para siempre el día en que resulte más barato fabricarlos de manera igualmente realista en un ordenador. En efecto, las tecnologías digitales disipan en gran medida la frontera entre las fases de producción y posproducción.

El realizador de la era digital puede así efectuar de manera rutinaria toda clase de "milagros": transformar un puñado de extras en una multitud delirante de decenas de miles de personas (*In the Line of Fire*), hacer decir lo que desea a John F. Kennedy o Richard Nixon (*Forrest Gump*), transformar a los actores en monstruos (*Wolf, Interview With The Vampire*) e incluso crear universos y héroes totalmente virtuales (*Casper*). Los profesionales de los efectos especiales, antaño considerados meros técnicos, pasan a primer plano en la escena hollywoodense. El director de efectos especiales, que determina con el realizador el modo en que se rodará el filme, desempeña un papel realmente creativo.

La manipulación informática de la imagen también ofrece una flexibilidad con la que los guionistas y directores jamás habían soñado. En un ordenador, trátese de manipular imágenes o de procesar texto, todo se puede borrar y modificar a gusto. Más aún, estas tecnologías intervienen actualmente en el transcurso del rodaje. La fase de preproducción comprende a menudo la elaboración de "maquetas digitales" que simulan groseramente las diversas posibilidades cinematográficas: ¿el avión debe explotar al tocar la casa o en pleno cielo?, ¿es mejor organizar la huida de los dinosaurios en masa o por pequeños grupos? El realizador ejerce sus opciones artísticas teniendo en cuenta premontajes totalmente virtuales.

Hacer actuar a los muertos

El triunfo de los magos digitales es mucho menos misterioso de lo que puede parecer su arte, pues deriva ante todo de la sensatez económica. El crecimiento exponencial de la potencia de los microprocesadores permite utilizar –por el mismo precio– estaciones de trabajo cada vez más perfeccionadas, cuyo software de tratamiento de imágenes es cada vez más refinado. Si hace unos años era menos costoso emplear procedimientos ópticos para trucar los negativos, los efectos digitales hoy son más competitivos. En Industrial Light & Magic el ascenso del ordenador ha sido fulgurante. "La realización de *Jurassic Park* duplicó instantáneamente el personal del departamento de informática visual –cuenta Christian Rouet–. Los efectivos subieron de 80 a 160 empleados, ocupando tres edificios y desplazando poco a poco a los demás."

La espiral productiva de las tecnologías digitales está en aceleración continua: un efecto especial de cinco segundos, que hace diez años habría costado 60.000 dólares, hoy se puede realizar por la tercera parte. Por lo demás, existe una categoría de efectos especiales "realistas", invisibles a los ojos del espectador, que se efectúan sólo por motivos económicos. Cuando la multitud que aclama al presidente Kennedy es multiplicada digitalmente por Sony Pictures ImageWorks, los productores economizan en un día centenares de millones de dólares. No sólo se vuelve superfluo el salario de esos miles de extras, sino también el tiempo y la energía que se habrían requerido para trasladarlos y dirigirlos. Y cuando el protagonista es una estrella como Clint Eastwood, cada segundo de rodaje vale oro.

Asimismo, cuando las escenas de combate en la jungla vietnamita se efectúan en Hollywood con fondo azul, para luego ser insertadas por Industrial Light & Magic sobre un decorado filmado de selva virgen, Paramount evita desplazar todo el equipo de *Forrest Gump* para un complejo rodaje en un ámbito remoto y hostil. El procedimiento que permite a los técnicos combinar en el ordenador imágenes de origen y naturaleza diversas en un producto acabado de apariencia homogénea –compositing, en la jerga del oficio– se ha convertido en el abecé de la producción digital.

Pero ello no significa que un filme rico en efectos digitales sea barato. Los realizadores de Hollywood siempre quieren hacer más, y los presupuestos de *f/x* se inflan tan pronto como los demás. *Jurassic Park* incluía 61 escenas de efectos especiales, *Apollo XIII* 140 y *Casper* unas 400, es decir más de 40 minutos de imágenes sintéticas. Por otra parte, los dinosaurios de Industrial Light & Magic ya habían costado 25 millones de dólares. Estas nuevas herramientas se utilizan para dar apariencia real a escenas de otra manera imposibles –o prohibitivamente costosas– de filmar. Con buen software, la creación de las clásicas explosiones, incendios, accidentes y cataclismos más o menos naturales que pueblan las producciones de Hollywood se convierte en juego de niños. Como el público parece apreciarlos, los creadores no se privan de ellos.

El estudio de efectos especiales Digital Domain, cofundado por IBM y el director James Cameron, recurre a menudo a una astuta combinación de trucos clásicos –maquetas, grúas, plataformas hidráulicas gigantescas– y de compositing digital. Para su primera realización importante, *True Lies* de James Cameron, el resultado es fascinante. Pero no debemos estremecernos ante las volteretas de Arnold Schwarzenegger o

Jamie Lee Curtis. No sólo sus piruetas son realizadas por profesionales que se convierten en sosias perfectos merced a ciertos retoques digitales, sino que gracias al ordenador los dobles mismos corren cada vez menos riesgos. ¿Por qué ponerlos en peligro cuando es posible colgarlos de cables que luego se borran con un mágico golpe de teclado?

Como demuestra *Forrest Gump,* puede ser práctico retocar del mismo modo las piernas de un actor que hace el papel de un mutilado de guerra. Basta con que el pantalón del "teniente Dan" (Gary Sinise) esté arremangado hasta las rodillas durante las tomas, y cubrir la parte amputada de los miembros con calcetines azules. Una vez suprimido el azul, las partes de trasfondo ocultas durante el rodaje por las pantorrillas del actor se reconstituyen plano por plano en el ordenador. Y se retocan las sombras. "En una escena, tuvimos un problema porque Gary Sinise debía girar sobre las manos, muy cerca de las patas de una mesa –recuerda Christian Rouet–. Durante el rodaje sus piernas no pasaban. Así que filmamos el movimiento sin la mesa, que luego se añadió en el ordenador."

Pero la parte más controvertida de este filme de Robert Zemeckis es sin duda aquella donde reescribe la historia de los Estados Unidos, resucitando a presidentes desaparecidos que él convierte en extravagantes interlocutores de Tom Hanks. Sin el arte de birlibirloque digital, el actor no habría podido mostrar el trasero al presidente Lyndon Johnson, ni ser felicitado por John Kennedy y Richard Nixon. Teóricamente, el trucaje no es cosa de magia: los expertos de Industrial Light & Magic analizaron los archivos para encontrar secuencias de vídeo donde Johnson, Kennedy y Nixon realizaran gestos parecidos a los que ellos buscaban. Luego rodaron las escenas con Tom Hanks, que actuaba a solas sobre fondo azul. Luego el actor fue "pegado" sobre las imágenes de archivos digitalizadas, sustituyendo a los interlocutores reales de los presidentes.

Una ejecución perfecta tiene sin embargo algo de rompecabezas chino. "Lo más difícil –afirma Christian Rouet– fue armonizar tipos de documentos tan diversos desde el punto de vista de la calidad." Hubo que colorizar los extractos de vídeo, suprimir los temblores de cámara típicos del rodaje de un reportaje, cambiar la iluminación e incluso la longitud de las escenas. Más aún, los técnicos de Industrial Light & Magic tuvieron que modificar totalmente el movimiento de los labios de John Kennedy, para que sus gestos se adecuaran al guión. Estas técnicas fueron muy valiosas para el realizador de *The Crow*, que pudo terminar la película a pesar de la muerte accidental del protagonista, Brandon Lee, durante el rodaje.

Clones de actores

Las obras más innovadoras, no obstante, son aquellas donde los efectos especiales se utilizan explícitamente como una nueva herramienta de creación. Mezcladas en dosis más o menos homeopáticas con imágenes clásicas, son las que dan a estas películas un ambiente tan especial. El robot de metal líquido de *Terminator II* de James Cameron ya constituía una utilización primitiva de los procedimientos de *morphing*, donde un personaje se transmuta ante nuestros ojos en una criatura imaginaria. En *Wolf*, Mike Nichols se conforma con un toque surrealista transformando a Jack Nicholson en lobo. Pero las excéntricas pantomimas de Jim Carrey en *The Mask* –el corazón le salta del pecho, engulle un cartucho de dinamita más grande que su cabeza y transforma sus brazos en diversos objetos– señalan una etapa suplementaria en el arte del trucaje. Los incesantes efectos hacen del héroe el equivalente cinematográfico de un personaje de cómic.

En suma, las compañías de efectos especiales, hoy llamadas "estudios digitales", ya han salido del jurásico para entrar en el cretáceo. "Los dinosaurios de *Jurassic Park* representaban en su época un logro sin precedentes –destaca Christian Rouet–. Pero estas criaturas sólo desempeñaban papeles secundarios. Casparín, en cambio, es el protagonista del filme: él llora, ríe, tiene miedo. Juega con toda la gama de las emociones humanas." En otras palabras, Casparín anuncia la primera generación de actores sintéticos.

Mañana, en efecto, los héroes sintéticos quizá sean "clones digitales" de los actores. La empresa francesa Gribouille ha iniciado la producción de un *Capitaine Nemo* (el personaje de Julio Verne), donde el rostro de Richard Bohringer es escaneado, digitalizado y animado en el ordenador. El mundo submarino donde se desplaza es pura creación de los especialistas en gráficos. Pero la película aún no está terminada, por problemas de financiación. En los Estados Unidos el primer filme ciento por ciento digital está en producción en los estudios Pixar. Estos proyectos pioneros, no obstante, todavía constituyen la excepción.

Sucede que la artillería digital que se requiere para la creación completa de una producción es extremadamente costosa. Para cada personaje hay que crear el equivalente de una maqueta en relieve. Luego es preciso animar este esqueleto sintético, representado en la pantalla por una "malla" tridimensional: sus actitudes, sus ademanes y la gesticulación de su rostro le darán un carácter propio. Además hay que vestir estas maquetas con diversas texturas y pintarlas, siempre trabajando plano por plano en el decorado y la iluminación. La presentación de la luz varía en función del entorno, pero también de las características visuales de las diversas superficies móviles. Para un largometraje, hay que contar por lo menos con 25 millones de dólares. Pero nadie está dispuesto a poner tanto dinero en una película donde no haya una estrella o un héroe reconocido del dibujo animado.

"A cada necesidad creativa corresponde una clase de herramientas de software –explica Christian Rouet–. Los técnicos utilizan herramientas comerciales cuando es posible, o bien crean sus propios programas para obtener nuevos tipos de efectos." La misión de este joven francés, que antes trabajaba en TDI, ex filial de Thomson especializada en la concepción de software de diseño y animación industriales, consiste precisamente en planificar la creación del software que Industrial Light & Magic necesitará para realizar sus títulos cada vez más sofisticados. "Cuando se inicia una producción –explica– identificamos los efectos que ya sabemos producir, los que requerirán el mejoramiento de programas existentes y los que exigirán la creación de nuevas herramientas." El tiempo medio de desarrollo de estos programas es de un mes. Las películas menos espectaculares no son siempre las menos voraces en materia de nuevo software. A pesar de su factura clásica, *Forrest Gump* requirió un centenar de herramientas digitales, entre ellas una docena de programas grandes.

Como todas las nuevas tecnologías, los efectos digitales –que hacen del cineasta moderno un nuevo demiurgo capaz de abolir el tiempo, revisar la historia y manipular a los actores vivos o muertos como marionetas– suscitan una polémica tan acalorada como en sus tiempos el tránsito del cine mudo al cine sonoro, y luego al color. Obligados a adaptarse al ordenador o desaparecer, los maquetistas, modelistas y otros expertos en animación de criaturas materiales echan de menos los viejos tiempos, la bendita época en que trabajaban en una escena con luces para crear algo tangible. ¿Qué se ha hecho de esa camaradería que nace después de meses compartidos en generar un monstruo?

Ciertos realizadores temen que la creciente inversión de los productores en efectos especiales vaya en detrimento de los recursos creativos: la escritura del guión, la contratación de actores. Phil Crenscenzo, ex director de la compañía de efectos Boss Films, nos previene contra "el efecto uniformador de una industria que pone excesivo énfasis en la tecnología, que producirá en serie trucos demasiado semejantes".[55] Además de actor, Jack Nicholson es también un crítico acendrado de la era digital. "No se cansan de retomar historias viejas y melodramáticas y aplicarles un tratamiento informático que las adapta al gusto actual. Como realizador, eso no me dice nada. Más valdría inventar nuevos recursos narrativos", se lamenta.[56]

Es decir que, con notables excepciones, los realizadores de la vieja guardia no simpatizan con la tecnología digital y temen quedar despojados de sus prerrogativas por una banda de técnicos que ejercerán de manera hermética sus actos de "magia negra". Es también la actitud que prevalece en Europa. "Los cineastas europeos desconfían en general de estos procedimientos –corrobora Christian Rouet–. Sin embargo, existen en Francia empresas que soñarían con ver el desarrollo de estos mercados." Películas como *Las alas del deseo* de Wim Wenders o *Brazil* de Terry Gilliam habrían mejorado, según él, con la utilización de efectos digitales.

Un cinéfilo europeo comprobará sin duda que Hollywood no había esperado el advenimiento de los trucos informáticos para producir en serie películas tan homogéneas como lamentables. Así como el exceso de sexo mata el erotismo, el desborde de sangre, violencia y dólares que signa las películas y series americanas había matado tiempo atrás el arte cinematográfico de la sugerencia. Las obras más conmovedoras e innovadoras que surgen de la aplastante máquina hollywoodense son los primeros filmes de realizadores jóvenes y desconocidos, a menudo negros o portorriqueños. En realidad, los efectos digitales no influyen sobre la calidad de la creación, no matan una buena historia ni salvan una película mediocre. "Estas tecnologías permiten realizar películas que no podríamos haber hecho cinco años atrás –subraya Bill Birrell, vicepresidente de Sony Pictures ImageWorks, la división de efectos especiales de los estudios Sony–. Abren a los realizadores campos de contenido hasta ahora inexplorados, sobre todo la posibilidad de utilizar de otra manera este magnífico banco de imágenes de nuestro siglo, de ponerlo al servicio de su guión." Para mejor o para peor.

Usados como fines en sí mismos por cineastas poco imaginativos, estos efectos pueden resultar desastrosos. Pero realizadores como George Lucas, Steven Spielberg o James Cameron, en cambio, utilizan estas nuevas herramientas para aguzar su imaginación. Estos procedimientos les brindan los medios para contar nuevas historias, guardar nuevas flechas en su aljaba de ideas. Es probable que una segunda generación de realizadores digitales, los que nacerán con un ordenador en la cuna, encuentren usos más innovadores e interesantes de estas tecnologías.

Las protestas antidigitales más vehementes salen sin duda del gremio de los actores, cuyo oficio sufre una alarmante transformación. Los rodajes con efectos especiales con frecuencia los dejan a solas ante una pantalla azul, y temen que en la siguiente etapa sólo les toque producir un repertorio de gestos y actitudes para que sus clones digitales los reproduzcan a gusto del realizador. En casos extremos, un actor conocido ya no tendrá necesidad de actuar: le bastará con ceder los derechos para utilizar su nombre y su rostro.

Ante semejante perspectiva, un Jack Nicholson no se anda con rodeos: "Nunca me gustó recibir órdenes, y eso a veces creaba problemas en los rodajes. Pero al menos las órdenes procedían de los directores y productores. Ahora mandan los ordenadores. No podemos discutir con ellos. Hay que hacer lo que dice la máquina". Tom Cruise, más moderado, estima que habrá que adaptar las legislaciones sobre derechos de autor a estas evoluciones tecnológicas. En efecto, un realizador puede hoy utilizar perfectamente la imagen de un actor vivo para hacerle decir cualquier cosa.

No es imposible que la era del cine digital suscite el surgimiento de una nueva raza de actores, artistas que, como Jim Carrey, excelente en el papel de "hombre-masilla". Su actuación no es menos notable que la de un Nicholson, pero es de otra índole. Quizá los actores agremiados deban, en el porvenir, compartir el papel protagónico con héroes virtuales como Casparín, el Hombre-Araña o King Kong. Pero, a fin de cuentas, hasta ahora se han sabido adaptar a los triunfos de Mickey Mouse y Tom y Jerry. No parece probable que el arte cinematográfico pueda prescindir de los actores.

El oro de los efectos especiales

Por justificado que esté intelectualmente, el debate sobre el empleo de efectos informáticos en la industria cinematográfica es tan vano como la pregunta de si es preciso detener el progreso. Suceda lo que suceda, la suerte de estas tecnologías no se decidirá en torneos oratorios entre dos clanes, sino en la taquilla de las salas. Por el momento –gústenos o no– la era digital se plebiscita en la taquilla. No es casualidad que 8 de las 10 películas más populares de todos los tiempos sean películas con efectos especiales. Por poco éxito que tenga el primer film totalmente digital, el dinero de los productores correrá a raudales. Ello no significa que estas películas sean buenas, ni que el cine digital matará al cine tradicional. Pero el mercado masivo sufrirá un desplazamiento.

El creciente poder de los estudios digitales podría afectar profundamente la economía y las relaciones de fuerza de la industria cinematográfica, al dar lugar a una vasta redistribución de los naipes. Estos profesionales, en efecto, ya no se conforman con vender sus servicios, sino que crean. En vez de vasallos de los estudios, podrían ser sus competidores. Las pequeñas empresas como Sandbox Studios ya están por fabricar, a 250.000 dólares el episodio, series televisivas de gran espectáculo que un gran estudio habría hecho por el cuádruplo. Los "enanos" como las empresas de efectos Pacific Data Images (Silicon Valley), Robert Greenberg & Associates (Nueva York) y Rythm & Hues (Los Angeles) pueden crear películas de gran espectáculo sin necesidad de Hollywood. En la era digital, este lugar mítico cuyos agentes y estudios dominaron durante decenios el arte cinematográfico mundial, podría perder su legitimidad geográfica y su monopolio.

Las empresas como Industrial Light & Magic y Digital Domain no reemplazarán mañana a la Warner Brothers o Walt Disney, pero los grandes estudios no pueden ignorar a estos recién llegados, aunque por el momento no sepan qué estrategia adoptar. "Todos se debaten para saber qué deben hacer. Vienen a verme aquí, y hablamos, pero curiosamente pocos de ellos escuchan –declara George Lucas–. No están dispuestos a poner el dinero donde tiene sentido hacerlo, es decir, en la tecnología. Es verdad que nadie obtendrá ganancias suculentas en multimedia durante años, pero es preciso invertir ahora."[57]

Algunos comprendieron. El grupo Sony, preocupado por la marejada digital en cuanto fabricante de artículos electrónicos domésticos, decidió explorar el terreno y en noviembre de 1992 Sony Pictures fundó un flamante estudio de efectos especiales, Sony Pictures ImageWorks. "El papel de las tecnologías digitales aumentará no sólo en las películas de efectos, sino en todas las producciones –predice Bill Birrell, vicepresidente y productor ejecutivo del estudio–. Por ello no queremos depender únicamente de terceros para lo que está por convertirse en un aspecto muy importante de nuestra actividad."

Sony Pictures ImageWorks, cuyos empleados oscilan entre 90 y 120 personas según el período, se encarga de los efectos de dos estudios, Sony y TriStar. Pero la sociedad trabaja también por cuenta de otros grandes estudios. Participó en los efectos de *Speed* (Fox) y *The Pelican Report* (Warner Bros.). "No es sano que una filial de esta naturaleza sea usada exclusivamente por el grupo –juzga Birrell–. Es importante para nuestra credibilidad que estemos situados en un universo de competencia." No obstante, la misión de este estudio digital no es exclusivamente comercial: Sony también quería crear un lazo para "familiarizar a los productores afiliados al grupo con tecnologías que no se enseñan en las escuelas de cine", subraya Bill Birrell.

Pero, como la competencia aumenta en los mercados de efectos especiales, no es seguro que Sony Pictures ImageWorks pueda volverse rentable. "A igual competencia, los estudios rivales prefieren hacer negocios con un estudio digital más neutro", señala el representante de una empresa de efectos independiente. Tras una pausa de reflexión, varias de ellas se han dotado de herramientas propias: Buena Vista Visual Effects para Disney, Warner Bros. Imaging Technology para Warner y el Paramount's Production Resource Center para Paramount. A pesar de su déficit, Sony Pictures ImageWorks tendría sentido si permitiera al estudio triunfar en la taquilla, lo cual no sucede. Paradójicamente, aunque la crisis directiva de Sony Pictures dista de haberse solucionado (después de la partida de Peter Guber y las grandes pérdidas sufridas en 1994), la tasa del cambio yen/dólar es muy desfavorable para los industriales japoneses y la coyuntura general de la electrónica de consumo no es rosada, Sony no frena sus inversiones "tecnológicas". El grupo ha equipado muchas de sus salas de cine con un costoso sistema de sonido digital de su invención (pocas películas lo aprovechan, pues existen otros dos estándares competitivos). Y en noviembre de 1994 inauguró en Nueva York un complejo de trece salas, con pantalla gigante en 3D-Imax. En esta sala, para la cual Jean-Jacques Annaud produjo especialmente *Les Ailes du courage,* los 480 espectadores usan gafas de rayos infrarrojos, con lentes de cristal líquido y auriculares estéreo.

El estudio virtual

"En la actualidad, un gran estudio ya no necesita poseer un *back lot*" (esos inmensos estudios de producción, del tamaño de ciudades pequeñas, que constituían la gloria de los grandes estudios en los años 50), afirma Alan Cole Ford de la Metro Goldwyn Mayer. Los rodajes *in situ* están geográficamente desperdigados y la producción digital se puede realizar en cualquier parte. Los activos inmobiliarios de estos estudios, subutilizados, se convierten así en pesadas cargas. Sony Pictures carga con un buen lastre –es decir, un mal lastre– en este sentido, porque Jon Peters y Peter Guber, a quienes los japoneses habían puesto a la cabeza de Columbia/TriStar, habían gastado decenas de millones de dólares en el embellecimiento de estos estudios.

En cambio, el estudio del león rugiente ha hecho lo impensable, y no por previsión sino por despecho. La MGM, en efecto, renunció a su *back lot* para instalarse en Santa Mónica, esa comunidad del litoral californiano adonde ninguna compañía de cine digna de ese nombre se habría mudado hace un tiempo. Los estudios digitales, en cambio, cuando no eligieron domicilio en la región de San Francisco –como Industrial Light & Magic y Pacific Data Image–, a menudo escogen las orillas: Venice (Digital Domain) o Marina del Rey (Boos Films). También allí hizo construir Steven Spielberg la sede de DreamWorks SKG.

En todo caso son raros los grandes estudios que hayan realizado una reflexión de conjunto sobre el modo en que la tecnología afectaría su actividad. Más allá de los juegos interactivos y los efectos especiales, el progreso de las tecnologías digitales afecta toda la cadena de tareas de Hollywood. Un ejemplo entre otros: las bandas sonoras de las películas se digitalizan, lo cual tiene consecuencias sobre la producción, pero también sobre el equipo de las salas.

Al margen del marketing, si los grandes estudios quieren seguir atrayendo a ese público joven y "enchufado" cuyo poder adquisitivo aumentará, tendrán que adaptar su método de promoción a los nuevos medios en boga: los bancos de datos e Internet. Algunos ya realizan experiencias interesantes en el ciberespacio con Hollywood Online, un servicio de información por ordenador (accesible vía America Online y Compuserve) que se especializa en la promoción de películas. El público tiene así acceso a las fotos de las estrellas, a las notas de producción e incluso a los avances de las obras que figuran en la cartelera.

Como el cine es un medio caro de duplicar, y las copias son de calidad desigual, con el tiempo aun la distribución en las salas podría volverse electrónica. Para ello bastaría con que las tasas de compresión de imagen y el ancho de banda de las redes permitieran una difusión de calidad cinematográfica y que las salas estuvieran equipadas para la recepción. Este desarrollo no está lejos: la compañía telefónica Pacific Bell y su socia francesa Alcatel Alsthom ya realizan, en algunas salas cinematográficas de Los Angeles, pruebas de transmisión de largometrajes por línea telefónica de alta capacidad.

Más estudios de rodaje, más actores, más películas y, un día, más salas. ¿Pero qué nos quedará del cine? Sería presuntuoso predecir la muerte del séptimo arte, cuyo centenario se festejó en 1995. Ni siquiera es segura la desaparición del viejo sistema de producción hollywoodense. A fin de cuentas, la inflación continua de los costos de los grandes estudios (el presupuesto medio de una película se multiplicó por siete en diez años) ya habría debido llevarlos a la quiebra. Pero la industria jamás estuvo más próspera. La temporada navideña de 1994 batió un récord absoluto de taquilla.

Ocurre que este monstruoso aumento de los gastos va milagrosamente acompañado por un avance igualmente notable en los ingresos. A los ingresos de las salas se añaden sucesivamente derechos cada vez más importantes: las casetes de vídeo, el *merchandising*, los derechos extranjeros, que hoy representan más de la mitad de los ingresos de las películas de gran espectáculo. Y esta expansión de los ingresos no ha terminado. Mañana será la película en el CD de doble densidad, que progresivamente reemplazaría a la casete de vídeo. Y los grandes estudios se pelean con uñas y dientes para que este nuevo soporte no se grabe ni se piratee.

La pregunta, pues, no es si el sistema hollywoodense absorberá el impacto digital, sino cómo serán "los grandes estudios del siglo veintiuno". Es muy posible que no tengan mucho que ver con los que conocemos hoy. El modelo del estudio del futuro quizá no se encuentre en California sino en el noreste de Nueva York. En un antiguo depósito caminero, al fondo de un patio rodeado por rejas, Robert Greenberg instaló los elementos de su "estudio virtual". Robert y Richard Greenberg, partiendo en 1977 de una modesta empresa de efectos audiovisuales –en esa época habían creado los títulos del film *Superman*– crearon poco a poco una miríada de pequeñas empresas que abarcaban todos los sectores.

R/GA Digital Studios no tiene las características de una gran empresa. Emplea a unas 200 personas y realiza una facturación de 30 millones de dólares. Pero las siete filiales especializadas del grupo cubren toda la gama de actividades concernientes a la imagen visual: la publicidad en todas sus formas –lineal o interactiva– y en diversos soportes (papel, servicio en línea, televisión); los efectos especiales para filmes de corto y largo metraje, pero también la producción cinematográfica y, recientemente, los juegos de vídeo. En la parte trasera del depósito se encuentran dos estudios de rodaje, y el de la planta baja está especialmente equipado para las producciones digitales. Además, varias direcciones de posproducción totalmente digitales (el único sistema de este tipo en Nueva York). Desde su reestructuración en 1992, la empresa dispone también de un estudio igualmente bien equipado en plena Hollywood.

A Robert Greenberg le agrada explicar su visión del porvenir. "Lo que nos diferencia de Industrial Light & Magic o Digital Domain es que estamos adelantados en la instalación del estudio totalmente virtual. En este estudio de nuevo tipo, todas las tareas (captura de imágenes, animación, tratamiento, compositing, montaje, música, pintura) se podrán efectuar con un solo ordenador." Con la ayuda de la insoslayable Silicon Graphics (cuyos servidores Onyx y estaciones Indigo pueblan por millares las empresas de esta industria), R/GA también se propone construir lo que su fundador denomina un "estudio transparente" (incluso ha abreviado el término). Se trata de un conjunto de estaciones de trabajo programables de arquitectura abierta, que podrán trabajar en todos los niveles de resolución de imagen y se comunicarán de un extremo a otro del país con redes de alta capacidad. Estas máquinas podrán intercambiar toda clase de archivos, desde la foto compuesta en papel hasta secuencias de largo metraje para todas las plataformas, conectándose con todo tipo de estructura.

Este modelo, que ya funciona parcialmente con las tecnologías de hoy, establecerá un contacto permanente entre los estudios de producción, las agencias de publicidad y los otros miembros de una "comunidad creativa" que trabaje sobre determinado proyecto. "El cine ya es una de las formas de arte más cooperativas que existen –subraya Robert Greenberg–. Mi visión es la del estudio sin paredes. Aún se necesitarán lugares de rodaje, pero no de la misma manera."

Robert Greenberg, cuya idea del estudio digital transparente ha madurado durante diecisiete años, no llega al extremo de pretender que R/GA Digital Studios sea uno de los gigantes del siglo veintiuno: "Algo es seguro. Es el modelo que los grandes estudios deberán adoptar si quieren dominar la era digital como han dominado en la era analógica". El camino será largo y doloroso. R/GA, que en 1986 había obtenido un premio por la concepción de una impresión óptica innovadora, tuvo que cerrar recientemente este departamento, que se volvió obsoleto, desmantelar la máquina y guardarla en el sótano. ¿Los gigantes de Hollywood tendrán subsuelos suficientemente amplios para guardar sus técnicas?

7
Virtualmente tuyo

Hasta aquí todo va bien: mi aparato, un bombardero Stealth F-117, se desliza a lo largo de los meandros de la orilla. Voy a toda velocidad pero a baja altitud, para que no me localicen. Mi misión: bombardear la plataforma petrolera situada a una milla de la costa, en la desembocadura del río. Pero pronto las orillas se angostan formando un desfiladero. Los virajes son cada vez más bruscos. En la cabina, me zamarreo de un lado al otro. Mi corazón corre peligro. Retomo un poco de altitud. Debo evitar esa montaña de la izquierda. ¡Pronto, un movimiento de palanca! Vaya, la esquivé por poco.

En mi casco, la voz de la torre de control: "Bien hecho, 09. Ahora diríjase al objetivo". Allá está: veo a lo lejos un punto negro. Crece a velocidad vertiginosa: distingo claramente la plataforma, la torre de perforación. Mi corazón se acelera, mis manos se humedecen sobre el control del lanzamisiles. Corrijo mi posición: un poco a la derecha, no, demasiado. Ahora a la izquierda. Ahora. ¡Fuego, fuego! He errado. Media vuelta. Pero al girar sobre el ala, pierdo altitud. ¡Maldición! La imagen que reproduce la nariz de mi aparato cae por debajo de la horizontal. El altímetro enloquece. Sólo veo el azul del mar. Las luces del tablero parpadean furiosamente. En mi pánico, apenas oigo la voz de la torre: "Enderécese, 09, por Dios, enderécese". Estallan los sonidos de alerta. El avión se estrella.

Afortunadamente, cuando pilotamos un F-117 en "realidad virtual", podemos equivocarnos, sobre todo la primera vez. "No es grave, 09. Ahora se encuentra en posición para un nuevo ataque –interviene el instructor–. Pero esta vez mire mejor sus indicadores." Al cabo de media hora de "vuelo", me quito el casco, me desabrocho el cinturón de seguridad y salgo penosamente de la cabina del Stealth, las piernas flojas. ¡Vaya bautismo de fuego! Tuve amplia oportunidad de verificar el eslogan de la empresa Fightertown Entertainment, de Irvine, California: "El vuelo es virtual, pero la experiencia es real". El F-117, o mejor dicho su nariz, su cabina y su carlinga trunca están sólidamente amarrados al cemento de un hangar, al costado de los otros diez aparatos de Fightertown. Pero los pilotos están sumergidos en el mundo virtual, un entorno creado totalmente por ordenador, sobre el cual pueden actuar por medio de los mandos instalados en la cabina.

En medio de esta vasta sala oscura, apenas iluminada por la luz de las cabinas y una pista constelada de luces de tierra, se yergue la torre de control. Allá arriba, algunos instructores teclean sobre los once ordenadores –una máquina por avión– que ejecutan los programas de simulación de vuelo. Con la pulsación de algunas teclas, el instructor pone el aparato en posición de aterrizar en un portaaviones, de librar un combate aéreo o de bombardear una pista de aterrizaje. Luego todo queda en manos del piloto. En la torre, los ordenadores reproducen en "cámara subjetiva" la visión de los pilotos en su avión, lo cual permite a los instructores inspeccionar sus maniobras y aconsejarlos en tiempo real. El novato los necesita: apenas entra en la "base" lo conducen al vestidor para ponerse un traje de vuelo (optativo, pero adoptado en el 90 por ciento de los casos). Luego tiene derecho a un curso acelerado: diez minutos, con apoyo del instructor y casete de vídeo, para aprender a no confundir la palanca de altitud con el acelerador, a leer los diversos instrumentos, a manejar el tren de aterrizaje, a comunicarse con la torre de control y activar el lanzamisiles.

El resultado es que cuando entra en la cabina del jet, réplica casi perfecta del original, hasta el visitante más escéptico se entusiasma. Luego enfrenta la prueba de pilotar ese ingenio endemoniado. Los programas informáticos de Fightertown están hábilmente dosificados: tienen la sencillez necesaria para permitir que el principiante logre despegar desde un principio, pero son tan ricos y realistas como para seguir divirtiendo a los clientes asiduos, algunos de ellos pilotos profesionales. Por ejemplo, cuando volamos cabeza abajo, los mandos de altitud quedan invertidos.

Es un tercio escuela de aviación militar, un tercio sala de juegos de vídeo, un tercio parque de diversiones. Habiendo logrado este cóctel improbable, la base aérea virtual Fightertown es uno de los ejemplos más logrados de la nueva estrella del ocio americano: los centros de ocio en realidad virtual o LBE (Local Based Entertainment Centers). Son más o menos colectivos, más o menos caros, y más o menos atractivos. Pero ya existen LBE y ejercicios virtuales de todos los géneros en centros comerciales de San Francisco, Chicago y Nueva York, en un complejo de restaurantes de Filadelfia, en los parques de atracciones de Disney y MCA/Universal, en un hotel de Las Vegas e incluso en las calles de pueblos californianos como Mountain View o Walnut Creek.

Hay matanzas tridimensionales, visitas a Nueva York en avión delta, pilotaje de naves espaciales o cápsulas submarinas. Pero esto es sólo la punta visible del iceberg, porque aunque pocos centros ya son rentables, los gigantes del ocio y un puñado de empresas pequeñas e innovadoras están proyectando decenas más. Para algunos expertos, esta industria naciente tendría incluso un porvenir más brillante que los juegos de vídeo. Las pequeñas empresas como World Inc. de San Francisco trabajan en universos de atracciones totalmente virtuales que la gente visitará en línea. Así como en los juegos de rol MUD (Multi User Dungeons) de Internet, los jugadores cobrarán la personalidad de su gusto: sirena, vampiro o príncipe azul.

El escuadrón de las viudas negras

En esta bella noche de octubre de 1994, como todos los meses, Fightertown es visitada por media docena de mujeres, el escuadrón de las viudas negras. Son menudas o grandes, delgadas u obesas, jóvenes o viejas, casadas o solteras, jubiladas o asistentes de un magistrado. Viven a dos horas de camino o a varias millas. Nada de esto tiene importancia. Lo esencial es que llegan el día convenido a las 19.00, se ponen un traje negro con su nombre en código (Shooter, Ice, Rebel, Kiss of Death) bordado en rojo, y aprenden durante tres horas el duro oficio de piloto de combate. Esta noche, las Black Widows, que no están muy experimentadas, comienzan a familiarizarse con la jerga básica. "Eso representa una preocupación menos cuando estamos allá arriba", dice el instructor Gary Six Guns, que ostenta el altisonante título de comandante de la Flota del Pacífico.

En un vasto hangar mediano de la sala de vuelo, donde se amontonan las cabinas en construcción y los componentes, las viudas negras se entregan a un ejercicio de mímica. Una por una avanzan a pie por una minipista trazada en tierra con pintura amarilla y aprenden a dialogar con la torre de control. "Me aproximo a 1.200 pies de altitud y a una velocidad de 900 nudos", declara Ice, avanzando con los brazos extendidos hacia la pista imaginaria. "OK –responde Six Guns–, desciende a 800 pies, avisa a la torre que te aproximas al extremo de la pista y pídele autorización para sobrevolar la pista sobre la izquierda."

Después de esta pequeña sesión de repetición general, un tanto surrealista, el escuadrón se reúne en la sala de instrucciones para formar los equipos de la primera misión. Fightertown dispone de cuatro Fighting Falcons F-16, un Intruder EA-6, un F-111, un Thunderbolt A-10, un Phantom F-4, un Hornet F-18, un Tomcat F-14 y un Stealth F-117. Algunos aparatos tienen dos plazas, otros una sola; algunos vuelan en formación y pueden comunicarse entre sí. El Tomcat y el Stealth están montados sobre plataformas hidráulicas que simulan en forma muy realista los movimientos del aparato.

Esta noche no habrá fuegos de artificio. Las viudas negras se conformarán con maniobras sencillas. Forman parte de uno de los cuatro escuadrones de aprendizaje. Es decir que durante largas horas deben asimilar los gruesos manuales que distribuye Fightertown para obtener sus "alas", primer nivel de una serie de galardones y medallas que se entregan a los mejores alumnos. Los pilotos curtidos forman escuadrones de combate que multiplican las misiones arriesgadas: bombardeos kamikaze, combates aéreos, acrobacias, reaprovisionamiento de los aparatos en vuelo, aterrizajes nocturnos o en medio de una tormenta. Para sostener el interés de su exigente clientela, Fightertown enriquece su software cada seis meses. A fines de 1994, la empresa prepara una grandiosa reconstrucción de la Batalla del Pacífico, incluyendo Zeros japoneses. En verano, la "base" propone a los jóvenes campamentos de iniciación en la aviación.

Campamentos, misiones, objetivos, bombardeos. En Fightertown, la cultura militar es omnipresente. Y no es casual. Sus fundadores –Dave Kinney, John Araki y Scott Cubbage– son ex ingenieros aeroespaciales. En esa época concebían programas de simulación de vuelo para Northtrop y Lockheed, pero Dave, ex oficial de los Marines y copiloto de la aviación naval, contrajo desde muy joven el virus del vuelo. Previendo la decadencia de la industria aeroespacial, los tres hombres pronto se pusieron a soñar: ¿por qué no ofrecer al gran público una experiencia accesible de pilotaje virtual?

En 1988, Dave, John y Scott crean Kinney Aero. Su estrategia consiste en ganar mucho dinero vendiendo a empresas como Boeing, Lockheed, Northtrop y otros proveedores de la NASA los simuladores de vuelo completos o parciales (control de altitud, de combustible, asientos, cabinas, software) que ellos saben fabricar tan bien y luego invierten sus ganancias en un centro de atracciones consagrado a la simulación del vuelo. "En cuanto ganábamos un poco de dinero, lo invertíamos en Fightertown", cuenta John.

Sus colegas de entonces los tildaban de soñadores, pero hoy les envidian la trayectoria. En esa época, la estrategia de Dave, John y Scott era osada, en efecto: "Hace nueve años, la palabra realidad virtual nunca se había pronunciado. Y el concepto de LBE no existía", señala John Araki. Las tecnologías de simulación, extremadamente costosas, se limitaban a usos militares y a la formación de pilotos de línea. La industria de los juegos de vídeo apenas comenzaba a resucitar. Sin embargo, a fuerza de frecuentar los salones aeronáuticos, los tres ingenieros habían presentido que la fascinación del público por ese mundo de coraje y heroísmo podía generar un mercado.

Entre 1988 y 1992 los tres hombres multiplican sus visitas a diversos parques de atracciones de California para adquirir un mínimo *know-how* en la gestión de estos lugares. En mayo de 1992 inauguran un centro de vuelo virtual con dos cabinas a las puertas de la base aérea naval de El Toro, cerca de Irvine. "Era un parque industrial, a poca distancia de un criadero de cerdos, y los visitantes se perdían al llegar", recuerda Araki. Pero se trataba del único centro de ocio de este tipo en Estados Unidos. Algunos anuncios publicitarios en los periódicos locales, dos o tres notas favorables en la prensa, y una notable propaganda "boca a boca" pronto aumentan la reputación del lugar. La cantidad de cabinas asciende a cuatro, luego a seis. En noviembre de 1993 la base aérea virtual se muda a un blanco e inmaculado edificio de Lake Forest. Inaugura cinco aparatos nuevos y un club de oficiales donde los pilotos van a beber después de la misión, y las familias asisten en directo a las hazañas de sus seres queridos, reproducidas en monitores.

Dos veces más rentable que una sala cinematográfica

Fightertown atrae más de 80 personas por día, en su gran mayoría varones de alrededor de treinta años. En la región de Irvine, el placer del vuelo virtual se ha convertido incluso en un valorado regalo de Navidad. "La gente viene a aprender algo, pero también a divertirse y conocerse", explica el director financiero Jim Stewart. "Es uno de esos raros lugares donde una estrella de rock, un ejecutivo y un operario tienen ocasión de hablarse en pie de igualdad", comenta John. Aquí todos son pilotos respetados. Por cierto, los que pueden pagarse la entrada, porque el pilotaje virtual no es precisamente barato: la experiencia de una hora –es decir, media hora de vuelo efectivo– cuesta desde 14,50 dólares en un Falcon a 49,95 dólares en el Tomcat de dos plazas, montado en una plataforma hidráulica. Los miembros del escuadrón desembolsan 40 dólares mensuales.

El secreto de Fightertown es haber sabido crear una nueva cultura lúdica, alentar entre sus clientes un espíritu de cuerpo, muy visible entre los escuadrones. Dave y sus socios han logrado trasladar a la gente común a ese universo mítico que tan bien se describe en la película *Top Gun.* "Escuchamos de veras a la gente. Nuestro objetivo no es atraer la mayor cantidad posible, sino crear una base de clientes regulares, de habitués –alega John Araki–. Del 65 al 70 por ciento de los nuevos visitantes regresan al menos una vez a Fightertown." Los que vienen regularmente son alentados a sumarse a un escuadrón.

A fines de 1994 Fightertown contaba con más de 250 miembros de escuadrón. Para ellos el pilotaje virtual es una afición donde encuentran una confraternidad semejante a la de las ligas de bolera, tan populares en los Estados Unidos. Entre sus dos sesiones nocturnas de vuelo, los pilotos de escuadrón se reúnen a comer pizza en el club de oficiales. "Pilotar es tan divertido como la bolera, pero más estimulante para el intelecto –confía una de las viudas negras–. Y además la compañía es agradable." Durante esta pausa, ella habla con los instructores y codea a su menuda vecina de la izquierda, que resopla como una chiquilla a pesar de tener la edad de una madre de familia.

El éxito de Fightertown también se debe a su pragmatismo tecnológico y su gestión austera. "Dadas nuestras restricciones económicas, era preciso que el modelo económico fuera rápidamente rentable –analiza John Araki–. No utilizamos las últimas tecnologías si no son rentables." De ahí la elección de materiales simples y robustos. Los programas funcionan en una sencilla red de ordenadores personales conectada con un generador de imágenes Tellurian. La potencia de cálculo es importante, pues el sistema debe ser capaz de generar en tiempo real los cambios de paisaje que percibe el piloto de un avión que vuela a gran velocidad y debe reaccionar instantáneamente al más leve desplazamiento de una palanca de mando. Los gráficos, en cambio, no tienen por qué ser sofisticados: "De todos modos, a esta velocidad no se distinguen bien los detalles –continúa John–. No era preciso comprar una estación de trabajo de 50.000 dólares. Nuestro sistema es además mucho más flexible. Si un ordenador falla, sólo se inmoviliza una cabina".

Gracias al *know-how* de los fundadores, la sociedad Fightertown concibe y fabrica por su cuenta la totalidad de sus equipos. Para reducir los costos (una hora de vuelo en un simulador militar cuesta de 600 a 1.000 dólares), Dave, John y Scott simplificaron la cantidad de situaciones a las que se puede enfrentar el usuario: sus clientes jamás se las deben haber, por ejemplo, con un desperfecto en la bomba de gasolina de los aparatos. La empresa también ha realizado ingeniosas economías sobre el personal, inventando el salario virtual. A fines de 1994, la base cuenta con 53 empleados, entre ellos gran cantidad de trabajadores de tiempo parcial. Los instructores, a menudo viejos clientes, sienten tanto entusiasmo que están dispuestos a cambiar su remuneración por horas de vuelo. La idea de los escuadrones también es astuta: aparte de su atractivo de marketing, tienen la inmensa ventaja de ocupar la infraestructura fuera de las horas punta.

Según John Araki, un centro como Fightertown representa hoy una inversión de 1.200.000 a 1.300.000 dólares, que se vuelve rentable en quince a dieciocho meses. "Nuestro precio de costo es dos veces menor que el de la competencia –afirma Araki–. Ello nos permite registrar un margen del 20 por ciento. Casi el doble que en las salas cinematográficas." Además, a fines de 1994 la empresa está negociando con grandes inversores, teniendo en cuenta un vasto plan de expansión que abarcaría más de una decena de centros. "Queremos convertir Fightertown en una marca de LBE conocida y respetada en función de nuestro conocimiento de otros tipos de simulación, como la carrera automovilística", concluye John Araki.

Pterodáctilos y Loch Ness

La batalla será aún más enconada que las que libran los F-16 de Fightertown en el cielo virtual. Porque la empresa de Irvine, aunque sea una de las más antiguas y rentables del sector, tropezará con una amplia gama de competidores, con productos y medios muy diversos. Ante todo están los centros del mismo tipo, donde el entorno crea un ambiente, y la experiencia se vive en cabinas individuales. A fines de 1994 la pequeña empresa Magic Edge, parcialmente financiada por el grupo japonés Namco, inauguró en Mountain View, California, un centro de simulación de vuelo. Pero en vez de buscar el realismo, proyecta a sus visitantes en el futuro. Visions of Reality, otra empresa de Irvine, inauguró en Newport Beach un centro de carreras automovilísticas virtuales. Por último, Virtual World Entertainment, dirigida por Tim Disney (un descendiente de Walt), propone en varias ciudades juegos tales como *Battle Tech*, una batalla entre robots gigantes, y *Red Planet*, una aventura más pacífica en el espacio.

Las experiencias de realidad virtual más difundidas en Estados Unidos son, sin embargo, las que ofrece la pionera británica Virtuality. Situados en centros comerciales, casinos y otros lugares públicos muy frecuentados (sobre todo en Chicago, San Francisco, Filadelfia y Nueva York), los LBE equipados por Virtuality proponen un juego más breve (3 minutos y medio) y menos costoso (unos 5 dólares), que sumerge al usuario en un universo fantástico. Para jugar a *Dactyl Nightmare*, por ejemplo, cuatro personas se ponen un casco de realidad virtual, aferran una palanca de mando y se disparan unas a otras en un tosco universo de plataformas ajedrezadas. Cuando el jugador menos lo espera, un pterodáctilo (dinosaurio volante) de color verde le aferra la cabeza con sus garras, lo suelta en el aire y el usuario presencia como él mismo se estrella en el suelo.

La empresa Iwerks de Burbank, California, especialista en la categoría un poco diferente de los "cines sensoriales", también concibe atracciones de realidad virtual un poco más caras para los parques de atracciones familiares. Se ha aliado con el gran especialista en simulaciones militares Evans & Sutherland para crear aventuras colectivas. En su juego más popular, que describe una expedición al Loch Ness, ocho cápsulas de investigación submarina, cada cual dirigida por un equipo de seis personas, tiene por misión ayudar al monstruo Nessie a salvar sus huevos y perpetuar su raza.

Estas empresas sólo son pioneras de una industria balbuceante en la cual se interesan hoy los gigantes internacionales de la diversión. Ante todo, por cierto, están los estudios de Hollywood. En la era digital, el cine se topa con la competencia de nuevas formas de entretenimiento y los parques de diversiones tradicionales corren peligro de volverse rápidamente obsoletos. El movimiento había comenzado históricamente con la simulación *Star Tours* de George Lucas y Disney, a comienzos de los años 80. Diez años después las atracciones que invitan al visitante a "vivir la película" son las que tienen mayor crecimiento en todos los parques de diversiones del mundo. No es de extrañar, pues son más divertidas que los entretenimientos pasivos, requieren poco espacio y permiten frecuentes cambios de programa.

MCA/Universal, que ya ha añadido a sus parques de diversiones clásicos una atracción de realidad virtual basada en su película *Back to the Future*, prevé inaugurar una serie de LBE. En Epcot, Disney nos permite visitar el mundo encantado de Aladino en un vuelo virtual en alfombra mágica, y no hay motivos para detenerse allí. Aparte de su proyecto de entornos inspirados en la célebre serie *Star Trek*, Viacom-Paramount también estará presente en la realidad virtual por medio de Blockbuster Entertainment, adquirida en 1994. La empresa, conocida por sus tiendas de alquiler de casetes de vídeo, se suma a la tendencia digital con el lanzamiento de una cadena nacional de LBE, bajo el nombre de BlockParty.

Es probable que toda esta turbulencia no deje indiferente a la empresa de parques de diversiones Six Flags, cedida en abril de 1995 por Time Warner al holding Boston Ventures. En cuanto al grupo Sony, que tiene un pie en la música y uno en Hollywood y grandes ambiciones en los juegos de vídeo, también estaría planificando ambiciosas visiones con sus "CyberParks" o "Sony Cities", donde combinaría atracciones de realidad virtual, cines multiplex y conciertos de sus grandes estrellas (Bruce Springsteen, Barbra Streisand). Por último, no olvidemos a la japonesa Sega, que tras probar con éxito el concepto de las atracciones de realidad virtual en Japón (Osaka y Yokohama) y en el hotel Luxor de Las Vegas, también está decidido a sumarse al mercado norteamericano. Por empezar, el campeón del juego de vídeo inaugura un miniparque de diversiones cerca de Los Angeles, en sociedad con MCA/ Universal. Sega también se ha aliado con Playdium Entertainment de Toronto para la inauguración de unos quince centros en los grandes conglomerados urbanos canadienses.

En los próximos años, pues, veremos muchas conmociones en la industria del LBE. Muchas empresas pioneras que tienen los conocimientos técnicos pero no los medios para una expansión rápida deberían desaparecer, ser absorbidas o bien establecer alianzas estratégicas con los gigantes. Entre los grandes de la industria del entretenimiento, sólo Nintendo se mantiene a la espera por el momento. "Nuestro presidente aún no ve la rentabilidad de esta clase de inversión", explican en la sede americana de Nintendo.

Tal vez Hiroshi Yamauchi tenga razón. El éxito de las atracciones existentes podría ser una moda en vez de una atracción duradera. Teniendo en cuenta la gran publicidad que recibe la realidad virtual, las experiencias concretas a veces resultan decepcionantes. Para que la industria del LBE pase de las decenas de millones de dólares de facturación registradas en 1994 a los miles de millones que hacen soñar a los expertos, será necesario que se levanten varias hipotecas. La primera condición: el surgimiento de programas más sofisticados e interesantes. La mayoría de las experiencias o los juegos ya creados no son tan fascinantes como para justificar que el visitante regrese regularmente a un LBE. En segundo lugar, es indispensable que los progresos técnicos permitan una reducción en los costos. El consumidor, que será tentado por ofertas multimedia a domicilio, no aceptará pagar un precio superior al de una película por una experiencia que dura a lo sumo media hora.

También es imperativo que la difusión de los equipos vuelva la inversión más accesible para los profesionales. Los empresarios como Michael Getlan, cuya empresa familiar Amusement Consultants Inc. gestiona una docena de centros de diversión en los Estados Unidos, no ven por el momento el modo de volver rentables estas máquinas que cuestan decenas de miles de dólares cada una: "Las atracciones de realidad virtual todavía giran en torno de la tecnología, más que del mercado. Están en entredicho con nuestro modelo económico, que consiste en ganar dinero por la cantidad de usuarios, no sobre el precio del tícket. Además, plantean problemas operativos, porque es preciso contratar personal para hacerlas funcionar".

Por último, las experiencias llamadas "de inmersión" donde, gracias a un casco de visualización, guantes y a veces una combinación sensorial –el cuerpo entero interactúa con el universo virtual–, son potencialmente más estimulantes. Pero estas atracciones aún tienen desventajas notables. Los cascos son pesados y sólo se aguantan unos minutos. Su uso prolongado puede provocar el mismo tipo de desgaste ocular que la observación de una pantalla de televisión desde muy cerca. Para peor, la realidad virtual no siempre se conforma con "engañar" el sistema visual, sino que lo desestabiliza para siempre. Algunas personas todavía sufren de "disforia binocular" –ausencia de percepción de profundidad– varias horas después de haber usado el casco. La sucesión de usuarios que usan el mismo equipo plantea además graves problemas de higiene.

El "huevo" de Jaron

Inconvenientes transitorios, arguyen los prosélitos de la realidad virtual. El LBE es sólo la primera aplicación comercial de una industria embrionaria cuyas promesas superan ampliamente la diversión, por psicodélica que ésta sea. "La mayoría de las empresas que fabrican diversiones en realidad virtual han abrazado la cultura del juego de vídeo: sus programas alientan conductas agresivas y compulsivas, muy poco humanas. ¡Miremos a los jugadores, parecen ratas! Ello testimonia una gran estrechez mental o una absoluta falta de imaginación." Así es Jaron Lanier. Tiene una "bocaza" de acuerdo a su talla y corpulencia. Y, como si no se expresara con suficiente elocuencia, luce un bosque de *dreadlocks* (trenzas de los "rastas" jamaiquinos) que le da el aire de un chamán de barba rubia y ojos azules. A los treinta y cinco años, Jaron es un músico New Age y un visionario mítico, considerado en los Estados Unidos como el padre de la industria de la realidad virtual.

Esta última se define a menudo de manera vaga o engañosa, por medio de sus aplicaciones o bien del equipo de los usuarios. En el fondo no es ni más ni menos que un universo artificial de tres dimensiones donde las imágenes se generan por ordenador. La particularidad de este mundo virtual es que los visitantes pueden moverse e interactuar a gusto con los objetos y criaturas que lo habitan. Esta interactividad se desarrolla en tiempo real, es decir que el ordenador reorganiza al instante, en función de los actos y gestos del usuario, los millones de nuevos datos que constituyen las imágenes animadas de este mundo virtual.

Los puristas pensarán, como Jaron Lanier, que "una realidad virtual donde el usuario no esté totalmente inmerso es como un *cheese-burger* sin queso. El cuerpo debe formar parte integral de la experiencia". No obstante, si el casco de visualización y los guantes táctiles son los medios más difundidos para sumergirse en la realidad virtual, no son imprescindibles: las simulaciones con pantalla y palancas de control, como en Fightertown, también entran en el campo de esta definición. En un estadio más evolucionado de esta tecnología, la inmersión en la realidad virtual tal vez apele no sólo a la audición y la manipulación de objetos gráficos, sino también al tacto, el olfato y el gusto.

Precisemos que la invención del primer sistema de vídeo de realidad virtual precedió en más de treinta años la alharaca que hoy reina en los medios. Fue un cineasta americano, Mort Heilig, quien concibió el primer sistema de inmersión sensorial total después de haber asistido a una sesión de cinerama en Cannes. En esa época el entorno estaba constituido por imágenes cinematográficas. Aun así, a partir del trabajo de Heilig, Ivan Sutherland concibió en 1969 el primer aparato de visualización de tubo catódico. Fue él quien reemplazó las imágenes analógicas por las imágenes digitales de una calculadora denominada "generador de escenas". En 1973, la empresa Evans & Sutherland construía los predecesores de los simuladores de vuelo. Pero el casco de visualización era tan pesado que había que colgarlo de cables. Lo apodaban la "espada de Damocles". La NASA continuó activamente con estas investigaciones.

Debemos a Jaron Lanier la entrada de la realidad virtual en la esfera comercial, pero basta con pasar unos minutos con él en su blanco loft de Tribeca, Nueva York, y de oírle hablar de sus instrumentos musicales preferidos (originarios de lugares tan exóticos como la isla de Timor Oriental) para comprender que Jaron es uno de los personajes más inspirados y menos oportunistas de la escena tecnológica americana. Las dos auténticas pasiones de Jaron Lanier, desde su infancia, son las ciencias matemáticas ("¡que tienen tanta belleza!") y la música.

Jaron era un muchacho solitario que vivía en una casa con forma de domo geodésico, en un rincón perdido del sur de Nuevo México. "En Mesylla –recuerda– sólo había intelectuales, científicos y militares." Jaron fue criado por su padre, autor de ciencia ficción, porque su madre, una artista, había perecido en un accidente automovilístico cuando él tenía nueve años. "Entonces adopté una actitud desafiante frente al mundo, una actitud rebelde", confesó un día.[58] Jaron siempre siguió su propio camino, ensayando en todo un enfoque diferente. En música, ha buscado un estilo muy personal y ha intentado elaborar teorías nuevas. En ciencias, quiso provocar un corto circuito en el lenguaje matemático.

"Me asombraba que en general se considerase que la matemática era una materia difícil –cuenta–. En realidad, cuando se ha aprendido algo, parece retrospectivamente trivial. Llegué a la hipótesis de que era la representación de las matemáticas lo que volvía la disciplina más complicada de lo que era en verdad." A los quince años, edad en que otros se interesaban sobre todo en las chicas, Jaron ya seguía cursos en la universidad de Nuevo México. Incluso obtuvo una beca de la National Science Foundation para tratar de determinar si la notación matemática es realmente necesaria.

Como quiere sustituir el lenguaje matemático por imágenes interactivas generadas por ordenador, el niño prodigio se inicia en los arcanos de la programación informática. "Es el mejor ejemplo de un lenguaje que complica las cosas simples", sostiene. Jaron comienza entonces a soñar con un "lenguaje visual de programación" y llama la atención de los mandarines de la informática, como Marvin Minsky, Jay Chesler y Cordell Green. Pero el joven pronto abandona la universidad para tocar música electrónica en California. ¿Se arrepiente? "En las ciencias informáticas, las universidades son como los museos –juzga–. Se conforman con registrar lo que ya se ha hecho."

Pero la música no siempre le alcanza para alimentarse, así que Jaron va de Santa Cruz a Palo Alto, en Silicon Valley, donde crea para Atari bandas sonoras para juegos de vídeo. Esta industria dista de fascinarlo, pero él ama la cultura joven, espontánea y emprendedora que se está constituyendo en el "valle del silicio", la Meca de la electrónica. En 1982, a los veintidós años, Jaron desarrolla independientemente un juego de éxito, *Moondust*. Con este pequeño capital y un puñado de amigos, continúa su obsesiva búsqueda en programación visual. Su enfoque es tan innovador que en setiembre de 1984 la prestigiosa revista *Scientific American* dedica su "primera plana" a sus trabajos.

La cobertura de esta edición, consagrada al software informático, presenta extraños jeroglíficos: claves de sol, un ojo, un canguro saltarín, un clarinete, aves dispuestas en círculo. Todo está enlazado por flechas que apuntan a las palabras "sí" y "no". "Esta ilustración es un fragmento de programa en el lenguaje pictórico llamado Mandala, que desarrollan Jaron Lanier y sus colegas de VPL Research en Palo Alto", decía la inscripción.

¿"VPL, colegas"? Estos jóvenes trabajan en un ordenador Commodore de 200 dólares, en el dormitorio de Jaron. Y ni él ni sus compañeros sueñan entonces con crear una empresa ni con vender nada. "A la hora del cierre, *Scientific American* no quería publicar el artículo si yo no le daba el nombre de una empresa –cuenta Jaron–. Entonces les dije VPL, por Visual Programming Languages." Jaron y sus amigos se caen de espaldas cuando, después de esa publicación, reciben llamadas de inversores potenciales. En cierto modo *Scientific American* tuvo una visión profética, pues ese año se fundó en efecto VPL, bajo el nombre Virtual Programming Languages, Inc., y uno de sus primeros inversores fue el gran científico Marvin Minsky.

¿LSD electrónico?

La idea de un lenguaje visual de programación había desembocado naturalmente en la realidad virtual. Jaron y sus amigos se topaban con un problema sencillo: una pantalla de ordenador no tenía tamaño suficiente para contener todos los iconos de este nuevo lenguaje. Entonces crearon poco a poco un sistema sumario de visualización total tridimensional, desarrollando los diversos equipos necesarios para la inmersión. Así nacieron el casco EyePhone, los guantes táctiles DataGlove, e incluso una combinación corporal sensorial. Para hacerles admirar su lenguaje informático, Jaron vestía con esta indumentaria a los inversores potenciales que lo visitaban. Pero pronto comprendió que el porvenir de esta panoplia de herramientas superaba ampliamente el objetivo de su investigación. El día en que por primera vez tuvo en sus manos uno de sus inventos, una bestezuela virtual denominada TetraCreature, casi rompió a llorar.

La realidad virtual, soñaba entonces, serviría a los arquitectos para representar edificios, a los ingenieros para concebir nuevos productos, a los cirujanos para operar pacientes sintéticos, a los artistas para crear obras que se expondrían en galerías y museos hipotéticos. Las tecnologías ya estaban inventadas, en su mayor parte, por Heilig, Sutherland y los científicos de la NASA. Pero en 1984 la realidad virtual es sinónimo de máquinas carísimas y de aplicaciones militares. Jaron y sus colegas –sobre todo Tom Zimmerman, Chuck Blanchard, Young Harville, Steve Bryson– son los primeros en emplear el término realidad virtual (entonces se hablaba de realidad artificial) y desarrollan el software que permitiría una democratización de esta tecnología. Son ellos quienes ponen a punto los equipos accesibles, permitiendo a usuarios comerciales crear aplicaciones a medida. Ellos sacan la realidad virtual de los laboratorios de investigación militar y espacial para convertirla en una herramienta al servicio del arte, la comunicación y la diversión.

Al parecer, sólo un puñado de "niños grandes" en busca de sus fantasías podía dar este paso. Por ejemplo, el famoso

DataGlove, que VPL vende por decenas a los laboratorios de investigación de todo el planeta, primero fue afinado por Tom Zimmerman y Jaron Lanier, como un aparatejo electrónico, para realizar el sueño de todos los niños del mundo: tocar música moviendo los dedos sobre una guitarra inexistente. En 1987 VPL comercializa con éxito DataGlove, EyePhone y el software, y trabaja con Mattel para el desarrollo del PowerGlove, usado en ciertos juegos de Nintendo, e inventa cocinas virtuales para Matsushita. Los niños de Palo Alto se hacen ricos y famosos.

Pero Jaron el visionario nunca fue hombre de negocios. Su empresa, que se había lanzado con el objetivo de crear software, se puso a fabricar y comercializar equipos de hardware. Entre 1989 y 1991 sus ventas saltan de los 600.000 a los 6 millones de dólares. Jaron, que ama la atención de los medios y tiene un entusiasmo contagioso, aparece a ojos del mundo como el sumo sacerdote de la realidad virtual. En 1990 el *Wall Street Journal* consagra su encuesta de primera plana a Jaron, y se pregunta si la realidad virtual no es como "un LSD electrónico". En las exposiciones profesionales, el público se lanza sobre el hombre de los *dreadlocks* como si se tratara de Bob Marley en persona.

En este momento, su empresa, que procura innovar en varias áreas al mismo tiempo, dispersa su energía y sus recursos. Hay largas y costosas controversias con socios-clientes como la NASA o Mattel por la legitimidad de ciertas patentes, y Lanier comenta que "los únicos que se enriquecen con la realidad virtual son los abogados". A continuación, la rápida y caótica expansión de la empresa de Redwood City resulta cada vez más difícil de financiar. A partir de 1990, la división de capital de riesgo del grupo francés Thomson CSF, que poseía el 10 por ciento de VPL desde 1988, otorga una serie de préstamos-puente centrados en su cartera de patentes. La idea era dar tiempo a la sociedad para encontrar inversores estables. Pero Jaron afirma que, al mismo tiempo, Thomson "reforzaba su empresa y desalentaba a los demás candidatos". En 1992, la situación no ha mejorado. VPL debe a Thomson 1.600.000 dólares y no honra sus convenios.

En el ínterin, VPL, cuyos productos bajan en calidad sin innovarse, comienza a sufrir los ataques de la competencia. Las empresas Polhemus, Sense 8, Fake Space Labs, Simgraphics, Greenleaf Medical Systems y Exos invaden zonas de esta industria en pleno crecimiento. Los empresarios reemplazan a los gurúes. En un período particularmente turbulento en cuyo curso Jaron Lanier, dos de sus principales gerentes y el accionista francés se ofuscan, Thomson CSF Ventures se adueña de la cartera de patentes de VPL y Jaron pierde su empresa. Después de la partida del equipo fundador, todo se va a pique.

La aventura lastimó a Jaron. En todo caso se ha forjado, a través de esta difícil experiencia, convicciones definitivas sobre "la gestión burocrática a la francesa, que es una combinación de incompetencia y de amor por el flou". A principios de 1995, el hombre siempre tiene un porte personal: "La carrera de Steve Jobs (el célebre fundador de Apple) comenzó a declinar el día en que empezó a vestirse correctamente", bromea. Jaron sigue componiendo música, realiza en Columbia University una investigación sobre la construcción de un nuevo modelo matemático por simulación, prepara una película para la cadena francoalemana Arte y complota con algunos amigos para organizar un nueva empresa, Talisman Dynamics, esta vez realmente centrada en el software.

La medicina de la esperanza

El muchacho solitario de Nuevo México es más idealista que nunca: "Percibo una evolución en el movimiento profundo que impulsa la cultura occidental hacia la tecnología. Esta ya no tiene por finalidad dominar una naturaleza temible. Habiendo alcanzado este objetivo, ahora cobra un sentido de la aventura, nuevas formas de expresión, una estética alternativa". Jaron lamenta que por el momento la gente sólo vea el aspecto superficial de la realidad virtual, más que sus aplicaciones serias. No obstante, conserva su optimismo sobre "el potencial increíble, casi irreprimible, de esta tecnología para acrecentar la empatía entre los seres humanos, al integrarlos en una magnífica danza".

¿Más concretamente? "La realidad virtual tiene un papel muy importante en la medicina –estima Jaron Lanier–. La medicina es un mercado potencial mucho más vasto que el ocio." ¿Utopía de un nostálgico de los años 60? En absoluto. Por cierto, el cliché del cirujano operando en "televirtualidad" a un paciente de carne y hueso que se encuentra a miles de kilómetros parece poco realista. Si se produce un contratiempo, si cede una arteria o se para el corazón, es más tranquilizador saber que el cirujano está presente. Pero es verdad que la realidad virtual, lejos de permanecer confinada en los laboratorios de investigación médica o en las clases de formación, ya se ha prestado a aplicaciones prácticas.

¿Ejemplos? Gracias a la realidad virtual, un inventor particularmente astuto y varios científicos de Seattle están quizás a punto de transformar la vida de los que padecen el mal de Parkinson. Estos enfermos están afectados por temblores y no logran efectuar sino unos pocos movimientos voluntarios. Pierden la capacidad de caminar salvo con pasos minúsculos y precipitados. En los años 60, el doctor James Martin ya había observado en sus pacientes lo que llaman el "andar paradójico": aunque incapaces de caminar, los parkinsonianos pueden subir una escalera normalmente. James Martin también demostró que las personas afectadas lograban dar pasos normales en terreno llano cuando se les estimulaba la mirada con barras puestas delante de ellas a ciertos intervalos. Particularmente difícil de aplicar, este descubrimiento habría quedado como letra muerta sin la perseverancia de Tom Riess.

Este californiano de cuarenta y siete años, afectado desde los treinta por el mal de Parkinson, se negó a perder su movilidad desde tan joven. Notó que se desplazaba con facilidad en los supermercados, donde el reflejo de las lámparas de neón traza estrías en el linóleo lustroso, o en las aceras pavimentadas, así que pasó mucho tiempo reflexionando sobre el modo de "engañar" a su mente para hacerle creer que él caminaba sobre una serie de marcas en el piso. Su primer hallazgo parece un juego: ayudándose con percheros de hierro de treinta centímetros, Tom clavó naipes en sus zapatillas. Calzado con ellas, trataba de poner cada pie delante del naipe pegado a la otra zapatilla. La estratagema era eficaz, aunque el equipo no era precisamente sofisticado.

El segundo sistema antiparkinsoniano de Tom Riess usaba un juguete (el inventor había pegado una serie de cartoncitos amarillos a la oruga de un tanque de baterías). Pero la revelación de lo virtual sólo le llegó al descubrir en televisión la existencia de un aparato que se presentó a principios de 1993 en la gran feria de electrónica de Las Vegas. Este producto de la sociedad Virtual Vision, semejante a un par de enormes gafas de sol, permite al usuario pasearse por la calle, mirando televisión en un pequeño rincón de su campo visual.

Si estas gafas podían generar una señal óptica simulando un camino estriado, pensó Tom, el problema quedaría resuelto. No teniendo las aptitudes necesarias para poner a punto dicho procedimiento, acudió a Suzanne Weghorst en febrero de 1993, en el laboratorio de las tecnologías de interfaz humana de la universidad de Seattle, estado de Washington. "Al principio procuramos generar con estas gafas una serie de luces parpadeantes", cuenta Suzanne Weghorst. Eso funcionó, pero a la larga los relampagueos resultan muy incómodos para el usuario. El laboratorio, que continúa su colaboración con Tom, espera perfeccionar un aparato utilizable en gran escala.

La realidad virtual también ayuda, en la actualidad, a los niños afectados por parálisis cerebral. "Estos niños, intelectualmente tan capaces como los demás, son prisioneros de un cuerpo que no funciona: efectúan movimientos totalmente incoordinados", explica el doctor Dean Inman del Oregon Research Institute. Hace veinte años que este especialista en trastornos musculares y óseos intenta mejorar las funciones vitales de las personas afectadas por este tipo de enfermedad: las ayuda a permanecer en pie, a comer, a caminar.

"El escaso control que tienen sobre sus gestos a menudo impide que se les confíe a estos niños el uso de una silla de ruedas –continúa Dean Inman–. Las compañías de seguros no compran una máquina que puede costar hasta 13.000 dólares a menos que se demuestre que el paciente puede conducirla con toda seguridad." El carácter caótico de sus movimientos se agrava, para colmo, cuando son presa de una emoción, al extremo de que el intento de enseñarles a usar una silla verdadera no sólo podría traumatizarlos sino resultar peligroso. "Es como si los pusiéramos a conducir un vehículo de fórmula uno", señala el doctor. Entonces la realidad virtual aparece como el instrumento ideal para capacitar –psicológica y físicamente– a estos pacientes para conquistar su movilidad.

El laboratorio de Dean Inman utiliza pues, en un lugar fijo, una silla de ruedas cuyas palancas de mando y sus ruedas están conectadas con un ordenador capaz de reproducir sus movimientos en tiempo real y en un universo sintético. Como un piloto de Fightertown, el pequeño paciente, munido con un casco de visualización tridimensional, puede entonces aprender a su modo y sin riesgos en un mundo virtual. Para estos especialísimos viajeros, los científicos han creado programas que les permiten explorar mundos imaginarios y realistas (parques de esculturas musicales, intersecciones urbanas).

"Trabajamos con sistemas baratos –explica Inman–. La experiencia se puede vivir de manera realista, aunque el gráfico no sea tan sofisticado como el de un dibujo animado." Su equipo procura evaluar en el mundo real los progresos de sus pequeños pacientes entrenados en realidad virtual. En las diapositivas de una presentación Christopher, de 5 años, sonríe debajo de un aparato de visualización que le cubre casi todo el rostro. "Era tan pequeño que su cabeza se caía bajo el peso del casco", recuerda conmovido Dean Inman. Hoy Christopher conduce una silla de ruedas: gracias a la realidad virtual ha conquistado su movilidad.

Una tecnología del perdón

Estas nuevas tecnologías pueden hallar aplicaciones médicas muy diversas. Algunas universidades las usan para permitir que estos niños paralíticos jueguen al Nintendo por medio de impulsos musculares. Otros intentan curar mediante la imagen a personas que son presa del vértigo, la agorafobia y la claustrofobia. Los estudiantes de cirugía operan órganos visuales. Esta tecnología también permitirá un día intervenciones quirúrgicas hasta hoy irrealizables: por ejemplo, un cirujano podrá guiar una microoperación robotizada de la córnea, haciendo gestos reales en escala minúscula. Otro especialista se arriesgará a efectuar una operación similarmente delicada de las fosas nasales, porque verá en tiempo real a qué distancia de los órganos vitales está su escalpelo. El Media Lab francés, una filial de Canal+ especializada en tecnologías de animación tridimensional, ha desarrollado un prototipo de este programa.

También podemos imaginar personas convalecientes que, en vez de desplazarse, harán gimnasia reeducativa en su hogar, pero en contacto directo con un médico gracias a sus guantes y una combinación de realidad virtual. La creación de un modelo complejo de pierna humana virtual –que abarcaría cuarenta y un músculos diferenciados– ya permite al ejército americano salvar la vida de cabras que usaban como cobayos. En medicina laboral, la simulación de entornos reales permitirá optimizar los gestos del operario, así como la ergonomía de un puesto para evitar accidentes.

Si la medicina parece ser uno de los campos de aplicación más vastos e interesantes, una realidad virtual más accesible afectará todos los aspectos de la vida humana: diversión, cultura, educación y trabajo, pero también las relaciones sociales y sexuales. Ya estamos en presencia de experiencias con museos virtuales: la reconstitución de las cavernas de Lascaux por parte de la universidad de Cincinnati, de la basílica de San Pedro por el ENEL italiano o la abadía de Cluny por el Media Lab francés. Llevando el juego tecnológico al extremo, dos jóvenes de San Francisco han tenido incluso la extravagante idea de casarse por realidad virtual: los novios y el sacerdote llevaban cascos de visualización.

También se ha hablado mucho de ciertas experiencias de "cibersexo": los dos integrantes de la pareja, preferiblemente alejados por kilómetros de distancia, usan arneses llenos de sensores biosensoriales. Luego se conectan simultáneamente a ordenadores puestos en red y procuran alcanzar el orgasmo intercambiando impulsos eléctricos –transcripción digital de los placeres eróticos– por medio de una red telefónica de alto rendimiento del tipo Numéris. Al decir de estos cobayos, el resultado no es muy convincente: las sociedades como STEM (Society for Technologically Enhanced Masturbation) o Cyber SM no parecen preparadas para alcanzar el éxito de *Virtual Valerie* en CD-ROM. En cambio, algunos sexólogos se interesan en las posibles virtudes terapéuticas de la realidad virtual para los problemas funcionales (impotencia, eyaculación precoz).

La realidad virtual, que sólo está en su prehistoria, quizá se convierta con el tiempo en una de las interfaces hombre-máquina más difundidas. ¿Por qué? Según la fórmula de Joel Orr, consultor internacional y presidente de la Virtual Worlds Society, "esta tecnología confiere al hombre el poder casi divino de construir su mundo. Pero un mundo... que perdona". En la vida real, ciertos profesionales no pueden equivocarse: fallar en el aterrizaje de un avión, tocar un órgano vital cuando se realiza una operación quirúrgica o cometer errores en la creación de componentes industriales pone en peligro vidas humanas. En la realidad virtual, magnífica herramienta de aprendizaje y experimentación, basta con volver el programa a cero y probar suerte una vez más.

La realidad virtual tiene además la particularidad de borrar parcialmente las restricciones de tiempo y lugar. Ingenieros o médicos situados en los cuatro puntos cardinales pueden reunirse en un universo compartido para manipular objetos en forma conjunta. Estos programas permiten predecir las consecuencias de largo plazo de ciertas decisiones: un equipo del MIT de Cambridge, Massachusetts, pudo así amputar a un paciente virtual los dedos del pie y simular el modo en que caminaría varios años más tarde. También podemos lograr que las construcciones industriales envejezcan artificialmente. En síntesis, por primera vez en la historia de la humanidad, los profesionales podrán poner en práctica impunemente situaciones hipotéticas: "¿qué pasaría si...?" Este poder inédito debería liberar las fuerzas creativas de todo el mundo: investigadores, arquitectos, urbanistas, ingenieros o artistas.

¿Ejemplos concretos? Para facilitar la adopción de un ambicioso plan de modernización del barrio portuario de Seattle, un gabinete de consultores creó un entorno virtual. "Los residentes y varias autoridades locales pudieron así explorar este nuevo barrio antes que fuera construido –explica Robert Jacobson, presidente de Worldesign Inc.–. Pudieron sobrevolarlo para verificar, por ejemplo, si los nuevos inmuebles no estorbarían la vista, o bien asegurarse de que no complicaran el tránsito." Cuando dentro de algunos años se hayan reducido razonablemente los costos, las empresas de arquitectura y decoración de interiores también podrán adoptar esta magnífica herramienta de simulación.

En otro registro, el helicóptero Comanche que Sikorsky y Boeing se disponen a construir se probó intensivamente en realidad virtual en un lugar de Stratford, Connecticut. El ejército americano se basará en el desempeño virtual del aparato, probado por pilotos en diferentes entornos de combate, para determinar si aprobará la construcción del primer helicóptero "discreto", totalmente pilotado por mandos electrónicos (2.000 millones de dólares). De manera más general, piensa Joel Orr, "la realidad virtual es el futuro del diseño industrial asistido por ordenador". Muchos fabricantes de automóviles, entre ellos Chrysler y Renault, los utilizan cada vez más, sea para el diseño o para las pruebas de solidez y resistencia en la carretera.

La investigación también constituye un campo promisorio. En la actualidad, las grandes empresas americanas recurren corrientemente a la ciencia digital. Sus investigadores visualizan, en estaciones de trabajo tridimensionales, complejas ecuaciones matemáticas, simulando las propiedades y comportamientos de los productos en los cuales trabajan. Los científicos de los laboratorios AT&T y Bell representan los cristales de silicio para comprender cómo circulan los electrones por los semiconductores. Los ingenieros de Detroit trabajan en el proceso de dispersión de la gasolina al arrancar el motor. Los investigadores de Dupont inspeccionan las capas finas de los pañales para mejorar su capacidad de absorción.

Ciertas empresas farmacéuticas, como Genentech y Vertex Pharmaceuticals, disponen actualmente de lo que llaman "laboratorios secos", en contraste con los laboratorios clásicos o "mojados". Todos los días, científicos de vanguardia se ponen sus trajes de exploradores de la realidad virtual para tratar de inventar las moléculas o anticuerpos sintéticos que se combinarían mejor con ciertos virus para neutralizarlos. Mañana la realidad virtual permitirá a estos científicos "pasearse" físicamente por el interior de los pañales, las gotitas de gasolina, los cristales de silicio e incluso de los átomos.

8

La oficina nómade

El 10 de febrero de 1995 General Magic logra introducirse en la bolsa. Ofrecidas inicialmente a 14 dólares, las acciones de esta pequeña empresa de Mountain View trepan ese día a los 34 dólares, antes de descender nuevamente a niveles más modestos. Marc Porat, cofundador, presidente y poseedor del 9,6 por ciento del capital de la empresa, había sin embargo prevenido a los inversores potenciales. General Magic, que hasta ahora ha registrado cinco años de pérdidas, "no prevé ganancias significativas antes del fin de 1996". Pero el entusiasmo contagioso de este joven empresario aparentemente conquistó a Wall Street. Porat, que hace años se esfuerza para imponer su empresa como uno de los proyectos jóvenes más promisorios, supo dotarla de padrinos prestigiosos, pero no se deja encandilar: sabe que el camino será largo. Los primeros productos de General Magic, a fin de cuentas, sólo se lanzaron el verano anterior, con largos meses de retraso.

En la mañana del 17 de agosto de 1994 Marc Porat, con 47 años de edad, luce cansado pero también satisfecho. Tiene los ojos hundidos detrás de las gafas y una sonrisa ojerosa, pero también la vista serena de los padres jóvenes. "Al cabo de cuatro años de gestación, nuestros cachorros nacieron al fin –anuncia–. Estamos felices. Es un gran día para la empresa." Estos cachorros son dos innovadoras tecnologías que podrían revolucionar el modo en que la gente se comunica, organiza su vida y trabaja. Estos "bebés" se disponen a dar sus primeros pasos en el mercado americano, por medio de un refinado sistema de comunicaciones ofrecido por el gigante americano del teléfono AT&T y de sendos "comunicadores personales" fabricados por Sony y Motorola.

A fines de agosto de 1994 aparece en los locales de General Magic una misteriosa cajita gris con el sello de Sony, semejante a una agenda grande a la cual han adosado una pantalla. La prensa aún no la ha visto: el grupo japonés sólo anunciará oficialmente su existencia en setiembre. La máquina se somete a las últimas pruebas antes de su comercialización, prevista para octubre. ¿Para qué sirve? Es un objeto nuevo, con funciones de fax, radiomensajería, correo electrónico, organizador, ordenador portátil, una máquina concebida para satisfacer con inteligencia las tres necesidades vitales del ciudadano moderno: recordar, saber y comunicar. "Cuando alguien nos envía por primera vez un mensaje o un fax –explica Marc Porat–, ya no es necesario que registremos las coordenadas de nuestro interlocutor. La máquina se encarga de ello."

Con el tiempo este esclavo moderno sabrá efectuar tareas más complejas. Por ejemplo: queremos regalar una bandeja de audio a nuestro hijo de dieciocho años. En la pantalla de nuestro comunicador personal, hacemos desfilar los edificios de un centro urbano virtual: agencia de viajes, banco. Con una presión del lápiz, entramos en la tienda de aparatos electrónicos. Allí, con un nuevo toque del lápiz, creamos un agente –llamémosle Factótum– que se encargará de nuestras compras. Simplemente le indicamos qué modelo buscamos y nuestro presupuesto. Factótum parte gallardamente a recorrer las tiendas de alta fidelidad para presentarnos la mejor oferta. Con nuestra aprobación, nos envía el pedido y se autodestruye.

¿Debemos abordar un avión, organizar vacaciones, ir de paseo? Creamos varios Factótums que se encargarán de la logística, desde la búsqueda de datos hasta las reservas propiamente dichas. Además de estar totalmente a nuestros servicios, estos agentes estarán dotados de mucha paciencia: podremos pedirles que recorran la Bolsa para alertarnos sobre los movimientos anormales de nuestras acciones, o pasar horas en la torre de control de un aeropuerto para prevenirnos sobre el retraso de nuestro vuelo. Y el modo de empleo es tan intuitivo que ni siquiera habrá que consultar un manual. La apuesta de General Magic consiste en equipar a todo el mundo con estos comunicadores sofisticados que un día se convertirán en asistentes indispensables de los ciudadanos de la era digital: el "cordón umbilical" (inalámbrico) que los unirá al mundo exterior.

Criados serviciales

Para lograr este pequeño milagro, General Magic apuesta a sus dos hallazgos tecnológicos. El primero, Magic Cap, es un sistema operativo extremadamente flexible y amigable que funciona por analogía con la vida cotidiana. Los servicios disponibles están simbolizados en la pantalla por edificios alineados a lo largo de una calle principal (agencia de viajes, banco, bufete de abogado, florista, cine) o las habitaciones (estudio, biblioteca) de nuestro apartamento. Cada usuario puede así personalizar su entorno. El segundo hallazgo, Telescript, es un lenguaje de comunicaciones absolutamente innovador. Los Factótums que describimos anteriormente son en realidad pequeños programas informáticos que nuestra máquina impulsa por la red. No sólo son bastante inteligentes como para cumplir misiones complejas sino que no son quisquillosos: viajan de todos los modos imaginables (ondas de radio, cables telefónicos, redes informáticas) y saben hacerse comprender por todo tipo de receptor (ordenadores, teléfonos inteligentes, agendas electrónicas).

Las máquinas que Sony y Motorola lanzaron en 1994 tienen las limitadas aptitudes de una nueva generación. El comunicador Magic Link, con sello Sony, tiene recepción inalámbrica, pero se debe conectar con la red telefónica para emitir. Motorola, que tuvo más problemas de los previstos para afinar su Envoy –un objeto realmente inalámbrico– lo lanzó con seis meses de retraso. Estas máquinas son costosas (de 900 a 1.000 dólares), más pesadas que las agendas y por ahora ninguna de ambas está dotada de funciones telefónicas; eso sólo se consigue con la instalación de redes digitales de integración de servicios

(ISDN) capaces de gestionar simultáneamente la transmisión de voz y de datos. Por lo demás, se necesitarán años para que gran cantidad de proveedores de bienes y servicios –agencias de viajes, cadenas de tiendas, bancos– adopte este nuevo estándar de venta electrónica.

Pero Marc Porat no tiene prisa. "Las tecnologías revolucionarias, como la televisión o el CD, siempre tardan una decena de años en penetrar", nos recuerda. Marc forma parte de este puñado de expertos que tienen una visión clara de la nueva era de la información. A fines de agosto de 1994, en la sala de reunión Yoda de General Magic, extrae de su archivo algunos de los proyectos que adora concebir: una analogía entre las famosas autopistas de la información y la red caminera del mundo real. Arriba aparecen los diferentes tipos de vehículos que podemos usar en la vida real: coche familiar, ranchera, camioneta, coche deportivo, motocicleta. En el ciberespacio, sus equivalentes son el teléfono, el ordenador personal, el televisor, el comunicador personal y el cajero automático de los bancos. En el medio una "patata" simboliza las vías de circulación: en la vida real, las autopistas, las carreteras, los caminos vecinales; en el mundo de la comunicación electrónica, las diversas redes telefónicas, informáticas o satelitales accesibles para el lenguaje Telescript.

"Lo importante –continúa Marc– es la parte inferior de la página: el destino." Cuando abordamos nuestro automóvil, es para ir a alguna parte: al trabajo, al hogar, a visitar amigos, al cine, a hacer compras. En el mundo de las comunicaciones es parecido: intercambiamos correo electrónico, visitamos "comunidades electrónicas", compramos información y diversión a editoras electrónicas como Time Warner o Voyager, y nos procuramos productos y servicios en tiendas electrónicas. "Por el momento, subraya Marc Porat, las tecnologías inventadas por General Magic son aplicables a un solo vehículo, los comunicadores personales, y dos o tres destinos. Pero en 1995 serán compatibles con el vehículo "ordenador" y, a partir del año próximo, con cinco destinos." General Magic trabaja en la adaptación de Magic Cap y Telescript a los ordenadores personales, así como en la concepción de herramientas que permitirán a los vendedores electrónicos presentar sus productos en este formato. "Debemos seguir construyendo –continúa Marc–, porque por el momento nuestra ciudad virtual cuenta con pocas tiendas. Y nadie se sube al coche para visitar un pueblo fantasma."

Este joven con apariencia de modelo tiene la ambición de crear el próximo estándar universal de comunicaciones, el que franqueará las barreras espaciotemporales y filtrará la catarata de información de la era digital. A decir verdad, Porat sigue esta idea con obstinación desde hace veinte años. ¿Algún día cumplirá su sueño? "Marc es demasiado inteligente para ser empresario", ironiza uno de sus conocidos. En el verano de 1995, la cotización de las acciones de General Magic cayó a 11 dólares y los analistas tienen sus reservas sobre el futuro. Sea como fuere, el camino recorrido es impresionante. En 1976 el joven Marc, que estudia comunicaciones en la prestigiosa Universidad de Stanford, a poca distancia de Mountain View, publica una tesis sobre la economía de la información. En 1988, después de haber continuado sus reflexiones en el instituto Aspen y haber creado una empresa especializada en redes privadas de comunicación satelital, entra en la empresa informática más de moda en el país, Apple. Cuatro años antes, bajo el impulso del legendario Steve Jobs, un equipo de pequeños genios recién salidos de la universidad cambió para siempre la informática mundial inventando el Macintosh, el primer ordenador personal sencillo como un juego de niños.

Una perla en la manzana

A fines de los años 80 la "empresa de la manzana", entonces dirigida por John Sculley, realiza un ambicioso trabajo sobre el futuro del ordenador personal. En un grueso informe titulado "¿Qué hay más allá del PC?", publicado en agosto de 1989, Marc Porat desarrolla su visión de la convergencia entre la informática, las telecomunicaciones y la electrónica masiva. El porvenir, explica, es el advenimiento de los "comunicadores personales inteligentes" que acumularán funciones de máquinas hasta ahora diferenciadas. John Sculley se entusiasma tanto con la idea que autoriza a Porat para formar, dentro de Apple, el grupo de trabajo Pocket Crystal para desarrollar su propio proyecto.

"En poco tiempo nos reunimos cuarenta personas para trabajar día, noche y fin de semana", recuerda Marc. Y añade con nostalgia: "Eran realmente los buenos tiempos". El genio de Marc es haber sabido reunir, desde el principio, a las mentes más brillantes de la empresa, las estrellas del equipo heroico de Macintosh. Ante todo, Bill Atkinson, el cerebro donde germinaron algunas de las aplicaciones más potentes del mundo Macintosh: los programas de dibujo Quickdraw y MacPaint, así como el célebre paquete de herramientas Hypercard, que permite a millones de usuarios de ordenadores crear sus propias aplicaciones.

Bill está decepcionado con Apple, donde ingresó en 1978 como empleado número cincuenta y uno. En los doce años siguientes, vio que los efectivos de la empresa de Cupertino aumentaban de 50 a 15.000 y vivió muchas frustraciones. Sus contribuciones al éxito de la empresa no siempre fueron reconocidas como él habría deseado. Peor aún, algunos de sus proyectos más caros –sobre todo, en 1985, un comunicador ultraplano llamado Magic Slate– no llegaron a ver la luz del día. A fines de los años 80 el programador de genio volvió a su pasión de estudiante, las ciencias neurológicas. "Habiendo recibido el título de Apple Fellow Emeritus –cuenta– yo realizaba una investigación sobre el modo en que se adquiere el conocimiento."[59]

Cuando Marc lo abordó, Bill tuvo desconfianza al principio. ¿No sería otro de esos proyectos que terminaría en nada? "No veía a Apple fabricando comunicadores de 200 dólares. Por ese precio, no saben producir ni siquiera un disquete virgen", bromea. Y también es una cuestión de cultura: la empresa Apple se construyó sobre la filosofía de una arquitectura propietaria. Para proteger sus márgenes elevados, quiso conservar la exclusividad. Pero fue precisamente esta negativa a licenciar el sistema operativo de Macintosh lo que limitó al 10 por ciento su porción en el mercado de los ordenadores personales, mientras las PC compatibles y los sistemas operativos DOS/Windows de Microsoft reinan sobre el 90 por ciento restante.[60] Bill sabía que un comunicador futurista no tenía porvenir si no se convertía en estándar mundial. Pero dudaba que Apple pudiera cambiar de cultura de la noche a la mañana.

No obstante, las reflexiones de Marc Porat también evolucionaban. El también había comprendido lo que formularía más tarde de esta manera: "Ninguna empresa podrá controlar el mercado de los comunicadores personales inteligentes, porque ninguna empresa (más aún, ningún sector) podrá llevar a cabo este proyecto por sí sola. ...Se requerirá el esfuerzo de docenas de industriales, combinándose mediante alianzas".[61] Esta convicción llevó gradualmente a Marc a concebir el comunicador de sus sueños, ya no como producto Apple sino como fruto de una colaboración entre pesos pesados de diversos sectores. Estando Apple ya incluida, Marc soñaba secretamente con enlistar a la japonesa Sony y la americana Motorola.

"Cuando Marc me hablo de Sony y Motorola, empecé a creer –cuenta Bill–. En ese momento le pregunté de qué manera podía ayudarlo." La entrada de Bill Atkinson en el proyecto fue decisiva para el reclutamiento de otro as del equipo Macintosh, Andy Hertzfeld. Andy es tan grueso como Bill es alto. Pero los "Don Quijote y Sancho" de la epopeya Macintosh comparten el amor por el software bien hecho, la convicción de que pueden mejorar el mundo y una gran estima mutua. En 1989 Andy Hertzfeld, autor de gran parte del sistema operativo de Macintosh, había dejado Apple hacía cinco años, pues pronto comprendió que la vida empresarial no le sentaba: "Me gustaba la efervescencia creativa de Apple en sus primeros tiempos". Andy es ante todo un iniciador, un creador, un artista, no un gerente. En 1984, el año en que su primer "bebé" se presentó en público, abandonó la empresa de Cupertino para escribir por su cuenta aplicaciones como Thunderscan, Switcher y Quickerdraw, revendidas más tarde a Apple. Participa igualmente en la creación de la empresa Radius, con la cual General Magic comparte el edificio de Mountain View.

En este famoso día donde Bill lo llama para hablarle de Pocket Crystal, Andy sólo acepta escuchar "porque estaba Bill". Al día siguiente, Marc y Bill van a visitarlo. "Yo no conocía a Marc —cuenta Andy–. Yo también había reflexionado un poco sobre lo sucedido después de Macintosh. Pero cuando este sujeto vino a exponer su visión, no pude dejar de pensar que sus ideas eran mejores que las mías." Andy es impulsivo, y se suma a Pocket Crystal. "No obstante yo era muy reticente ante la idea de reintegrarme a Apple —explica—. Siempre tuve un puesto de consultor." Aún hoy, Andy parece poco cómodo dentro de una estructura empresarial. En General Magic redefine constantemente su papel y procura no dejarse aislar del proceso creativo, que le es vital.

Un conejo en una galera

La fe y el entusiasmo de Marc Porat son tan contagiosos que el *Wall Street Journal* un día lo calificó de "demonio con lengua de plata". Después de convencer a Bill y Andy, seducir al consejo administrativo de Apple fue juego de niños para él. Con el permiso de John Sculley, toma su cayado de peregrino para conquistar, uno por uno, a todos los administradores. "Todo andaba bien —cuenta Marc–. Pero en la reunión de directivos de abril de 1990, John Sculley nos dijo que nos fusionáramos con el proyecto Newton." Para Marc, Bill y Andy esto era imposible: en ese momento el proyecto Newton debía ser un ordenador portátil sofisticado de 8.000 dólares. Entonces, de común acuerdo, Apple —que no quiere lanzarse al ruedo de las comunicaciones— y los tres mosqueteros de Pocket Crystal —que sueñan con volar con alas propias— deciden romper. En mayo de 1990 Marc Porat, Bill Atkinson y Andy Hertzfeld escapan al fin para crear su propia sociedad, de la cual Apple retiene el 10 por ciento.

¿Por qué el nombre de General Magic? "Lo descubrimos en cinco minutos, durante el trámite de registro —explica Bill–.

Sonaba como una mezcla de General Motors e Industrial Light & Magic" (la empresa de efectos especiales de George Lucas). Bill también recuerda que el logo –un conejo saliendo de la galera del mago– ilustra de maravillas la fórmula del autor de ciencia ficción Arthur C. Clarke: "Toda nueva tecnología compleja debe tener la capacidad de confundirse con la magia". Y añade: "Recordemos que en las primeras emisiones de televisión el público se preguntaba cómo habían podido meter a esa gente en una caja".

Para reeditar el gran golpe del Macintosh e inventar una máquina tan "insensatamente genial" como la que habían concebido en otros tiempos bajo la dirección de Steve Jobs, Marc, Bill y Andy reclutan a media docena de ex empleados de la empresa de Cupertino. A ese grupo comando pronto se suma media docena de jóvenes impacientes por demostrar su talento.

Menos de un año después, Sony y Motorola toman cada cual el 10 por ciento del capital de General Magic. "Las cosas anduvieron rápidamente –señala Marc–. Yo tenía excelentes relaciones con Robert Galvin y George Fisher [respectivamente presidente del directorio y gerente general de Motorola] así como con Michael Schulhof [el hombre de Sony en los Estados Unidos]. En unas horas llegaron a una decisión." Marc cuenta el modo en que él, Bill y Andy obtuvieron la aprobación de Sony del Japón: "Después de nuestra presentación, el presidente Norio Ohga, que estaba rodeado por sus jefes de división, comentó que les gustaba tomar las decisiones por consenso. Al parecer continuaríamos el siguiente jueves, y temimos que todo se fuera al cuerno. Pero Ohga se volvió hacia sus directivos y les dijo que quería un consenso antes del jueves". Sony se sumaba a la partida.

General Magic pronto logró reunir un grupo de asociados del cual no puede alardear ninguna pequeña empresa del planeta: en enero de 1992, AT&T se integra a la alianza, seguida por Philips (noviembre de 1992), Matsushita (enero de 1993), NTT, France Télécom, Fujitsu y Toshiba. En 1995 se integran las japonesas Mitsubishi, Sanyo, Oki, la canadiense Northern Télécom y la inglesa Cable & Wireless. "Además de Magic Cap y Telescript, General Magic cuenta con un tercer recurso tecnológico, la gestión de alianzas", bromean Bill y Andy.

Para satisfacer a una lista de accionistas tan poderosos e intereses tan contradictorios, Marc Porat tiene un secreto: en vez de tratar de elaborar un consenso, juega sobre la dinámica de las tensiones. "Mire Notre-Dame de París y comprenderá a qué me refiero", dice con aire jocoso. A medida que la lista de accionistas se alarga, es cada vez más simple y también más complicado: "Más complicado porque aumenta la probabilidad de que uno de ellos repruebe una decisión. Pero también más fácil, porque una vez que se establece una mayoría, los disidentes suelen alinearse. Es un poco como en las Naciones Unidas: a nadie le gusta ser visto como un obstruccionista".

El D'Artagnan de las telecomunicaciones

En el seno del equipo Pocket Crystal, Marc, Andy y Bill tenían ideas claras sobre el sistema operativo y la interfaz amiga con que debían dotar su telecomunicador. Así cobró forma el concepto de un "centro urbano" virtual. Pero a principios de 1991 aún no habían encontrado un genio de las telecomunicaciones del calibre de sus programadores. Jim White sería el hombre clave.

"Mi llegada a General Magic es una típica historia de Silicon Valley", cuenta Jim White, un joven corpulento y bigotudo de actitud discreta. Jim comenzó pasando diez años en Xerox, 3Com y Telnet, participando, por la norma del correo electrónico X400, en los trabajos del CCITT (las "Naciones Unidas" de los estándares telefónicos internacionales). Luego se asoció con Rich Miller para crear, en Silicon Valley, una consultoría de telecomunicaciones. En sus horas libres, los dos hombres afinaban un revolucionario concepto de comunicaciones. "Creíamos que los estándares internacionales de telecomunicaciones eran espantosamente complicados –explica Jim White–. Creíamos que estas redes podían simplificarse mucho si los mensajes que circulaban en ellas, en vez de ser vulgares paquetes de datos, estaban dotados con cierta capacidad de programación." Xerox y Adobe habían transformado la industria de la impresión por ordenador partiendo de una idea similar, llamada Postscript. Por analogía, Jim y Reich trabajaban desde 1989 en la concepción de un lenguaje basado en estos "agentes electrónicos" de uso múltiple: Telescript.

Cuando Marc Porat quiso hallar la rara perla que dotaría a su futuro aparato de funciones de comunicación inteligentes, recurrió en 1991 a su compañero de promoción de Stanford, Reich Miller. "Entonces pensé que teníamos una idea vanguardista que podría enriquecer la visión de Marc", explica Jim White. Y, en efecto, la filosofía de Telescript encajaba a la perfección con el objetivo de Marc, Bill y Andy, pues se trataba de una maquinaria extremadamente compleja, pero en la cual el usuario sólo percibiría las comodidades. Rich y Jim ingresaron en General Magic. Y si Rich pronto regresó al oficio de consultor, Jim se convirtió en el D'Artagnan del trío fundador. "La idea de que una tecnología que he desarrollado se incorpore a productos que llevan el sello de Sony, Motorola y tal vez un día France Télécom resulta muy gratificante", dice con regocijo.

En su sede de Mountain View, los empleados de General Magic se instalaron gradualmente en dos pisos. Como lo quiere la leyenda, estos genios de la informática son también niños grandes. Construcciones hechas con Lego, dinosaurios inflables, fotos en relieve: por doquier se apilan los juguetes destinados a aliviar la tensión de interminables secuencias de programación. Una cama colgante de madera testimonia las largas noches que pasan en la oficina. Y la mascota del piso es por cierto un conejo vivo.

En la más pura tradición del Valley, Bill y Andy ocupan oficinas abiertas, no más grandes que los demás, en pleno centro del departamento de ingeniería. El único indicio de su glorioso pasado es la histórica foto enmarcada del equipo del Macintosh. Al visitar su entorno laboral y hablar con ellos, comprendemos que los inventores de este ordenador legendario son ideólogos incorregibles. No se preocupan por el dinero, sino que se matan por inventar nuevas empresas, sobre todo por convicción, con la insensata esperanza de cambiar la faz de este mundo. "Si sólo fuera por el dinero, no estaríamos allí –afirma Andy–. Podríamos ganar más y más pronto haciendo otra cosa." Los 140 empleados de General Magic se encuentran ya instalados en Mountain View. En noviembre de 1994 la empresa se mudará a las coloridas oficinas de Sunnyvale, un poco más al sur, en el valle.

En esta mañana de agosto de 1994, Bill Atkinson acaba de beber champán con un nuevo socio del sureste asiático. Pero no precisa ese tipo de estímulo para mostrarse lírico: "Con el Mac habíamos realizado el equivalente de una operación de cirugía estética sobre una máquina existente. Eso no cambió las funciones del ordenador. Esta vez es diferente: contribuimos a crear una categoría de producto radicalmente nueva". Bill no se hace ilusiones: "Con o sin nosotros, habrá asistentes digitales. El cambio que podemos introducir nosotros consiste en inventar una herramienta que sea placentera para los usuarios, en vez de permitir que otros hagan una máquina tan difícil de usar que resulte agotadora".

Cuando conciben un producto nuevo, Bill y Andy piensan ante todo en el hombre de la calle, el gran público. Han probado Magic Cap con niños de cinco años, personas de edad, tecnófobos. Han registrado sus reacciones, mejorando sin cesar el carácter intuitivo y lúdico de su interfaz. Los fundadores de General Magic tienen una ambición que está a la altura de su ingenuidad: la esperanza de que el asistente digital personal basado en su tecnología se convierta en objeto cotidiano. Bill se vacía los bolsillos y exclama: "Un día nuestro comunicador quizá sea tan indispensable en la vida cotidiana como esta billetera, estas llaves de auto, esta agenda".

Después de un inicio promisorio, Andy, Bill y Marc cruzan los dedos. Son mucho más conscientes de la fragilidad de un proyecto tecnológico innovador que cuando emprendieron la aventura Macintosh. Saben que la tarea será ardua, que hay un gran riesgo de fracaso. "Este nuevo comienzo, diez años después del Macintosh, me recuerda cuán difícil era crear una nueva arquitectura –confía Andy–. Debe ser como el parto: después del nacimiento, se suele olvidar el dolor." Aunque le agrada trabajar con el "sensacional equipo" de General Magic, Andy ha sufrido particularmente los golpes que sus propios accionistas han asestado a la empresa: AT&T, que con la adquisición de EO, se lanzó al mercado de los asistentes digitales personales para luego encallar, pero sobre todo Apple, con la cual los fundadores de General Magic viven, según la expresión de Marc, un "drama shakesperiano".

Aunque accionista y padre espiritual de General Magic, Apple no anunció ningún producto que incorpore las tecnologías Magic Cap o Telescript. La empresa de Cupertino ha cambiado sobre la marcha la dirección de su proyecto Newton para posicionarlo exactamente en el renglón del comunicador personal imaginado por General Magic. Pero Newton no logra penetrar. En enero de 1995, Apple lanza su Newton de tercera generación, el Message Pad 120, y parece encontrarse con un producto de ventas decepcionantes (unas 290.000 máquinas en dieciocho meses). Su campaña de marketing, que al principio preveía un público muy grande, se centra paulatinamente en las empresas u organizaciones que emplean equipos de agentes móviles (visitadores médicos, controladores de planta).

El principal error de la empresa de Cupertino —sobre todo de su presidente de entonces, John Sculley— consistió en proclamar que el Newton era una herramienta de consumo masivo, capaz de reconocer y transcribir la escritura manual de todos, mientras que en realidad esta función jamás se puso a punto. "Basta pasar cinco minutos con un Newton para comprobar que es espectacularmente inútil", señala Andy Hertzfeld. Los fundadores de General Magic tienen la prudencia de no ir más rápido que la tecnología: Magic Cap registra la escritura manual, tal cual, o bien muestra en pantalla un pequeño teclado virtual que el usuario pulsa con su lápiz.

El frenesí del celular

Si el descarrío de EO y el lento despegue de Newton confirman a los fundadores de General Magic la superioridad de su propia plataforma, no les facilita la tarea. Al contrario. "Estos fracasos han dejado un gusto amargo en la industria. Más nos hubiera valido que esta categoría de productos anduviera un poco mejor", analiza Bill Atkinson. ¿General Magic lanzará al fin el asistente digital personal, todavía considerado en 1995 como un "artilugio para ejecutivos"? Ni siquiera sus intrépidos fundadores están seguros. La empresa encuestadora Dataquest predice no obstante una progresión espectacular para este tipo de productos: de 500.000 en 1994 a más de 2 millones en 1996 y 8 millones en 1998.

Al margen de su fracaso o su éxito, Marc, Bill y Andy habrán marcado por segunda vez la historia de la industria tecnológica, por ser los primeros en concebir un producto que se sitúa en el punto de convergencia entre la informática móvil, la electrónica de consumo y las telecomunicaciones, y porque desde el principio buscaron un modelo abierto, tratando de reunir en su estándar al conjunto de los grandes actores interesados.

La visión de General Magic define bien las grandes tendencias de las herramientas de la era digital. Contengan o no Magic Cap y Telescript, llámense agendas electrónicas, teléfonos celulares u ordenadores portátiles, los instrumentos cotidianos del hombre del siglo veintiuno serán nómades, comunicativos e inteligentes. Servirán para conversar, trabajar, intercambiar datos e ideas y para distraerse, informarse, para elegir, comprar, organizar, prever. Funcionarán en el coche, en el avión, en la oficina, en el restaurante, en las vacaciones. Sabrán hablar entre sí e integrarse en red a otros equipos fijos del entorno personal o profesional. No nos abandonarán, y cambiarán nuestra vida.

Mientras esperamos que se imponga la nueva categoría del asistente digital, estas tendencias están bien ilustradas en los teléfonos y ordenadores inalámbricos. Asistimos, sobre todo en

Estados Unidos, a una verdadera adicción a los "llamadores" o *pagers* (pequeños aparatos electrónicos que advierten al propietario sobre una llamada, y proyectan el número a llamar), pero también a una arrolladora explosión de teléfonos portátiles. Aquí no hablamos del aparato que sólo nos permite desplazarnos libremente por nuestro apartamento, sino de teléfonos de gran alcance. Lo denominan "celular" porque la red de estaciones de transmisión presenta una estructura alveolar. Este teléfono portátil requiere un abono específico y funciona tanto en el coche como en la calle o el restaurante.

Nacida en 1984, la industria americana de la comunicación inalámbrica ha conocido estos últimos años tasas de crecimiento del 50 por ciento anual. Y es sólo el principio: bajo el efecto de una reducción de la tarifa de los abonos y las comunicaciones (actualmente 40 dólares por mes y 40 centavos por minuto) y del surgimiento de nuevos servicios, la cantidad de usuarios podría, según Montgomery Securities, saltar a los 70 millones en el año 2000.

En los Estados Unidos, la estrategia de AT&T contribuyó a estimular el frenesí del "inalámbrico". El campeón de las comunicaciones de larga distancia –que había abandonado el sector hace diez años, después de haberlo inventado– cambia bruscamente de rumbo en 1994, comprando al especialista del celular McCaw Cellular Communications. El objetivo consiste en construir el primer servicio de telefonía sin hilos de cobertura nacional. Amenazados en su propio territorio por esta potente alianza, las siete compañías telefónicas locales –las Baby Bells– reaccionan: Bell Atlantic fusiona su red celular con la de Nynex; Airtouch (la ex filial celular de Pacific Telesis) se alía con US West; y el tercer operador de larga distancia, Sprint, crea el consorcio Wirelessco con cuatro operadores de cable.

El boom de las comunicaciones inalámbricas supera ampliamente, por otra parte, el marco de los Estados Unidos. Europa adoptó una norma digital común –el GSM– y autorizó algo de competencia en la telefonía celular; se puso en marcha para imitar, con algún desfasaje, el escenario norteamericano. Los países en desarrollo más avanzados parecen querer, por su parte, saltarse la etapa de la telefonía clásica y dotarse directamente de redes celulares. Hong Kong y Singapur ya cuentan con más de cuarenta teléfonos portátiles por cada mil habitantes. En 1994, el mercado geográfico de mayor crecimiento para las terminales Motorola era... China. Paralelamente, hay tres proyectos que se enfrentan en 1995 para establecer una súper red mundial de telefonía móvil mediante el lanzamiento de centenares de satélites en órbita baja: Iridum (Motorola), Globalstar (Loral, Alcatel, France Télecom y Odyssee (TRW, Craig McCaw y su amigo Bill Gates).

Se subastan frecuencias de radio

Volvamos a los Estados Unidos. A fines de 1994 aumentó la excitación en torno de las comunicaciones móviles: al ver que surgía la posibilidad de un nuevo tipo de sofisticados servicios telefónicos –los Personal Communication Services o PCS–, el gobierno federal decide triplicar, de una sola vez, la cantidad de frecuencias de radio disponibles para los móviles. El atractivo de estas nuevas redes PCS –por construirse– es su capacidad de transmitir la voz, pero también datos informáticos entre teléfonos celulares y/o entre microordenadores.

El interés de los operadores en esta nueva generación de servicios es tan grande que por primera vez en la historia la FCC (Comisión Federal de Comunicaciones) vende las licencias de explotación en vez de cederlas. En febrero de 1995, al cabo de más de dos meses de negociaciones (112 rondas) que se desarrollan en el subsuelo de un edificio de correos de Washington DC, los compradores suman 7.000 millones de dólares en ofertas acumuladas, una cifra que hace palidecer a Christie's y Sotheby's.

Las ofertas suben tanto que Craig McCaw, fundador de McCaw Communications (que se volvió multimillonaria después de la venta a AT&T), debió renunciar a ofrecer las frecuencias de Nueva York. "Estas licitaciones acaban de crear la mayor compañía de telefonía celular del mundo: la industria del cable", subraya entonces Reed Hundt, presidente de la FCC. Hay una sorpresa, en efecto, pues la gran ganadora de esta venta es el consorcio Wirelessco. La compañía de larga distancia Sprint y sus socios de cable han juntado unos 2.100 millones de dólares por 29 licencias PCS ("servicios de comunicación personal"), abarcando un total de 150 millones de personas (de Nueva York, San Francisco, Detroit y Dallas-Forth Worth).

AT&T terminó segunda, con veintiún mercados regionales (entre ellos Chicago, Boston, Washington y Filadelfia). En cuanto al grupo de las Baby Bells, obtienen frecuencias en once ciudades. Al pagar un precio tan elevado por los derechos de explotación de las licencias PCS, los vencedores de estas licitaciones han realizado una gigantesca apuesta económica, pues todavía deberán gastar el equivalente para construir las redes y lanzar los nuevos servicios que competirán con los operadores de telefonía celular ya existentes. La nueva generación de receptores adaptados a estas redes sofisticadas estará munida de pantallas y memoria, es decir que podrán recibir y almacenar datos. La compañía telefónica Bellsouth ya propone –por 900 dólares– uno de los precursores de esta familia de teléfonos inteligentes, llamado Simon.

Paralelamente, los ordenadores personales también se convierten en objetos nómades. Recordemos el primer ordenador portátil de Compaq: era tan pesado y molesto que entró en la historia con el apodo de "máquina de codear". Luego, la creciente potencia de los microprocesadores y su espectacular miniaturización permitieron la fabricación de ordenadores livianos y potentes que operan en 256 colores.

En 1994, el mercado de las *laptops* o portátiles constituía el segmento con más fuerte crecimiento en el mercado del ordenador personal. De Apple a Dell, de Compaq a Toshiba, de IBM a Zenith, de Hewlett Packard a Digital Equipment, muchos fabricantes de hardware no pueden permanecer al margen de esta línea de productos en pleno auge. Los directivos los exigen, los trabajadores autónomos no pueden vivir sin ellos, los creativos lo convierten en necesidad imperativa. Pero al aproximarse el siglo veintiuno, aun el más potente de estos ordenadores portátiles pierde interés si no nos permite comunicarnos.

Una creciente cantidad de máquinas se conectan con módems, esas cajitas que permiten transmitir datos por una mera conexión telefónica. El futuro pertenece sin duda a las portátiles capaces de comunicarse sin hilos. En la exposición Comdex de Las Vegas, a fines de 1994, Motorola nos permitía saborear de antemano lo que nos espera: su Power Card (399 dólares) es un módem en miniatura que, montado en un ordenador portátil, permite al usuario enviar y recibir mensajes por medio de un teléfono celular Motorola.

El derrumbe de la pirámide

Sea cual fuere su desempeño, las máquinas nómades tienen varias limitaciones: duración limitada de las baterías, precio elevado, menor solidez. Es pues probable que las agendas inteligentes, los teléfonos celulares y los ordenadores portátiles vengan a completar, sin sustituirla del todo, una bien provista batería de equipos fijos. Sea cual fuere su marca o apariencia –ordenador personal, televisor digital o teléfono con pantalla–, estos equipos permitirán dos funciones básicas: el correo electrónico y la videofonía. Como hemos visto, el correo electrónico o e-mail ya está muy difundido en los Estados Unidos. En un creciente número de empresas, es el medio de comunicación privilegiado entre los directivos de diversas filiales y las oficinas desperdigadas por todo el planeta.

La videoconferencia, en cambio, es por ahora privilegio de ciertas empresas ricas que operan internacionalmente, como los bancos de Wall Street. Aun ayer, esta función suponía salas equipadas con un material de 50.000 dólares y el alquiler de enlaces satelitales; hoy sólo requiere un ordenador conectado a la red telefónica. Los primeros sistemas de videoconferencia de consumo masivo –AT&T, Intel, PictureTel– todavía valen algunos miles de dólares y ofrecen imágenes bastante pobres. En la mayoría de los casos, el usuario ve la imagen del interlocutor en la superficie de un *frame* que se encuentra en la esquina superior de la pantalla. Los movimientos son espasmódicos y la mala resolución evoca un mosaico en movimiento. Por una parte, las redes aún no permiten la transmisión de vídeo; por la otra, los ordenadores no son todavía tan potentes como para comprimir y descomprimir imágenes en tiempo real.

Pero con la multiplicación de las redes de comunicación digital con integración de servicios y el inexorable avance de los microprocesadores, el mercado debería despegar, permitiendo que los dos interlocutores puedan –hablándose o mirándose– efectuar modificaciones en tiempo real sobre un documento compartido en pantalla. Según los analistas, el costo medio de un terminal de videoconferencia debería bajar de los 3.000 dólares actuales a menos de 750 dólares en 1997. Para esta fecha, según Dataquest, se podrían vender 400.000 terminales de videoconferencia por año. Hacia el 2000, los profesionales se "videofonearán" tan sencillamente como hoy se telefonean, predicen en Intel. Y las empresas podrán formar grupos de trabajo cuyos miembros estén desperdigados en los cuatro puntos cardinales de la ciudad, del país o del planeta.

Intereses comerciales de por medio, el campeón internacional de los microprocesadores está convencido de que la verdadera herramienta interactiva doméstica es y seguirá siendo el ordenador personal. "Por el momento el ordenador está fijado en el papel de una herramienta de trabajo –explica el visionario de la empresa, Avram Miller–. Pero nadie comprende la velocidad con que puede evolucionar una industria que produce máquinas dos veces más potentes cada dieciocho meses. El ordenador, herramienta de productividad de los años 80, se ha convertido en los 90 en una herramienta de comunicaciones. En la primera década del 2000 se convertirá en herramienta multimedia."

Los 600 ingenieros del Computer Architecture Lab de Intel, en Oregón, trabajan a marcha forzada. Si logran imponer su visión, el ordenador se convertirá en una máquina multiuso que triunfará sobre la televisión, el decodificador, el teléfono, el reproductor de vídeo, el contestador automático y la consola de juegos de vídeo. Evidentemente, en el ínterin se habrá vuelto más fácil de usar: capaz de transcribir nuestra escritura, de reconocernos, de obedecer nuestra voz e incluso de hablarnos.

Las diversas funciones del ordenador no estarán reunidas en una sola máquina, señala Avram Miller: "Estas funciones coexistirán: el ordenador se habrá difundido tanto como hoy el automóvil. Habrá uno, dos, quizá tres por hogar". Miller tiene el físico de un Einstein y la voz entusiasta de un predicador. "Ni siquiera pensaremos en los ordenadores en cuanto unidades. La potencia informática de que dispondremos será como la calefacción central, una especie de hogar de datos, distribuido en las diferentes habitaciones de nuestro apartamento u oficina".

Nadie sabe exactamente cuándo ni en qué forma estos aparatos comunicantes se adueñarán de nuestro entorno. En cambio, ya es posible afirmar que esta revolución de la información tendrá por doble consecuencia modificar considerablemente las condiciones de trabajo y borrar las fronteras entre la vida personal y profesional. En las empresas, la revolución se manifestará concretamente en la apariencia de lo que hemos convenido en llamar "oficina". Muchos expertos –americanos (los de Xerox Parc, el famoso centro de investigaciones de Xerox en Palo Alto), pero también europeos–[62] trabajan desde hace años en el concepto de la oficina del futuro. Este espacio despersonalizado se caracteriza por la casi total ausencia de papel y la omnipresencia de esta "informática distribuida" que describe Avram Miller.

Una consecuencia menos visible de este fenómeno es un auténtico trastocamiento de las relaciones profesionales –incluidas las jerárquicas– en el seno de las empresas. En una compañía donde todo empleado tiene acceso a la misma base de datos que sus jefes –y la capacidad de enviarles un mensaje electrónico–, la pirámide de los puestos pierde su rigidez. "La comunicación en red es absolutamente incompatible con una forma estricta de jerarquía", analiza Hellen Runtagh, ejecutiva de GE Information Services.[63] Cuando las cosas se complican, no basta con conectar a todo el mundo a la red para que una lógica laboral reemplace otra: el buen funcionamiento de estas tecnologías supone una profunda reorganización del trabajo, un cambio de cultura.

En efecto, la tecnología es ante todo un medio para dar cierto grado de autonomía y responsabilidad a los asalariados. "Cuento con el profesionalismo y el compromiso de mis colaboradores, más que con mi poder directo de control", afirma John Karlsten, gerente de Hewlett Packard.[64] Los directivos enfatizan la utilización de la tecnología para forjar una cultura empresarial igualitaria: en Intel (29.500 empleados), el presidente Andrew Grove ocupa un pequeño cubículo abierto en medio de una hilera de oficinas semejantes, y lee personalmente todo su correo electrónico: "Eso me obliga a operar de manera más democrática", explicó un día. Y otra ventaja es que Andrew Grove obtiene una especie de "instantánea aleatoria" de los estados de ánimo o de la moral de sus tropas, lo cual lo ayuda a "modificar gradualmente" la estrategia de su grupo.[65] Este ejecutivo afirma incluso que las empresas cuyos empleados no se comuniquen por correo electrónico –fuente de una mayor rapidez de acción, y en consecuencia de una mayor productividad– están condenadas a desaparecer.

El auge del SOHO

La presión de la competencia y la globalización de la economía imponen una reorganización de las relaciones intraempresariales que con frecuencia va acompañada de un nuevo enfoque del perímetro de actividad y del modo de trabajar. Los conglomerados de ayer tienden a concentrarse en el núcleo de su actividad: las tareas que requieren conocimiento estratégico y la generación de más valor agregado. Confían a agentes externos –subcontratistas, proveedores o socios especializados– una proporción cada vez más importante de su actividad. Antaño esta modalidad sólo afectaba tareas como el tratamiento de datos, las relaciones públicas o el mantenimiento informático. En la actualidad se puede tratar de cualquier eslabón –material o inmaterial– de la cadena de producción: contabilidad, facturación, atención al cliente, departamento legal, televenta e incluso, en algunos casos, diseño o fabricación industrial. "En los años 80, hemos contribuido al derrumbe de las organizaciones; en los años 90, las empresas se despueblan desde dentro", sintetiza el futurólogo Paul Saffo.[66]

La aceleración de este fenómeno de vaciamiento va de la mano con el progreso de las tecnologías de comunicación. La empresa matriz, ligada con sus filiales y subcontratistas por una red informática sofisticada, es capaz de verificar el estado de avance del trabajo aunque haya barreras de tiempo y espacio. Ciertas organizaciones han llevado esta estrategia de vaciamiento tan lejos que se pueden calificar de "empresas virtuales". Este doble movimiento de autonomización del empleado y desconcentración de los grandes grupos provoca, en el aspecto social, un espectacular aumento del trabajo independiente, del trabajo domiciliario y del "teletrabajo". Este término designaba hasta hace poco a los empleados asalariados o independientes que trabajaban en su hogar o bien en centros deslocalizados, conectados por red a su empleador y sus clientes. "En la actualidad hay que restituir este concepto en el marco de una nueva lógica económica, la de la sociedad de la información", explica Anita Rozenholc, de la DATAR francesa (Delegación para la Gestión del Territorio y la Acción Regional).

En 1994 más de 43 millones de americanos –un tercio de los trabajadores del país– efectúan por lo menos una parte del trabajo en su casa, indica un estudio de la empresa neoyorquina Link Ressources. Según los expertos, esta cifra debería crecer un 15 por ciento anual, para llegar a los 56 millones en 1997. Cada año, millones de americanos transforman su habitación de huéspedes, su comedor, su dormitorio e incluso su terraza en oficina, con ordenador, fax e impresora. Procurando sacar partido de esta tendencia, los profesionales de la burocracia han hecho de esta nueva raza de trabajadores un *target* de marketing totalmente aparte: el SOHO, abreviatura de Small Office Home Office (oficina pequeña, oficina hogareña). Teniendo en cuenta el elevado precio del metro cuadrado en las grandes ciudades americanas, estos diseñadores se especializan en la invención de oficinas compactas: oficina-armario, oficina-mesa rodante, oficina-camarote.

Evidentemente, algunos oficios se acomodan mejor que otros al trabajo domiciliario y a distancia, pero por medio de un equipo de comunicaciones apropiado, muchas actividades de servicios (venta directa, secretariado, diseño, edición, contabilidad) se pueden realizar a distancia. El teletrabajo no es siempre premeditado; tomemos el caso de Wendy Rickard, una joven americana de treinta y seis años. Esta residente de Nueva Jersey trabajaba para Educom, una empresa que busca promover el uso de ordenadores en la enseñanza.

Cuando Educom se mudó a Washington en 1987, Wendy no quería sumarse al traslado. Propuso a su empleador continuar trabajando en la revista de la organización, *Educom Review*, desde Nueva Jersey. "Sin Internet, habría renunciado", explica.[67] En la actualidad, los únicos empleados de Rickard Associates que están físicamente presentes en la vieja casa de Hopewell son Wendy, su asistente Carrie y un empleado de tiempo parcial.

Los demás colaboradores –el director artístico, que vive en Arizona, los editores de Florida, Georgia, Michigan y Washington DC, así como las decenas de autores ocasionales– mantienen contacto únicamente a través de Internet y del servicio en línea America Online. Varias veces por día intercambian en línea, en pocos minutos, la copia electrónica de las páginas sobre las cuales trabajan. Por cierto, los problemas técnicos a veces son frustrantes para Wendy, a quien una trayectoria de trabajos menores y de aprendiz de actriz en Nueva York no preparó para navegar por las autopistas de la información. No obstante, parece haber superado estas dificultades. A fines de 1994, la Internet Society, que coordina el crecimiento de la Net desde Reston, Virginia, solicitó a Rickard Associates que se ocupara de una de sus publicaciones, *On the Internet*.

¿El ingenio y la atracción por el teatro constituyen ventajas para convertirse en cibertrabajador? En todo caso, son los únicos puntos en común entre Wendy Rickard y Philippe Flichy. Wendy es americana, Philippe francés. Rickard Associates edita revistas en Nueva Jersey, Better Way hace ediciones multimedia en la Perche. Esta empresa, creada en 1990, es el prototipo de estos nuevos proyectos tecnológicos que contribuyen a introducir en Francia la era digital, a transformar sus hábitos de trabajo y dar nuevo impulso a sus zonas rurales.

En un molino de Perche

Philippe Flichy descubrió el mundo virtual en Estados Unidos. Después de un año de preparación en HEC, compró un viaje de ida a Nueva York, donde vivió siete años. Debe su primer contacto con la tecnología a la Rush Dance Company, un elenco de teatro vanguardista que utiliza imágenes sintéticas en escena. Interesado, el joven francés inicia estudios de informática y gestión de sistemas de información en Boston. Paralelamente, intenta la creación de proyectos escénicos. Una de sus ideas, enviada por su profesor al Massachusetts Institute of Technology, seduce incluso al jefe del Media Lab, Nicholas Negroponte. El joven se integra al prestigioso equipo del gurú de lo digital, trabajando en holografía y sonidos tridimensionales. Pero el sueño de Philippe se despedaza rápidamente contra triviales problemas de inmigración: careciendo de visado, debe regresar a Francia.

No obstante, el hombre conserva de su período americano un afán emprendedor y un punto de vista resueltamente inconformista. Después de dos pasos en falso, funda Better Way en 1990. La vocación de su empresa es proponer a las organizaciones sistemas de información que integren las más flamantes tecnologías de comunicación interactiva: desde el catálogo de productos en Photo-CD (para De Dietrich) hasta el terminal de llamadas interactivo (France Télécom, Cable & Wireless), pasando por el CD-ROM (guía del visitante del Milia). "De Dietrich usa catálogos electrónicos como bases de datos producidos para sus redes de revendedores –explica Philippe Flichy–. La noción de autómata de información hace su camino." La próxima etapa: Better Way proyecta asociarse con tres ex empleados de Digital Equipment para proponer a sus empresas la construcción de sus sitios de Internet, llave en mano.

Better Way también se lanzó recientemente a la edición de Photo-CD pedagógicos y documentales, que con el tiempo deberían representar un cuarto de su facturación. "Habíamos iniciado el primer título como un proyecto piloto. Luego quisimos aprovechar mejor nuestros conocimientos sobre la concepción de productos interactivos de consumo", resume Flichy. La colección Highway (*La Technologie CD-ROM, La Couleur, La Vidéo numérique*) está consagrada a la exploración de las tecnologías multimedia. Pero Better Way trabaja también en la edición de CD menos técnicos, en el marco de las series "Coulisses" (*Les Criées de Loire-Atlantique, Les Usines marémotrices*), "Carnets de voyages" (*Cuba, Ile Maurice*), "Portraits" (*Homme de mer*, sobre el escultor y navegante Serge Auboué), "Visite en France" (*La Route du fromage*) y "Fruits de la terre" (*Histoire de sel, De la fleur au miel*).

Al principio la empresa tenía una organización clásica, con base en Saint-Cloud, Louveciennes y Rambouillet. "Al fin, en 1992 –recuerda Philippe Flichy–, optamos por el teletrabajo." ¿Por qué? La empresa reúne a personas –jefe de proyecto, guionista, ergónomo, diseñador, grafista, músico– que tienen ritmos, horarios y humores no siempre fáciles de conciliar en el mismo lugar. Además, Better Way tenía un problema: sus oficinas y equipos siempre se utilizaban demasiado o demasiado poco. Además, ciertos colaboradores tardaban más de una hora en llegar a la oficina.

Flichy aplica pues el modelo de la empresa virtual: instala la sede de su empresa en un molino de La Madeleine-Bouvet (Perche), a 120 kilómetros de París. Allí, un sofisticado servidor informático (una estación de trabajo DEC basada en el microprocesador RISC Alfa) genera comunicaciones externas e internas de la empresa en líneas Numéris de alta capacidad. Además de Philippe, también encontramos un ingeniero de red, una directora artística y una contadora. El responsable del desarrollo comercial comparte su tiempo entre París y la Perche. La docena de otros colaboradores más "próximos" trabaja en su casa, en forma independiente: uno en Melum, el otro en las inmediaciones de París, un tercero en Bélem (Perche), un cuarto en Montreal (Canadá). Como en Rickard Associates, toda esta gente se pasa el tiempo cambiando mensajes telefónicos, electrónicos y documentos multimedia en la red Numéris.

Aun así, la "artesanía electrónica", como la denomina Philippe, tiene sus bemoles: "Los costos técnicos a menudo pesan en una estructura pequeña como la nuestra". Entre los clientes que pagan mal (incluidas las reparticiones públicas), los banqueros recelosos y la lentitud de los reembolsos, los comienzos fueron difíciles. Better Way equilibró sus cuentas por primera vez en 1993. En el año 1994 realizó una pequeña ganancia sobre una facturación escalonada de 3,5 millones de francos.

El funcionamiento en teletrabajo también presenta sus contratiempos: "France Télécom no favorece a empresas pequeñas e innovadoras como la nuestra", critica Philippe Flichy. ¿Su queja principal? "Las comunicaciones en Numéris son mucho más caras y su utilización carece de flexibilidad." Sin llegar a los Estados Unidos, donde hemos visto que pequeñas empresas como RG/A Digital Studios instalan enlaces costosos entre sus sedes neoyorquina y californiana, existe ya un contraste importante, en esta materia, entre la política de los operadores franceses y alemanes. Mientras que la estrategia tarifaria de France Télécom hizo de Numéris un producto elitista, Deutsche Telekom ofrece un servicio ISDN apenas más caro que el teléfono clásico.

A pesar de estas dificultades, el tránsito al teletrabajo permite a Better Way elevar su productividad un 30 por ciento y logra que sus asalariados mejoren sus ingresos al tiempo que reducen las tensiones y mejoran su calidad de vida. ¿Cómo resuelven los trabajadores "satelizados" el problema clásico de la oficina domiciliaria? "Conectando su estudio de Montparnasse con una granja de las inmediaciones de Montpellier", explica Flichy. Aun así, no traza un cuadro idílico de la empresa virtual. "El teletrabajo no está hecho para todos los oficios ni para todas las personalidades –advierte–. Lo esencial es obtener la adhesión de la gente. Además es divertido ver que los más reacios se convierten a veces en los más fanáticos." Evidentemente, el trabajo en red no elimina las reuniones físicas, al contrario. "Mientras esperamos que la videoconferencia alcance costos aceptables, conviene que nuestros colaboradores hagan la 'peregrinación al molino' al menos una vez por semana", señala Flichy.

Para compensar esta desventaja, fortalecer al "bebé" y mejorar el modelo de la empresa del futuro, Philippe Flichy sueña con instalar una antena de producción de Better Way en la isla de Mauricio: "Así aprovecharíamos ventajas fiscales importantes, beneficiándonos con salarios locales menos elevados. Ello nos permitiría también desarrollar subcontratos para otros editores multimedia". Por cierto, esta nueva entidad dispondría de equipos flamantes, incluido un sistema de videoconferencia multimedia y enlaces de comunicación sofisticados. Por otra parte, a cambio de las ventajas que le ofrecieran Maurice-Télécom y el gobierno local, Flichy crearía en ese sitio un centro de formación en infográfica.

Un mercado mundial de la materia gris

Better Way ilustra perfectamente el razonamiento de Anita Rozenholc, "suma sacerdotisa" francesa del teletrabajo, conocida en el ámbito de la administración territorial por sus ideas vanguardistas e iconoclastas. "El teletrabajo –explica Anita– ya no se debe pensar en el marco del sistema económico actual. No se trata simplemente de descentralizar las actividades existentes, sino de reorganizar totalmente nuestro modelo económico y social." Esta experta de DATAR es la impulsora de la convocatoria "Teletrabajo, nueva mudanza del territorio y competitividad económica", lanzado en mayo de 1993 con la participación de France Télécom y el apoyo de la Comisión Europea...

En abril de 1995, a partir de treinta y dos experiencias concretas de teletrabajo, Anita saca una serie de conclusiones positivas, tanto sobre la adaptabilidad psicológica y cultural de los trabajadores como sobre las ganancias en productividad resultantes de las nuevas prácticas. Pero el camino será largo, pues Francia está atrasada en comparación con los países anglosajones. Anita Rozenholc llama la atención de los poderes públicos sobre la ausencia de reflexión y de política global en lo concerniente al teletrabajo y la manipulación de datos digitalizados. "Es preciso que los políticos y los responsables de la economía salgan de la lógica manufacturera para adoptar la de la sociedad de la información", advierte, pues las apuestas estratégicas de las autopistas de la información y los multimedia no están en los juegos de vídeo ni en las películas a pedido: el mundo digital trastocará la vida de todos porque lleva en germen una nueva división mundial del trabajo. "En un servicio o producto dado –trátese de un coche, un yogurt o un servicio financiero directo–, la parte de producción inmaterial cobra preponderancia", explica Anita Rozenholc. Aun para la fabricación de bienes tan tangibles como una camisa o una hogaza Poiline, las actividades intermedias (concepción, packaging, promoción, marketing) se integran cada vez más con las telecomunicaciones y la informática.

"Es como si estas tareas inmateriales –continúa Anita– formaran una gigantesca nube planetaria de actividades cuyas partículas, extremadamente móviles, pueden llegar a todas partes: Boston, Singapur... o el departamento de Creuse." La emergencia de la sociedad de la información redefine así los modos de producción (reducción de costos, valorización del *know-how* a nivel mundial) y los modos de consumo (acceso instantáneo a teleservicios como la telecompra o la teleinformación) mundiales. También redefine el paisaje de la competencia económica al trastocar la jerarquía entre los territorios y los países. "El acceso a las competencias y los conocimientos, y por ende a los servicios y las redes, se convierte en primer criterio de atracción y de valoración de territorios."

Este nuevo dato cobra mayor importancia en la medida en que sólo estas actividades imateriales son portadoras de competitividad, de creación de empleos, así como de mejoramiento de la calidad de la vida y del medio ambiente. "Los países y las regiones que no sepan captar estas actividades están condenados al fracaso y la decadencia", predice Anita Rozenholc. Y hay urgencia, "porque las economías emergentes, como Singapur o las Filipinas, hacen todo lo posible para convertirse en cabezas de la red en el siglo veintiuno".

Frente a este desafío, los obstáculos franceses no son tecnológicos ni financieros, sino culturales, políticos y sociales. Como ejemplo, por falta de atención a estos problemas, una parte de la digitalización del catálogo de la Nouvelle Bibliothèque de France se encomendó a las Filipinas por intermedio de un subcontratista inglés. "Prefieren consultar a un mal médico de barrio que curarse por telemedicina", ironiza esta funcionaria iconoclasta. De manera general, Francia no sabe aprovechar sus conocimientos en esta materia. ¿Qué espera para convertirse en centro de excelencia mundial en materia de digitalización de datos de catastro, de gestión del agua, de concepción de mapas topográficos y telediagnóstico? Sólo esa actitud emprendedora nos permitiría resolver nuestros problemas de desocupación, afirma Anita Rozenholc, porque "aun el desarrollo de los empleos de proximidad, de los que tanto se habla, será pagado indirectamente con la creación, en nuestras regiones, de empleos de valor agregado de este tipo".

Esta experta presenta un cuadro amenazador del porvenir de Francia: si los franceses no se adelantan, los americanos dominarán mañana las redes de información de los medios y las imágenes digitales de sus museos. "Es preciso no separar enseñanza de teleenseñanza, salud de telemedicina", advierte Anita Rozenholc, porque en tal caso aspectos enteros de los asuntos públicos escaparían a la gestión nacional. Según ella, no se trata solamente de ganancias: "El mundo virtual puede predominar sobre lo real. Si Bill Gates suprime en su red los cuadros del museo Ermitage, posee en cierto modo el poder de eliminar la atracción del Ermitage, de borrarlo".

9
La Europa multimedia

Bill Gates, dueño de Microsoft, ama la belleza. Se sabe que en 1994 adquirió, por 38 millones de dólares, un manuscrito de Leonardo da Vinci que se remataba en Nueva York. Dos años antes había tratado de adquirir los derechos de digitalización y reproducción electrónica de las obras del museo del Louvre. Sin comprender del todo el valor de estos derechos digitales, las autoridades francesas estaban dispuestas a aceptar un contrato leonino. En esa época el establishment francés no había oído hablar del ciberespacio, no usaba CD-ROM ni pensaba en visitar museos virtuales. Los únicos cibernautas del país pertenecían a la comunidad científica. Y los expertos nacionales predecían que la televisión digital sólo se inauguraría en el siglo veintiuno.

Sin embargo, las tecnologías digitales no son extrañas a Francia. Al contrario. A fin de cuentas, France Télécom fue la primera en cambiar masivamente sus centros electromecánicos por centros digitales; es el único operador del planeta que supo hacer de la telemática un éxito comercial. Más recientemente, el campeón francés de la electrónica de consumo, Thomson Multimedia, fue –por medio de su filial americana RCA– la primera del mundo en comercializar sistemas de recepción satelital para la televisión digital.

Pero, a pesar de estos conocimientos técnicos, los líderes industriales, administrativos y políticos del país fueron lentos para captar la revolución digital en toda su amplitud. Tanto Francia como Europa se dejaron sorprender por la iniciativa de Al Gore sobre las autopistas de la información. Jacques

Delors consagra un largo capítulo a este tema en su *Livre blanc.* "Los consejeros de Gore nos han puesto en un aprieto", reconoce un antiguo colaborador del presidente de la Comisión Europea.

Aunque no sea un fanático de los ordenadores, Jacques Delors pronto comprendió la importancia estratégica del tema. Gracias a su iniciativa –aunque bajo la presidencia de su sucesor, Jacques Santer– se celebra en Bruselas, a fines de febrero de 1994, una reunión excepcional del grupo de los siete países más industrializados –el G7, integrado por Alemania, Canadá, Estados Unidos, Francia, Gran Bretaña, Italia y Japón– sobre el tema de la sociedad de la información. Esta misa mayor futurista, que mezclaba a capitanes de la industria con ministros, derivó en once proyectos internacionales que abarcaban desde bibliotecas electrónicas hasta telemedicina, desde teleenseñanza hasta museos electrónicos.

El ejercicio fue sin embargo muy decepcionante: lejos de lanzar los debates de la sociedad y plantearse las apuestas culturales de esta nueva era digital, los participantes se contentaron con pronunciar una consabida oda al liberalismo económico. "Construir la infraestructura global de la información requiere una competencia fuerte. ...Esta competencia vigorosa, es decir global, será la que creará empleos", salmodió Al Gore. Jacques Delors, Jacques Santer, Martin Bangeman, interventor de Industria, y la mayoría de los directivos empresariales americanos y europeos repitieron a coro este refrán.

Este episodio caricaturesco ilustra la amplitud de la fosa transatlántica en esta esfera. Es que la cuestión no se plantea de la misma manera aquí y allá. Europa posee operadores de telecomunicaciones públicas en una situación de monopolio casi absoluto, una industria informática deficiente, un sector de TV cable poco desarrollado (salvo en Alemania) y generalmente deficitario. Además, su industria cultural es mucho más fragmentaria que en los Estados Unidos. Para colmo, una regulación obstruccionista, una cultura gubernamental muy intervencionista y una cuasiausencia de capital de riesgo estorban la eclosión de empresas innovadoras en el continente europeo.

En estas condiciones, existe poca emulación para la construcción de redes de comunicación. Y el problema de las autopistas de la información se reduce principalmente, sobre todo en una etapa inicial, a controversias en torno de un doble movimiento de desregulación económica. En primer lugar, la desregulación de las telecomunicaciones, prevista para 1998; en segundo lugar, la desregulación de los programas audiovisuales, protegidos por cupos de difusión y el reciente concepto de la excepción cultural.

Un paso en falso

Ambivalencia es sin duda el término que mejor sintetiza la actitud del poder político francés ante el problema de las autopistas de la información, pues si su carácter de "gran proyecto" encaja perfectamente con la tradición industrialista francesa (tanto de izquierda como de derecha), es inevitable verificar que más de una vez el país se ha quemado las alas en el ejercicio de un "colbertismo de alta tecnología" (Elie Cohen). La historia tecnológica reciente, en efecto, está jalonada de "elefantes blancos": los satélites TDF, el plan de TV cable, la difusión de la fibra óptica, la informática para todos, la televisión de alta definición con formato Mac.

El divertido episodio de Balladur ilustra esta ambivalencia hasta extremos caricaturescos. Edouard Balladur, primer ministro y futuro candidato para las elecciones presidenciales, no podía ignorar este concepto tan de moda. Ansioso de participar en esta tendencia, ordena en la primavera de 1994 un informe sobre el tema a Gérard Théry. En el microcosmos de Télécom, Théry es un héroe: es el hombre que en los años 70 condujo a marcha forzada la modernización de la red telefónica francesa, entonces subequipada y vetusta. También fue él quien, años más tarde, permitió el éxito de Minitel.

Pero el entorno de Balladur había subestimado el carácter empeñoso –casi militar– de este hombre que narra con ojos brillantes de entusiasmo el modo en que Helmut Kohl ordenó a Deutsche Telekom que dotara a la Alemania oriental de una red de telecomunicaciones ultramoderna. El informe Théry, primero anunciado para julio, se publicó al fin en noviembre de 1994. Sus primeras versiones provocaron vivas protestas por parte de France Télécom y de ciertos operadores privados de cable. A pesar de varias consultas entre el autor y Matignon, el texto final no logra satisfacer a sus oponentes.

Partidario decidido de las autopistas de la información, Gérard Théry recomienda alentar al único operador francés que posee los medios tecnológicos y financieros –France Télécom– para que divida el país en una red de fibra óptica que llegue lo más cerca posible del consumidor final. El costo se estima en 150 a 200 mil millones de francos en un período de veinte años. Un esfuerzo financiero que, subraya Théry, no representa sino un sobrecosto de 5 a 7 mil millones de francos anuales, en relación con el plan de inversiones fijado por France Télécom. "El valor agregado permitido por esta inversión será por lo menos tres veces mayor", pronostica Théry, que espera que la disponibilidad de esta infraestructura genere una explosión de servicios multimedia.

La "revolución de la información para todos" tiene el potencial de crear 300.000 empleos en el curso de los próximos diez años, sostiene el autor. "En una sociedad que emerge de una crisis y busca un nuevo respiro –concluye–, la aparición de las autopistas de la información representa una gran oportunidad." Pero esta visión optimista, este sentimiento de urgencia expuesto con elocuencia por Théry, no parece ser compartido por ciertos expertos franceses, que denuncian una "visión de otra época", ni por el gobierno de Balladur, poco deseoso de internarse en un terreno controvertido a pocos meses de una elección presidencial. Ni, sobre todo, por la principal interesada: France Télécom.

Su presidente Marcel Roulet está más preocupado por la desregulación total del mercado europeo de las telecomunicaciones, fijada para 1998. En Francia, los sectores de equipamiento telefónico, transmisión de datos y comunicaciones móviles son filones ya abiertos a la competencia: la SFR de la Générale des Eaux y el grupo de Martin Bouygues explotan ya licencias de telefonía móvil. La próxima etapa será la desregulación total de las infraestructuras y de la transmisión de voz. El presidente de France Télécom desea prepararse para esta inevitable zambullida en el gran baño de la competencia, y no ve la necesidad de lanzarse con pérdidas a la construcción de una costosa infraestructura cuya rentabilidad económica parece cuando menos aleatoria.

En este contexto desfavorable, el gobierno de Balladur se lanza al agua: en octubre de 1994 reafirma la "necesidad de que Francia trace una estrategia ambiciosa en un dominio donde posee muchos patrimonios". Propone incluso "conservar el objetivo de lograr una cobertura gradual del territorio nacional, de aquí al 2015, por medio de autopistas de la información". Estas altisonantes declaraciones, sin embargo, sólo son seguidas por una modesta "apelación a hacer propuestas" para la creación de proyectos experimentales destinados a clasificar y estructurar la oferta, a generar *know-how* entre los operadores y proveedores de servicios, y sobre todo a verificar la viabilidad económica y comercial de estas nuevas redes.

Las empresas francesas se ven pues alentadas a trazar proyectos experimentales innovadores que deberían poder beneficiarse de subsidios públicos y facilidades regulatorias. No está excluido que ciertos operadores queden autorizados para ofrecer servicios telefónicos clásicos en zonas restringidas. Interrogado públicamente el 31 de enero de 1995, el director general de Correos y Telecomunicaciones, Bruno Lasserre, afirma que esta convocatoria es para el gobierno una buena oportunidad de conocer de antemano "los problemas concretos que planteará la sociedad de la información, y de encarar sin tabúes una evolución de los actos regulatorios". Ello indica el afán de adjudicar "licencias de pioneros en sitios delimitados".

A fines de febrero de 1995, la decisión interministerial recae sobre los candidatos como una ducha helada: entre los 635 proyectos recogidos por el gobierno, sólo se aprueban de inmediato los 49 proyectos financieramente acabados y que no plantean ningún problema reglamentario. La Générale des Eaux y la Lyonnaise des Eaux –que habían presentado proyectos de plataforma mixta multimedia/teléfono– denuncian en privado que hay engaños. La explicación es simple: a dos meses de las elecciones, no convenía arriesgarse a conmociones sociales, rompiendo el tabú del monopolio de France Télécom. Una consigna de Matignon pronto sofocó las veleidades reformistas de Bruno Lasserre.

Aun así, el monte del informe Théry al fin parió un ratón: una solemne aprobación gubernamental a los proyectos que pudieran organizarse por su cuenta. France Télécom, por su parte, anunció en esta ocasión una inversión global de mil millones de francos en el área de infopistas. Pero los proyectos del operador público, cuyos esfuerzos multimedia están dispersos entre varias filiales, constituyen más un amago experimental y defensivo que una auténtica estrategia comercial.

Un mal comienzo

Actualmente corresponde a Jacques Chirac y el gobierno de Alain Juppé decidir cómo gestionar el área de las autopistas de la información. El nombramiento, en la persona de François Fillon, de un ministro de Tecnologías de la Información y Correos, testimonia cierta sensibilidad ante el tema. Pero sus prerrogativas no son diferentes de las de su predecesor. El nuevo gobierno deberá, simultáneamente, abordar el delicado problema de la situación de France Télécom. Es una cuestión estratégica en la medida en que el operador francés es, con Alcatel-Alsthom, una de las pocas multinacionales francesas que pueden pesar en las infraestructuras mundiales. Además es una cuestión urgente porque todos los gobiernos europeos privatizan parcialmente sus empresas públicas de telecomunicaciones, preparándose para el plazo de 1998. La británica British Telecom se privatizó en 1984; la alemana Deutsche Telekom se privatizará en dos etapas (1996 y 1997). La italiana STET y la española Telefónica ya son empresas de derecho privado (cuando el

Estado pierde la mayoría del capital, conserva un poder soberano gracias al mecanismo de *golden share*). Los daneses y los suecos se aprestan a seguir ese rumbo.

"Somos el último gran operador europeo que no tiene capitales", se lamentan, en mayo de 1995, en la sede de France Télécom. Para su presidente Marcel Roulet, el tránsito al estado de sociedad anónima se ha vuelto indispensable, de modo que el estado accionario ya no tome las decisiones estratégicas "sino en función del interés de France Télécom". La empresa así escaparía del papel de San Bernardo de las Bull y otros patos cojos del sector público, al cual el gobierno la ha obligado más de una vez. Su cotización en bolsa contribuiría a ponerla "bajo tensión". Considerando que Marcel Roulet no supo preparar la empresa para esta inevitable mutación (nadie le dio los medios políticos), el gobierno de Juppé lo reemplaza, a fines de agosto de 1995, por el presidente de la Compagnie Bancaire, François Henrot, el cual presenta su dimisión ocho días después de su nominación por un desacuerdo con su ministro tutelar. Es Michel Bon quien deberá encargarse de la transformación de France Télécom en sociedad anónima (el Estado conservará la mayoría y los directivos seguirán siendo funcionarios) pero sólo después de la votación de una nueva ley regulatoria del sector francés de las telecomunicaciones, prevista para la primavera de 1996.

La mutación de la empresa pública y monopólica en sociedad dinámica del sector competitivo sólo se logrará por medio de una revolución cultural. Las comparaciones internacionales hacen resaltar claramente los aspectos positivos de France Télécom: su productividad es más que honrosa, mientras que su exceso de personal es menos importante que en muchas empresas europeas (hablamos de 60.000 personas de más en Deutsche Telekom). Por otra parte, su red –cuya osamenta está constituida en su mayor parte por fibra óptica– es más moderna que la de la mayoría de sus competidoras internacionales.

Mejor aún, la calidad del servicio y la tasa de satisfacción de la clientela (85 por ciento) provocarían la envidia de más de un operador. "Será más difícil arrebatarle clientes a France Télécom que a British Telecom", reconocen en la compañía americana US West, en Denver. Por último, el operador francés se defiende muy bien en lo concerniente a las técnicas digitales del futuro. En materia de telemática, las redes digitales de integración de servicios (Numéris), de conmutación ATM y de compresión digital de imagen y sonido, el CNET de Lannion y el CCETT de Rennes,[68] no tienen nada que envidiar a los mejores laboratorios del planeta.

El problema de France Télécom consiste en no haber sabido transformar sus virtudes en éxitos comerciales. El conjunto de sus socios privados se queja de la lentitud de sus procedimientos de decisión, de su falta de experiencia en materia de marketing, de su ausencia de espíritu empresarial. El operador francés ha debido pagar más de una vez por la incoherencia de las decisiones políticas del Estado accionario (red de cable, satélites de teledifusión). Pero también tiene fama de amar las joyas tecnológicas ruinosas (decodificador Visiopass) y de carecer de agresividad comercial (telefonía móvil, enlaces Numéris, telemática multimedia, teletarjeta).

El estatus de sociedad anónima le daría el margen de maniobra necesario para continuar grandes alianzas internacionales, indispensables para su éxito en un entorno abierto. La empresa ya ha pactado con Deutsche Telekom la creación de Atlas, filial común para gestionar una exigente clientela integrada por grandes empresas. Con el tiempo, los dos gigantes europeos desean cimentar esta sociedad estratégica por medio de participaciones cruzadas. France Télécom y Deutsche Telekom, por otra parte, se proponen redondear los detalles de una participación del 20 por ciento de Atlas en el capital del tercer operador de larga distancia de Estados Unidos, Sprint.

El tiempo apremia. En 1994 y 1995, la gran danza internacional de las telecomunicaciones se acelera, trazando una verdadera red internacional por medio de consorcios globales. British Telecom se ha casado con MCI, AT&T con Unisource (agrupamiento de las telecomunicaciones española, holandesa, sueca y suiza). El conjunto ha celebrado una alianza con la Compagnie Générale des Eaux, cuyo director general, Jean-Marie Messier, espera ser el segundo operador francés. Las Baby Bells americanas no se quedan atrás, adoptando posiciones estratégicas favorables en la telefonía móvil y en las áreas que se inauguran en Europa. Pero es sin duda en Alemania, primer mercado del continente, donde la competencia recrudecerá más después de 1998: en pocos meses, grupos industriales tan poderosos como Daimler-Benz (automóviles, aeronáutica), Manessmann (mecánica, metalurgia), Thyssen (siderurgia), Veba (química, energía), TWE (electricidad) y VIAG (energía) han buscado socios ingleses o americanos para prepararse a tomar una porción de la torta de Deutsche Telekom, que hasta ahora reina solitario en la telefonía y la TV cable.

En este contexto, los reiterados fracasos en el intento de reformar el estatus de France Télécom podrían significar un lamentable retraso para el operador francés, y en consecuencia para Francia. Lejos de ser nuevo, el proyecto de reforma de su estatus de operador público constituye la mayor "serpiente de mar" político-administrativa de los últimos diez años. Hubo informes de altos funcionarios y grandes debates internos; hubo una tumultuosa reclasificación del personal; hubo la lograda reforma de Paul Quilès (1990) y dos intentos frustrados de Gérard Longuet (1988 y 1993); hubo manifestaciones, huelgas y retrocesos. Hasta ahora los dirigentes de France Télécom, temerosos de perder su estatus de funcionarios y respaldados por potentes lobbies políticos locales, ha frenado el proyecto de tránsito a sociedad anónima.

En realidad, el malestar de la empresa France Télécom se ha traducido −en el plano sindical− en el debilitamiento de una CFDT cogestora y el notable ascenso de su rama disidente SUD (Solidarité, Union, Démocratie), un movimiento muy próximo a las bases, que se elevó rápidamente al segundo rango, después de la CGT. "Es difícil convencer a los asalariados de la urgencia de un cambio de estatus cuando la empresa obtuvo 10 mil millones de francos de ganancias en 1994 y la noción de competencia es todavía abstracta", confirma un directivo.

La cuestión del estatus de France Télécom se plantea hoy con nueva agudeza. La dificultad de tomar una decisión en este problema ilustra bien la distancia entre los países anglosajones, que viven en la época del ciberespacio, y una Francia anclada a sus tradiciones e incapaz −aquí y en el exterior− de pensar en términos de mercado mundial. El que France Télécom haya logrado, en cuatro años, pasar del estadio de la administración al del establecimiento público es una especie de milagro, pero un freno en este movimiento hoy podría redundar en un futuro hipotecado. Para Elie Cohen, investigador del CNRS, esta cuestión excede el mero interés de la empresa: "Las telecomunicaciones se han convertido en materia prima de la industria moderna. Dejar bajo el monopolio un bien económico tan importante equivale a privarse de la reducción de precios y del desarrollo de la actividad que debería resultar de ella".

Minitel o el complejo de Astérix

La telemática es una de las principales esferas donde France Télécom habría podido demostrar mayor capacidad de anticipación. El operador francés es el único del mundo que supo, desde 1984, practicar una política industrial perseverante que desembocó en éxito comercial. Al distribuir millones de Minitels casi gratuitamente, France Télécom creó una actividad cuyos 23.000 servicios generaron 9 mil millones de francos de facturación en 1994.

Pero en diez años el Minitel ha evolucionado poco. La interacción con la máquina es lenta, sus gráficos son poco atractivos y la red es francesa y francófona. Sobre todo, el terminal no posee inteligencia propia y limita el uso a una telemática de consulta, mientras que un ordenador personal en línea permite almacenar y manipular datos. En síntesis, el Minitel ha permanecido en el estadio de la bicicleta, mientras en Estados Unidos los operadores de servicios en línea inventaban el automóvil: la transmisión y el tratamiento de datos multimedia. El resultado es que al no haber aprovechado su avance, el operador francés hoy está obligado a renovar su oferta, bajo la doble amenaza de un desembarco americano y la aparición de nuevos actores europeos: perfecto ejemplo de ese "complejo de Astérix" (Alain Duhamel) que termina por convertir las virtudes francesas en desventajas.

A fines de 1995, en efecto, se perfila el arribo de la famosa Microsoft Network. Los grandes operadores de servicios en línea de los Estados Unidos ansían tomar posición en los mercados internacionales, temiendo ser aplastados por la red del campeón mundial de software, automáticamente accesible a todos los compradores del nuevo sistema operativo Windows 95. Además, Compuserve, el primer servicio americano que se instaló en Europa, anunció en mayo de 1995 un abono relativamente barato (70 francos mensuales por tres horas gratuitas) y un comienzo de *franchising* de su servicio. Y America Online, aliada con la alemana Bertelsmann, se dispone a lanzar servicios europeos en Alemania, Gran Bretaña y Francia.

El aguijón competitivo americano tiene al menos el mérito de despertar a los actores europeos, menos atraídos por la perspectiva de ganancias de corto plazo que preocupados por mantener el dominio del espacio electrónico. Tras haber sido los pioneros, sería conveniente aprovechar la moda multimedia, razona Calvacom, operador de la primera "comunidad electrónica" francesa. Después de haber instalado los medios de acceso, sería conveniente usarlos para ofrecer estos servicios, se dicen los operadores de cable como Lyonnaise des Eaux y Générale des Eaux. Además de proveer el contenido cultural de las redes del futuro, sería conveniente que nosotros mismos las organizáramos, se dicen los editores europeos.

El año 1994 está signado por un diluvio de anuncios de servicios en línea. Algunos, como MulticâblE de Lyonnaise Communication, son experimentales y se limitan al séptimo *arrondissement* de París. Otros, como Europe Online –una sociedad entre la francesa Matra-Hachette, las alemanas Burda y Springer y la inglesa Pearson– procuran un lanzamiento comercial de gran alcance, en tres idiomas y en los tres países. La red Infonie, concebida por la editora de juegos de vídeo Lyonnais Infogrames, tiene un plan de ataque tan ambicioso como progresivo.

Cada cual hace valer sus virtudes: los grandes grupos de comunicaciones, como Matra-Hachette o Bertelsmann, cuentan con la riqueza de su fondo editorial; Calvacom, con su *know-how* de pionero; los operadores de cable, con el carácter relativamente cautivo de una clientela tecnófila y el alto costo de sus conexiones; Infogrames, con la abundancia y calidad de sus juegos de vídeo, así como su dominio técnico del CD-ROM, que le permite prestar un servicio más atractivo. Pero cada uno de estos recién llegados sabe que la batalla se librará ante todo en el terreno de la calidad y la riqueza de su gama de servicios.

En este sentido, la herencia de Minitel –que los fabricantes de hardware consideraban hasta aquí como un freno para el equipamiento de ordenadores personales en los hogares franceses– podría ayudar a los operadores de servicios en línea. "El Minitel ha creado una vasta reserva de oferentes de servicios, entre los cuales los más dinámicos sólo desean pasar a multimedia", subraya George Nahon, experto en telemática y responsable de tecnologías avanzadas en Microsoft Europe. Es así como el cibernauta francés podrá, por ejemplo, mantenerse informado gracias a la versión electrónica de *Le Monde*; visitar el museo del Louvre para ver los lienzos de los maestros; jugar con los juegos de vídeo de Infogrames, Sony y UbiSoft; pedir CD a la FNAC o a Virgin; organizar sus próximas vacaciones al sol con Dégrif'Tour o Réduc'Tour; gestionar sus finanzas con el CCF o el Crédit Lyonnais. También podrá completar su guardarropa en Les Trois Suisses o La Redoute. La Redoute es el primer especialista francés en venta por correspondencia que puso a prueba el soporte CD-ROM. En mayo de 1995 envía a sus clientes un millón de discos interactivos realizados como parte de Somewhere, su catálogo para jóvenes adultos.

Evidentemente, el francés "enchufado" también podrá navegar por la vasta Internet por medio de un servicio suplementario. Las ofertas de conexión se multiplican, los precios bajan, y en la gran red planetaria vemos aumentar la cantidad de sites *made in France*. En la primavera de 1995, la subred gráfica World Wide Web ya contaba con más de 300.[69] El Web Museum de Nicholas Pioch, la visita virtual a las cavernas de Lascaux propuesta por el Conseil Régional d'Aquitaine y el servidor del Conservatoire National des Arts et Métiers (CNAM) ya son grandes clásicos. Para quien pertenece a la prensa, *Libération*, primer periódico francés que creó un rubro multimedia digno de este nombre, también es uno de los pioneros en la Net. Pero no permanecerá solo mucho tiempo: temiendo que la prensa anglosajona monopolice el ciberespacio, otros complejos de edición, agrupados en Globe On-Line (*Le Monde, La Tribune Desfossés, La Centrale des Particuliers*, Encyclopaedia Universalis, Fininfo, Dafsa) siguen este camino. Muchas empresas grandes o pequeñas (Les Trois Suisses, Paribas, el CCF, el Crédit Mutuel de Bretagne) siguen sus pasos. Un sitio en el Web es para ellas un escaparate mundial poco costoso que con suerte puede convertirse en útil herramienta de marketing.

Frente a la ofensiva de los servicios en línea, France Télécom procura preservar su telemática de los huevos de oro mientras la actualiza. "No razonamos a partir de aquello que permite la tecnología, sino de las necesidades accesibles de nuestros clientes", explica Jean Guiraudios, responsable de marketing de la empresa. El operador francés sabe que el Minitel será por muchos años la única herramienta telemática de uso masivo, pero no practica la política del avestruz: "France Télécom demuestra una gran apertura mental en comparación con el pasado", señala un proveedor de servicios telemáticos.

Por una parte, el operador francés propone una gama de servicios y terminales mejorados. Por la otra, crea contactos con el mundo informático por medio de su "quiosco micro", un acceso por ordenador a los servicios clásicos de Minitel, pero también a nuevos servicios dedicados al entorno informático. Paralelamente, France Télécom también promueve experimentos más futuristas, como France En Ligne (con Skyrock y Filipacchi), el servicio MulticâblE de la Lyonnaise, Wanadoo (páginas amarillas multimedia con el ODA de Havas) e incluso redes experimentales de alta capacidad y conmutación digital, como Jasmin. El operador francés piensa además en el modo de aprovechar en Francia las tecnologías de la empresa americana General Magic, en la cual tiene una pequeña participación.

Desde un punto de vista estrictamente financiero, el ciber-rescepticismo de France Télécom está bastante justificado: la tasa de adquisición de ordenadores entre los franceses –18 por ciento en el otoño de 1995– está lejos del 35 por ciento de los Estados Unidos, donde la mayoría de los operadores de servicios en línea apenas logra equilibrar sus cuentas. Por otra parte, pocas de estas máquinas francesas están dotadas con capacidad multimedia y módems (aparatos de comunicación por línea telefónica). Los modelos económicos de varios proyectos prevén una rentabilidad muy lejana: Infogrames –que desea reeditar el "golpe del Canal+" ofreciendo a sus abonados los módems– anuncia una inversión de 200 millones de francos en cuatro años. Su servicio Infonie calcula tener 500.000 abonados para el año 2000; a 100 francos el abono mensual, la inversión no se recobrará de inmediato. En el ínterin, el campo de batalla europeo de los servicios en línea estará plagado de pérdidas y cadáveres. ¿Pero no corresponde justamente a France Télécom sacar partido del riesgo en esta guerra?

Rumbo al CD-ROM

En Europa el mercado *on-line* todavía es potencial, pero la venta de productos *off-line* (CD-I y CD-ROM) comienza a cobrar forma. Los hogares europeos tienen menos ordenadores que los americanos, pero las perspectivas están cambiando: las ventas de ordenadores a los particulares llegaron al 44,2 por ciento en el primer trimestre de 1995, una cifra superior, por primera vez en tres años, a la registrada en Estados Unidos. Y las previsiones de los analistas suenan como promesas para las editoriales electrónicas. Tan sólo en territorio francés, el parque de lectores de CD-ROM debería subir de 400.000 unidades a fines de 1994 a un millón a fines de 1996.

Lamentablemente, la división del mercado de la Unión Europea en quince idiomas y culturas determina una oferta muy fragmentada. Mientras que en Estados Unidos contamos más de 4.000 títulos, la Francia metropolitana sólo contaba, a mediados de 1995, con 600. Sin embargo, la relativa pobreza de opciones no impidió en Francia la venta de CD interactivos, con un salto del 70 por ciento en el primer trimestre de 1995. Y el éxito creciente del Milia –festival de la edición electrónica, todos los meses de enero en Cannes– testimonia el interés de los grandes editores mundiales en el emergente mercado europeo.

Pero, al margen del fabricante de aparatos electrónicos de consumo Philips, que ha hecho de la edición de programas interactivos de diversión una de sus prioridades, los campeones europeos son raros e inexpertos. Los pocos editores europeos que tienen auténticos conocimientos en esta área son escasos. En 1994, el 64 por ciento de los CD-ROM vendidos en el mercado europeo procedían de los Estados Unidos. No obstante, bajo los golpes mortíferos de empresas como Microsoft, Broderbund, Electronic Arts y Time Warner Interactive, se anuncia un movimiento de concentración. La casa británica Dorling Kindersley, especialista en títulos sobre el conocimiento (*The Way Things Work, The Ultimate Human Body*), pertenece en un 18,6 a Microsoft, que no ha logrado absorberla y la utiliza como banco de imágenes. La francesa Arborescence (serie de Peter, Monet, Verlaine, Debussy) fue comprada por el grupo Havas, que también concluyó un acuerdo de coproducción con Island Trading Co. y creó con New Line (del grupo Turner) una filial común de distribución multimedia, mientras que la editora lionesa de juegos de vídeo Infogrames (*Astérix, Napoléon*) ha visto a la holandesa Philips entrar en su capital.

Esta concentración debería acentuarse aún más en los años venideros, con el carácter cada vez más capitalista del sector. Por contagio del modelo americano, Europa sufre la doble inflación de los costos de producción y de promoción de títulos. La mayoría de los mercados nacionales son todavía demasiado reducidos para amortizar gastos de semejante magnitud. "Espero que me presenten un solo título que haya alcanzado su rentabilidad únicamente en el mercado francés", declaraba en Milia 1995 el dueño de Arborescence, Max Dhéry. La ecuación económica nacional es sencilla, analiza Jean-Claude Larue, de Philips Média-Europe: "Calculemos que en Francia los editores hayan producido, en 1994, 100 CD interactivos, por un costo medio de 1,5 millón de francos, con un total de 150 millones de francos. En el mejor de los casos, se han vendido 40 títulos, 10.000 ejemplares. Los editores, que perciben unos 100 francos por unidad, han recaudado globalmente 40 millones de francos de ingresos, no 150".

Se ha comprendido que en este juego sólo los editores que logren situarse regularmente entre las diez mejores ventas pueden sobrevivir. Por otra parte, basta con dos fracasos consecutivos para poner en jaque una pequeña empresa o, bien, si su talento es reconocido, para lanzarla a los brazos de un protector de riendas firmes. Así asistimos al surgimiento de un modelo hollywoodense: poderosos grupos multinacionales distribuyen las obras de una nebulosa de pequeños estudios que están más o menos afiliados. El éxito de este matrimonio depende de la capacidad del gigante para no sofocar a los pequeños creadores que fagocita.

El grupo Matra Hachette es hoy uno de los compradores potenciales. "En los Estados Unidos, las empresas multimedia cuestan demasiado caras. En Europa, en cambio, todavía es posible realizar adquisiciones", estima Arnaud Lagardère, responsable de Matra Hachette Multimédia (MHM) e hijo de Jean-Luc Lagardère, presidente del Lagardère Groupe. Creado en 1993, cuando una auditoría interna subrayó la necesidad de desarrollar el *know-how* de la empresa en estas áreas, el *holding* MHM tiene la misión de desarrollar y coordinar el desarrollo de las actividades multimedia dentro de diversas ramas del grupo de prensa y edición (Hachette Livre, Hachette Filipacchi Press, Europe 1). El objetivo es estimular las fuerzas creadoras de las filiales para explotar sus fondos editoriales con todos los medios de distribución del futuro.

En general, la industria francesa de la edición, caracterizada por una cultura de escasa iniciativa empresarial, por medios restringidos y cierta tecnofobia, tarda en orientarse hacia el libro electrónico. Los grupos independientes pequeños como Flammarion, Bayard o Gallimard tantean el terreno con un par de títulos electrónicos por año. El primer grupo del país, CEP-Presses de la Cité (líder en prensa informática) al principio se apoyaba exclusivamente en los conocimientos de filiales prestigiosas como Nathan, Larousse o Bordas. Pero a principios de 1995 decidió crear una estructura multimedia transversal para que estas diversas filiales no estén tan desperdigadas en la batalla. Esta división, dirigida por Agnès Touraine, dispondrá "de los medios necesarios para la realización de proyectos ambiciosos pero realistas".

La táctica de Matra Hachette, segundo francés del sector, consiste en aprovechar con empeño tres activos poco explotados. En primer lugar, el grupo tiene una presencia fuerte en los Estados Unidos, tanto en la edición (enciclopedias Grolier) como en la prensa (*Elle-USA*, pero también la quincena de populares revistas que antaño pertenecían a CBS). En segundo lugar, Hachette Livre dispone, en su sector, de una gran experiencia, aunque con frutos desiguales (fracaso de Alice y de Hachette Informatique en los años 80; éxito reciente del *Dictionnaire Zyzomys*, de la *Encyclopédie Axis* y del *Dictionnaire Hachette Multimédia*). Por último, Matra constituye un polo tecnológico de gran competencia digital (sobre todo en simulación, tratamiento de imágenes y comunicaciones).

Si no vienes a Lagardère...

A mediados de 1994, Arnaud Lagardère, que entonces tenía treinta años, asume la presidencia de Grolier Inc. y su rama electrónica Grolier Electronic Publishing (GEP). Se instala en Connecticut, con el proyecto de hacer de esta entidad la punta de lanza de la estrategia multimedia del grupo. Bajo su aire de venerable casa editorial, Grolier es una de las pioneras americanas de la edición electrónica: su primera enciclopedia en CD-ROM data de 1986. "Este interés precoz se explica por nuestra colaboración con el grupo Dow Jones en la investigación de medios de distribución alternativos para nuestros productos", recuerda David Arganbright, director general de Grolier Electronic Publishing.

En el verano de 1995, GEP se prepara para abandonar la sede de Grolier, en las verdes colinas de Danbury, y emigrar a un edificio propio a varios kilómetros de distancia. Se pensaba en entrar en el Silicon Valley, pero la editora de la Costa Este desconfía de ese universo volátil donde, según la broma local, "los activos escapan del terreno cada noche y no siempre regresan al día siguiente". Grolier Electronic Publishing, en cambio, goza de una notable estabilidad: sus equipos no han sufrido una sola deserción en cinco años. Sin embargo, parece necesario quemar las naves y distanciarse físicamente de la rama de papel del grupo. Ello debería permitir a la filial electrónica acelerar su revolución cultural: una atmósfera más dinámica, un ritmo de producción más sostenido. Aun los títulos de contenido cultural denso, como las enciclopedias, deben salir en menos de un año.

Porque hoy Grolier no puede dormirse sobre sus laureles de precursora; debe afrontar el ataque de temibles competidores, como Microsoft con su *Encarta*, que pasó a la cabeza de las ventas de enciclopedias electrónicas (delante de Grolier y Compton's). Es difícil luchar cuando el líder mundial del software aprovecha todas las oportunidades para valerse de su posición dominante, comentan en Danbury: la versión 1995 de *Encarta* ya utilizaba parcialmente los códigos del nuevo sistema operativo Windows 95, que sólo salió en agosto de 1995.

Esta dura competencia impulsa a GEP a producir todos los años una versión más rica y amiga de su enciclopedia multimedia. "Reescribimos casi todos los artículos, mejoramos la facilidad de la navegación y enriquecimos los enlaces hipertexto", detalla Ernie Cormier, el gurú de producción de la casa. En este oficio, uno corre hacia adelante o decae. "No tenemos opción –enfatiza David Arganbright–. Las enciclopedias que, siguiendo el ejemplo de la *Britannica*, se resistieron a pasarse al CD-ROM, hoy están en venta."

Grolier Electronic Publishing trabaja paralelamente en la diversificación de su catálogo. "¿Por qué limitarse a las enciclopedias? –se pregunta Arganbright–. Sólo vendemos una por hogar, mientras la gente compra decenas de CD-ROM." El catálogo 1995 del grupo abarca pues, en la actualidad, productos enciclopédicos variados (una enciclopedia multimedia, una enciclopedia americana, una enciclopedia de la ciencia ficción, una enciclopedia de la Copa Mundial de Fútbol), pero también títulos ludoeducativos (récords Guiness 1995, *Wyatt Earp's Old West, How would you survive as... an Ancient Egyptian?*) e incluso juegos (*SFPD Homicide: A Body in the Bay*).

¿Qué hará un grupo como Grolier en este sector, tan alejado de sus raíces? "Ningún editor generalista hoy puede darse el lujo de pasar por alto el segmento más amplio y remunerativo del mercado multimedia", estiman en Danbury. Ernie Cormier, ex creador de juegos de vídeo, recorre el continente en busca de los talentos del mañana. "Comenzamos por financiar las maquetas –explica–. Si nos agradan, producimos." MHM formaliza, por lo demás, una sociedad de coproducción de CD-ROM con la Metro Goldwyn Mayer. "Lo que nos interesa –explica Arnaud Lagardère– es utilizar licencias prestigiosas como la de James Bond, pero también sacar partido de la potencia de marketing de un gran estudio de cine."

A diferencia de Simon & Schuster, que encomienda a terceros el desarrollo de sus CD-ROM, el grupo Matra Hachette desea fabricar por su cuenta la mayoría de los productos que edita. "Es esencial que dominemos el proceso de creación, al menos por la valoración de nuestros propios fondos editoriales", estima Arnaud Lagardère. Desde que pusieron a Ernie Cormier a la cabeza del estudio de producción multimedia de GEP hace cuatro años, el personal pasó de tres a sesenta y cinco personas.

Arnaud Lagardère cuenta con difundir gradualmente estos conocimientos en el conjunto de las sucursales del grupo. La sociedad entre MHM y Voyager finalizó en mayo de 1995, después de una ruptura profesional entre Bob Stein (cofundador de Voyager) y su ex esposa y socia, Aleen, que había creado Voyager International en París. MHM cuenta hoy con las aptitudes de David Arganbright y Ernie Cormier para organizar un estudio de producción parisino en 1995. Esta entidad, que contará con una decena de personas, "servirá como herramienta de desarrollo de productos fuera de línea, pero también en línea, con el conjunto de las filiales", confiaba Arnaud Lagardère en esa fecha.

Las cuatro divisiones principales de Matra Hachette ya han concertado sociedades de producción con MHM. Hachette Livre ha creado con GEP la entidad "Hachette Livre Grolier Interactive", que continuará, en la línea de los productos existentes, editando CD-ROM de consumo masivo (referencias, guías, consejos prácticos, juventud). La misión Edition Electronique de Alain Pierrot, bajo la dirección del presidente de Hachette Livre, Jean-Louis Lisimachio, constituye por el momento una segunda reserva de *know-how* interactivo del grupo en Francia. "Hachette Filipacchi Grolier" desarrollará productos digitales a partir de los fondos y las marcas del grupo de prensa. En cuanto a Matra Hachette Multimédia Europe, se centrará en aquello que constituye el fuerte de la emisora radial: la vida práctica, la actualidad y la música.

El grupo debería tener una cincuentena de títulos en producción para 1996. La entidad Hachette Distribution Services distribuirá los CD-ROM en tiendas (sobre todo Relais H y Maisons de la Presse), pero también por catálogo electrónico (Software Direct). De manera general, MHM intentará separar lo menos posible los canales *off-line* (CD-I y CD-ROM) y *on-line*. La filial americana del grupo de prensa ya intenta la distribución en línea, con cinco populares revistas (entre ellas *Woman's Day, Car & Driver* y *Road & Track*) en el servicio de America Online. "El interés del editor es ofrecer su contenido a la mayor cantidad posible de redes –resume Arnaud Lagardère–, pero es difícil ganar dinero en servicios gestionados por otros." El grueso de los ingresos de las revistas en línea, dicho sea de paso, no procede de las regalías pagadas por America Online, sino de la venta de espacio publicitario en las versiones de papel y electrónica.

Matra Hachette Multimédia deseaba pues, disponer del dominio sobre la obra. Por una parte, el grupo adquirió en 1994 la empresa británica Legion, líder europeo del mercado del audiotexto, luego la francesa Softec. Por otra parte, Hachette se asoció con la inglesa Pearson y la alemana Burda para el lanzamiento del servicio Europe Online. Este banco de datos, que MHM dirige en territorio francés, incluirá correo electrónico, conferencias públicas, conversaciones privadas y una amplia gama de servicios: información general y financiera, rubros prácticos (automóviles, viajes), juegos de vídeo, tiendas electrónicas, banco a domicilio, asistencia escolar.

Lagardère Groupe intenta además utilizar sus aptitudes aeroespaciales desarrollando servicios originales como Epsis, un programa de tratamiento de imágenes en tiempo real que permitirá a los organizadores de los grandes eventos deportivos proyectar anuncios publicitarios de su elección en los diversos países donde se retransmite el evento. No obstante, bajo este aparente despliegue de proyectos multimedia, la apuesta del grupo Lagardère sigue siendo mesurada en un sector condenado a permanecer deficitario durante varios años. En definitiva, el área multimedia moviliza menos de 300 personas sobre 40.000 empleados. Es una inversión de 250 millones de francos, con ventas estimadas en 400 millones de francos para fines de 1995, una nimiedad en comparación con los 53 mil millones de francos de facturación (615 millones de francos de resultado neto) del grupo Lagardère en 1994.

Alertada por el derrumbe de La Cinq, Matra Hachette se muestra muy prudente en el aspecto más devorador de capitales, el audiovisual. "Por el momento no existe valor agregado para que el grupo se lance a las cadenas temáticas digitales", afirma Arnaud Lagardère. El grupo explora algunas pistas, como la cadena de juegos de vídeo Ludo-Canal con France Télécom, o la cadena Vivre con M6. Pero a mediados de 1995 ninguno de estos proyectos aún tenía asegurado su desarrollo. En cambio, MHM parece interesarse ante todo en un sector todavía en pañales en la Francia metropolitana: los centros de atracciones de realidad virtual. El grupo ha confiado una potente estación de trabajo Onyx (Silicon Graphics) a la pequeña empresa francesa de desarrollo Cryo, que trabaja en la elaboración de un entorno lúdico virtual.

¿Logrará el grupo Matra Hachette trasladar al universo digital de mañana su potencia establecida en el mundo de Gutenberg? Para ello no sólo deberá realizar esta revolución cultural que tantos problemas causa a sus competidores americanos, sino también enfrentar un triple desafío más específico: crear un espíritu de equipo entre el *holding* MHM y las diversas ramas operativas de la empresa; aprender a trabajar con sus socios más pequeños; crear, por último, una sinergia entre sus talentos en ambas márgenes del Atlántico.

Doscientas cadenas caen del cielo

Si Matra Hachette puede darse el lujo de ser prudente en la televisión digital, otras empresas francesas apuestan fuertemente a este viraje tecnológico: en el aspecto programación, Canal+; en el aspecto hardware, Thomson Multimédia. La televisión digital europea ya debería estar en marcha. Precisemos ante todo que el concepto no tiene en Europa el mismo sentido que en los Estados Unidos, pues la televisión será digital antes de ser interactiva. En otras palabras, el porvenir audiovisual europeo se parece más al sistema de difusión directa de Hughes y RCA que a la Full Network de Time Warner en Orlando.

Como el cable es débil en Europa –Francia contaba, a mediados de 1995, con menos de 1.800.000 abonados–, la televisión del futuro se iniciará por vía satelital, lo cual impone ciertas reglas de juego. Lo digital se traduce en una gran abundancia de programas: 160 a 240 cadenas nuevas, 40 de ellas en francés, a fines de 1995. En cambio, la interactividad se limitará (al menos al principio) a una navegación más amiga para el usuario por una guía electrónica de programación, con la posibilidad de ofrecer películas con pago por sesión, así como la compra impulsiva de bienes.

Primero en la línea de largada, Canal+ se disponía a lanzar su oferta digital en noviembre de 1995. Para el primer canal pago francés, la apuesta es capital: si triunfa, tendrá la oportunidad de convertirse en uno de los grandes de los medios audiovisuales del futuro; si fracasa, corre el riesgo de quedar paulatinamente relegado al rango de una pequeña cadena francesa. Creada en noviembre de 1984 por André Rousselet, la cadena pródiga de PAF (Paysage Audiovisual Français) ha logrado ocupar una posición espectacular en la Francia metropolitana, colocando peones en Alemania, España, Polonia, Africa y Turquía. Pero, con 4 millones de abonados, alcanza hoy los límites de su desarrollo nacional, mientras que sus apuestas hollywoodenses (Carolco) y sus inversiones internacionales le cuestan caras. De ahí surge un peligroso recorte de ganancias en 1994 (un retroceso del 48 por ciento, a 675 millones de francos sobre 9.600 millones de francos de facturación).

Al mismo tiempo, la aparición de la transmisión digital de imágenes determina un cambio para la industria audiovisual europea. Entre los satélites de Astra, EutelSat y France Télécom, ya están operando gran cantidad de canales digitales. Mañana estarán disponibles por centenares. Las grandes fieras europeas de la televisión paga –BSkyB de Rupert Murdoch en Gran Bretaña, la belgaluxemburguesa CLT y el grupo Nethold, en la Europa del Norte, afilan sus armas digitales en medio de un gran secreto.

Canal+ decidió actuar rápidamente, despegando en otoño de 1995. ¿Por qué tan pronto? "Ante todo, porque efectuamos casi la mitad de nuestras ventas anuales entre noviembre y enero –responde Marc Tessier, director de desarrollo internacional del Canal+–. Además, porque el nervio de esta guerra está en la programación: las películas pagas por sesión, los nuevos servicios. Además, en las negociaciones con los vendedores de derechos, el que difunde primero dispone de una ventaja neta." Después de esta conversación, Marc Tessier fue a vivir esta batalla en el frente, al crear su propia compañía consultora.

En junio de 1995 el presidente de Canal+, Pierre Lescure, revela a sus administradores los detalles de su plan de ofensiva digital. El grupo inicial de cadenas está bien encarrilado: contará con una veintena de canales para empezar, una cuarentena un año después. Al principio los programas serán bastante clásicos: tres canales se consagrarán a la difusión de la cadena principal de Canal+ en diversos horarios, lo cual dará al público mayor libertad de consumo. Paralelamente, Canal+ encargó a Alain Le Diberder –ex empleado de France Télévision y fanático de los juegos de vídeo– que reflexionara sobre el futuro de la programación. A principios de 1995 creó las nuevas entidades Canal+Multimédia –que se lanza a la coproducción de juegos de vídeo en CD-ROM o en línea– y Mu TV –que produce programas como *Cyberculture* y aborda conceptos innovadores– para la etapa posterior de la televisión interactiva.

El interés de Canal+ en la tecnología no data de ayer. Desde la desaparición de su fundador, Alain Guiot, la cadena asumió en

1993 el control de la pequeña sociedad francesa Media Lab, un "estudio digital" que se especializa en animación tridimensional en tiempo real, efectos especiales y realidad virtual. En Francia, Media Lab es uno de los mejores clientes del fabricante de hardware Silicon Graphics. Este estudio de producción, dirigido por el politécnico y ex productor cinematográfico Gérard Mital, es el padre de personajes como Chipie y Clyde, que pronto dieron a la cadena un "color" distintivo. Más recientemente, Media Lab permitió a Louis Vuitton, patrocinador de regatas y de la Copa América, realizar una reproducción virtual, en tiempo real, sobre PC, de muchos tramos de la gran competencia náutica de San Diego, California. No obstante, esta entidad representa una fuente de pérdidas para la cadena, y tal vez deba buscar aliados allende el Atlántico.

La guerra del decodificador

Pero la televisión digital no depende sólo de la programación. También será preciso que Canal+ enfrente antes la difícil ecuación económica del decodificador digital, esta caja "inteligente" gracias a la cual los telespectadores de mañana impondrán su voluntad al televisor. Ansioso de conservar en el mundo digital su adquisición de 4 millones de abonados, y también la gestión directa, Canal+ deseaba construir este nuevo decodificador según sus propias especificaciones. Pero ello planteaba el problema del eventual acceso de otras difusoras.

Así se enfrentaron dos lógicas inconciliables en el seno del grupo europeo de estandarización de la televisión digital. Canal+ y su aliado Bertelsman, seguidos por otras difusoras, bregaban –por motivos de seguridad, pero también comerciales– por un panorama donde conservarían pleno control del decodificador. France Télécom, padre del decodificador Visiopass de las redes de cable, no lo veía de la misma manera; el operador telefónico francés defendía la idea de un decodificador que poseyera una interfaz común para todas las difusoras.

Después de meses de estériles discusiones, cada cual obtuvo el derecho de obrar a su antojo. Cada operador fabricará su modelo, pero aun así deberá cooperar, de tal modo que un abonado que se suscriba a varios servicios competidores no esté obligado a comprar varios decodificadores. Bajo la égida de su común accionista, Havas, Canal+ y CLT se pusieron de acuerdo para compartir el decodificador concebido por Canal+. En el tumulto de este acuerdo, Canal+ y su aliado Bertelsman licenciaron su control de acceso digital y su software de interactividad a la mayoría de los actores alemanes del mundo audiovisual: Deutsche Telekom, ARD y ZDF. La animosidad reinante entre Canal+ y France Télécom les impidió llegar a un convenio sobre la transmisión satelital. A pesar de largas discusiones tripartitas –Canal+/France Télécom/gobierno–, la cadena codificada ha alquilado una importante capacidad de transmisión digital a tres satélites de Astra (Sociedad Europea de Satélites). Esta dispone también de una posición dominante en los cielos europeos, donde France Télécom no está en situación favorable: por el momento, sólo TF1 ha conservado un lugar en las próximas emisiones satelitales digitales del operador francés.

La estrategia comercial de Canal+ consiste pues en copar el mercado digital comprando la primera oleada de decodificadores, que pronto serán alquilados a los abonados que lo requieran. Para su primera orden de 170.000 unidades, la cadena francesa recurrió a cinco fabricantes rivales. ¿Por qué? "Por una parte, ello minimiza los riesgos –explica Marc Tessier–. Por otra parte, es una manera de organizar la competencia para que los precios bajen más pronto en la segunda generación de máquinas." Se trata de aparatos relativamente sofisticados que aun así, según los cálculos de Canal+, deberían costar menos de 2.000 francos. "Dentro de dos o tres años –estima Marc Tessier– el costo de estas unidades será comparable al precio actual de los decodificadores analógicos."

En el verano de 1995, los cinco industriales elegidos por Canal+ –Thomson, Sony, Philips, Sagem/Eurodec y Pioneer– elaboran sus propias cajas digitales. Alain Prestat, que hace años convirtió una Thomson Consumer Electronics agonizante en una Thomson Multimédia convaleciente, tiene una estrategia muy clara en este campo. Para él se trata de sacar partido de su papel de pionero digital en los Estados Unidos, así como de su alianza con Sun Microsystems, para proponer a los grandes operadores mundiales (vía cable o vía satélite) un entorno completo de televisión digital interactiva que él denomina Open TV.

"Open TV es el único entorno de televisión digital que propone hoy mismo aplicaciones interactivas de consumo masivo en las redes existentes", subraya Régis Saint-Girons, vicepresidente responsable de marketing de la alianza Thomson Sun Interactive en Europa. Open TV es un decodificador digital, pero también un sistema de servidores de aplicaciones y transacciones, dotado de la gama de software necesaria para su buen funcionamiento. En síntesis, sin esperar la hipotética puesta en marcha de las autopistas de la información, Open TV permite a los consumidores realizar su telecompra o reservar tíckets para espectáculos, así como la exploración de los juegos de vídeo y la publicidad interactiva.

La alianza Thomson-Sun espera convencer a las difusoras de pagar algo más, con el fin de pasarse directamente a sus decodificadores más inteligentes. El argumento principal es que, una vez instalado el parque de máquinas digitales, es difícil hacerlas pasar a otro estadio tecnológico sin cambiar, con lo cual es más conveniente elegir decodificadores avanzados. Fortalecida con un primer contrato con Nethold (tercer grupo de televisión paga de Europa, con 2,5 millones de abonados, principalmente en Europa del Norte y Africa), Thomson-Sun intenta sin éxito seducir a Canal+.

Los operadores europeos titubean en invertir excesivamente en un sistema digital cuya viabilidad económica está por verse. ¿Los telespectadores franceses estarán dispuestos a pagar más para recibir más programas, e incluso dotar a su decodificador de un mínimo de interactividad? Hoy nadie lo sabe con certeza. Pero, para las difusoras, la apuesta no está cerrada. La sola concepción del sistema de difusión digital de Canal+ se calcula en 70 millones de francos, a lo cual se suman los 80 millones de francos del centro de difusión y 340 millones de francos de inversión inicial en los decodificadores (apenas un año después de haber cambiado los aparatos analógicos de sus abonados para volverlos menos vulnerables a la piratería). Evidentemente, es preciso enfatizar la adquisición y la producción de mayor cantidad de programas y nuevos servicios. Este criterio será el que decidirá a los telespectadores.

Frente a estas inversiones, la emisora que se lanza al reino digital hace importantes economías en la difusión (una repetidora satelital transmite de siete a ocho programas digitales, cuando sólo transmitía uno analógico), puede aumentar un poco el precio del abono y sobre todo –he aquí la gran esperanza– puede seducir a muchos más clientes.

Canal+: ¿más contratiempos?

Canal+ prevé un ascenso progresivo de lo digital en Europa, pero no puede dejar que la inversión digital erosione largo tiempo sus cuentas. Para triunfar en el campo de batalla europeo, el campeón francés deberá afrontar muchas dificultades. Ante todo, la empresa tiene relaciones tumultuosas con su accionista principal, el grupo Havas, cuyo presidente Pierre Dauzier ya había "degradado" a André Rousselet. Por otra parte, Canal+, cuyo éxito se logra en detrimento del cable francés, es objeto de agresiones constantes por parte de los operadores de cable, entre los cuales dos por lo menos (la Générale des Eaux y France Télécom) son accionistas y el tercero (Lyonnaise des Eaux) está cerca del gobierno.

Por último, como destaca un estudio reciente del banco londinense S. G. Warburg, Canal+ afronta obligaciones regulatorias mucho más pesadas que sus principales competidores, BSkyB y CLT. A ojos de los analistas financieros ingleses, la cadena francesa presenta el triple defecto de depender de una licencia de difusión (revocable) otorgada por el Estado; de soportar las pesadas restricciones de una programación que respeta los draconianos cupos franceses de contenido local; y, por último, de haber invertido recientemente en nuevos decodificadores analógicos que quizá no tenga tiempo de amortizar.

Además deberá vérselas con BSkyB de Murdoch, que tiene con Fox un poderoso canal de provisión de programas americanos. No se debe subestimar a CLT, que también tiene alianzas de programación con los gigantes americanos y planea invertir 1.700 millones de francos en el lanzamiento de cadenas temáticas codificadas. A pesar de lo que opine su accionista común, Havas, el hecho de que la empresa luxemburguesa haya aceptado "licenciar" la tecnología del decodificador digital de Canal+ no impedirá que los dos grupos se enfrenten en la oferta de programación.

Si los demás actores del PAF hertziano tienen proyectos digitales, son más modestos, por ejemplo, TF1, que ya tiene un acuerdo con Canal Satellite para la difusión de su cadena informativa LCI, podría sumar sus fuerzas a las de Canal+ en la batalla digital. Pero tiene sus reservas en cuanto al público de las cadenas temáticas clásicas (mujeres, meteorología), que a su entender impone ciertas limitaciones. La cadena del grupo Bouygues trabaja pues en un proyecto de televisión personalizada llamado Hyper TV. "El telespectador tendrá acceso a programas almacenados en una biblioteca que residirá en el puesto de televisión. Nosotros cargaremos esta memoria por satélite", explicaba el presidente de TF1, Patrick Le Lay.[70] En cuanto al grupo France Télévision, firmó un acuerdo global de cooperación con el gigante americano Time Warner, relacionado con la coproducción de programas musicales y películas, la distribución de vídeo y los proyectos de cadenas temáticas y multimedia.

Tampoco debemos subestimar a los operadores de cable que, mientras procuran adquirir derechos para hacer telefonía en sus redes, aprovecharán la oportunidad digital para tratar de poner fin a la terrible "serie negra" de pérdidas que sufren desde el despegue del cable francés. "Propondremos una gama digital a nuestros abonados de Francia, desde principios de 1996", afirmaba Cyrille du Peloux, presidente de Lyonnaise Communication, filial de la Lyonnaise des Eaux y primer operador de cable francés. París y su región –zona "más sensible a los nuevos productos y capaz de interesar más a los anunciantes"– tendrán la primicia de la oferta digital, pero en caso de éxito las demás grandes ciudades francesas le seguirán rápidamente. La sustitución total del parque de decodificadores analógicos debería, según él, efectuarse "en tres o cuatro años".

Evidentemente, en las redes heredadas del plan Câble (es decir, poseídas por France Télécom), la instalación digital supone negociaciones comerciales densas y complejas entre propietario y explotador. Por lo demás, la cuestión de la elección y el modelo económico de los decodificadores todavía está pendiente. En la fase analógica, France Télécom compraba los decodificadores Visiopass y los alquilaba a los operadores de cable, que a su vez los alquilaban a los abonados. En la era digital, France Télécom que habría perdido mucho dinero con el Visiopass, debería combinar el leasing con la venta.

Crónica de un retiro anunciado

En síntesis, a pesar de la indecisión reinante sobre las modalidades de desarrollo de la televisión digital europea, pocos profesionales dudan de su carácter ineluctable. "Tres millones de hogares franceses recibirán la televisión digital en el año 2000: un 60 por ciento por cable y un 40 por ciento por satélite", pronostica Marc Tessier. Queda por saber a qué tendrá acceso el telespectador, y si esta "diarrea" audiovisual le resultará enriquecedora.

Al margen de la programación, existe en Francia una pequeña ebullición digital con un total de quince proyectos temáticos en preparación: el servicio público prepara una cadena histórica, M6 y Hachette otra cadena de consumo masivo llamada Vivre. También habría proyectos de Voyages (VSD) y de Senior. Para los juegos de vídeo, está el LudoCanal de Hachette y France Télécom, así como Game Net (juegos de vídeo por ordenador personal, por medio de un Visiopass específico), con firma de Lyonnaise Communication, Sony Electronic Publishing y France Télécom.

Pero, como hemos visto, algunos de estos proyectos no han recibido aprobación definitiva para un avance a todo vapor. Y de todos modos, este pequeño ramillete tricolor no bastará para llenar –por poco dinero– todos los canales del futuro digital francés. De ahí surge la delicada, política y urgente cuestión de una reforma de la regulación audiovisual europea. Resumiendo: la directiva europea Televisión Sin Fronteras impone a los operadores europeos el respeto, "en la medida de lo posible", de cupos de difusión de obras de creación europea. En ciertos países –sobre todo Francia– esta ley está apoyada por reglas más restrictivas. Esta directiva es una de las herramientas de un arsenal jurídico y financiero más vasto (financiación de la producción, asistencia fiscal) destinado a la defensa de una producción audiovisual europea, poco a poco derrotada en su propio terreno por el auge del *made in Hollywood*.

Sin entrar en el detalle de un debate complejo que concierne a los planos jurídico, técnico e intelectual, es fácil comprender que la revolución digital, que multiplica casi infinitamente la capacidad de difusión, suscita en Europa una significativa convocatoria a favor de los programas americanos. Las dimensiones del mercado anglosajón permiten a los productos de Hollywood proponer al extranjero sus series y películas a precios que desafían toda competencia. Aunque todavía no es "políticamente correcto" gritarlo a voz en cuello, la mayoría de las emisoras francesas desean tener las manos libres para armar sus ofertas digitales. Así ocurre con todos los socios europeos, que estarían muy dispuestos a cambiar las restricciones de difusión por compromisos de financiación de obras locales.

Estas veleidades reformistas son apoyadas, ciertamente, por el arrollador lobby de los productores americanos, que hoy dependen cada vez de los mercados planetarios para amortizar el costo colosal de sus megaproducciones. Hace años –sobre todo a partir de la última ronda de negociaciones comerciales internacionales en Ginebra– que los Estados Unidos intentan lo imposible para garantizar que sus productos culturales (segundo artículo de exportación del país, después de la aeronáutica) no sufran en la era digital las restricciones de la era analógica.

En este debate, Francia (primera industria cinematográfica del continente) actúa como una "pequeña aldea gala" que ha logrado convencer a Europa de mantener una posición firme, aunque no se sabe por cuánto tiempo. Este dique no resistirá mucho tiempo el embate de la era digital, por la sencilla razón de que las armas de ayer serán totalmente ineficaces contra los medios de mañana. "¿No es ridículo obstinarse en imponer cupos en la televisión cuando los jóvenes franceses surfean por Internet?", pregunta Nicholas Negroponte. ¿Es con este tipo de herramientas que se contribuirá al desarrollo de empresas como Cryo, Infogrames y Media Lab (versión Canal+)?

Es evidente que los dirigentes europeos deberán repensar totalmente el modo de "defender" (el término mismo suena como el anuncio de una retirada) los valores y la cultura europeos en la era de los medios digitales, una era, como hemos visto, que no sólo es reacia por esencia a toda forma de control sino que favorece el desgaste del estado-nación. Por otra parte, ¿dentro de diez años se razonará en términos de supremacía nacional, cuando reinen sobre la economía planetaria consorcios tripartitos como France Télécom/Deutsche Telekom/Sprint? En cambio, hoy todavía parece inaceptable —y dejaría de serlo mañana si no hay motivo de alarma— que nuestros hijos estén condenados a ingerir *Killer Instinct* para el desayuno, Internet para el almuerzo y *Rambo* para la cena.

La sociedad arborescente

Especular sobre las consecuencias sociales de la revolución digital permite decir casi todo y también lo contrario: progreso inmenso o retroceso deplorable, asunción del individuo democrático o alienación de la conciencia ciudadana, potente instrumento de aculturación o gigantesca máquina de lobotomizar.

Estos enunciados contradictorios son imposibles de demostrar. Bajo una forma u otra, hemos machacado sobre ellos desde la posguerra. En los años 50 y 60 la técnica despierta el temor a la bomba atómica y al Big Brother; en los años 70, la "sociedad de consumo" se percibe tanto como un triunfo de la libre elección como una aniquilación del libre arbitrio; en los años 80, se superpone el cuestionamiento de la informatización de la sociedad como una amenaza para el empleo y el inicio de un proceso de su mediatización como pérdida del sentido. En el umbral del año 2000, lo digital se convierte en punto de cristalización favorito de nuestros fantasmas y también en revelador privilegiado de nuestros bloqueos: "La batalla de las autopistas de la información, antes de librarse en el terreno industrial y financiero, expone su primer acto en el terreno del imaginario colectivo".[71]

Hoy sabemos, después de habernos equivocado colectivamente durante medio siglo sobre los poderes omnímodos de la tecnología, que la perspectiva debe demostrar mucha humildad. Por una parte, los efectos de las grandes innovaciones a menudo se sobrestiman a priori; por la otra, las civilizaciones no se construyen únicamente en torno a factores tecnológicos, y además estos factores no son unívocos en sus determinaciones. ¿Qué puede lograr una difusión más eficaz de la información frente a la guerra de la ex Yugoslavia, frente a los dramas de Chechenia, Ruanda y Zaire? Los últimos años nos han brindado muchos ejemplos de desinformación por medio de la manipulación de la imagen (desde los osarios de Timisoara hasta los "ataques quirúrgicos" de la Guerra del Golfo), de mal uso o de inutilidad de la información (desde el golpe contra Gorbachov hasta la impotencia de la comunidad internacional frente a la tragedia de Bosnia) para que nos hagamos ilusiones sobre la relación causa-efecto entre el dominio de la tecnología y las pasiones humanas. Como escribe Jean Baudrillard, es quizá precisamente para escapar de esta objetividad aterradora del mundo que procuramos irrealizarlo, para "escapar al ultimátum de un mundo real que nos proponemos volverlo virtual".[72]

Nuestro fin de siglo nos ha enseñado a desconfiar de la utopía positivista: la abundancia de información, en sí misma, no genera la democracia ni la paz. Es útil sólo en la medida en que la sociedad esté capacitada para gestionarla, procesarla, integrarla a la acción. Además participa al mismo tiempo de la crisis de decisión política que supuestamente determina esta acción: "Hoy en día estamos amenazados por un aislamiento mortal, una profusión cegadora, una realimentación incesante de toda la información en todos los puntos del globo".[73] ¿Ello implica que es mejor no interesarse en este viraje de consecuencias tan imprevisibles?

"¿CD-ROM? ¿Servicios en línea? Prefiero mirar por mi ventana y hablar con mis vecinos", me confiaba recientemente un amigo. De acuerdo, practiquemos la política del avestruz, pero mañana no critiquemos un universo en el cual nos hemos vedado toda intervención. No dominaremos el fenómeno con ignorarlo, ni podremos convivir con él por medio de la negación. Dejar que se desarrolle al margen de nosotros significa arriesgarse a que se vuelva contra nosotros. Por esa razón los europeos deben realizar hoy su propia aportación al debate mundial sobre la construcción de las autopistas de la información, o suscitarla si se demora. El complejo de la ciudadela sitiada ya no es una opción: nuestras murallas proteccionistas no resistirán contra las trompetas de Jericó de la era digital. Si debe haber una internacionalización de la cultura, luchemos para lograr que aún se nos parezca un poco.

Aunque entre los intelectuales franceses queda bien despreciar las tecnologías digitales –en el mejor de los casos, artilugios inútiles; en el peor, instrumentos de lobotomización masiva–, los antiguos militantes americanos de los derechos civiles defienden los "derechos del ciberciudadano" por medio de la Electronic Frontier Foundation. Este reflejo de debate democrático constituye el único contrapoder verdadero frente a los Intel y los Walt Disney del planeta. Los activistas americanos saben que es importante sumarse de manera constructiva a la infraestructura global de la información, de la cual Al Gore se ha vuelto portavoz: han comprendido que la arquitectura misma de las infopistas –así como el modo en que serán definidos y reglamentados los emisores, los contenidos y los receptores– tendrán una influencia decisiva en el mundo del futuro.

Los balbuceos del ciberespacio suscitan en Estados Unidos grandes controversias cuyos términos podemos resumir. Por maniqueos que nos parezcan (abierto/cerrado, bien/mal), constituyen la trama de un cuestionamiento del que no podremos prescindir.

¿Redes abiertas o redes propietarias?

La arquitectura misma de las infopistas determinará el grado de libertad y riqueza que ofrecerán a los usuarios.[74] ¿Dónde se situará la inteligencia, únicamente en el punto de emisión, como en el modelo actual de la comunicación audiovisual, o en el punto de recepción, como en el modelo informático? ¿O bien en un centro de conmutación que permite conectar al usuario con sus interlocutores? El modo en que se efectúe la combinación de estos tres tipos de arquitectura –que también representan tres visiones de la información– así como la elección del ancho de banda, determinarán el grado de apertura e interactividad que permitirán las futuras infopistas.

¿Las infraestructuras serán abiertas a todos los mensajes, como la red telefónica actual o Internet? ¿Todo ciudadano tendrá el derecho de ser productor además de consumidor, es decir, de enviar por la red su propio paquete de bits? ¿O los operadores (dueños del decodificador interactivo, cobradores de abonos) tendrán el dominio del contenido que vehiculizarán, según el modelo actual de los operadores de cable?

Estas preguntas pueden parecer técnicas, pero determinarán en gran medida la diversidad de las aplicaciones posibles –y en consecuencia la utilidad social– de las redes. En un sistema controlado por un solo operador, nos recuerda Mitch Kapor, presidente de la Electronic Frontier Foundation, la tendencia es evidentemente la búsqueda del público más grande, es decir, lamentablemente, "según el mínimo común denominador".[75] Ello conduciría infaliblemente a quinientas cadenas de películas a pedido, de juegos de vídeo y de telecompra.

¿Inforricos o ciberparias?

Ed McCracken, presidente de Silicon Graphics, repite con frecuencia que en el futuro próximo corremos el riesgo de ver surgir en el planeta una nueva raza de marginados: los "desnutridos de la información", los excluidos de las infopistas. En los Estados Unidos, ya, no sólo las personas que saben usar un ordenador corren menos peligro de quedar desempleadas, sino que perciben salarios un 10 por ciento más elevados que los "analfabetos digitales". Teniendo en cuenta el precio de los materiales y el mínimo de formación que exige su utilización, las tecnologías de la información plantean la cuestión de la igualdad de oportunidades en términos aún más crudos. ¿Estas tecnologías no transformarán en abismo infranqueable la brecha ya intolerable que divide a los desheredados de los privilegiados?

Los siete países más industrializados han respondido a esta preocupación –sin duda más fuerte en Europa que en Estados Unidos– por medio del concepto de "servicio universal": existe para el teléfono, ¿por qué no extenderlo a las autopistas de la información? No obstante, los gobiernos se han abstenido de pronunciarse sobre el alcance y los modos de financiación de esta restricción, precisando solamente que se había realizado "sin cargo para ninguno de los actores". ¿Quién creerá que los Estados obligarán a los operadores a ofrecer ordenadores a los desvalidos y a llevar la fibra óptica a todos los hogares?

En los Estados Unidos parece que el concepto más adaptado al mundo digital no es el de servicio universal, sino el de "libre acceso": poner a disposición de cada uno un enlace rápido y accesible a la autopista de la información, a partir de los lugares públicos (bibliotecas, universidades, escuelas, centros comerciales). Algunas infopistas podrían reservarse además para servicios de educación cívica no comercial. Un acceso realmente igualitario a las infopistas supone además la organización de campañas de "alfabetización digital". En este sentido, la creciente tasa de analfabetismo y analfabetismo funcional en el sistema educativo americano no parece un buen augurio.

Pero quizá convenga invertir la perspectiva: el analfabetismo galopante sería el signo paradojal de una familiarización de las generaciones jóvenes con una nueva cultura que nos excluye, y cuyos criterios de validez no se someterían a nuestros cánones. ¿Los últimos de nuestra cultura clásica crepuscular serán los primeros del ciberespacio? Algunos expertos americanos lo afirman: la brecha tecnológica entre categorías sociales también podría cerrarse en un par de generaciones, porque los niños se han vuelto casi "genéticamente" digitales. "Los desamparados de lo digital, los menesterosos" son los adultos, explica Nicholas Negroponte.[76] Lamentablemente, la mayoría de los educadores de hoy se cuentan entre ellos.

¿Educación o cretinización?

La formación multimedia de los jóvenes ya está en marcha, pero sin duda resultará mucho menos igualitaria si no pasa por la escuela. La dificultad no reside tanto en el dinero disponible para equipar las escuelas como en la capacidad de nuestras sociedades para reformar su sistema educativo. Trátese de tecnología o no, todo intento de cambio se topa en Francia con enormes obstáculos corporativos. Las cosas, sin embargo, están empezando a evolucionar: algunas organizaciones benéficas, como Initiative Organisation Média –presidida por Betty Visot– realizan un trabajo de hormiga, establecimiento por establecimiento, para familiarizar a los funcionarios y profesores con la tecnología multimedia.

El aprendizaje digital para las jóvenes generaciones suscita interrogantes tan urgentes como contradictorias sobre el tipo de civilización que engendrarán estas herramientas. ¿Qué cultura, qué imaginario tendrán los niños "educados" en las infopistas? El aspecto positivo de un mundo interconectado, alegan unos, es que suprime las distancias: los jóvenes americanos de hoy tienen amigos en línea en el otro extremo del país o del planeta. En cierto modo, esto contribuye a abrir su mente, a despertar curiosidad por otras culturas. Pero esta supresión de las distancias, alegan los otros, es potencialmente nefasta, pues amenaza con alejarnos concretamente de los que están cerca al tiempo que acerca abstractamente a los que están lejos. Resurgimiento subrepticio de una nueva forma de ideología de lo universal, preñada de amenazas para lo particular: ayer se mataba al hombre en nombre del amor por la humanidad. ¿Hoy ignoraremos al hombre en nombre del amor por la comunicación con esta misma humanidad? En la "aldea global" escribimos mensajes electrónicos mientras en la aldea vecina se destripan a machetazos.

El aprendizaje en un mundo de "navegación", de *zapping*, de instantaneidad y de realidad virtual, ¿no presenta el peligro de crear seres incapaces de leer textos en su integridad –en definitiva, de leer– o individuos demasiado volcados hacia la acción, en detrimento de la reflexión y del esfuerzo duradero?

¿O bien soñadores, mitómanos y zombis que, sin discernir el universo de la fantasía del mundo real, se dediquen como diversión a pegarle al profesor, creyéndose en un "juego de rol"?

La generación multimedia no tendrá las mismas aptitudes ni las mismas referencias culturales que las nuestras. Sin duda estos niños preferirán leer a William Gibson que a Gustave Flaubert, y contemplar el último sitio de arte conceptual del Web en vez de visitar el museo del Louvre. Por otra parte, la consulta de CD-ROM sobre autores clásicos o grandes pintores tal vez también les inspire ganas de ir a las fuentes. Aquí es inútil retomar los argumentos típicos de las querellas entre "antiguos" y "modernos": basta comprender que la era digital obligará tanto a las Casandras de la "derrota del pensamiento" como a los apologistas de la "era del individuo" a aguzar nuevas herramientas conceptuales si no quieren terminar relegados espalda contra espalda en los museos paleolíticos del siglo veintiuno. No podemos contentarnos con razonar sobre lo digital con el viejo arsenal teórico de los debates sobre televisión e informática: "La revolución tecnológica actual crea por primera vez las condiciones de un exceso, retando al imaginario colectivo a crear la civilización que lo tomara a cargo".[77]

¿Democracia o mediocridad?

En Washington, Al Gore ha lanzado la operación de "reinventar el gobierno", instando a los funcionarios federales a utilizar las nuevas tecnologías para mejorar y simplificar las tareas que tienen a su cargo; ahora podemos consultar 10.000 documentos administrativos en Internet. Algunos ayuntamientos americanos, sin embargo, no han esperado al vicepresidente Gore para crear redes locales. En Santa Mónica, pequeña aldea costera del oeste de Los Angeles, la red electrónica pública PEN (Public Electronic Network) nació en 1988. Hoy cuenta con 6.500 usuarios regulares sobre 87.000 residentes. No sólo estos ciudadanos encuentran en línea información concerniente al transporte público, los parques y jardines y las actividades culturales locales, sino que también pueden seguir detalladamente los debates del ayuntamiento y opinar sobre proyectos de planificación urbana o temas de interés colectivo.

El acceso a PEN es gratuito y democrático: las escuelas, universidades y bibliotecas de la ciudad tienen terminales accesibles al público. El principio del libre acceso ha funcionado tan bien que aun los *homeless* de Santa Mónica obtuvieron por este medio la creación de un programa que pone a su disposición duchas, cabinas cerradas y refugios nocturnos. "Las discusiones en línea sirvieron para catalizar una iniciativa que probablemente no se hubiera llevado a cabo sin ellas", declara Keith Kurtz, responsable de PEN. La existencia de redes similares –en Berkeley, Cleveland– demuestra que administración no rima forzosamente con burocracia, y también que un servicio de este tipo puede ser eficaz con costos mínimos: el mantenimiento del PEN de Santa Mónica cuesta sólo 120.000 dólares anuales, más el salario de dos empleados (sobre un presupuesto municipal de 200 millones de dólares).

Pero aunque algunas comunidades se provean de software de voto electrónico, la "democracia electrónica instantánea" con que soñaba el ex candidato a la presidencia Ross Perot aún huele a política-ficción. No hay ciberreferéndums nacionales. Felizmente, la fantasía de la democracia electrónica directa está en las antípodas de los fundamentos filosóficos de la democracia –tanto en la tradición francesa como en la americana– porque confunde los principios del gobierno representativo con la proyección del egoísmo individual, la mediación con la inmediatez, la deliberación con la intimación, el sentido del bien público con el afán de bienestar privado. Los admiradores de Ross Perot deben haber olvidado el doble mensaje de la Revolución Francesa y la Revolución Americana para haber escuchado tanto a quien hacía pasar la hinchada vejiga del Yo por las luces de la soberanía general.

¿Economía inmaterial o fábrica de desocupados?

El surgimiento del ciberespacio, como hemos visto, modifica el entorno profesional. Las tecnologías de la información destruyen muchos empleos, pero al mismo tiempo crean las condiciones para un aumento de servicios y oficios nuevos. Como subrayaba el consultor Charles Goldfinger, "la dinámica de lo inmaterial altera todos los aspectos del trabajo: su naturaleza, su organización, su realización en el tiempo".[78] Precariedad y derrumbe físico de la empresa, modificación continua de las categorías de empleo, acortamiento del ciclo de vida profesional, regreso masivo de la actividad independiente, necesidad constante de formación: he aquí algunas características de esta nueva economía global y fluida, "nómade", donde las pequeñas empresas de Massachusetts compiten directamente con las de Sofía, Antípolis o Manila. El advenimiento de la sociedad planetaria de la información quizá no altere las grandes relaciones geoeconómicas del globo, pero probablemente acelere el despegue de países como Singapur, que encaran con decisión estas mutaciones.

Para Occidente, la revolución digital contribuye a la disolución de los medios de acción de los gobiernos, a la erosión del estado-nación, pero constituye también una oportunidad única para explorar sus aptitudes en un mercado mundial de la materia gris y para repensar radicalmente la administración del territorio. También presenta graves riesgos de desestabilización y magníficas oportunidades. Pero mientras sus efectos destructores del empleo ya asuelan nuestras economías, a menudo permanecemos prisioneros de modelos obsoletos que nos condenan a no sacar partido de sus potencialidades. "Más allá del balance cuantitativo, lo que debemos reconsiderar es nuestra concepción del empleo y del trabajo en la perspectiva de este nuevo dato", escribían los miembros del Club de l'Arche, un grupo de reflexión presidido por Jean-Michel Billaut, encargado de la esfera tecnológica en la Compagnie Bancaire. ¿Y entonces? Este debate será sin duda crucial en el próximo medio siglo.

¿Libertad o seguridad?

La "maravillosa" anarquía descentralizada que reina en Internet suscita en Estados Unidos tantas críticas como alabanzas. ¿Cómo administrar la libertad de cada cual al tiempo que se hace respetar la ley común? En el fondo, los americanos reencuentran, ante este nuevo estado de naturaleza del ciberespacio, esa paradoja de la libertad tan admirablemente formulada por Montesquieu: "En el estado de naturaleza, la libertad oprime y la ley libera". Los defensores de la moral se alarman ante la proliferación de material pornográfico y foros de discusión de carácter sexual, o bien por la violencia y los juegos de azar, todo ello de fácil acceso para los niños. Poco importa que las leyes locales o federales repriman el tráfico de imágenes licenciosas o el establecimiento de casinos. Los operadores de los servicios sortean el obstáculo instalando sus servidores en Dinamarca o las islas caribeñas.

Ansiosos de evitar que la súper autopista de la información se parezca a un barrio prostibulario de Amsterdam, el senador demócrata de Nebraska, James Exon, introdujo en el Congreso la CDA (Communications Decency Act). No sólo reprime severamente a los usuarios que transmiten por módem materiales "obscenos, lúbricos, lascivos, sucios o indecentes", sino que alienta a los operadores de servicios en línea a limitar los abusos de lenguaje aun en el correo electrónico privado de sus abonados. Rebelándose contra este ataque contra su "ciberlibertad de expresión", los infonautas intentan demostrar la inconstitucionalidad del texto. Mientras se espera el resultado de este duelo, algunas empresas inventivas proponen instrumentos de software que permitan a los padres catalogar las regiones "peligrosas" del ciberespacio para impedir el acceso.

Al debate sobre las costumbres se superpone un rompecabezas jurídico: ¿los operadores de servicios en línea serían responsables de la información que circula en sus redes? Invocando el modelo telefónico, las empresas como Prodigy, Compuserve y America Online explican que no son proveedores de infraestructura, y no tienen la vocación de abrir el correo electrónico de sus usuarios. Ciertas víctimas de la difamación en línea alegan en cambio que sus proveedores de servicios electrónicos se deben parecer a los editores de prensa, responsables ante la ley de lo que escriben sus asociados.

Más allá de los debates morales, se plantean auténticos problemas de seguridad. Internet es un campo de batalla donde uno se aventura a costa de sus bits. Ya es desagradable que un hacker husmee en nuestro correo electrónico, pero cuando se trata de datos comerciales confidenciales, de números de tarjetas de crédito e incluso de secretos de defensa, es harina de otro costal. Conclusión: el impulso del ciberespacio pasa por el desarrollo de técnicas sofisticadas de encriptación de datos. El problema es que estos procedimientos de codificación son tan eficaces que nadie –ni siquiera los expertos federales de la NSA (National Security Agency)– puede violarlos. Así el gobierno americano hoy tiembla ante la idea de que las sectas, los terroristas o los barones de la droga urdan sus delitos en línea en el más perfecto anonimato.

¿Cómo establecer, en este universo nuevo, un equilibrio satisfactorio entre la vida privada y la seguridad colectiva, entre la libertad individual y la razón de Estado? ¿Cómo puede la ley, por ejemplo, censurar los mensajes de los grupúsculos neonazis que niegan el Holocausto e instan al odio racial o a la desobediencia civil? La NSA reflexiona sobre procedimientos que permitan al gobierno evitar los riesgos mayores, mientras se respetan los derechos de cada cual. Pero esta controversia se prolonga en otro frente. Herencia de la guerra fría, la exportación de procedimientos criptográficos requiere una licencia militar, al igual que la venta de misiles o aviones de combate. Pero las empresas capacitadas en el cibercomercio desean beneficiar a sus clientes extranjeros con la misma protección criptográfica que los compradores nacionales.

Para complicar aún más el asunto, los consumidores americanos acusan a estas empresas de atentar contra su vida privada. El ciberespacio es, como hemos visto, una casa de cristal donde pueden seguirnos el rastro. El shopping electrónico, sobre todo, ofrece a los comerciantes una mina de datos sobre nuestros gustos, nuestros hábitos de consumo y nuestros medios financieros. Existe además el importante riesgo de que estos preciosos bancos de datos sean objeto de transacciones mercantiles donde el consumidor es víctima ignorante.

¿Humanidad robotizada o robots humanizados?

La crítica más difundida en lo concerniente a las tecnologías de la información se relaciona con el carácter deshumanizador y superficial de este mundo de máquinas que hablan entre sí. No sólo las voces sintéticas han invadido el sistema telefónico, el correo electrónico ha reemplazado el lazo epistolar y los agentes electrónicos cobran poder sobre nuestro empleo del tiempo, sino que la "conversación caliente" o *hot chat* empieza a sustituir el cortejo y el amor virtual amenaza con sustituir las relaciones sexuales.

"Estar en línea y tener la experiencia subjetiva de la profundidad, de la coherencia existencial, son situaciones mutuamente excluyentes", afirma Sven Birkerts, uno de los más célebres detractores del ciberespacio.[79] Deplora que las conexiones electrónicas instantáneas hayan destruido la noción de "duración": "hemos creado un mundo exterior invisible que está tan presente como nuestro entorno real. Hemos fraccionado el flujo del tiempo y lo hemos estratificado en simultaneidades concurrentes". En la misma vena, Clifford Stoll denuncia este "mundo inexistente... un universo irreal, una sutil trama de nada".[80] Para este astrónomo, veterano de Internet, el ciberespacio es sólo "un pobre sustituto de la vida real, donde reina la frustración y donde –en nombre de principios sagrados como la Educación y el Progreso– se desvalorizan sistemáticamente aspectos fundamentales de las relaciones humanas".

Para responder a este legítimo proceso de desrealización, hay dos líneas de argumentación. La primera, un poco ingenua, consiste en alabar los méritos concretos del ciberespacio: ¿acaso no ayuda a ciertas personas a encontrar una forma de sociabilidad que les estaba vedada? ¿No contribuye a romper con la soledad de los sordomudos, los discapacitados físicos, los adolescentes homosexuales e incluso, inesperadamente, de una cantidad creciente de personas mayores? La segunda, vertiginosa, consiste en radicalizar aún más el pesimismo clásico de los acusadores: ¿qué nos queda de estos famosos valores humanistas que supuestamente deberíamos salvar de la canibalización digital?

¿A quién haremos creer que lo humano del hombre ha esperado el mundo virtual para empobrecerse? "Todo este aparataje digital, electrónico, es sólo el epifenómeno de la virtualización de los seres en profundidad. ...Si hoy podemos fabricar un clon de un actor famoso, el cual actuará en su lugar, es porque hace tiempo que él se había convertido, en la opinión general, en su propia réplica, su propio clon antes que lo clonaran."[81] La idea central que Jean Baudrillard desarrolla en *Le Crime parfait* invierte como un guante la argumentación familiar: "Vivimos en un mundo donde la función más elevada del signo es hacer desaparecer la realidad, y enmascarar al mismo tiempo nuestra desaparición". Bien podríamos decir, como en el Eclesiastés: "El simulacro no oculta la verdad, sino que la verdad oculta lo que no existe. El simulacro es verdadero". Esta hipótesis va mucho más allá que la de la alienación técnica: "En el sudario de lo virtual, el cadáver de lo real es inhallable". El propósito fundamental de la virtualidad ya no es la representación del mundo, sino nuestra desaparición irreversible en la más pura lógica de la especie: "Seríamos desintegrados en el Tiempo real y la Realidad virtual mucho antes que se apagaran las estrellas".

La desaparición de las fronteras

El debate social que ha suscitado la revolución digital no se va a zanjar por motivos técnicos ni en poco tiempo. Existen, por simplificar, dos lecturas de estos interrogantes: una, optimista, estima que la interacción entre la sociedad y la tecnología puede ser dominada, es decir humanizada. La otra, pesimista, juzga que nada de bueno podemos esperar de este glacial universo donde la recreación demiúrgica de un mundo artificial expone el mundo real a un apocalipsis. La técnica será lo que hagamos de ella, claman los unos. Por cierto, responden los otros, pero en el ínterin nos convertiremos en lo que ella haga de nosotros.

En la primera parece resonar un argumento positivista y racionalista: el hombre logrará vencer a sus ídolos tecnológicos tal como ha extirpado su inclinación ante un dios. Detrás del segundo creemos adivinar el temblor de un viejo temor metafísico: los Prometeos modernos no robarán el fuego impunemente. Sin embargo, las posturas son mucho más complejas: en nombre de los valores cartesianos de la cultura occidental muchos intelectuales fustigan la lobotomía cibernética cuando muchos creyentes concilian cómodamente la utopía del ciberespacio y la sed de espiritualidad.

Sería una impertinencia afirmar a ciencia cierta cuál de estas dos lecturas es atinada, siempre que alguna de ambas lo sea: por mi parte, no creo en la pesadilla orwelliana ni en la neutralidad absoluta de las herramientas. Tal vez el futuro nos obligue a salir de esta visión dicotómica hombre/máquina, como ya nos invita a pensar Joël de Rosnay en su reflexión sobre el "hombre simbiótico": "Hoy el hombre está comprometido en una coevolución con su entorno animal, vegetal, ecológico en sentido amplio, pero también con las máquinas, los sistemas y las redes que ha creado para sobrevivir o asegurar su crecimiento y su desarrollo. En este sentido, la frontera que separa lo natural de lo artificial es cada vez más fluida".[82]

Llegaremos a domesticar estas técnicas cuando los inventores de las redes, los creadores de CD-ROM o de aplicaciones interactivas hayan superado su fascinación por la tecnología y dominen su lenguaje al extremo de apropiarse de él para ponerlo al servicio de la cultura. No la cultura abstracta, literaria y elitista, sino la "cultura del sentido". Entonces, quizá, las autopistas de la información encontrarán su lugar en nuestra sociedad, como una herramienta más de transmisión de valores: transmisión de lo esencial, aquello cuya primera característica es precisamente que no se puede digitalizar.

ANEXO

Multimedia: ¿quién hace qué?

Como este libro describe esencialmente las ambiciones de pequeñas y medianas empresas poco conocidas, nos pareció útil presentar aquí una tipología de los grandes grupos mundiales afectados por la revolución digital y describir brevemente su estrategia y sus alianzas en estas nuevas áreas. Esta enumeración presenta los cien principales actores mundiales en tecnología de la información, por grandes sectores y en orden alfabético.

Los hemos seleccionado según el monto de su facturación, privilegiando ciertos grupos modestos pero innovadores y las empresas francesas. Las cifras indicadas son mundiales. Los conglomerados están clasificados según su actividad predominante y, de ser pertinente, sólo aparecen mencionados en los otros rubros.

GRUPOS DIVERSIFICADOS

BERTELSMANN A.G.
Sede : Carl-Bertelsmann-Strasse 270, 33311 Gutersloh.
País : Alemania.
Tel. : (49) (0) 52 41 80 0.
Facturación 1994 : 18.405 millones de marcos alemanes.
Resultado neto 1994 : 759 millones de marcos alemanes.
Actividades principales : Edición, impresión, producción de discos, medios electrónicos.
Estrategia y alianzas : Varias empresas del grupo, sobre todo BMC Interactive Entertainment, publican CD-ROM (referencias, información profesional, juegos de vídeo). En marzo de 1995, Bertelsmann tomó el 5 por ciento del capital de America Online y creó una asociación para lanzar un servicio en línea en Europa (su iniciación se proyectaba para fines de 1995 en Alemania, 1996 en Francia y Gran

Bretaña). Bertelsmann participará en cuatro proyectos de televisión interactiva en Alemania.

CHARGEURS S.A.
Sede : 5, boulevard Malesherbes 75008 París.
País : Francia.
Tel. : (1) 49 24 40 86.
Facturación 1994 : 9.800 millones de francos.
Resultado neto 1994 : 344 millones de francos.
Actividades principales : Textiles, cine, televisión.
Estrategia y alianzas : Chargeurs desarrolla, por medio de su filial Interactive, programas de conocimiento, cultura y juegos sobre soportes interactivos destinados al mercado internacional. El grupo entrará en la televisión digital por medio de sus participaciones en el BSkyB de News Corp.

LAGARDERE GROUPE
(Holding de control de Matra Hachette)
Sede : 4, rue de Presbourg 75016 París.
País : Francia.
Tel. : (1) 40 69 16 00.
Facturación 1994 : 53.020 millones de francos.
Resultado neto 1994 : 615 millones de francos.
Actividades principales : El grupo de Jean-Luc Lagardère comprende un polo medios y multimedia que representa el 56 % de su facturación (libros, prensa, distribución, audiovisuales, multimedia), un polo tecnologías (32 % con espacio, defensa, telecomunicaciones, transporte), y un polo de automotores (11 %).
Estrategia y alianzas : Las actividades multimedia del grupo están coordinadas por la filial Matra Hachette Multimédia (MHM), basada en Connecticut y presidida por Arnaud Lagardère. El grupo quiere convertir a su filial americana Grolier –pionera de las enciclopedias electrónicas– en punta de lanza de su estrategia multimedia. Hachette Livre ya posee experiencia en la edición electrónica (Axis, Dictionnaire Hachette Multimédia), pero Hachette Filipacchi y Europe 1 Communications apenas empiezan en el área interactiva. Por su parte, MHM ha firmado un acuerdo con la MGM para desarrollar juegos de vídeo en soporte CD. En los Estados Unidos, las influyentes revistas del grupo (*Road & Track, Car & Driver, Elle USA*) tienen edición electrónica en America Online. Matra Hachette se asoció con la alemana Burda y la inglesa Pearson para desarrollar el nuevo servicio Europe Online en Alemania, Francia y Gran Bretaña.

NEWS CORP.
Sede : 2 Holt Street, Sydney, NSW 2010.
País : Australia.
Tel. : (61 2) 288 3000.
Filial americana : News America Publishing Inc., 1211 Avenue of the Americas, 3rd Fl. Nueva York, Nueva York 10036-8703.
Tel. : (212) 852 7000.
Facturación 1994-95 (cierre en junio) : 8.800 millones de dólares.
Resultado neto 1994-95 : 958.100.000 dólares.
Actividades principales : Prensa cotidiana: *The Australian* y otros 113 periódicos en Australia, *Boston Herald* y *New York Post* en Estados Unidos; *The Sun, The Sunday Times, The Times, Today* en Gran Bretaña. Revistas: *Mirabella, TV Guide* en Estados Unidos. Edición: HarperCollins Publishers. Producción y distribución de películas: XXth Century Fox, Twentieth Television, Fox Broadcasting Co., Fox Televisions Stations, FX (cable), SF Broadcasting. Teledifusión satelital: British Sky Broadcasting (42 millones de telespectadores), Star Television (42 millones de telespectadores en Asia).
Estrategia y alianzas : En mayo de 1995, News Corp. sorprendió a todos al aliarse con MCI (la compañía telefónica le dio 2.000 millones de dólares en efectivo a cambio de una participación del 13 % en su capital) para financiar las futuras adquisiciones de Rupert Murdoch. MCI fusionará sus servicios en línea con Delphi (quinto servicio en línea de los Estados Unidos) de News Corp. El grupo posee pequeñas empresas como Kesmai Corp. (tecnología para juegos de vídeo en red) y Etak Inc. (software de navegación digital, *mapping*). Muchas de sus filiales (Fox Interactive, HarperCollins New Media, News Electro Data, TV Guide Online, TV Guide Onscreen) están presentes en el campo de lo interactivo.

TIME WARNER INC.
Sede : 75 Rockefeller Plaza, Rockefeller Center, Nueva York, Nueva York 10019.
País : Estados Unidos.
Tel. : (212) 484 8000.
Facturación 1994 : 15.900 millones de dólares.
Resultado neto 1994 : -104 millones de dólares.
Actividades principales : Redes de TV cable (11 millones de abonados). Producción cinematográfica (Warner Brothers), televisiva (Warner Television, HBO) y musical (Warner Music Group). Servicios telefónicos.
Estrategia y alianzas : El primer operador de cable estadounidense quiere tener gran peso en las autopistas de la información. El grupo

experimenta en Orlando con una red futurista (Full Service Network) que brinda a los abonados una gama de servicios interactivos de diversión, información y telecompra. Para ello se alió con la Baby Bell US West y con las japonesas Toshiba e Itochu. Time Warner también desea ofrecer servicios telefónicos en sus redes de cable en todos los sitios donde lo autorice la regulación. Time Warner Interactive y varias filiales prueban los nuevos medios (revistas en línea, CD-ROM, etc.). La rama "productos interactivos" habría sufrido una pérdida de 30 millones de dólares en 1994. En agosto de 1995 el grupo estudiaba la hipótesis de una fusión con Turner Broadcasting.

VIACOM
Sede : 1515 Broadway, Nueva York, Nueva York 10036.
País : Estados Unidos.
Tel. : (212) 258 6000.
Facturación 1994 : 7.360 millones de dólares.
Resultado neto 1994 : 89.600.000 dólares.
Actividades principales : Producción cinematográfica (Paramount) y televisiva (Paramount Television, MTV, Showtime Network, The Movie Channel, NickelOdeon). Edición de libros (Simon & Schuster, Macmillan) y de juegos de vídeo (Viacom New Media, Virgin Interactive). Distribución de casetes y juegos de vídeo (Blockbuster). Parques de diversiones.
Estrategia y alianzas : A diferencia de sus grandes rivales, el operador de cable Viacom abandonó la distribución. Después de adquirir Paramount, se concentra en la creación de "contenido" cultural en todas sus formas. El grupo intenta así aprovechar sus "marcas" de éxito en todas las categorías de medios. Por ejemplo, después del éxito de MTV, canal fetiche para los adolescentes de todo el mundo, Viacom lo utiliza como instrumento de televenta. Asimismo, su triunfal dibujo *Beavis and ButtHead* se ha convertido en gran operación de *merchandising* y en juego de vídeo. Viacom Interactive Media (Viacom New Media, Simon & Schuster Interactive y Virgin Entertainment) estaba en rojo en 1994 (28.600.000 dólares). El grupo se proponía lanzar una quinta red nacional de televisión: United Paramount Network.

PRODUCCION CINEMATOGRAFICA

DREAMWORKS SKG
Sede : 100 Universal Plaza, Lakeside 601, Universal City, California 91608.
País : Estados Unidos.
Tel. : (818) 733 6000.
Facturación 1994 : –
Resultado neto 1994 : –
Actividades principales : Producción de filmes, discos y programas interactivos.
Estrategia y alianzas : El estudio, creado en 1995 por el realizador Steven Spielberg, el ex gerente de Disney Jeffrey Katzenberg y el magnate de la industria musical David Geffen, quiere ser el prototipo del *major studio* del siglo XXI. DreamWorks tiene entre sus accionistas a Paul Allen, un fundador de Microsoft, y la empresa coreana Cheil Foods (conectada con la familia que es dueña de Samsung). Sus primeras alianzas se realizaron con Microsoft (producción de programas y juegos en CD-ROM), Silicon Graphics (creación de un flamante estudio de animación digital) e IBM (bibliotecas de imágenes). DreamWorks también firmó acuerdos de producción y distribución de programas con Capital Cities/ABC, así como acuerdos internacionales de distribución de sus películas con MCA/Universal, con los cuales Spielberg (Amblin) y Geffen estaban ligados profesionalmente.

MCA/UNIVERSAL
Sede : 100 Universal City Plaza, Universal City, California 91608.
País : Estados Unidos.
Tel. : (818) 777 1000.
Facturación 1994 : No divulgada (657 millones de dólares de ingresos en la taquilla en 1994).
Resultado neto 1994 : No divulgado.
Actividades principales : Producción cinematográfica, televisiva y musical. Parques de diversiones.
Estrategia y alianzas : Matsushita revendió MCA al grupo de bebidas Seagram en la primavera de 1995. El estudio está en plena transición. Como los demás grandes estudios, MCA intenta penetrar en el sector de los juegos cinemáticos; el grupo tiene una participación minoritaria en Interplay Productions y también creó la división Universal Interactive.

METRO GOLDWYN MAYER/UNITED ARTISTS
Sede : 2500 Broadway Street, Santa Mónica, California 90404-3061.
País : Estados Unidos.
Tel. : (310) 449 3000.
Facturación 1994 : No divulgada (144 millones de dólares de ingresos por taquilla en 1994).
Resultado neto 1994 : No divulgado.
Actividades principales : Producción y distribución de películas y programas de televisión. Merchandising. Programas interactivos.
Estrategia y alianzas : El equipo de Frank Mancuso, al cual Crédit Lyonnais (accionista) encomendó la reforma del estudio, se interesa activamente en los nuevos medios. El grupo ha producido juegos de vídeo en CD-ROM (*Blown Away*) y películas interactivas (*Rob Boy*). También dispone de un sitio (The Lion's Den) en el Web de Internet. En edición electrónica, MGM ha pactado una alianza con Sega de Estados Unidos y Matra Hachette Multimedia/Grolier, y también con el desarrollador de juegos de vídeo CyberDreams Inc. de Los Angeles.

THE WALT DISNEY COMPANY
Sede : 500 South Buena Vista Street, Burbank, California 91521-0990.
País : Estados Unidos.
Tel. : (818) 560 1000.
Facturación 1994 (cerrada en setiembre) : 10.100 millones de dólares (de los cuales, mil millones de dólares de recaudación por taquilla).
Resultado neto 1994 : 1.100 millones de dólares.
Actividades principales : Parques de diversiones (43 %). Películas y dibujos animados (36 %). Subproductos (21 %). Deportes. Líneas de cruceros.
Estrategia y alianzas : Disney causó gran sorpresa en julio de 1995, al adquirir la red Capital Cities/*ABC* y contratar como presidente al agente Michael Ovitz. Tras ciertos titubeos con los nuevos medios, Disney hoy participa activamente. Se ha aliado con tres compañías telefónicas locales (Ameritech, Bell South y SBC) para producir programas clásicos e interactivos. Dispone de un estudio de efectos digitales, Buena Vista Visual Effects, y creó filiales como Disney Interactive (concepción y producción de CD-ROM). Por su parte, Disney Imagineering concibe software de realidad virtual para modernizar el manejo de sus parques de atracciones: la "alfombra mágica" de Epcot permite visitar el mundo de Aladino. Por último, Disney Consumer Products se encarga de fabricar productos ludoeducativos interactivos.

PARAMOUNT
véase Viacom (GRUPOS DIVERSIFICADOS).

POLYGRAM
véase Philips (ELECTRÓNICA DE CONSUMO)

SONY PICTURES
véase Sony (ELECTRÓNICA DE CONSUMO)

XXth CENTURY FOX
véase News Corp. (GRUPOS DIVERSIFICADOS)

WARNER BROTHERS
véase Time Warner (GRUPOS DIVERSIFICADOS)

RADIO/TELEVISION

BRITISH BROADCASTING CORPORATION (BBC)
Sede : BBC Television Centre, Wood Lane, Londres, W12 7RJ.
País : Gran Bretaña.
Tel. : (44) 171 580 4468.
Presupuesto 1994-95 : 2.100 millones de libras esterlinas.
Actividades principales : Radiotelevisión y radiodifusión.
Estrategia y alianzas : La cadena pública británica, que participó activamente en el grupo de estandarización europea EDVB, se interesa en la teledifusión digital por vía hertziana. Su división Digital Broadcasting ya ha demostrado a sus socios un sistema de transmisión digital terrestre y continuará realizando tests de viabilidad hasta fines de 1995. La BBC también está activa en la radio digital. La cadena, que ha establecido una presencia activa en Internet (más de 1.000 páginas de información y diversos servicios educativos relacionados con sus programas), edita además CD-ROM educativos y comerciales (Romeo y Julieta, Macbeth).

CANAL+
Sede : 85-89, quai André-Citroën, 75711 París Cedex 15.
País : Francia.
Tel. : (1) 44 25 10 00.
Facturación 1994 : 9.560 millones de francos.
Resultado neto 1994 : 626 millones de francos.

Actividades principales : Televisión codificada paga, satelital y por cable.
Estrategia y alianzas : Canal+ es la pionera de la televisión digital en Europa. Invirtió 400 millones de francos para lanzar en noviembre de 1995 una veintena de cadenas por los satélites Astra (SES). El grupo, que ha formado divisiones de edición de juegos de vídeo y programas de televisión futuristas (emisiones de Cyberculture, Cybernuit), se prepara enérgicamente para la etapa de la interactividad. Su filial Media Lab se especializa en imágenes virtuales, sobre todo en animación en tiempo real y medicina. Canal+ y su aliado Bertelsmann han licenciado su sistema de decodificación digital y su software de interactividad a CLT y Deutsche Telekom, así como a las cadenas de televisión alemanas ARD y ZDF.

CAPITAL CITIES/ABC
Sede : 77 West 66th Street, Nueva York, Nueva York 10023.
País : Estados Unidos.
Tel. : (212) 456 7777.
Facturación 1994 : 6.370 millones de dólares.
Resultado neto 1994 : 680 millones de dólares.
Actividades principales : Cadenas nacionales de radio y televisión. Emisoras locales de radio y televisión. Periódicos, revistas, prensa especializada. Sociedad de teledifusión en el exterior.
Estrategia y alianzas : En agosto de 1995 ABC fue comprada por The Walt Disney Company por 19.000 millones de dólares. Esta transacción confirma un movimiento de integración vertical (producción/distribución en esta industria). La división multimedia de esta red desarrolla y gestiona oportunidades en los nuevos medios. Sus realizaciones incluyen A Online sobre America Online, la sociedad de producción de CD-ROM educativos de diversión Creative Wonders, y una inversión en el espectáculo deportivo interactivo Sportslab.

CBS Inc.
Sede : 51 West 52nd Street, Nueva York, Nueva York 10019.
País : Estados Unidos.
Tel. : (212) 975 4321.
Facturación 1994 : 3.710 millones de dólares.
Resultado neto 1994 : 464.200.000 dólares.
Actividades principales : Teledifusión y radiodifusión. Emisoras locales de radio y televisión. Producción audiovisual.
Estrategia y alianzas : Desde agosto de 1995, el grupo CBS es objeto de oferta de compra por el grupo Westinghouse (electricidad) por

5.400 millones de dólares, pero también es codiciado por otros compradores potenciales, como Ted Turner, CBS desarrolla productos y programas interactivos e investiga alianzas que le permitan enriquecer su papel de difusor de programas televisivos y radiofónicos.

COMPAGNIE LUXEMBOURGEOISE DE TELEDIFFUSION (CLT)
Sede : 45, boulevard Pierre-Frieden, L-2850 Luxemburgo.
País : Gran Ducado de Luxemburgo.
Tel. : (352) 42 1421.
Facturación 1994 : 82.725 millones de francos luxemburgueses.
Resultado neto 1994 : 3.307 millones de francos luxemburgueses.
Actividades principales : Televisión (participación en 25 cadenas europeas), radio (7 emisoras, entre ellas RTL).
Estrategia y alianzas : La CLT tiene una participación del 2,3 % en Infogrames y del 35 % en su filial alemana. Además de las cadenas de televisión de formato generalista, la CLT trabaja en la televisión por abono y el sistema *pay per view* (en 1994 creó en Francia la primera cadena europea de pago por sesión Multivision). El grupo también procura lanzar una serie de canales digitales satelitales.

FRANCE TELEVISION
Sede : 42, avenue d'Iéna 75116 París.
País : Francia.
Tel. : (1) 44 31 60 00.
Presupuesto 1994 : 10.000 millones de francos.
Actividades principales : Teledifusión (France 2 y France 3). Producción de programas de televisión.
Estrategia y alianzas : En ocasión del centenario del cine, France Télévision coprodujo un CD-ROM con Canal+, Havas Edition Electronique y el Club d'Investissement Média (publicado en octubre de 1995). El grupo tiene otros proyectos (algunos relacionados con *Les Contes du chat perché*). Los equipos telemáticos de France 2 y France 3 estudian proyectos para crear sitios en Internet. Un grupo de analistas creado con Matra Hachette Multimédia, Thomson y TDF investiga la creación de un servicio interactivo en un ancho de banda que TDF ha dejado libre. France Télévision prepara además cadenas temáticas de difusión digital.

NBC (grupo General Electric)
Sede : 30 Rockefeller Plaza, Nueva York, Nueva York 10112.
País : Estados Unidos.
Tel. : (212) 664 4444.

Facturación 1994 : No divulgada.
Resultado neto 1994 : No divulgado.
Actividades principales : Teledifusión y televisión por cable.
Estrategia y alianzas : Después de la compra de ABC y CBS, los analistas consideran que Jack Welch, presidente de General Electric, debería tomar una decisión estratégica en relación con NBC (desligarse de ella o bien construir una alianza con un estudio de Hollywood). NBC es la *network* más activa en los nuevos medios. Desde la primavera de 1995, NBC Desktop Video propone un conjunto de servicios multimedia en línea (NBC Professional, NBC Private Financial Network, NBC Desktop Video On Demand) accesibles por ordenador. NBC Digital Publishing, lanzada en mayo de 1993, desarrolla, envasa y distribuye productos multimedia en CD-ROM y otros soportes digitales a partir de archivos de la cadena (más de diez títulos en desarrollo). NBC Data Network, lanzada en noviembre de 1994, permite a sus clientes transmitir todo tipo de datos al instante en la porción subutilizada del espectro de difusión de la cadena. Además NBC ha creado el servicio en línea NBC Online y un sitio en el Web de Internet. La cadena concibe programas para ciertos tests de televisión digital interactiva, entre los cuales se cuentan los de Time Warner, Bell Atlantic y US West. El grupo también experimenta con la publicidad y el márketing interactivos (con anunciantes como MCDonald's, Toyota, Lexus).

NETHOLD
Sede : Neptunus Straat 41, NL-2132, Ja Hoofdorp.
País : Holanda.
Tel. : (31) 2503 81500.
Facturación 1994 : No divulgada (unos 420 millones de francos)
Resultado neto 1994 : No divulgado.
Actividades principales : Televisión por abono.
Estrategia y alianzas : Nethold, creada en 1994 por el grupo sudafricano Richemont SA y M-Net International Holdings, tiene 2,5 millones de abonados, sobre todo en Europa y Sudáfrica. El grupo, que ha escogido la arquitectura Open TV (de Thomson Multimédia y Sun Microsystems) ha alquilado repetidores en los satélites Astra y Eutelsat y se lanza a la teledifusión digital.

TF1 (grupo Bouygues)
Sede : 1, quai du Point-du-Jour, 92656 Boulogne Cedex.
País : Francia.
Tel. : (1) 4141 12 34.
Facturación 1994 : 8.420 millones de francos.

Resultado neto 1994 : 542 millones de francos.
Actividades principales : Televisión.
Estrategia y alianzas : El líder francés de público ha diversificado su oferta al lanzar las cadenas Eurosport y LCI (toda información). El grupo estudia un proyecto digital de películas a pedido llamado HyperTV y piensa en la cooperación digital con Canal+. El grupo Bouygues también tiene grandes ambiciones en el sector de las telecomunicaciones: en Francia obtuvo licencia para explotar la tercera red de telefonía móvil. Su filial Infomobile ha lanzado un servicio de radiomensajería llamado Kobby.

TURNER BROADCASTING SYSTEM Inc.
Sede : One CNN Center, Atlanta, Georgia 30303.
País : Estados Unidos .
Tel. : (404) 827 1700.
Facturación 1994 : 2.800 millones de dólares.
Resultado neto 1994 : 21.150.000 dólares.
Actividades principales : Produce y distribuye programas de entretenimiento (TNT Cartoon Network) e información (CNN). Posee intereses en el deporte, los bienes raíces y el merchandising.
Estrategia y alianzas : El grupo creó Turner Interactive y CNN Interactive con el propósito de desarrollar y editar programas interactivos en CD-ROM. Su filial New Line Cinema ha concluido un acuerdo con Havas para desarrollar y producir software interactivo. Esta nueva estructura también asegura la distribución y comercialización internacional de programas multimedia. Ted Turner ansía adquirir una gran red de televisión. A mediados de 1995 se pensaba en la adquisición de CBS o bien una fusión con Time Warner.

FOX
véase News Corp. (GRUPOS DIVERSIFICADOS).

PRENSA/EDICION

CEP COMMUNICATION
Sede : 20, avenue Hoche 75008 París.
País : Francia.
Tel. : (1) 44 95 56 00.
Facturación (consolidada) 1994 : 6.360 millones de francos.

Resultado neto 1994 : 349 millones de francos.
Actividades principales : Primera editora francesa por medio del Groupe de la Cité (Larousse, Nathan, Bordas, Masson, Dalloz, Dunod, Laffont, Julliard, Plon, Pocket, 10/18, Fleuve Noir), poseído en paridad con Alcatel-Alsthom. Primera editora de revistas económicas y profesionales de la Europa continental (*Expansion, Usine nouvelle, Moniteur, LSA*). Organización de exposiciones profesionales.
Estrategia y alianzas : CEP, cuyas unidades Larousse, Bordas y Nathan trabajan activamente en la edición electrónica, decidió en 1994 crear una rama multimedia "que dispusiera de los medios necesarios para la realización de proyectos ambiciosos pero realistas".

GANNETT Co. Inc.
Sede : 1100 Wilson Boulevard, Arlington, Virginia 22234.
País : Estados Unidos.
Tel. : (703) 284 6000.
Facturación 1994 : 3.800 millones de dólares.
Resultado neto 1994 : 465.400.000 dólares.
Actividades principales : Primer grupo americano de prensa cotidiana (82 títulos, entre ellos el líder *USA Today*). Emisoras locales de radio y televisión. Afiches publicitarios.
Estrategia y alianzas : Gannett compró en julio de 1995 el grupo americano Multimedia, que posee 5 emisoras de televisión, 2 de radio, 11 periódicos y 49 revistas. Se trata de su primera incursión en la televisión por cable, considerada como prometedora en vísperas de una desregulación del sector de las telecomunicaciones. El grupo experimenta con prudencia en la prensa electrónica; muchos de sus periódicos proyectan o han lanzado una versión electrónica.

KNIGHT RIDDER Inc.
Sede : One Herald Plaza, Miami, Florida 33132-1693.
País : Estados Unidos.
Tel. : (305) 376 3800.
Facturación 1994 : 2.649 millones de dólares.
Resultado neto 1994 : 170.200.000 dólares.
Actividades principales : Grupo de prensa que abarca 29 periódicos; información profesional, servicios de información e investigación electrónica; TV cable.
Estrategia y alianzas : Knight-Ridder experimenta activamente con los nuevos medios electrónicos. El *San Jose Mercury News* y el *Detroit Free Press* proponen servicios en línea (respectivamente en America Online y Compuserve), de fax y telefónicos. El grupo también trabaja en emisiones de información en formato vídeo (*Inquirer News*

Tonight con el equipo del *Philadelphia Inquirer*). Su Information Design Lab trabaja en un prototipo del periódico del futuro en una pizarra electrónica interactiva.

McGRAW HILL
Sede : 1221 Avenue of the Americas, Nueva York, Nueva York 10020.
País : Estados Unidos.
Tel. : (212) 512 2000.
Facturación 1994 : 2.760 millones de dólares.
Resultado neto 1994 : 203.120.000 dólares.
Actividades principales : Servicios de información financiera (Standard and Poor's), revistas profesionales, prensa económica (*Business Week*).
Estrategia y alianzas : McGraw Hill propone una versión en línea de su revista *Business Week* (que vende un millón de ejemplares por semana y es leída por 6,8 millones de personas) en America Online. La agencia de rating Standard and Poor's ha forjado asociaciones de distribución de datos –acciones, títulos, tasas de cambio y cotización de las empresas– con importantes proveedores de información como Reuters, Bloomberg y Knight Ridder.

REUTERS
Sede : 85 Fleet Street, Londres, EC4P 4AJ.
País : Gran Bretaña.
Tel. : (44) 1 250 1122.
Facturación 1994 : 2.309 millones de libras esterlinas.
Resultado neto 1994 : 510 millones de libras esterlinas.
Actividades principales : Servicios de información económica y financiera en tiempo real, base de datos por ordenador; transacciones electrónicas, sistemas digitales de tratamiento y distribución de la información y telefonía para operaciones financieras; agencias de prensa, fotos y reportajes televisados para los medios.
Estrategia y alianzas : El servicio televisivo de información financiera *Reuters Financial Television* está integrado a los puestos de trabajo de los operadores bursátiles y a los servicios de noticias *Reuters News 2000,* lanzados en Europa en 1994, y en Estados Unidos y Japón en 1995. La sociedad Ingenius, creada con Tele-Communications Inc., propone en los Estados Unidos un periódico multimedia en línea destinado a las escuelas y los particulares (*What On Earth*). Participación minoritaria, desde abril de 1995, en la empresa americana AIM21, que comercializa un sistema de información multimedia destinado a las agencias publicitarias y sus anunciantes.

SPRINGER-VERLAG GmbH
Sede : Tiergartenstrasse, 17 D-69121, Heidelberg.
País : Alemania.
Tel. : (49) 6221 487 0.
Facturación 1994 : 515 millones de marcos alemanes.
Resultado neto 1994 : No divulgado.
Actividades principales : Prensa y edición científica (350 títulos) en los sectores de medicina, ciencias naturales, ingeniería, matemática, informática, economía y derecho.
Estrategia y alianzas : Activo en los nuevos medios desde hace quince años, el grupo Springer dispone de más de cincuenta productos que contienen información electrónica. Uno de sus socios más antiguos es el sistema Adonis de información biomédica en CD-ROM (con Blachwell Science, Elsevier Science y Springer-Verlag). En julio de 1995 Springer estableció una filial con Bertelsmann, para desarrollar un gran banco de datos electrónico sobre salud y medicina, destinado a profesionales y particulares. También posee un 10 % del proyecto Europe Online.

THE READER'S DIGEST ASSOCIATION INC.
Sede : Reader's Digest Road, Pleasantville, Nueva York 10570-7000.
País : Estados Unidos.
Tel. : (914) 238 1000.
Facturación 1994 : 2.800 millones de dólares.
Resultado neto 1994 : 246.290.000 dólares.
Actividades principales : Edición en 17 idiomas y venta por correspondencia de revistas (*Reader's Digest, American Health, The Family Handyman*), libros, guías, libros condensados, paquetes de discos y casetes de vídeo.
Estrategia y alianzas : En setiembre de 1994 Reader's Digest firmó un acuerdo con Microsoft para desarrollar CD-ROM basados en sus propias publicaciones. En marzo de 1995 el grupo cerró un acuerdo con Dove Audio para vender por correspondencia libros en casete de audio publicados por Dove Audio. Sitio en Compuserve.

TIMES MIRROR
Sede : Times Mirror Square, Los Angeles, California 90053.
País : Estados Unidos.
Tel. : (213) 237 3700.
Facturación 1994 : 3.350 millones de dólares.
Resultado neto 1994 : 173.110.000 dólares.
Actividades principales : Periódicos (*Los Angeles Times, Baltimore Sun,*

Courant) y revistas (*Field & Stream, Popular Science, Transworld Snowboarding*); edición profesional (Matthew Bender & Co.).

Estrategia y alianzas : En julio de 1995 Mark Willes, nuevo dueño de Times Mirror, estaba demasiado concentrado en la reestructuración del grupo (cierre del *New York Newsday* y reducción de personal en *Los Angeles Times*) para elaborar una estrategia frente a los nuevos medios. La merma en las ganancias del grupo ya había inducido a Times Mirror a ceder sus cuatro emisoras de televisión, luego a vender parcialmente sus operaciones de TV cable a Cox Enterprise Inc. Antes que Willes se hiciera cargo, Times Mirror se disponía a transferir todo su "contenido" a una biblioteca digital compartida. Además el grupo trabaja en muchos proyectos: la cadena de cable Outdoor Life; la edición electrónica del *Los Angeles Times*; servicios y publicidad interactivas en *Los Angeles Times* y Pacific Telesis; producción de CD-ROM profesionales.

TRIBUNE COMPANY
Sede : 435 North Michigan Avenue, Chicago, Illinois 60611.
País : Estados Unidos.
Tel. : (312) 222 3787.
Facturación 1994 : 2.150 millones de dólares.
Resultado neto 1994 : 242 millones de dólares.
Actividades principales : Grupo de comunicaciones y diversión que llega al 60 % de los hogares americanos por medio de sus periódicos, sus 8 emisoras de televisión y sus 6 emisoras de radio.
Estrategia y alianzas : El *Chicago Tribune*, título clave del grupo, es el primero del país que se lanzó al servicio en línea (en America Online). Tribune New Media/Education edita libros e información en forma tradicional y electrónica. El grupo compró la importante enciclopedia Compton's.

MATRA HACHETTE
véase Lagardère Groupe (GRUPOS DIVERSIFICADOS).

JUEGOS DE VIDEO

ACCLAIM ENTERTAINMENT INC.
Sede : One Acclaim Plaza, Glen Cove, Nueva York 11542-2708.
País : Estados Unidos.
Tel. : (516) 656 5000.

Facturación 1994 : 481 millones de dólares.
Resultado neto 1994 : 45 millones de dólares.
Actividades principales : Desarrollo y edición de juegos de vídeo en cartucho y CD para Nintendo, Sega y Sony. Edición de cómics (*Valiant, Windjammer, Armada*).
Estrategia y alianzas : Acclaim Distribution Inc. distribuye los programas de juegos de Digital Pictures, Marvel Comics, Sunsoft y Domark. Acclaim está unido a Tele-Communications Inc. (que ha tomado el 10 % de su capital), una filial común destinada a la creación de programas de entretenimiento interactivos de distribución electrónica.

BRODERBUND SOFTWARE Inc.
Sede : 500 Redwood Boulevard, Novato, California 94948-6121.
País : Estados Unidos.
Tel. : (415) 382 4400.
Facturación 1994 (cierre en agosto) : 111.770.000 dólares.
Resultado neto 1994 : 11 millones de dólares.
Actividades principales : Desarrollo y edición de programas multimedia (educación, profesionales, juegos, diversión) en CD-ROM, disquetes, PhotoCD.
Estrategia y alianzas : Con más de 400 títulos interactivos publicados, Broderbund es una de las editoriales electrónicas más prestigiosas de los Estados Unidos (*Carmen Sandiego, The Print Shop, Kid Pix*). En julio de 1995 se reforzó al adquirir la editora de CD-ROM educativos Learning Co. (*Reader Rabbit*). Broderbund ha creado con Random House la sociedad Living Books, especializada en títulos para los más pequeños (*Grand Ma and Me*). Broderbund también distribuye marcas asociadas como Amtex Software, Cyan (*Myst*), I. Motion (socia de Infogrames), Inroads Interactive, The Logic factory, Starwave, Vicarious.

ELECTRONIC ARTS
Sede : 1450 Fashion Island Boulevard, San Mateo, California 94404-2064.
País : Estados Unidos.
Tel. : (415) 571 7171.
Facturación 1994 : 493.340 millones de dólares.
Resultado neto 1994 : 55.710.000 dólares.
Actividades principales : Edición de juegos electrónicos en cartucho y CD (CD-ROM, CD-I, Sega CD y Saturn, Sony PlayStation).
Estrategia y alianzas : Es la primera editora americana de juegos de vídeo que trabaja con todos los fabricantes de consolas y ha encarado resueltamente los CD multimedia. Su defensa del formato CD

refleja la convicción de su fundador, Trip Hawkins, fundador y presidente de 3DO. Electronic Arts ha formado sociedades con poseedores de contenido, entre ellos ABC/EA Home Software con la red Capital Cities/ABC.

INFOGRAMES
Sede : 84, rue du 1er-Mars-1943 69628 Villeurbane Cedex.
País : Francia.
Tel. : 72 65 50 00.
Facturación 1994-95 (cierre en junio) : 259.700.000 francos.
Resultado neto 1994-95 (estimación) : 20 a 23 millones de francos.
Actividades principales : Desarrollo, edición y distribución de juegos de vídeo. Oferta y desarrollo de servicios telemáticos.
Estrategia y alianzas : Primera empresa francesa en juegos de vídeo, cuenta a Philips en su capital y está empeñada en la creación de juegos de nueva generación en CD-I, CD-ROM y formatos CD para las consolas Sega, Sony y 3DO. Infogrames se alió con Axime en telemática. La empresa intenta una estrategia ambiciosa en servicios en línea (para ordenadores personales) con la creación de Infonie.

NINTENDO
Sede : 60, Kami-Takamatsucho, Fukuine, Higashima-ku, Kioto 605.
País : Japón.
Tel. : (81) 075 541 6111.
Facturación 1994-95 (cierre en marzo) : 4.580 millones de dólares.
Resultado neto 1994-95 : 331.200.000 dólares.
Actividades principales : Fabricación de consolas para juegos de vídeo. Desarrollo y edición de juegos de vídeo.
Estrategia y alianzas : Después de haber resucitado el mercado mundial de los juegos de vídeo, devastado en 1983 por un crac comercial, Nintendo ha reinado largo tiempo como emperador indiscutido de esta industria. Pero en 1994 la empresa japonesa Sega obtuvo la supremacía. Nintendo, que batió durante largo tiempo los récords absolutos de rentabilidad, padece la decadencia del formato cartucho. El grupo de Kioto aún no se ha decidido a respaldar el soporte CD y se resiste a la diversificación. No obstante, compró en Japón un satélite de comunicaciones.

SEGA ENTERPRISES Ltd.
Sede : 1 2 12, Haneda, Ohta-ku, Tokio 144.
País : Japón.
Tel. : (81) 035 3743 7430.

Facturación 1994 (cierre en abril) : 4.030 millones de dólares.
Resultado neto 1994 : 108.720.000 dólares.
Actividades principales : Fabricación de material para salas de juegos de vídeo y parques de diversiones electrónicos. Fabricación de consolas para juegos de vídeo. Desarrollo y edición de juegos de vídeo. Juguetes electrónicos.
Estrategia y alianzas : A diferencia de Nintendo, Sega apuesta a la innovación tecnológica y la diversificación para convertirse en la "Walt Disney del siglo veintiuno". Aparte de su sociedad con TCI y Time Warner en el Sega Channel (canal de telecarga de juegos de vídeo), Sega está al frente de la innovación en consolas CD con su Saturn. Tiene una sociedad de desarrollo de juegos cinemáticos con MGM y también trabaja en equipos de diversiones de realidad virtual.

3DO
Sede : 600 Galveston Drive, Redwood City, California 94063.
País : Estados Unidos.
Tel. : (415) 261 3000.
Facturación 1994-95 (cierre en marzo) : 30.380.000 dólares.
Resultado neto 1994-95 : - 46.260.000 dólares.
Actividades principales : Desarrollo de tecnologías interactivas avanzadas para consolas y programas multimedia. Edición y distribución de juegos de vídeo en CD-ROM.
Estrategia y alianzas : Creada en 1991 por Trip Hawkins, fundador de Electronic Arts, esta pequeña empresa tiene la misión de desarrollar arquitecturas de consolas multimedia y decodificadores interactivos. Pero las máquinas son fabricadas por socios industriales como Panasonic (Matsushita), LG Group, Sanyo y Creative Labs. En 1992 fue la primera en comercializar una arquitectura para consolas de 32 bits de nueva generación, y supo atraer a nombres prestigiosos como Electronic Arts, Matsushita, Goldstar, MCA y Time Warner. Los resultados, sin embargo, han sido decepcionantes; 3DO apuesta su supervivencia a su nueva consola M2 (64 bits), basada en los microprocesadores RISC de IBM.

MICROSOFT
véase SOFTWARE.

SONY
véase ELECTRÓNICA DE CONSUMO.

HARDWARE

APPLE COMPUTER CORP.
Sede : 1 Infinite Loop, Cupertino, California 95014.
País : Estados Unidos.
Tel. : (408) 996 1010.
Facturación 1994 : 9.190 millones de dólares.
Resultado neto 1994 : 310.200.000 dólares.
Actividades principales : Desarrolla, produce y comercializa ordenadores personales de marca Macintosh (portátiles Powerbook, ordenadores de escritorio, servidores App/Workgroup), periféricos (impresoras, escáneres, monitores, productos de comunicaciones), el sistema operativo Mac OS y software de productividad y comunicación. Apple también desarrolla una nueva generación de asistentes digitales basados en la tecnología Newton.
Estrategia y alianzas : La empresa que inventó la interfaz gráfica y el uso del ratón también fue una de las pioneras en multimedia. Su Multimedia Group desarrolla herramientas de programación multimedia como Quick Time VR. Apple se lanzó a los servicios en línea con su red eWorld. También concibió decodificadores para ciertas pruebas de televisión interactiva (en Gran Bretaña) y aborda el mercado de las consolas multimedia por medio de una alianza con Bandai (plataforma Pippin). Pero esta empresa, cuyo estándar Mac representa el 10 % del mercado informático mundial, debe aumentar su participación en el mercado para no quedar marginada. Por ello apuesta a los procesadores RISC con IBM y Motorola. Este acuerdo sobre microprocesadores debería complementarse con el uso en común de los sistemas operativos. Aunque el Power Mac ha despegado con éxito, Apple aún debe demostrar que es capaz de lograr una estrategia de licencias y realizar un nuevo avance, en el plano de la facilidad de uso, con su próximo sistema operativo, Copland, anunciado para fines de 1996 o principios de 1997.

BULL S. A.
Sede : 68, route de Versailles 79434 Louveciennes.
País : Francia.
Tel. : 39 66 60 60.
Facturación 1994 : 29.910 millones de francos.
Resultado neto 1994 : - 660 millones de francos.
Actividades principales : Servidores de empresas y servicio a clientes, sistemas abiertos y software, ordenadores personales, integración de sistemas y servicios profesionales, tecnologías emergentes.

Estrategia y alianzas : El grupo público francés se ha fijado como prioridad ajustar sus cuentas con una privatización por etapas. Su filial americana Zenith Data Systems concentra sus esfuerzos en la fabricación de ordenadores portátiles multimedia, pero presenta problemas de rentabilidad. Bull posee además el 19 % del fabricante de ordenadores Packard Bell, que gana participación en el mercado en los Estados Unidos. Además de NEC e IBM, Bull verá el ingreso en su capital de Motorola, IPC y Dai Nippon Printing.

COMPAQ Corp.
Sede : PO Box 692000 MSO40514, Houston, Texas 77269-2000.
País : Estados Unidos.
Tel. : (713) 370 06 70.
Facturación 1994 : 10.860 millones de dólares.
Resultado neto 1994 : 867 millones de dólares.
Actividades principales : Número uno mundial de la microinformática, Compaq construye servidores, ordenadores personales de escritorio y asistentes electrónicos. El grupo está presente en más de 100 países a través de una red de 38.000 concesionarios.
Estrategia y alianzas : Después de haber aceptado el desafío de la competitividad ante la ofensiva de los clones IBM, Compaq desea convertirse en referencia en materia de ordenadores multimedia de consumo masivo. En la primavera de 1994 el grupo introdujo el Presario CD-TV, con funciones de lector de CD, receptor de programas televisivos, Minitel, fax y contestador telefónico. Tiene un proyecto de agendas electrónicas y estudia la oportunidad de fabricar sus productos en la frontera de la informática y la electrónica de consumo.

DIGITAL EQUIPMENT
Sede : 146 Maynard Street, Massachusetts 01754-2571.
País : Estados Unidos.
Tel. : (508) 493 5111.
Facturación 1994 : 13.450 millones de dólares.
Resultado neto 1994 : - 2.150 millones de dólares (tras provisión de fondos para su reestructuración).
Actividades principales : Sistemas y programas servidor-cliente; microprocesadores y componentes RISC de 64 bits (Alpha); ordenadores personales; productos de red, de almacenaje y periféricos; servicios informáticos multimarca.
Estrategia y alianzas : Se propone facilitar la difusión y utilización de los servicios de información multimedia interactivos. Ofrece servidores multimedia de segunda generación, usados en más de la mitad de

los tests de televisión digital y vídeo interactivo en el mundo (Wesminster Cable, Belgacom, Svenska Cable, TMN Networks, Ameritech, Adlink, US West, Nynex); acuerdos técnicos con integradores de telecomunicaciones (Alcatel) y los principales fabricantes de decodificadores interactivos (Apple, Microware); servicios directos a empresas con acceso de seguridad a Internet (acuerdo con Netscape) y otras redes en línea; gestión por Digital de la red Microsoft Network, en el marco de una asociación estratégica más amplia (desarrollo conjunto de software y equipos en torno del sistema operativo Windows NT).

FUJITSU LIMITED
Sede : 6-1 Marunouchi 1-chome, Chiyoda-ku, Tokio 100.
País : Japón.
Tel. : (81) 3 3216 3211.
Facturación 1994 (cierre en marzo) : 30.500 millones de dólares.
Resultado neto 1994 : 365.740.000 dólares.
Actividades principales : Informática; telecomunicaciones; componentes electrónicos.
Estrategia y alianzas : Fujitsu Limited está ligada a NTT, en Japón, para proyectos de transmisión de datos multimedia. El grupo también tiene participación en pequeñas empresas americanas de software, como Digital Video Laboratories (compresión de datos) y General Magic (sistema operativo para asistentes digitales personales y tecnología de agentes electrónicos).

HEWLETT PACKARD COMPANY
Sede : 3000 Hanover Street, Palo Alto, California 94304.
País : Estados Unidos.
Tel. : (415) 857 1501.
Facturación 1994 : 25.000 millones de dólares.
Resultado neto 1994 : 1.590.000 dólares.
Actividades principales : Sistemas informáticos, equipos de comunicaciones, instrumentos de medición, sobre todo para medicina.
Estrategia y alianzas : En la perspectiva de las autopistas de la información, HP ambiciona coordinar sus principales actividades (informática e instrumentación) en torno de las tecnologías de la comunicación. Se propone diferenciarse de otros fabricantes de hardware ofreciendo una perfecta integración entre las soluciones informáticas y una nueva generación de aparatos de verificación y medición. El grupo desea estar presente en todas las puertas de acceso de las infopistas: en los servidores, pero también –lo cual es nuevo– en los ordenadores personales y los decodificadores di-

gitales interactivos para la televisión del futuro. Está muy avanzado en materia de atención de la salud y hospitalización domiciliaria.

IBM CORPORATION
Sede : Old Orchard Road, Armonk, Nueva York.
País : Estados Unidos.
Tel. : (914) 765 1900.
Facturación 1994 : 64.000 millones de dólares.
Resultado neto 1994 : 3.000 millones de dólares.
Actividades principales : Gama completa de ordenadores (desde portátiles hasta mainframes); microprocesadores y componentes; sistemas operativos y software; integración de tecnologías; asesoramiento en informática.
Estrategia y alianzas : IBM todavía se apoya excesivamente en los ordenadores grandes en un mundo donde el ordenador personal ha tomado el poder. La suerte de su división de ordenadores personales depende del éxito de su sistema operativo (OS/2 Warp) frente al Windows 1995 de Microsoft, así como de su reciente oferta PowerPC (basada en procesadores RISC, concebidos con Motorola). Consciente de su debilidad en software de red, IBM compró en julio de 1995 la sociedad de software Lotus (Notes). Además había formado con Apple las empresas Kaleida y Taligent, trabajando en programación orientada hacia los objetos. Su servicio en línea Prodigy (poseído en paridad con Sears & Roebuck) mejorará su integración con Internet y quizá sufra una reestructuración radical si no logra encontrar un equilibrio financiero.

El grupo espera convertirse en principal proveedor de acceso y servicios Internet para empresas: en 1995, su IBM Global Network contaba con 25.000 clientes y 2 millones de usuarios. Su división Networked Application Services crea para ellos programas de videoconferencia, de vídeo a pedido y de transacciones electrónicas. En julio de 1995, IBM cerró un trato para instalar redes internacionales con la compañía telefónica italiana STET. Provee servidores de imagen y decodificadores interactivos a Cox Cable, Bell Atlantic, Videotron y Hong Kong Telecom para sus pruebas de televisión interactiva. IBM también tiene grandes ambiciones en informática visual: el grupo ha cofinanciado con el cineasta James Cameron la creación del estudio digital California Digital Domain, y se alió con DreamWorks SKG en el área de las bibliotecas de imágenes.

NEC Corporation
Sede : 7-1, Shiba 5-chome, Minato-ku, Tokio 108-01.
País : Japón.
Tel. : (81) 3 3454 1111.
Facturación 1994 : 35.000 millones de dólares.
Resultado neto 1994 : 64.700.000 dólares.
Actividades principales : Sistemas y equipos de comunicación, ordenadores y sistemas electrónicos para la industria, semiconductores.
Estrategia y alianzas : La estrategia de NEC reposa sobre la integración de la informática con las comunicaciones. El grupo ha desarrollado tecnologías avanzadas como la conmutación digital ATM o las pantallas cromáticas planas LCD, y concentra sus esfuerzos en el desarrollo de tecnologías multimedia, sobre todo en el dominio de los microprocesadores. Participa en muchos tests de servicios multimedia en Estados Unidos y en Japón. NEC tiene participación en el fabricante francés de hardware Bull, y el americano Packard Bell.

ING. C. OLIVETTI & CO. S.P.A.
Sede : Via Jervis 77, 10015 Ivrea.
País : Italia.
Tel. : (39) 125 5200.
Facturación 1994 : 9.075.000 millones de liras.
Resultado neto 1994 : - 678.900 millones de liras.
Actividades principales : Fabricante de hardware.
Estrategia y alianzas : Olivetti planea convertir en filiales la división de ordenadores personales (muy deficitaria) y la de equipos de oficina, lo cual le permitirá atraer socios con mayor facilidad. Olivetti desarrolla ordenadores multimedia y estaciones de trabajo con procesadores RISC Alpha de su aliado Digital Equipment. Opera Multimedia, filial 100 % del grupo, crea y distribuye CD-ROM multimedia. Ha formado una sociedad con Bell Atlantic para abordar el mercado italiano de las telecomunicaciones. El grupo también está presente en la integración de sistemas, una actividad con futuro en las autopistas de la información, que todavía están poco estandarizadas.

PACKARD BELL ELECTRONICS INC.
Sede : 8350 Fruitridge Road, Administration Building, Sacramento, California 95826.
País : Estados Unidos.
Tel. : (916) 388 0101.
Facturación 1994 : 3.000 millones de dólares.

Resultado neto 1994 : No divulgado.
Actividades principales : Montaje de ordenadores personales.
Estrategia y alianzas : Esta empresa antes desconocida, de la cual Bull compró el 19,9 % en julio de 1993, logró elevarse al primer rango de las ventas americanas de ordenadores personales (2,5 millones de PC vendidos en 1994). Packard Bell es el primer fabricante de hardware que distribuye sus máquinas en grandes superficies, preinstala el sistema operativo con ciertas aplicaciones de uso corriente y ofrece al cliente asistencia técnica gratuita. Packard Bell, que también se contó entre los primeros en integrar un lector de CD-ROM en sus máquinas, ahora se orienta hacia las estaciones multimedia. El grupo japonés NEC anunció en julio de 1995 que compraría el 20 % del capital de Packard Bell (sin alejamiento de Bull, que aporta dinero para conservar su participación).

SILICON GRAPHICS INC. (SGI)
Sede : 2011 N. Shoreline Boulevard, Mountain View, California 940-431389.
País : Estados Unidos.
Tel. : (415) 960 1980.
Facturación 1994 : 1.500 millones de dólares.
Resultado neto 1994 : 141 millones de dólares.
Actividades principales : Líder mundial de la informática visual, SGI provee tecnologías gráficas tridimensionales interactivas, medios digitales y súper ordenadores a clientes de los sectores técnicos, científicos y creativos. Por medio de su filial MIPS Technologies, el grupo concibe y licencia la arquitectura de los microprocesadores RISC que dotan a las estaciones de trabajo de la gran potencia de cálculo necesaria para la manipulación de imágenes de muy alta definición.
Estrategia y alianzas : Silicon Graphics, que recientemente compró las empresas de software 3D Alias y Wavefront, se ha convertido en socio de referencia de los estudios digitales del planeta. El grupo aprovecha la era multimedia para penetrar en los mercados de juegos de vídeo y televisión interactiva. En 1993 firmó un acuerdo con Nintendo para desarrollar la consola Ultra 64. SGI también es uno de los principales aliados tecnológicos de Time Warner por su experiencia en televisión interactiva de Orlando: los decodificadores del Full Service Network llevan las marcas SGI y Scientific Atlanta, y el software de red es de Interactive Digital Solutions (IDS, sociedad SGI/AT&T). Silicon Graphics y IDS trabajan con NTT en el mismo tipo de experimentación en Japón. Silicon Graphics también está presente en el dinámico mercado de los servidores para Internet,

por medio de su línea Web-FORCE. Particularidad: su presidente, Ed McCracken, es copresidente del comité de Bill Clinton sobre autopistas de la información (National Information Infrastructure Advisory Council).

SUN MICROSYSTEMS
Sede : 2550 Garcia Avenue, Mountain View, California 94043.
País : Estados Unidos.
Tel. : (415) 960 1300.
Facturación 1994-95 (cierre en junio) : 5.900 millones de dólares.
Resultado neto 1994-95 : 356 millones de dólares.
Actividades principales : Concibe y construye estaciones de trabajo para todos los sectores.
Estrategia y alianzas : Sun es líder indiscutido en estaciones de trabajo (47 % del mercado mundial). Está muy presente en los servidores de datos de las empresas, y controla el 56 % del floreciente mercado de los servidores de Internet. Sun es miembro de CommerceNet, un consorcio que procura promover el uso de Internet para el comercio. El grupo también se ha lanzado a la televisión digital interactiva a través de Open TV, una alianza con Thomson Multimedia que propone una solución integral adaptada a las redes existentes.

TOSHIBA
Sede : 1-1, Shibaura 1-chome, Minato-ku, Tokio 105-01.
País : Japón.
Tel. : (81) 3 3457 4511.
Facturación 1994-95 (cierre en marzo) : 53.820 millones de dólares.
Resultado neto 1994-95 : 502 millones de dólares.
Actividades principales : Sistemas de comunicaciones, de información y componentes electrónicos; productos electrónicos de consumo; equipos eléctricos pesados.
Estrategia y alianzas : El tercer gigante japonés de la electrónica fue el primero en comprender el valor de las alianzas estratégicas. El grupo tiene acceso a las tecnologías más promisorias gracias a una red de alianzas con socios prestigiosos: IBM, Sun Microsystems, Apple y Olivetti en informática; IBM Motorola, National Semiconductors, Samsung et SGS-Thomson en componentes; General Electric, United Technologies y GEC Alsthom en equipos eléctricos. Toshiba ha tomado participación en grandes grupos de medios, como Time Warner Entertainment.

NLYDORF
véase Siemens (COMPONENTES ELECTRÓNICOS).

COMPONENTES ELECTRONICOS

INTEL Corp.
Sede : 2200 Mission College Boulevard, Santa Clara, California 95052-8119.
País : Estados Unidos.
Tel. : (408) 765 8080.
Facturación 1994 : 11.520 millones de dólares.
Resultado neto 1994 : 2.290 millones de dólares.
Actividades principales : Concepción y fabricación de semiconductores, sobre todo de microprocesadores (75 % del mercado mundial); fabricante de componentes para ordenadores, redes y productos de comunicación.
Estrategia y alianzas : Fue Intel la que en 1971 comercializó el primer microprocesador. Veinticinco años después, el grupo es uno de los líderes mundiales de la microelectrónica. Forma con Microsoft una pareja que define las pautas de la industria. Pero la ambición de Intel supera la producción de procesadores de buen desempeño (línea Pentium). Convencido de que la herramienta natural de la interactividad es el ordenador y no la televisión, el grupo se esfuerza por brindar tecnologías que unan el ordenador multimedia con las telecomunicaciones. Ha lanzado un estándar de videoconferencia (ProShare) y se alió con operadores de servicios en línea como America Online para probar un módem adaptado a las redes de cable. Intel también trabaja con AT&T, Oracle y Lotus para integrar las funciones de conferencia, mensajería y almacenaje de datos en los ordenadores.

TEXAS INSTRUMENTS
Sede : PO Box 655474, Mail Station 236, Dallas, Texas 75265.
País : Estados Unidos.
Tel. : (214) 995 2011.
Facturación 1994 : 10.300 millones de dólares.
Resultado neto 1994 : 1.080 millones de dólares.
Actividades principales : Componentes electrónicos y microelectrónicos.
Estrategia y alianzas : Texas Instruments, que no siempre supo sacar partido de sus inventos (TI inventó el primer circuito integrado, en 1958), ha decidido tomar su porción de la "torta digital". Su arma secreta son los procesadores de señales digitales, o procesadores especializados en el tratamiento de sonido y gráficos. Pero también guarda en sus gavetas tecnologías de espejos digitales para pantallas planas y sistemas de activación por voz, que un día permitirán navegar por Internet sin pasar por el teclado del ordenador.

SIEMENS

Sede : Wittelsbacher Platz 2, D-80333 Munich.
País : Alemania.
Tel. : (49) 89 2340.
Facturación 1994 : 84.600 millones de marcos.
Resultado neto 1994 : 2.100 millones de marcos.
Actividades principales : Energía, transporte, telecomunicaciones, informática (Nixdorf), electrónica, material médico, herramientas de productividad.
Estrategia y alianzas : Por primera vez, Siemens alcanzó en 1994 buenos resultados con su filial de informática Nixdorf. El grupo desarrolla además una arquitectura de red multimedia con Scientific Atlanta y Sun Microsystems.

IBM
véase HARDWARE.

MOTOROLA
véase TELECOMUNICACIONES (EQUIPOS).

PHILIPS
véase ELECTRÓNICA DE CONSUMO.

SAMSUNG
véase ELECTRÓNICA DE CONSUMO.

SOFTWARE

MICROSOFT CORPORATION

Sede : One Microsoft Way, Redmond, Washington, 980526399.
País : Estados Unidos.
Tel. : (206) 882 8080.
Facturación 1994-95 (cierre en junio) : 5.950 millones de dólares.
Resultado neto 1994-95 : 1.450 millones de dólares.
Actividades principales : Líder mundial de sistemas operativos y software para ordenadores personales. Su producto clave es el sistema operativo Windows (un 85 % de los ordenadores personales del mundo), cuya versión Windows 95 salió en agosto de ese año. Su gama de productos y servicios abarca todo el conjunto de las necesidades personales y profesionales.

Estrategia y alianzas : La obsesión de Bill Gates, cofundador y dueño de Microsoft, es conservar su supremacía en el software del mañana, incluso en el terreno de los programas de consumo masivo, las redes en línea, la televisión interactiva y la inteligencia de los sistemas electrónicos del futuro (asistente digital personal, billetera electrónica). Al margen de su unión con Intel y los grandes fabricantes de ordenadores IBM y compatibles, Microsoft celebra alianzas con actores de los sectores donde carece de *know-how*. Microsoft ya es la primera editora mundial de libros electrónicos y de juegos en CD-ROM. Con su red Microsoft Network –cuyo acceso está integrado a Windows 95–, el grupo entra en 1995 en el floreciente mercado de los servicios en línea. TeleCommunications Inc. ha tomado el 20 % de esta red naciente, y Microsoft también pone a prueba con otros socios internacionales una solución de software completa para desarrollar la televisión digital del mañana (MITV).

NOVELL Inc.
Sede : 1555 North Technology Way, Orem, Utah 84057.
País : Estados Unidos.
Tel. : (801) 429 7000.
Facturación 1994 : 2 millones de dólares.
Resultado neto 1994 : 206.730.000 dólares.
Actividades principales : Edición de programas para el profesional y el consumidor.
Estrategia y alianzas : Novell ha firmado un acuerdo con Hewlett Packard para la comercialización conjunta (con las máquinas HP de la serie Multimedia 6100) de ciertas aplicaciones populares de productividad (Works), de diversión (Clip Art, Wallobee Jack) y de educación (Read With Me I et 2, Write With Me, Memphis Math). El grupo colabora con Microware en software para televisión interactiva. Además edita juegos de rol en CD-ROM (*Hard Evidence.The Marilyn Monroe Files*).

ORACLE CORPORATION
Sede : 500 Oracle Parkway, Redwood Shores, California 94065.
País : Estados Unidos.
Tel. : (415) 506 7000.
Facturación 1994 : 2.000 millones de dólares.
Resultado neto 1994 : 284 millones de dólares.
Actividades principales : Software, sistemas de gestión de base de datos en red, herramientas de desarrollo, aplicaciones.
Estrategia y alianzas : El número dos mundial del software (líder en el mercado de las bases de datos) ambiciona vencer a Microsoft en

el terreno de la nueva generación de software de red. Estima que la industria multimedia podría representar un cuarto de su facturación de aquí al año 2000. Oracle, que desarrolla soluciones informáticas completas para las redes digitales interactivas de la televisión de mañana, ha celebrado acuerdos con muchos actores de las telecomunicaciones (Bell Atlantic, British Telecom), de la electrónica (Sony, Mitsubishi) y de los componentes (Intel para el vídeo interactivo en ordenador). Oracle está en el origen de la "Object Definition Alliance" (Time Warner, HBO, MasterCard, Visa Interactive, Wells Fargo, MCI, Verifone, Apple, Compaq, Xerox, NeXT, Kaleida, Taligent), intento de estandarizar los programas "orientados hacia objetos" y destinados a aplicaciones multimedia. IBM y Apple comercializarán sus productos en este terreno.

SAP A.G.
Sede : Neurottstrasse 16, D69190, Walldorf.
País : Alemania.
Tel. : (49) 622 7340.
Facturación 1994 : 1.800 millones de marcos alemanes.
Resultado neto 1994 : 281 millones de marcos alemanes.
Actividades principales : Programas de gestión empresarial integrados en la arquitectura servidor/cliente.
Estrategia y alianzas : SAP trabaja con empresas de alta tecnología, tanto en hardware como en software, sobre la base de acuerdos de márketing combinado. El grupo, por ejemplo, colabora con Intel en el sistema de videoconferencia Proshare, con Microsoft en Microsoft Office y herramientas multimedia, con Lotus en ScreenCam.

SYBASE INC.
Sede : 6475 Christie Avenue, Emeryville, California 94608-1050.
País : Estados Unidos.
Tel. : (510) 922 3500.
Facturación 1994 : 694 millones de dólares.
Resultado neto 1994 : 121 millones de dólares.
Actividades principales : Gama completa de programas servidor/cliente (servidores con base de datos, gestión de sistemas distribuidos, herramientas de desarrollo de aplicaciones, oferta para el desarrollo de servicios interactivos multimedia).
Estrategia y alianzas : En febrero de 1995, Sybase se fusionó con Power/Soft Corp. La línea de productos Sybase Intermedia permite a las empresas desarrollar aplicaciones que manipulan información multimedia de uso interno, tanto para empleos de consumo masivo como para televisión interactiva. Sybase cuenta entre sus clien-

tes a grupos como Sony Pictures Entertainment, Viacom International, Bertelsmann, AT&T, US West, Bell Atlantic, Bell South.

ELECTRONICA DE CONSUMO

LG ELECTRONICS Inc.
(Rama de LG Group, ex Lucky Goldstar)
Sede : Twin Tower 20, Yoido Dong, Yeung Deung Po-Ku Seúl 150.
País : Corea del Sur.
Tel. : (82 2) 37 77 1114.
Facturación 1994 : 39.000 millones de francos.
Resultado neto 1994 : 800 millones de francos.
Actividades principales : La filial electrónica del tercer grupo coreano (11 % del PBN del país) produce televisores de color y equipos de audio y vídeo (38 %), electrodomésticos (32 %), material informático y de oficina (14 %).
Estrategia y alianzas : Este conglomerado participa en muchas áreas de investigación y desarrollo de nuevos medios y y celebra alianzas *ad hoc*: colabora con Hitachi en el almacenaje, con Philips en el CD-I, con Alps en las pantallas LCD, con IBM en sistemas operativos, con Motorola en sistemas de radiotransmisión. En julio de 1995, Goldstar tomó el control del último fabricante de televisores americano, Zenith Electronics, que llevaba la delantera en televisión de alta definición. El grupo se lanza además a la producción de consolas para juegos de vídeo con especificaciones de la empresa americana 3DO.

MATSUSHITA ELECTRIC INDUSTRIAL Co. Ltd.
Sede : 1006 Kadoma, Osaka.
País : Japón.
Tel. : (81) 6 908 1121.
Facturación 1994-95 : 78.070 millones de dólares.
Resultado neto 1994-95 : 1.020 millones de dólares.
Actividades principales : Materiales de comunicación y equipos industriales; componentes electrónicos; equipos de vídeo y audio (marcas Panasonic, Technics, National); electrodomésticos; baterías y equipos de cocina.
Estrategia y alianzas : Después de haber seguido a Sony en la aventura hollywoodense, en 1995 Matsushita revendió el estudio MCA/Universal al grupo Seagram. El número uno mundial de la electróni-

ca de consumo se dispone a ocuparse de sus actividades básicas, estimuladas por el advenimiento de la era digital. Ha realizado una modesta penetración en consolas de juegos de vídeo, fabricando consolas de formato 3DO, empresa de la cual es accionista.

PHILIPS ELECTRONICS N. V.
Sede : Edificio VO-I PO Box 218, 5600 MD Eindhoven.
País : Holanda.
Tel. : (31) 40 783 649.
Facturación 1994 : 60.900 millones de florines.
Resultado neto 1994 : 2.100 millones de florines.
Actividades principales : El líder europeo de la electrónica de consumo está presente en los equipos audiovisuales profesionales y de consumo (35 %), los electrodomésticos y el software (discos y películas Polygram, CD-I y CD-ROM, sistemas de TV cable de Philips Media, 20 %), los componentes y semiconductores (14,5 %), sistemas de comunicaciones y sistemas médicos (13,4 %), iluminación (13,5 %).
Estrategia y alianzas : Philips fue pionera en programas multimedia con su formato CD-I. Al no haber podido imponer rápidamente este estándar, Philips Media produce ahora libros electrónicos y juegos cinemáticos en todos los formatos CD. El grupo promete –con Sony– un nuevo estándar en CD multimedia de doble densidad.

SAMSUNG ELECTRONICS CO. LTD. (grupo Samsung)
Sede : Samsung Main Building, 250, 2-ga, Taepyung-ro, Chung-gu, Seúl.
País : Corea del Sur.
Tel. : (82) 2 727 7114.
Facturación 1994 : 14.600 millones de dólares.
Resultado neto 1994 : 1.190 millones de dólares.
Actividades principales : Semiconductores (43 %); telecomunicaciones (11 %: equipo satelital, teléfonos móviles, fotocopiadoras, videofonía); artefactos electrónicos (32 %: televisores, grabadores de vídeo, cámaras, estéreos, microondas, neveras, electrodomésticos), sistemas de información (monitores, PC con funciones multimedia, ordenadores portátiles, impresoras).
Estrategia y alianzas : Primer productor mundial de memorias DRAM, el gigante coreano espera convertir los multimedia en su principal actividad en el próximo siglo. Invertirá 9.600 millones de dólares en este sector de aquí al año 2000. Samsung trabaja con NEC de Japón y Texas Instruments de Estados Unidos en semiconductores; con Toshiba de Japón en circuitos integrados para productos electrónicos y sistemas de memoria; con Dancall de Dinamarca en teléfonos

móviles GSM. Samsung Electronics ha tomado el 40,25% del fabricante de ordenadores AST Research de Estados Unidos. Desarrolla estaciones de trabajo RISC con Hewlett Packard y fabrica ordenadores para IBM bajo licencia. Está presente en agendas electrónicas con Microsoft y Oracle, y en televisión de alta definición con General Electric. El grupo también realiza investigaciones, con Fujitsu de Japón, en pantallas planas de nueva generación, ha invertido en Array de Estados Unidos y Jazz Multimédia (procesadores de compresión de vídeo), y adquirido Integrated Telecom Technology (procesadores para conmutadores ATM. Samsung, que ha invertido en la empresa americana de software Luminaria, también espera producir directamente programas multimedia.

SONY CORP.
Sede : 6 7 35 Kitashinagawa, Shinagawa-ku, Tokio 141.
País : Japón.
Tel. : (81) 035 448 2111.
Facturación 1994 : 44.760 millones de dólares.
Resultado neto 1994 : - 3.300 millones de dólares.
Actividades principales : Equipos de audio y vídeo para consumidores y profesionales. Fabricación de componentes electrónicos e informáticos (semiconductores, monitores). Producción de películas (Sony Entertainment Picture abarca Columbia y TriStar), de discos (Sony Music, ex CBS Records) y de juegos de vídeo.
Estrategia y alianzas : En otoño de 1995 Sony entra en el mercado de las consolas de juegos con su PlayStation. El grupo había preparado este lanzamiento reforzando desde hace tres años su rama de edición electrónica (Sony Electronic Publishing, Sony Imagesoft, Psygnosis). La mayoría de las grandes producciones cinematográficas de Sony (*Demolition Man, Johnny Mnemonic*) van ahora acompañadas por una versión en juego de vídeo. El estudio hollywoodense dispone de un estudio de TVH y un estudio de efectos especiales digitales (Sony Pictures ImageWorks). El grupo multiplica sus alianzas con los grandes de la informática y del cable para proponer sistemas de televisión interactiva. Su objetivo es reforzar la sinergia entre hardware y software, hasta ahora hipotética.

THOMSON MULTIMEDIA (filial de Thomson)
Sede : 9, place des Vosges, 92050 París La Défense Cedex.
País : Francia.
Tel. : (1) 49 04 94 95.
Facturación 1994 : 38.146.000 francos.
Resultado neto 1994 : - 596 millones de francos.

Actividades principales : Material de audio y vídeo de consumo (marcas RCA, GE, Proscan en Estados Unidos; Thomson, Telefunken, Saba, Ferguson, Nordmende, Brandt en Europa); tubos de televisión; equipos de vídeo y audio profesional.

Estrategia y alianzas : Esta rama del grupo público Thomsom sigue en pie sobre todo gracias a su apuesta americana de televisión digital satelital DSS, en sociedad con GM/Hughes. Thomson Multimédia también ofrece, con Sun Microsystems, el sistema Open TV de televisión interactiva (que va del servidor al decodificador). Está aliado con Toshiba y Matsushita para el desarrollo del DVD, estándar de CD de doble densidad que competirá con el de Philips y Sony.

NOKIA
véase TELECOMUNICACIONES (EQUIPOS).

ZENITH ELECTRONICS
véase LG Group (ELECTRÓNICA DE CONSUMO).

TECNOLOGIAS DE TELEDIFUSION

GENERAL INSTRUMENTS
Sede : 181 West Madison, Chicago, Illinois 60602.
País : Estados Unidos.
Tel. : (312) 541 5000.
Facturación 1994 : 2.000 millones de dólares.
Resultado neto 1994 : 247 millones de dólares.
Actividades principales : Líder mundial en transmisión en redes de banda ancha, de control de acceso y de teledifusión por cable, por satélite y por redes hertzianas.
Estrategia y alianzas : General Instruments es un pionero en televisión digital. Sus divisiones Video Cipher y Jerrold desarrollan nuevas tecnologías de compresión digital y decodificadores inteligentes para la televisión interactiva del futuro. Cuando carece de los conocimientos técnicos pertinentes, General Instruments se alía con pesos pesados como Motorola, Intel y Microsoft.

SCIENTIFIC ATLANTA
Sede : One Technology Parkway, South Norcross, Georgia 30092.
País : Estados Unidos.
Tel. : (404) 903 5000.

Facturación 1994 : 811 millones de dólares.
Resultado neto 1994 : 35 millones de dólares.
Actividades principales : Sistemas de comunicaciones, sistemas electrónicos e instrumentación por redes de banda ancha, redes de cable y transmisión satelital.
Estrategia y alianzas : Scientific Atlanta ha definido una tecnología de arquitectura abierta de compresión digital de vídeo en el estándar MPEG. El grupo trabaja en el seno del Digital Audio Visual Council (DAVIC) para la estandarización de un sistema digital completo de comunicación de audio y vídeo. Scientific Atlanta concibe con Silicon Graphics los decodificadores interactivos del Full Service Network, la red de televisión digital de Time Warner y US West en Orlando.

TECNOLOGIAS DE LA IMAGEN

EASTMAN KODAK Company
Sede : 343 State Street, Rochester, Nueva York 14650.
País : Estados Unidos.
Tel. : (716) 724 4000.
Facturación 1994 : 13.550 millones de dólares.
Resultado neto 1994 : 557 millones de dólares.
Actividades principales : Fotografía profesional y de consumo; cine; imágenes de oficina, digitales, industriales, médicas, artes gráficas.
Estrategia y alianzas : Kodak fue uno de los pioneros de la imagen digital con su Photo CD, que permite almacenar fotografías en un disco compacto. La mayoría de los lectores multimedia existentes (CD-I de Philips, CD-ROM, Sega Saturn) son compatibles con este formato. Un año después que Kodak creó su división de imágenes digitales, Adobe, Hewlett Packard, IBM, Kinko's, Microsoft, Sega Sprint y Wang anunciaron en marzo de 1995 que colaborarían con el grupo para simplificar y generalizar el empleo de imágenes digitales (uso compartido y transmisión de documentos fotográficos en red). Además Kodak se lanza al mercado en pleno auge de los aparatos fotográficos digitales.

FUJI PHOTO FILM Co. Ltd.
Sede : 2 26 30 Nishi-Azabu, Minato-ku, Tokio 106.
País : Japón.
Tel. : (81) 035 3406 2111.

Facturación 1994 (cierre en octubre) : 10.880 millones de dólares.
Resultado neto 1994 : 650.700.000 dólares.
Actividades principales : Adquisición, transmisión, restitución de imágenes argénticas y digitales.
Estrategia y alianzas : El grupo trabaja en la busca de una solución digital total en el dominio de la imagen: procedimientos de adquisición, programas de transmisión e impresoras de restitución de imágenes.

XEROX Corp.
Sede : 800 Long Ridge Road P.O. BOX 1600 Stamford, Connecticut 06904-1600.
País : Estados Unidos.
Tel. : (203) 968 3000.
Facturación 1994 : 17.800 millones de dólares.
Resultado neto 1994 : 794 millones de dólares.
Actividades principales : Xerox es el campeón mundial del tratamiento de documentos. El grupo concibe, fabrica y distribuye una vasta gama de productos y sistemas de tratamiento: escáneres, fotocopiadoras, impresoras, arquitectura lógica para intercambio y edición de documentos en red.
Estrategia y alianzas : "The Document Company" consagra todas sus fuerzas a aumentar la productividad de sus clientes facilitando la transmisión y el tratamiento de documentos. Para ello ha concertado alianzas con Hewlett Packard, IBM, Novell, Compaq, Digital Equipment, Sun, Microsoft y AT&T. Su mítico PARC (Palo Alto Research Center), de donde surgieron muchas innovaciones de los años 80 –entre ellas el primer ordenador personal con ratón y menú iconográfico–, trabaja, entre otras cosas, en el tema de la "oficina del siglo veintiuno".

TELECOMUNICACIONES (OPERADORES)

AT&T
Sede : 32 Avenue of the Americas, Nueva York, Nueva York 10013-2412.
País : Estados Unidos.
Tel. : (212) 387 5400.
Facturación 1994 : 75.090 millones de dólares.
Resultado neto 1994 : 4.710 millones de dólares.
Actividades principales : Transmisión de voz, datos e imágenes por lar-

ga distancia; telefonía móvil (McCaw); integración de sistemas informáticos; fabricación de material de telecomunicaciones (centrales, conmutadores); informática (NCR).

Estrategia y alianzas : AT&T se caracteriza por ser el segundo operador mundial de telecomunicaciones (después de NTT) y, con Alcatel, uno de los primeros fabricantes de equipos (a fines de julio de 1995, AT&T anunció la compra de las telecomunicaciones públicas de Philips). Esta posición, envidiada por sus competidores, le da una gran ventaja en una industria en plena desregulación. AT&T, que tiene en Bell Laboratories una herramienta de investigación de punta, será uno de los pesos pesados de las autopistas de la información, pero no ha sentido la necesidad de aliarse con una empresa de contenidos. Desarrolla con Lotus, Intel y Novell programas de red como WorldWox y desea convertirse en proveedor de acceso a Internet. También trabaja con integradores de tecnología para las redes de televisión interactiva (sobre todo para Time Warner en Orlando). Comercializa además el servicio de comunicaciones para empresas Persona Link Services, y tiene grandes ambiciones, en sociedad con Sharp, en la videofonía y los teléfonos inteligentes de pantalla táctil. En cambio, las inversiones para consumo masivo están detenidas; ha frenado su comunicador personal EO, ha renunciado a lanzar Edge (un módem que permite juegos de vídeo en red) y ha revendido su participación en la empresa de juegos de vídeo 3DO.

BELL ATLANTIC
Sede : 1717 Arch Street, Filadelfia, Pennsilvania 19103.
País : Estados Unidos.
Tel. : (215) 963 6000.
Facturación 1994 : 13.790 millones de dólares.
Resultado neto 1994 : -754.800.000 dólares.
Actividades principales : Compañía local de transmisión por red alámbrica y móvil de voz y de datos, que abarca más de 18 millones de abonados en seis estados del este del país. Guías telefónicas.
Estrategia y alianzas : La empresa de Raymond Smith causó escándalo cuando se abortó su fusión con el operador de cable TeleCommunications Inc. Luego formó una sociedad multimedia con sus hermanas Nynex y Pacific Telesis. Objetivos: ante todo, unir fuerzas por medio de una sociedad común, Platform Co, encargada de los "conductos" de las futuras redes de televisión interactiva; además, lanzarse –por medio de la sociedad común TeleTV– a la financiación y producción de programas audiovisuales para estas nuevas redes. Bell Atlantic realiza varias pruebas de televisión digital inte-

ractiva en su región. También ha fusionado sus operaciones de telefonía celular con las de Nynex.

BRITISH TELECOM
Sede : 81, Newgate Street, Londres EC1A7AJ.
País : Gran Bretaña.
Tel. : (44) 171 356 5000.
Facturación 1994-95 (cierre en marzo) : 13.890 millones de libras esterlinas.
Resultado neto 1994-95 : 2.660 millones de libras esterlinas.
Actividades principales : Servicios de comunicación de voz y de datos.
Estrategia y alianzas : La empresa británica enfrenta una competencia creciente en su propio mercado, desregulado antes que los demás. Sus principales competidores son Mercury, número dos en Gran Bretaña, y los operadores de cable que le quitan 50.000 clientes por mes. British Telecom se reestructura, baja sus tarifas y afina su márketing para lanzarse al ataque de la Europa continental (Francia en primer lugar) después de la desregulación europea total, prevista para principios de 1998. British Telecom ha tomado el 20 % del capital del operador de larga distancia americano MCI y crea una sociedad común (Concert) para la provisión de servicios de comunicaciones sofisticados a las multinacionales. Desarrolla una oferta de telecomunicaciones móviles por medio de Cellnet. BT espera la autorización de sus reguladores para ingresar en la transmisión de imágenes.

DEUTSCHE TELEKOM
Sede : Friedrich Ebert Allee 140, 53113 Bonn.
País : Alemania.
Tel. : (49) 181 4949.
Facturación 1994 : 61.200 millones de marcos.
Resultado 1994 (antes de la deducción correspondiente al Estado accionista) : 1.300 millones de marcos.
Actividades principales : Servicios de telecomunicaciones y de TV cable; telefonía móvil; radiomensajería; transmisión de datos.
Estrategia y alianzas : El gigante europeo de las telecomunicaciones, cuya privatización se iniciaría en el verano de 1996, está presidido por Ron Sommer, un veterano de la informática (Nixdorf) y de la electrónica de consumo (Sony). Deutsche Telekom ha concertado una sociedad estratégica con France Télécom. Esta sociedad, Atlas, proveerá servicios de comunicación personalizada a los grandes clientes empresariales. Deutsche Telekom y France Télécom confirmaron, en junio de 1995, que adquirirían en conjunto el 20%

del capital de Sprint, tercer operador americano de telefonía de larga distancia. Este trío deberá vérselas con AT&T y sus aliados Unisource y Générale des Eaux, y también con el tándem British Telecom/MCI. Deutsche Telekom multiplica además alianzas puntuales con empresas tecnológicas para experimentar con redes multimedia de banda ancha. En cuanto a la televisión digital, el operador alemán optó, en agosto de 1995, por el sistema de decodificación digital y los programas interactivos de Canal+ y Bertelsmann.

FRANCE TELECOM
Sede : 6, place d'Alleray, 75015 París.
País : Francia.
Tel. : (1) 44 44 22 22.
Facturación 1994 : 142.000 millones de francos.
Resultado neto 1994 (antes de la deducción correspondiente al Estado) : 9.900 millones de francos.
Actividades principales : Servicios de telecomunicaciones y de TV cable; telefonía móvil; radiomensajería; transmisión de datos.
Estrategia y alianzas : Ante la perspectiva de la desregulación del mercado europeo, France Télécom ha concertado una sociedad estratégica con Deutsche Telekom por medio de la sociedad Atlas (que ha tomado el 20 % de Sprint). Es probable que esta colaboración se prolongue, mediante una participación combinada, el día en que France Télécom haya resuelto su problema de estatus. El tránsito a sociedad anónima y la apertura del capital del operador francés han sido hasta ahora bloqueados por un sinfín de obstáculos sindicales. France Télécom refuerza gradualmente sus servicios de telecomunicaciones móviles (Itinéris sobre estándar GSM, Bi-Bop urbano, radiomensajería). Partiendo de su sistema Télétel (Minitel), el grupo hace una nueva oferta en línea para ordenadores personales (Kiosque Micro, France en Ligne con Bellanger, Game Net con la Lyonnaise des Eaux y Sony, MulticablE con la Lyonnaise des Eaux, Wanadoo con Havas). France Télécom invertirá un total de mil millones de francos en una docena de experimentos más o menos ambiciosos concernientes a las autopistas de la información, con socios industriales como Alcatel, SAT (Sagem), MET (Matra Ericsson) y Siemens.

GTE
Sede : One Stamford Forum, Stamford, Connecticut 06904.
País : Estados Unidos.
Tel. : (203) 965 2000.

Facturación 1994 : 19.940 millones de dólares.
Resultado neto 1994 : 2.400 millones de dólares.
Actividades principales : Cuarto grupo de telecomunicaciones en escala mundial. Primer grupo americano de telefonía local.
Estrategia y alianzas : GTE, que proyecta brindar servicios de vídeo a sus abonados, construye redes de fibra óptica y cable coaxial en tres de sus mercados (Tousand Oaks en California, Saint Petersburg en Florida y Honolulú en Hawai). GTE desarrolla un servicio interactivo de información, telecompras y banco a domicilio llamado MainStreet. La filial GTE Interactive Media edita además juegos de vídeo en CD y colabora con Nintendo para el desarrollo de juegos para ordenadores.

MCI COMMUNICATIONS Corp.
Sede : 1801 Pennsylvania Avenue, Washington DC 20006.
País : Estados Unidos.
Tel. : (202) 872 1600.
Facturación 1994 : 13.340 millones de dólares.
Resultado neto 1994 : 795 millones de dólares.
Actividades principales : Segundo operador americano de servicios de telecomunicaciones (voz/datos) de larga distancia; telefonía celular.
Estrategia y alianzas : MCI se ha asegurado una presencia internacional al vender el 20 % de su capital a British Telecom. Su filial común, Concert, ofrece a empresas y particulares toda una gama de servicios telefónicos sofisticados. Para competir con AT&T, MCI desarrolla para las empresas programas de red NetworkMCI Business. Intuyendo que las comunicaciones de larga distancia serán pronto una materia prima de escaso margen, el grupo intenta penetrar en la telefonía local y apuesta a los nuevos servicios interactivos. No conforme con brindar arquitecturas de red a los operadores de los servicios en línea, MCI ambiciona convertirse en uno de los principales proveedores de acceso a Internet. El grupo ha creado un sitio en la Web y desarrolla allí un supermercado electrónico. MCI, por su parte, ha tomado el 13 % del capital de News Corp. de Rupert Murdoch, con el cual espera crear y distribuir programas y servicios interactivos en todo el mundo (fusionarán sus actividades en línea).

NIPPON TELEGRAPH AND TELEPHONE CORP. (NTT)
Sede : 1-6, Uchisaiwaicho 1-chome, Chiyoda-ku, Tokio 100-19.
País : Japón.
Tel. : 81(3)3509 5111.

Facturación 1994 : 64.920 millones de dólares.
Resultado neto 1994 : 810 millones de dólares.
Actividades principales : Primer operador mundial de telefonía.
Estrategia y alianzas : NTT construye redes de fibra óptica y realiza pruebas de televisión interactiva en Japón, sobre todo a través de alianzas con sociedades americanas como Silicon Graphics. Pero por el momento la empresa japonesa está limitada en su expansión por la regulación nipona y sus alianzas internacionales.

NYNEX Corp.
Sede : 1095 Avenue of the Americas, Nueva York, Nueva York 10036.
País : Estados Unidos.
Tel. : (212) 370 7500.
Facturación 1994 : 13.300 millones de dólares.
Resultado neto 1994 : 793 millones de dólares.
Actividades principales : Compañía local de transmisión por red alámbrica y móvil de voz y de datos, que abarca más de 16,5 millones de abonados en siete estados del noreste del país, entre ellos Nueva York. Guías telefónicas.
Estrategia y alianzas : Nynex ha fusionado sus operaciones de telefonía móvil con las de su vecina Bell Atlantic. Nynex/Bell Atlantic y Air Touch/US West han sumado fuerzas para la explotación de los servicios PCS de última generación, Nynex entrará en el sector de la televisión interactiva por medio de su sociedad multimedia con Bell Atlantic y Pacific Telesis (véase Bell Atlantic). Nynex ha realizado pruebas de televisión interactiva en varios barrios de Nueva York, y ha creado con Prodigy un servicio de guía telefónica en línea.

PACIFIC TELESIS GROUP
Sede : 130 Kearny Street, San Francisco, California 94108.
País : Estados Unidos.
Tel. : (415) 394 3000.
Facturación 1994 : 9.230 millones de dólares.
Resultado neto 1994 : 1.130 millones de dólares.
Actividades principales : Servicios de transmisión alámbrica e inalámbrica de voz, datos informáticos y vídeo.
Estrategia y alianzas : Pacific Bell moderniza su red (con fibra óptica y cable coaxial) para poder transmitir datos multimedia interactivos en toda California para el año 2010. El operador prevé comenzar a ofrecer servicios de vídeo en Los Angeles, Orange County, San José y San Diego. Su sociedad con Bell Atlantic y Nynex (bajo la égida de CAA) comprará, producirá y distribuirá programas y servicios de vídeo tradicionales e interactivos. Pacific Telesis y el *Los*

Angeles Times preparan servicios de shopping, de información y de transacciones en línea. También se prevén servicios Internet, en colaboración con Cisco Systems, Sun Microsystems y Netscape Communications. Trabaja con un grupo de socios (Microsoft, Intel, 3Com, Compuserve, America Online) para promover la instalación y utilización de un millón de líneas ISDN (diez veces más rápidas que las líneas telefónicas) en California hacia 1998.

SPRINT
Sede : 2330 Shawnee Mission Parkway, Westwood, Kansas 66205.
País : Estados Unidos.
Tel. : (913) 624 6000.
Facturación 1994 : 12.600 millones de dólares.
Resultado 1994 : 862 millones de dólares.
Actividades principales : Tercer operador americano de telecomunicaciones de larga distancia (transmisión de voz, datos, imágenes de vídeo); servicios de telefonía local y móvil.
Estrategia y alianzas : Sprint dispone de la más importante red de comunicaciones por fibra óptica del mundo. Para extender su dominio internacional concluyó, en junio de 1995, un acuerdo para vender el 20 % de su capital a France Télécom y Deutsche Telekom. El terceto intentará rivalizar en escala mundial con MI/BT y AT&T/Unisource/Générale des Eaux. En Estados Unidos, Sprint ha formado una sociedad con tres operadores de cable (TCI, Comcast et Cox) para explotar licencias telefónicas PCS en muchos mercados regionales.

STET-SOCIETA FINANZIARA TELEFONICA (Telecom Italia)
Sede : Corso Italia 41, 00198 Roma.
País : Italia.
Tel. : (39) 6 858 91.
Facturación 1994 : 33.752.000 millones de liras.
Resultado neto 1994 : 1.901.000 millones de liras.
Actividades principales : Sexto operador mundial en servicios de telefonía y transmisión de datos alámbrica y móvil (Telecom Italia Mobile).
Estrategia y alianzas : La STET, en vías de privatización, concertó una alianza con la Baby Bell americana Nynex para ofrecer servicios de telefonía celular a través de la filial común STET Hellas. En agosto de 1995, el operador italiano creó una sociedad para compartir sus redes internacionales con IBM. Esta nueva entidad ofrecerá servicios de transmisión de voz y datos multimedia, así como un catálogo completo de servicios de valor agregado (mensajería electrónica,

acceso Internet, EDI, videoconferencia, gestión de redes). Con el tiempo, los dos aliados se lanzarán también a la gestión de información en el mercado italiano y pensarán una estrategia en el sector de redes de banda ancha.

US WEST
Sede : 7800 East Orchard Road, PO BOX 6508, Englewood, Colorado 80155-6508.
País : Estados Unidos.
Tel. : (303) 793 6500.
Facturación 1994 : 10.950 millones de dólares.
Resultado neto 1994 : 1.420 millones de dólares.
Actividades principales : Servicios de telecomunicaciones por red alámbrica y móvil.
Estrategia y alianzas : Sexta compañía americana de telefonía local por sus ventas, US West es una de las más pujantes en las autopistas de la información. Ha concertado una alianza con Airtouch en telefonía móvil de última generación. La Baby Bell de Colorado también tiene grandes ambiciones en el cable, y ha tomado una participación del 25,5 % en Time Warner Entertainment (redes de cable, estudio Warner Bros, cadena HBO) para construir la red experimental de televisión interactiva de Orlando, Florida. US West multiplica además las pruebas de vídeo personalizado en sus propias redes (Denver, Omaha) y se ha asociado con TCI por medio de TeleWest, que ofrece en Gran Bretaña cable y teléfono por el mismo hilo. US West también ha comprado dos operadores de cable de la región de Atlanta y negocia el 40 % de otra red regional. El grupo también desarrolla una gama de nuevos servicios interactivos (shopping electrónico, guía interactiva del ocio, páginas amarillas multimedia).

TELECOMUNICACIONES (EQUIPOS)

ALCATEL ALSTHOM
Sede : 56, rue La Boétie, 75008 París.
País : Francia.
Tel. : (1) 40 76 10 10.
Facturación 1994 : 167.600 millones de francos.
Resultado neto 1994 : 3.600 millones de francos.
Actividades principales : Equipos de telecomunicaciones (67,6 % de la facturación); energía, transporte (28,2 %); comunicaciones (4,2 %).

Estrategia y alianzas : Alcatel, que ambiciona convertirse en operador de telecomunicaciones, ha tomado una participación del 20,7 % en la Cofira-SFR de la Compagnie Générale des Eaux. También ha concertado alianzas con la Générale des Eaux, France Télécom y Philip Plaisance para producir cadenas temáticas de cable. Ha comprado redes de TV cable en Suiza. Ha concertado una sociedad con Havas para la edición y la prensa electrónica (los dos grupos tienen el control conjunto de CEP Communication). Alcatel también desempeña un papel integrador de tecnologías en muchas redes experimentales de televisión interactiva del mundo. Con Bell Atlantic realiza en Los Angeles pruebas de transmisión digital de películas en salas cinematográficas.

ERICSSON
Sede : Telefonplan Mail : S 12625 Estocolmo.
País : Suecia.
Tel. : (468) 719 0000.
Facturación 1994 : 82.500 millones de coronas.
Resultado neto 1994 : 5.600 millones de coronas.
Actividades principales : Equipos para redes de telefonía móvil, teléfonos celulares, aparatos de radiomensajería, equipos de telecomunicaciones clásicos.
Estrategia y alianzas : Ericsson, cuyo mercado nacional es minúsculo, aprendió pronto a conquistar el planeta, y sobre todo a adaptarse al estándar digital europeo GSM. Número uno en redes de telefonía celular y número tres en los terminales, el grupo se prepara para la nueva generación de servicios PCS en Estados Unidos y ya ha conquistado clientes como Pacific Bell. El gigante sueco, que tiene con Matra la sociedad MET, también ha invertido mucho en transmisión digital por red de banda ancha, lo cual podría resultar una desventaja si la demanda de comunicaciones multimedia tarda en concretarse.

MOTOROLA
Sede : 1303 East Algonquin Road, Schaumburg, Illinois 60196.
País : Estados Unidos.
Tel. : (708) 576 5000.
Facturación 1994 : 22.240 millones de dólares.
Resultado neto 1994 : 1.560 millones de dólares.
Actividades principales : Teléfonos celulares, semiconductores, ordenadores, radiomensajería, comunicadores personales, radiocomunicación profesional, tecnologías espaciales.
Estrategia y alianzas : El grupo procura mantener su liderazgo en la

próxima generación de comunicadores: los asistentes digitales como Envoy y Marco (con normas General Magic). El número uno de la telefonía celular y la radiomensajería es también uno de los grandes actores mundiales en materia de componentes informáticos. Utilizados por la alianza IBM/Apple en los ordenadores Power PC y Power Mac, los procesadores RISC de Motorola constituyen la punta de lanza del trío contra Intel. El grupo también tiene su iniciativa Iridium de comunicación internacional satelital.

NOKIA A.B.
Sede : PO Box 226, FIN-00101, Helsinki.
País : Finlandia.
Tel. : (358) 01 8071.
Facturación 1994 : 30.200 millones de marcos finlandeses.
Resultado neto 1994 : 3.339 millones de marcos finlandeses.
Actividades principales : Teléfonos móviles (35 %), telecomunicaciones (22 %), electrónica profesional y de consumo (22 %), cables y máquinas (16 %).
Estrategia y alianzas : En enero de 1994 Nokia concluyó una asociación con Hewlett Packard para el desarrollo de redes inteligentes. El grupo tiene acuerdos de largo plazo para la provisión de sistemas de transmisión y conmutación (para telefonía y TV cable) con Nynex Cablecomms, y también con el grupo sueco TELE2. Su división de electrónica de consumo ha firmado con TV/COM un acuerdo tecnológico sobre decodificadores digitales.

AT&T
véase TELECOMUNICACIONES (OPERADORES).

MATRA COMMUNICATION
véase Lagardère Groupe (GRUPOS DIVERSIFICADOS).

INTEGRADORES DE SERVICIOS

AXIME
Sede : 137, boulevard Voltaire 75540 París Cedex 11.
País : Francia.
Tel. : (1) 40 09 30 00.
Facturación 1994 : 1.830 millones de francos.
Resultado neto 1994 : 117 millones de francos.

Actividades principales : Telemática (11 % del tráfico Télétel fuera de la guía electrónica), medios de pago, títulos, Facilities Management (Axime Services); ingeniería, integración de sistemas, formación; gestión de bases de datos, archivos, estudios y estadísticas (Axime Direct).

Estrategia y alianzas : Axime cuenta con actividades coherentes y complementarias, así como su refuerzo en informática (adquisición de CTL), para desempeñar un papel protagónico de gestión de *back-office* y logística informática en los nuevos mercados multimedia. En Francia, la sociedad trabaja con la Compagnie Générale des Eaux en la concepción de plataformas multimedia experimentales. Axime también ha firmado un acuerdo para encargarse del desarrollo tecnológico de la actividad telemática de la sociedad Infogrames. El grupo, que extiende su presencia europea, también ha creado, con el especialista americano en software de gestión personal Intuit, la sociedad Concorde, que se especializará en programas de atención bancaria a distancia.

CAP GEMINI SOGETI
Sede : 11, rue de Tilsitt 75017 París.
País : Francia.
Tel. : (1) 47 54 50 00.
Facturación 1994 : 10.170 millones de francos.
Resultado neto 1994 : No divulgado.
Actividades principales : Esta empresa familiar, en la cual el grupo alemán Daimler Benz tiene una participación importante, es uno de los líderes mundiales de los servicios informáticos: consultoría, integración de sistemas y desarrollo de programas, gestión de sistemas de información.

Estrategia y alianzas : CGS se interesó en las posibilidades tecnológicas y comerciales de los multimedia desde 1987, fecha de sus primeros trabajos en los servidores multimedia de Francia. El grupo ha participado intensamente en el desarrollo de servicios de última generación por medio de proyectos que integran la interactividad en vídeo y el CD-I. Una decena de estos proyectos de plataformas experimentales se mantienen en la convocatoria lanzada por el gobierno francés en 1994. Cap Gémini Sogeti también participa en muchas experiencias similares en los Países Bajos, Suecia y Alemania.

COMPUTER SCIENCE CORP.
Sede : 2100 East Grand Avenue, El Segundo, California 90245.
País : Estados Unidos.

Tel. : (310) 615 0311.
Facturación 1994-95 : 3,4 millones de dólares.
Resultado neto 1994-95 : 110.739 dólares.
Actividades principales : Asesoramiento en gestión, reorganización de empresas, integración de sistemas de información, infogestión.
Estrategia y alianzas : El análisis multimedia de Computer Science Corp. se desarrolla principalmente en el seno del grupo de investigación y asesoramiento, que ayuda a sus clientes empresariales a identificar las tecnologías y preguntas clave que deberán resolver para permanecer competitivos.

ELECTRONIC DATA SYSTEMS (EDS, grupo General Motors)
Sede : 5400 Legacy Drive, Plano, Texas 75024.
País : Estados Unidos.
Tel. : (214) 605 6000.
Facturación 1994 : 10.050 millones de dólares.
Resultado neto 1994 : 821.900.000 dólares.
Actividades principales : Líder mundial de servicios informáticos, sobre todo en infogestión. Administra el área de comunicaciones de grupos como Xerox.
Estrategia y alianzas : En el pasado reciente, la sociedad, fundada por el legendario millonario texano Ross Perot, intentó en vano dos veces apropiarse de la tutela de General Motors (que da cuenta del 40 % de su facturación) por medio de un matrimonio con las telecomunicaciones: en 1993 con British Telecom, y en 1994 con la americana Sprint. Estas operaciones fueron infructuosas y General Motors anunció su intención de ceder su autonomía a EDS mediante una operación de *spin off*. En el área multimedia, EDS trabaja con Oracle, Silicon Graphics y Netscape para ofrecer una gama de servicios. Su nueva independencia le permitiría entrar en los servicios en línea y las telecomunicaciones.

ALCATEL ALSTHOM
véase TELECOMUNICACIONES (EQUIPOS).

AT&T
véase TELECOMUNICACIONES (OPERADORES).

IBM
véase HARDWARE.

OLIVETTI
véase HARDWARE.

ANEXO

OPERADORES DE SERVICIOS EN LINEA

AMERICA ONLINE Inc.
Sede : 8619 Westwood Center Drive, Vienna, Virginia 22182.
País : Estados Unidos.
Tel. : (703) 448 8700.
Facturación 1994-95 (cierre en junio) : 394 millones de dólares.
Resultado neto 1994-95 : - 33.600.000 dólares (52.500.000 dólares de gastos excepcionales asociados con adquisiciones).
Actividades principales : Con 3 millones de abonados en su segundo aniversario, AOL se ha convertido en el primer servicio en línea de Estados Unidos.
Estrategia y alianzas : Para acelerar su penetración y enriquecer sus servicios, America Online multiplica las alianzas estratégicas con los grandes nombres del hardware, del software y de la industria de los medios (IBM, Apple, ABC, NBC, Time Warner, New York Times, CNN, Knight Ridder, Tribune Co.) Consciente de la importancia de un buen trampolín de acceso a Internet, America Online ha adquirido varias empresas especializadas en programas y servicios en el WWW. AOL también ha realizado una alianza con el gigante alemán Bertelsmann para lanzar servicios en Alemania, Gran Bretaña y Francia. Deberá vérselas con la amenaza de la Microsoft Network de Microsoft.

COMPUSERVE Inc.
Sede : Arlington Center, 5000 Arlington Center Boulevard, Columbus, Ohio 43220.
País : Estados Unidos.
Tel. : (614) 457 8600.
Facturación 1994-95 : 582.800.000 dólares.
Resultado neto 1994-95 : 150.100.000 dólares.
Actividades principales : Operador de servicios en línea y proveedor de conexión Internet.
Estrategia y alianzas : Como los otros grandes servicios en línea de Estados Unidos, Compuserve (que sumaba más de 3 millones de abonados en julio de 1995, entre ellos 320.000 en Europa) multiplica los acuerdos con las editoras electrónicas de todo el mundo para resistir contra el lanzamiento de Microsoft Network en el otoño de 1995. Compuserve fue uno de los primeros en ofrecer a sus abonados el acceso a Internet. Ha comprado la empresa Spry, autora de una versión comercial del ojeador Mosaic, que facilita la visita al World Wide Web.

PRODIGY SERVICES CO.
Sede : 445 Hamilton Avenue, White Plains, Nueva York 10601.
País : Estados Unidos.
Tel. : (914) 448 8000.
Facturación 1994 : No divulgada.
Resultado neto 1994 : No divulgado.
Actividades principales : Servicio en línea orientado hacia un público familiar, que ofrece 500 rubros (acceso Internet, asesoría financiera, información, telecompra, juegos, correo electrónico). Ocupando un tercer puesto después de America Online y Compuserve, Prodigy sumaba más de 2,5 millones de abonados en julio de 1995.
Estrategia y alianzas : Este pionero de los servicios en línea, poseído en paridad por IBM y Sears & Roebuck, aún no ha encontrado su equilibrio financiero, aunque IBM le ha inyectado mil millones de dólares. Si no se produce ningún cambio, es posible que IBM tome el control y lo integre a su oferta más profesional (interempresarial), Advantis. En agosto de 1995, Prodigy rejuveneció su interfaz y realizó pruebas con Viacom y Comcast para una distribución del servicio por cable. El grupo tiene alianzas con CBS, Times Mirror, Media General y Cox, y también con Nynex para una versión en línea de las páginas amarillas de los estados del noreste del país.

DELPHI
véase News Corp. (GRUPOS DIVERSIFICADOS).

EUROPE ONLINE
véase Lagardère Groupe (GRUPOS DIVERSIFICADOS).

MICROSOFT NETWORK
véase Microsoft (SOFTWARE).

OPERADORES DE CABLE

CONTINENTAL CABLEVISION
Sede : The Pilot House, Lewis Wharf, Boston, Massachusetts 02110.
País : Estados Unidos.
Tel. : (617) 742 9500.
Facturación 1994 : 1.200 millones de dólares.
Resultado neto 1994 : 525 millones de dólares.

Actividades principales : Televisión por cable; difusión satelital directa; programación de cadenas satelitales.
Estrategia y alianzas : Continental Cablevision realiza en Estados Unidos varios experimentos en acceso por cable a los servicios en línea y la Internet, la publicidad interactiva y el vídeo personalizado. La empresa desarrolla su propio sitio en el WWW de Internet. Continental estudia el desarrollo de nuevos medios con socios locales en Australia, Singapur, Argentina y Japón.

COMCAST
Sede : 1 500 Market Street, Filadelfia, Pennsylvania 19102.
País : Estados Unidos.
Tel. : (215) 665 1700.
Facturación 1994 : 2.960 millones de dólares.
Resultado neto 1994 : No divulgado.
Actividades principales : TV cable; telecomunicaciones móviles; programación de vídeo.
Estrategia y alianzas : Comcast se unió a la compañía telefónica de larga distancia Sprint y a los operadores de TV cable TCI y Cox para proveer servicios de comunicación personal avanzada (PCS, transmisión de voz, datos e imágenes de vídeo). Esta entidad compró licencias de explotación PCS en varios mercados grandes de Estados Unidos.

COX COMMUNICATIONS Inc.
Sede : 1400 Lake Hearn Drive NE, Atlanta, Georgia 30319.
País : Estados Unidos.
Tel. : (404) 843 5000.
Facturación 1994 : 736.300.000 dólares.
Resultado neto 1994 : 26.600.000 dólares.
Actividades principales : Programación y distribución de TV cable; tecnologías de telecomunicaciones.
Estrategia y alianzas : Cox se unió a la compañía telefónica de larga distancia Sprint y a los operadores de TV cable TCI y Cox para proveer servicios de comunicación personal avanzada (PCS, transmisión de voz, datos e imágenes de vídeo). Cox compró la parte cable de Times Mirror en febrero de 1995. El grupo participa en un experimento en televisión interactiva en Omaha (Nebraska) con IBM, ICTV, Zenith e ISD.

COMPAGNIE GENERALE DES EAUX
Sede : 52, rue d'Anjou 75384 París Cedex 08.
País : Francia.

Tel. : (1) 49 24 49 24.
Facturación 1994 : 156.150 millones de francos.
Resultado neto 1994 (parte del grupo) : 3.340 millones de francos.
Actividades principales : El grupo realiza su facturación más importante en la construcción, las aguas corrientes, la energía, la salud, la planificación urbana y los servicios colectivos, pero también tiene una importante área de comunicaciones. Estas actividades, que representan 5.300 millones de francos en ventas (3,4 % de la facturación), se reparten entre las telecomunicaciones (Cofira, SFR, TDR), las redes de cable (Compagnie Générale de Vidéocommunication; General Cable en Gran Bretaña), la producción/distribución audiovisual (Générale d'Images; 20,2 % de Canal +; 33,6 % de UGC).
Estrategia y alianzas : El aspecto comunicaciones del grupo es el que tiene un crecimiento más sostenido (+ 30 % en 1994). El nuevo dueño de CGE, Jean-Marie Messier, desea convertirlo en el segundo francés en telecomunicaciones, después de France Télécom. La SFR ya es el segundo operador nacional de telefonía móvil GSM (233.000 abonados a fines de 1994), y TDR avanza sobre la radiomensajería masiva (TamTam). La Générale des Eaux, aliada con SBC (en Transcell, *holding* de control de Cofira) y la inglesa Vodafone (en la SFR), se prepara para la desregulación de 1998 por medio de alianzas con el consorcio europeo Unisource (a su vez aliado a AT&T), y con empresas de transporte ferroviario, energía y gestión de autopistas. Su objetivo es establecer una red de comunicaciones alternativa a la de France Télécom. La CGV también tiene la intención de experimentar con dos plataformas multimedia (servicios de televisión interactiva, de servicios en línea y teléfono) a partir de sus redes de cable de Niza y de Neuill y la filial Générale d'Images –que controla, con su aliado Canal+, varios canales temáticos (Planète, Canal Jimmy, MCMEuromusique, TV Sport, CinéCinémas y CinéCinéfil)– participará activamente en la aventura digital de Canal+.

LYONNAISE DES EAUX
Sede : 72, avenue de la Liberté, Nanterre.
País : Francia.
Tel. : (1) 46 95 50 00.
Facturación 1994 : 100.000 millones de francos.
Resultado neto 1994 : 1.060 millones de francos.
Actividades principales : El sector de servicios abarca tratamiento y distribución de aguas (21,7 % de la facturación), energía (Elyo, 10,4 %), propiedades (7,2 %) y comunicaciones (Lyonnaise Com-

munications, 36 % de M6: 3,6 %). El sector construcción abarca túneles y puentes (Dumez-GTM: 25,5 %), carreteras (empresa Jean Levebvre: 9,2 %), obras eléctricas e industriales (Entrepose-Montalev, Delattre-Levivier: 9,7 %).

Estrategia y alianzas : Aunque representa sólo el 3,6 % de su facturación, el sector de comunicaciones (en el cual la Lyonnaise está presente desde hace seis años) contribuye a un tercio de sus resultados, sobre todo gracias al éxito de la cadena M6. El presidente, Jérôme Monod, procura reforzar estas áreas, pero con discreción en el momento de la fusión con Dumez. Después de la compra de redes concesivas de la Caisse des Dépots, la Lyonnaise des Eaux se convirtió en el primer operador de cable francés. Esta actividad, tradicionalmente deficitaria, debía encontrar su equilibrio en París en 1995, y en el conjunto de las redes en 1996. Lyonnaise Communication lanzó en junio de 1994 la primera cadena europea de pago por sesión (Multivision), y experimenta con nuevos servicios, sobre todo el servicio en línea MulticablE (con France Télécom) y el canal de juegos Game Net (con France Télécom y Sony Psygnosis). La Lyonnaise pronto ofrecerá más atracciones digitales por cable. Habiendo perdido la licencia para la tercera red, el grupo no tiene por el momento actividad en la telefonía.

TELE-COMMUNICATIONS INC. (TCI)

Sede : Terrace Tower II, 5619 DTC Parkway, Englewood, Colorado 8011-13000.
País : Estados Unidos.
Tel. : (303) 267 5500.
Facturación 1994 : 4.930 millones de dólares.
Resultado neto 1994 : 47 millones de dólares.
Actividades principales : Primer operador americano de TV cable con 10,5 millones de abonados en 49 estados, TCI ha reagrupado todos sus intereses en los programas televisados en el seno de su filial Liberty Media (participación en las cadenas Black Entertainment Television, CNN, The Discovery Channel, Encore, y el servicio en línea XPress Information Services).
Estrategia y alianzas : El TCI de John Malone, tras el frustrado intento de fusión con Bell Atlantic, se prepara activamente para un porvenir digital a través de diversas alianzas. Participa en Primestar, un consorcio de operadores de cable que ofrecen sus paquetes de programas por difusión digital satelital (para competir con Direct TV). TCI ha construido cerca de su sede un importante centro nacional de televisión digital y prepara gradualmente sus redes para la distribución de servicios interactivos. El grupo condujo con AT&T

y US West pruebas de vídeo personalizado (VCTV) y experimenta en radiotelefonía con McCaw. También es uno de los socios privilegiados de Microsoft para las pruebas de la arquitectura Microsoft Interactive Television en Redmond. TCI explora además la posibilidad de ofrecer acceso Internet por su red de cable. Su interés en los servicios en línea se traduce en una participación del 20 % en Microsoft Network. En cuanto a los programas, TCI participa (junto a Time Warner) en el Sega Channel. Y ha comprado el 10 % del capital de Acclaim Entertainment. TCI también tiene ambiciones en las telecomunicaciones. Ya aliada con US West en TeleWest, que ofrece en Gran Bretaña servicios de TV cable y teléfono combinados, ahora se suma a la iniciativa de Sprint, Cox y Comcast para explotar las nuevas licencias de telecomunicaciones PCS.

TELEVISION SATELITAL (OPERADORES)

SOCIETE EUROPEENNE DES SATELLITES (Astra)
Sede : L-6815, château de Betzdorf.
País : Luxemburgo.
Tel. : (352) 710 7251.
Facturación 1994 : 1.460 millones de francos.
Resultado neto 1994 : 650 millones de francos.
Actividades principales : Primer operador de satélites privados de Europa. A fines de 1994, las cadenas difundidas por el sistema satelital Astra llegaban a 53 millones de hogares en Europa.
Estrategia y alianzas : Entre 1995 y 1997, tres satélites suplementarios, totalmente dedicados a las transmisiones digitales, se sumarán a los cuatro existentes (posición orbital 19,2° este). Astra IE, IF y 1G ofrecerán un total de 56 repetidoras, que llevarán la capacidad total compartida en esta posición orbital a 120 canales. Ello implica una capacidad de distribución (con compresión digital) de varias centenas de canales de televisión y radio en escala europea. Canal+ es uno de los grandes clientes digitales de la SES.

EUTELSAT
Sede : Tour Maine Montparnasse, 33, avenue du Maine 75755 Paris Cedex 15.
País : Francia.
Tel. : (1) 45 38 47 47.

Facturación 1994 : 260 millones de ECU.
Resultado neto 1994 : 51 millones de ECU.
Actividades principales : Operador satelital de comunicaciones y televisión.
Estrategia y alianzas : Proveedor de redes paneuropeas de difusión de servicios multimedia.

NOTAS

1. Bruce Sterling comenta en su libro *The Hacker Crackdown:* "Un escritor de ciencia ficción acuñó el útil término *cyberspace* en 1982. Pero ese territorio en cuestión, la frontera electrónica, tiene ciento treinta años de existencia. El ciberespacio es el 'lugar' donde transcurre una conversación telefónica. No está dentro del teléfono, del dispositivo plástico del escritorio, ni dentro del teléfono de otra persona, en otra ciudad. [...] Aunque no es exactamente real, el 'ciberespacio' es un lugar genuino. Allí *suceden* cosas que tienen consecuencias muy genuinas". Luego aclara que John Perry Barlow (crítico, activista republicano y autor de canciones para el grupo The Grateful Dead) "fue el primer comentarista que adoptó el notable término *cyberspace* de William Gibson como sinónimo del nexo actual entre redes de ordenadores y telecomunicaciones" (Bruce Sterling, THE HACKER CRACKDOWN). (N. del T.)
2. Nicholas Negroponte, *Being Digital.*
3. Desde este punto de vista, *La conquista del ciberespacio* prolonga y actualiza mi último libro, *L'Etreinte du Samouraï* (Calmann-Lévy, 1991), publicado antes que la gran revolución digital redistribuyera los naipes.
4. El mundo de la informática personal se divide entre PC y Mac, es decir, entre el formato "IBM y compatibles", ampliamente mayoritario, y el formato Macintosh de Apple, más "amigo" pero marginal.
5. *Upside,* agosto de 1994.
6. Estos discos ópticos de formato grande, que hoy caen en desuso, necesitaban un lector específico.
7. Que es poseedora de los comercios Blockbuster, las películas Paramount, las cadenas de cable MTV y Nickel Odeon, los juegos de vídeo Virgin Interactive.
8. Anemia de hematíes falciformes.
9. *Upside,* setiembre de 1993.
10. *Advance Publications, Cox Newspapers, Gannet, Hearst, Knight Ridder, Times Mirror, Tribune, Washington Post.*
11. *Wired,* setiembre de 1994.

12. *Wired,* setiembre de 1994.
13. Howard Rheingold, *Virtual Communities.*
14. Big Brother, el "Hermano Mayor": el gobierno totalitario de la novela *1984* de George Orwell. (N. del T.)
15. "My First Flame", *The New Yorker,* 6 de junio de 1994.
16. *Wired,* mayo de 1994.
17. *Business Week,* julio de 1994.
18. *Multimedia World,* marzo de 1994.
19. Daniel Lynch y Marshall Rose, *The Internet System Handbook,* Addison-Wesley.
20. *Times,* 27 de febrero de 1995, y *New York Times,* 4 de julio de 1994. John Markoff, el periodista del *New York Times* que cubrió el caso Mitnick, prepara con Tsutomu Shimomura un libro sobre la increíble persecución del *hacker.* Miramax ya ha adquirido los derechos de adaptación cinematográfica. El título del libro es *Takedown: The Pursuit and Capture of America's Most Wanted Computer Outlaw – By the Man Who Did It.*
21. En el contexto "multicultural" americano, el término *politically correct* designa la normalización ideológica, de la cual las universidades han sido teatro privilegiado, y que impone un escrupuloso respeto de los códigos lingüísticos y de conducta favorecidos por las diversas comunidades minoritarias (negros, hispanos, mujeres, homosexuales, etc.).
22. El sistema operativo equivale al "sistema nervioso" del ordenador. Permite sacar el mejor partido del motor de la máquina, el microprocesador. Concebido para ordenadores PC (IBM y compatibles), Windows de Microsoft reina sobre más del 85 por ciento del mercado mundial.
23. *Wired,* octubre de 1994.
24. *Wired,* octubre de 1994.
25. Expuesto en el congreso CyberBank 1995 (organizado en París en mayo de 1995, por el editor de publicaciones sobre moneda *Analyses & Synthèses).*
26. *Wired,* diciembre de 1994.
27. Este consorcio comprende las empresas francesas France Télécom, Gemplus e Ingenico.
28. *Wired,* diciembre de 1994.
29. Don Peppers y Martha Rogers, *The One on One Future: Building Relationship One Customer at a Time.*
30. "Database Marketing", *Business Week,* 5 de setiembre de 1994.
31. *The Economist,* 20 de agosto de 1994.
32. Don Peppers y Martha Rogers, *The One to One Future, op. cit.*

33. *Red Herring,* agosto de 1994.
34. George Gilder, *Life After Television.*
35. *Asynchronous Transfer Mode:* técnica de comunicación asincrónica de alto costo para la información digitalizada. El sistema ATM permite una transmisión ultrarrápida de los datos por paquetes, y por ende una utilización óptima de las líneas.
36. De 25 a 65 años de edad, con ingresos anuales superiores a los 25.000 dólares.
37. Sobre todo Tele-Communications Inc., Rogers Cablesystems, SBC, NTT y Deutsche Telecom para las redes; General Instruments, Hewlett Packard y NEC para los servidores de imágenes y los decodificadores.
38. *Wired,* febrero de 1995.
39. El procedimiento ADSL (Asymetric Digital Subscriber Loop) o registro digital asimétrico, permite difundir imágenes por red telefónica.
40. Los microprocesadores RISC (Reduced Instruction Set Computing) tienen este nombre –"tratamiento con juego de instrucciones reducido"– porque su lenguaje de máquina comprende pocas instrucciones, lo cual permite al ordenador aumentar considerablemente su velocidad de ejecución. Se los opone a las arquitecturas clásicas con juego de instrucciones complejo o CISC (Complex Instruction Set Computing).
41. *Upside,* agosto de 1994.
42. *New York Times,* 12 de diciembre de 1994.
43. GROOVIE (Graeme's Object-Oriented VIEwer) es también un juego de palabras con el adjetivo ingles *groovy,* "estupendo", "sensacional". Este paquete de software permite a los programadores de Trilobyte generar imágenes realistas tridimensionales, insertar clips de audio y vídeo, y controlar la animación de secuencias en múltiples plataformas informáticas.
44. Sobre el fantástico ascenso de Nintendo, léase *Génération Nintendo,* de David Sheff, Addison-Wesley, Francia, 1994.
45. La responsabilidad de este lanzamiento no recaerá finalmente sobre sus hombros: a fines de agosto de 1995, para sorpresa de todos, Steve Race renuncia a Sony por entredichos con los directivos.
46. Los creadores independientes, que compran la licencia por 5.000 dólares, no pagan ningún derecho de pasaje.
47. Digitalizado y comprimido en formato MPEG 1, un largometraje entra en dos CD-I.
48. El primer conjunto, semitransparente, deja penetrar el rayo láser de lectura óptica.
49. *Upside,* agosto de 1994.
50. *Wired,* marzo de 1994.
51. Opciones de compra de acciones de la empresa a precio preferencial, permitidas a los cuadros directivos para motivarlos.

52. La novela *Neuromancer*, a la vez basada en el cuento "Johnny Mnemonic" de William Gibson. (N. del T.)
53. *The Hollywood Reporter*, 30 de setiembre de 1994.
54. *Wall Street Journal*, 21 de marzo de 1994.
55. *Wired*, abril de 1994.
56. *Le Monde*, 25 de agosto de 1994.
57. *Wall Street Journal*, 21 de marzo de 1994.
58. *Rolling Stones*, 14 de junio de 1990.
59. Ese título honorífico también significa la posesión de *stock options* y un alto grado de libertad.
60. Esta actitud ha cambiado, y hoy Apple licencia su sistema operativo Mac OS a otras empresas, como el fabricante Power Computing. (N. del T.)
61. *The Red Herring*, julio de 1992.
62. Sobre todo Stefano Marzano y Michele de Lucchi, respectivos directores de diseño en Philips y Olivetti, cuyos trabajos expuso Libération el 10 de marzo de 1995.
63. *Fortune*, 11 de julio de 1994.
64. *Ibid.*
65. *Ibid.*, 17 de octubre de 1994.
66. *Wall Street Journal*, 14 de noviembre de 1994.
67. *Business Week*, 21 de noviembre de 1994.
68. CNET: Centre National d'Etudes des Télécommunications; CCETT: Centre Commun d'Etudes de Télédiffusion et Télécommunications (filial del CNET y de TDF).
69. Véase el *Cahier Multimédia* de Libération, 21 de abril de 1995.
70. *La Tribune Desfossés*, 19 de abril de 1995.
71. Léo Scheer, *La Démocratie virtuelle*, Flammarion, 1994.
72. Jean Baudrillard, *Le Crime parfait*, Galilée, 1995.
73. *Ibid.*
74. Sobre este punto, véanse los análisis de Léo Scheer, *op. cit.*
75. Véase Mitch Kapor, "The Jeffersonian Information Policy", *Wired*, abril de 1994.
76. Nicholas Negroponte, *op. cit.*
77. Léo Scheer, *op. cit.*
78. *Le Monde*, 23 de mayo de 1995.
79. Sven Birkerts, *The Gutenberg Elegies: The Fate of Reading in an Electronic Age*.
80. Clifford Stoll, *Silicon Snake Oil: Second Thoughts on the Information Highway*.
81. Jean Baudrillard, *op. cit.*
82. Joël de Rosnay, *L'homme symbiotique*.

GLOSARIO

3D: Describe imágenes fijas o animadas tridimensionales.

ADSL (Asymetric Digital Subscriber Loop): Red de registro digital asimétrico. Es el procedimiento que permite transmitir vídeo de calidad VHS en una red telefónica clásica a la velocidad de 2 MB por segundo.

Analógico: Tipo de codificación de datos que, a diferencia del código digital, establece una relación proporcional y continua entre la información inicial y su representación. La codificación analógica más difundida reproduce en forma eléctrica la oscilación producida naturalmente por una señal sonora o visual.

Ancho de banda: Gama de frecuencias que un instrumento puede producir o que un canal puede transmitir sin debilitamiento de la señal. El ancho de banda se expresa en megahertzios. Cuanto más elevada es la anchura de banda de una red, mayor es su aptitud para transmitir un rico caudal de información.

Aplicación: Programa de software dedicado a una actividad específica (gestión, juego, tratamiento de texto).

Arborescencia: Representación de la circulación en el interior de un programa. Oponemos un programa interactivo de arquitectura arborescente (CD-ROM) a un programa clásico de construcción lineal (película).

ATM (Asynchronous Transfer Mode): Costosa técnica de transferencia asincrónica de datos digitalizados. ATM permite una transmisión ultrarrápida de los datos por paquetes, y por ende una utilización óptima de la capacidad de las líneas.

Autopista de la información/infopista: Proyecto de unir en red la mayor cantidad posible de nodos informáticos y hogares, para una difusión personalizada e interactiva de aplicaciones multimedia de toda índole.

Banco de datos: Servicio telemático comercial accesible desde un ordenador personal, como America Online.

Baudio: Unidad de velocidad y modulación de una señal, la cual caracteriza los faxes y los módems.

BBS (Bulletin Board System): Servidor telemático local accesible por módem. Aunque en español se denomina "tablón de anuncios" o "cartelera electrónica", es frecuente el uso de la forma BBS. En francés se denomina *panneau d'affichage* o *babillard*.

Betamax: Formato de grabación y lectura de imágenes en casetes magnéticos de media pulgada, perfeccionado por Sony en 1975. A principios de los años 80 fue reemplazado por el formato VHS.

Bit: Abreviatura de BInary digiT. Unidad básica de información que puede tomar dos valores codificados, en general 0 ó 1. Sirve como unidad de medida de la capacidad de ciertos componentes de los ordenadores, aparatos electrónicos o soportes de almacenaje.

Bug: Error de programación en el software.

Byte: Unidad de medida de información que equivale a 8 bits.

Cable coaxial: Equipo de transmisión de datos audiovisuales que utiliza dos conductores metálicos concéntricos. El cable coaxial tiene mejor desempeño que los enlaces telefónicos de cobre, pero es inferior a la fibra óptica.

Cartucho: Soporte de memoria muy difundido en la comercialización de juegos de vídeo. Estos cartuchos suelen adaptarse a consolas específicas (Nintendo, Sega) que se conectan al televisor.

CD (Compact Disc): Disco óptico removible que se usa en distintos tipos de aplicaciones profesionales o de consumo. El primer modelo de CD –el disco compacto de audio– fue lanzado en 1982 para el gran público por sus inventores, Philips y Sony. Removible, barato, resistente y de acceso directo, el CD se impuso como soporte privilegiado de los programas multimedia.

CD-I (Compact Disc-Interactive): Disco compacto interactivo que puede contener imágenes fijas o animadas y sonido, así como programas informáticos. Philips procura hacer del CD-I, que se lee en una consola que se conecta al televisor, el formato privilegiado de la edición multimedia de consumo.

CD-ROM (Compact Disc-Read Only Memory): Extensión del CD de audio, del cual hereda sus características externas. Este disco compacto interactivo "de lectura solamente" puede contener datos de todo tipo y fue concebido para la informática: se puede consultar en un ordenador equipado con un lector (interno o externo) apropiado. Primero utilizado por los profesionales como memoria auxiliar del ordenador, el CD-ROM es hoy un soporte de edición de uso masivo.

Ciberespacio: Traducción de la palabra inglesa *cyberspace*, acuñada por el autor americano de ciencia ficción William Gibson en su novela *Neuromancer*. Por extensión, designa el espacio de interactividad entre diversos medios de comunicaciones (ordenador, teléfono, televisor inteligente). También puede aludir a una comunidad conectada por medios electrónicos y que experimenta con nuevas formas de organización social.

Cibernauta: Usuario del ciberespacio.

CISC (Complex Instruction Set Computing): *Véase* RISC.

Cliquear: Ejercer una presión sobre un aparato de captación y transmisión de órdenes (ratón, bola, telemando). El "cliqueo" de un icono es el modo en que el usuario transmite sus órdenes al ordenador (por ejemplo, para abrir o cerrar un archivo).

Compositing: Trucaje cinematográfico que permite componer una imagen ficticia mediante la superposición de elementos heterogéneos.

Compresión: Tratamiento de datos digitales que reduce su volumen. Como la información está digitalizada (convertida en series de bits), se puede comprimir para que ocupe menos lugar. Las técnicas de compresión implican una codificación por algoritmos matemáticos. La descompresión se efectúa por medio de fórmulas inversas. Estas técnicas han progresado tanto que actualmente podemos comprimir datos y restituirlos sin pérdida de calidad en una relación de 1 a 10.

Conmutación: Tránsito de una comunicación por una red de telecomunicaciones, desde la fuente emisora hasta el receptor. Las redes conmutadas también se llaman "punto a punto", porque cualquier punto puede transmitir datos hacia cualquier otro.

Conmutador: Sistema que realiza un enlace temporario entre dos puntos de una red de telecomunicaciones.

Consola: Equipo que, conectado a un televisor, permite la lectura de programas multimedia. Las consolas de juegos de vídeo se caracterizan por su potencia: 8, 16, 32 ó 64 bits.

Correo electrónico (e-mail): Mensaje que se intercambia entre dos ordenadores conectados por módem a una red de comunicaciones. Se puede tratar de una carta o de un archivo informático que contenga datos multimedia.

DATAR (Délégation à l'Aménagement du Territoire et à l'Action Régionale): Institución administrativa francesa encargada de la gestión del territorio y la acción regional.

DCC (Digital Compact Cassette): Nuevo formato de casete digital de audio grabable, lanzado con gran éxito por Philips en 1992.

Decodificador interactivo: Dotado de aptitudes informáticas, este decodificador digital permite al usuario transmitir órdenes a los servidores de una red de televisión interactiva.

Decodificador: Dispositivo que permite descifrar señales de televisión recibidas por vía satelital o por cable.

DECT (Digital European Cordless Communications): Nueva norma digital de telecomunicaciones inalámbricas elaborada por pautas europeas.

Digital: Que ha sufrido una codificación en una serie de "bits", es decir de 0 y 1. La digitalización de los datos —su traducción a lenguaje informático— permite su combinación y tratamiento, de ahí el surgimiento de los multimedia.

Disco rígido (Hard Disk, HD): Unidad de almacenaje permanente de alta capacidad de los ordenadores.

E-mail (Electronic-mail): Correo electrónico.

Efecto especial (special effect o f/x): Trucaje de posproducción cinematográfica que permite obtener efectos inexistentes en el momento de la captura de la imagen.

En línea (Online): Dícese de las redes o servicios accesibles por medio de un terminal (ordenador, agenda electrónica) equipado con módem.

Escáner (scanner): Equipo capaz de capturar un texto o una imagen fija y de digitalizar sus datos para transmitirlos a un ordenador. La lectura de textos se realiza mediante un proceso denominado OCR (Optical Character Recognition o "reconocimiento óptico de caracteres").

Estación de trabajo (workstation): Ordenador de gran potencia de cálculo utilizado por los profesionales, en contraste con los ordenadores personales de uso masivo. Las estaciones gráficas están dedicadas al trabajo gráfico.

FAQ (Frequently Asked Questions): Una lista que agrupa las preguntas más corrientes de los usuarios. Los que son nuevos en el uso de un servicio electrónico, trátese de Internet, un BBS o un sistema operativo, pueden acudir a un FAQ para despejar sus dudas.

Fax o telecopia: Transmisión de documentos de papel por la red telefónica entre terminales llamadas telecopiadoras, o más familiarmente fax (facsímil). Un fax/módem permite realizar la misma operación desde un ordenador.

FCC (Federal Communication Commission): Organismo estadounidense de regulación de las telecomunicaciones y los medios audiovisuales.

Fibra óptica: Fibra constituida por silicio o material plástico que se usa para la construcción de redes modernas de comunicaciones. Es más costosa y posee mayor capacidad que el cable coaxial, y permite la transmisión de gran cantidad de datos (multimedia) a la velocidad de la luz.

Giga: Mil millones. Un gigabyte (GB), por ejemplo, equivale a mil millones de bytes.

GSM (Global System for Mobile Communication): Norma europea para los sistemas de telefonía móvil digital, que armoniza las bandas de frecuencia para una veintena de países.

Hacker (pirata informático): Programador de alto nivel que invade ilegalmente los sistemas informáticos, electrónicos y de comunicaciones.

Hardware: Anglicismo que designa los materiales, aparatos y máquinas, en contraste con las aplicaciones y programas (software).

Hertz o hertzio: Unidad de frecuencia de un movimiento periódico, cantidad de ciclos por segundo.

Hertziano: Dícese de las transmisiones electromagnéticas sin soporte físico.

Hipertexto: Función que en un texto electrónico asocia ciertas palabras o grupos de palabras con complementos de información que están situados más allá del texto. A cada instante el usuario puede obtener complementos de información con sólo cliquear las palabras destacadas. Ello permite organizar diversos caminos lógicos en la información.

Icono: Representación gráfica en la cual se puede cliquear —en las interfaces gráficas— para seleccionar un archivo, abrirlo, ordenarlo, activar una función, etc.

Imagen sintética: Imagen creada por ordenador a partir de cálculos matemáticos que definen su estructura y su textura.

Infográfica: Conjunto de técnicas asociadas con la creación, el tratamiento y la utilización de imágenes digitales en el ordenador.

Infonauta: *Véase* Cibernauta.

Interactividad: Tipo de relación que hace que el comportamiento de un sistema modifique el comportamiento del otro. Por extensión, un equipo o programa se denomina interactivo cuando su usuario puede modificar su comportamiento o desarrollo. Así como los programas y juegos de vídeo son interactivos por definición, los programas audiovisuales y los filmes clásicos implican un comportamiento pasivo del usuario.

Interfaz (interface): La interfaz de utilización es la parte de una aplicación que está consagrada al diálogo con el usuario. Es la que gestiona la interactividad entre el hombre y la máquina.

Internet: Red mundial integrada por más de 30.000 subredes de todo tamaño interconectadas, que abarcarían unos 30 millones de usuarios. Se considera que Internet es la precursora de las autopistas de la información. Los ordenadores o servidores usan diversos formatos, según la tarea que realicen. La Internet está compuesta, pues, por diferentes áreas, las cuales incluyen World Wide Web (*véase*), FTP, Gopher y Usenet.

ISDN (Integrated Service Digital Network): Se trata de líneas de comunicaciones sofisticadas capaces de transportar imágenes, sonidos y datos informáticos. En Francia se llaman RNIS —*réseau numérique à intégration de services*— y aparecen en 1991 con el nombre Numéris; este tipo de red debería llegar con el tiempo al gran público. El ISDN de banda ancha proveerá la capacidad necesaria para datos multimedia.

Laserdisc: Disco de vídeo de formato grande que genera imágenes analógicas y un sonido digital de excelente calidad. Este formato, lanzado en 1990 por Philips, Sony y Matsushita, permite "leer" películas (gracias a una consola específica conectada al televisor). Pronto será reemplazado por el CD de doble densidad.

LBE (Local Based Entertainment): Alude a centros de diversiones que presentan atracciones de realidad virtual.

Mac (D2Mac, HDMac): Familia de nombres de codificación de imagen para televisión de alta definición (TVHD) europea. La televisión digital hoy parece más actualizada que la TVHD.

Mac OS: Sistema operativo utilizado por los ordenadores Macintosh de Apple.

Mega: Millón. Un megabyte (MB), por ejemplo, equivale a mil bytes, es decir un millón de bits.

Memoria: Dispositivo o soporte que permite conservar y recobrar información. Distinguimos entre la "memoria viva" o "volátil" —RAM o Random Access Memory, "memoria de acceso aleatorio"—, que permite leer y escribir datos indefinidamente, de las "memorias muertas" —ROM o Read Only Memory, "memoria de lectura solamente"—, que no es reescribible. Un ordenador se caracteriza por el tamaño de su memoria central (la memoria viva por donde transitan los datos antes de ser procesados) y el de su "memoria auxiliar", la perteneciente al disco rígido.

Micropastilla (chip): Término que designa los circuitos integrados (memorias, procesadores).

Microprocesador: Procesador cuyos elementos están miniaturizados en circuitos integrados. El procesador central de un ordenador es como el "motor" de la máquina, pues ejecuta las instrucciones de los programas cargados en la memoria central (RAM) y sobre todo los que constituyen el sistema operativo.

Mini Disc: Estándar de disco digital de audio de tamaño reducido (6,4 centímetros de diámetro), del cual existe una versión grabable. Lanzado sin gran éxito por Sony en 1992.

Minitel: Un prestigioso servicio de la empresa telefónica francesa France Télécom, que brinda gran variedad de prestaciones en línea, tanto para particulares como empresas. El idioma que se usa en la mayoría de estas prestaciones es el francés. El Minitel es el terminal que la empresa distribuye para acceso a los servicios, pero también se pueden usar ordenadores personales para emular sus menús y teclas de función. Hay 6.500.000 terminales Minitel y 600.000 ordenadores con software de emulación.

MIT (Massachusetts Institute of Technology): Prestigioso centro de estudios e investigación técnica de Cambridge, cerca de Boston (Massachusetts, Estados Unidos).

Módem: La palabra inglesa *modem* es la abreviatura de MOdulator-DEModulator ("modulador-desmodulador"). Esta cajita permite conectar un ordenador con una red de transmisión telefónica (o de cable). Permite a los ordenadores comunicarse entre sí por correo electrónico, y tener acceso a servicios en línea. Su desempeño depende de su velocidad de modulación: 2.400, 9.600, 14.400 ó 28.800 baudios.

Morphing: Procedimiento de trucaje de imágenes cinematográficas que permite transformar gradualmente un objeto o un personaje en otro.

MPEG (Moving Picture Expert Group): Grupo internacional de expertos que dieron su nombre a las normas de transmisión de imágenes animadas. MPEG representa una reducción del tamaño del archivo gráfico de 100 a 200 veces. MPEG2 representa una reducción de los archivos en una relación de 1/15 a 1/40, es decir una imagen de mejor calidad. JPEG es la norma equivalente para las imágenes fijas.

MUD (Multi User Dungeon o Multi User Domain): Un espacio virtual donde los participantes crean identidades simuladas para conversar con la identidad simulada de otras personas en un entorno simulado.

Multimedia: Técnica de comunicación que tiende a reunir en un solo soporte un conjunto de medios digitalizados —texto, gráficos, foto, vídeo, sonido y datos informáticos— para difundirlos simultáneamente y de manera interactiva. Su desarrollo es posible gracias a la digitalización, que induce una convergencia entre informática, electrónica de consumo y telecomunicaciones.

Net: Abreviatura de Internet.

Operador de cable: Operador de redes de televisión por cable que difunden programas audiovisuales.

OS/2 Warp: Sistema operativo de IBM, para sus ordenadores y compatibles.

Pager: Pequeño receptor que permite recibir mensajes radiodigitales (por ejemplo, la cajita del servicio Alphapage de France Télécom o el tam-tam de TDR).

Página principal (Home Page): En el WWW, primera página a la que se llega al visitar un nodo o sitio por primera vez.

Pantalla táctil: Dispositivo que incluye botones de control en pantalla. Al apoyar los dedos en una zona, el usuario provoca una acción determinada.

PCS (Personal Communication Services): Servicios que permiten la transmisión de datos y llamadas persona a persona, sin importar el lugar, el terminal, los medios de transmisión (inalámbricos o alámbricos) ni la técnica utilizada.

Photo-CD: Línea de discos compactos que contienen fotos y en ocasiones sonido, lanzada por Kodak en 1992.

Radiomensajería: Envío de mensajes (número telefónico para enviar textos breves) por ondas radiales en una caja electrónica de tamaño reducido.

Ratón (mouse): Equipo periférico del ordenador que permite interactuar con la máquina. El ratón comprende una esfera que permite situar el cursor en la pantalla, y uno o más botones sobre los cuales uno "cliquea" para provocar una acción.

Realidad virtual (Virtual Reality, VR): Tecnología que sumerge al usuario en un universo sintético o "virtual" de tres dimensiones. El visitante puede moverse en ese mundo y manipular objetos por medio de un equipo más o menos sofisticado según la interfaz (casco de visualización, guantes táctiles, combinación, pero también sencillos ratones, teclado o palanca de mando específica).

RISC (Reduced Instruction Set Computing): Los microprocesadores llamados de "juego de instrucciones reducido" son procesadores cuyo lenguaje de máquina comprende pocas instrucciones, lo cual permite al ordenador aumentar considerablemente su velocidad de ejecución. Se los contrapone a las arquitecturas clásicas, con un juego de instrucciones complejo (CISC, Complex Instruction Set Computing).

Satélite de comunicaciones: Aparato situado en órbita terrestre que gestiona las telecomunicaciones y la teledifusión.

Servicio universal: Obligación contraída por los operadores telefónicos de brindar un servicio básico, incluyendo a los usuarios a los que no llegarían si se limitaran a criterios de rentabilidad comercial.

Servidor (server): Ordenador potente que, en una red, recibe las órdenes de los ordenadores "clientes" y las procesa. En un servicio en línea, los periódicos electrónicos están almacenados en servidores.

Sistema operativo: El sistema operativo es un conjunto de elementos de software que se comporta como el "sistema nervioso" de un ordenador. Es la clave orquestal que hace funcionar las diversas aplicaciones sacando el mayor partido posible del "motor" de la máquina (o microprocesador central).

Software: Conjunto de los datos y creaciones intelectuales que no se asocian con lo "material". En informática, los programas, aplicaciones, procedimientos y protocolos dependen del software.

Software: Programas, aplicaciones. Por extensión, todo lo que es "contenido" (texto, imágenes, sonido) en contraste con lo material (hardware).

Telecomunicaciones móviles: Designa la telefonía inalámbrica (el teléfono de bolsillo tipo Bi-Bop, como el teléfono celular de estándar GSM), y los servicios de radiomensajería.

Telemática: Tratamiento automático de la información a distancia. La palabra *télématique* es muy utilizada en Francia por los servicios de red Minitel, que sólo permiten una telemática de consulta, en contraste con la "telemática de tratamiento" de los servicios en línea accesibles por ordenador.

Teleordenador: Palabra-valija que designa el terminal híbrido (mitad televisor, mitad ordenador) con el cual el usuario podrá en el futuro aprovechar los servicios de la televisión digital interactiva.

Televisión digital: Transmisión televisiva donde las señales se tratan en forma digital de un extremo al otro de la cadena de la imagen.

Televisión interactiva: Transmisión televisiva donde el usuario tiene una posibilidad de acción sobre el programa que mira. Los principales servicios de televisión interactiva son el vídeo personalizado, la telecompra, los juegos, la teleenseñanza.

Terminal interactivo: Sistema autónomo de lectura multimedia utilizado como herramienta de comunicación de cara al público. Estos terminales de información suelen estar dotados de una pantalla táctil.

TVHD (télévisión à haute définition): Transmisión televisiva con calidad de imagen y sonido muy mejorada. La televisión digital parece haber llegado al mercado antes que la TVHD (la digitalización es más empleada para multiplicar la cantidad de programas que para mejorar la resolución de la imagen).

VHS (Video Home System): Formato de registro de vídeo en banda magnética, lanzado por JVC y Matsushita en 1976. Prevaleció sobre el formato Betamax de Sony. Todos los grabadores y reproductores de vídeo de uso masivo hoy utilizan este formato.

Videoconferencia: Conversación entre dos o más interlocutores que pueden hablarse, verse y compartir documentos de trabajo gracias a ordenadores multimedia que se comunican por red de banda ancha.

Videófono: Teléfono equipado con pantalla que permite ver al interlocutor mientras se habla, si él posee un equipo similar.

Virus: Programa informático parásito capaz de alterar —en ocasiones de manera irreversible— el funcionamiento de otros programas. Los virus se transmiten por lectura de "volúmenes" (disquetes, CD, etcétera) contaminados y por comunicación en línea.

Visiopass: Tipo de decodificador desarrollado por France Télécom.

Web browser: Un browser (también llamado "ojeador" o "navegador") es un programa que permite ver las páginas Web, tales como Mosaic, Netscape Navigator e Internet Explorer.

Sitio (nodo, site): En el WWW, colección de páginas con un único tema. El usuario se desplaza entre las páginas usando los enlaces proporcionados.

Windows: Software de interfaz gráfica desarrollado por Microsoft para completar el sistema operativo MS-DOS, propio del mundo de los PC (ordenadores IBM y compatibles). La nueva versión, Windows 95, lanzada en agosto de 1995, integra muchas funciones de comunicación (Microsoft Network, Internet Explorer).

World Wide Web (Web o WWW): Subred multimedia extremadamente popular de Internet, que se explora de manera muy amigable gracias a sus enlaces (links) de hipertexto. La cantidad de servidores conectados con el Web se duplica cada cincuenta y siete días.

Worm ("gusano"): Tipo específico de virus informático.

BIBLIOGRAFIA

Autores varios, *Le Travail au XXIe. siècle: mutations de l'économie et de la société à l'ère des autoroutes de l'information*, Dunod, 1995.

Autores varios, "Le multimédia: pour quoi faire?", en *Médias Pouvoirs*, Nº 37, primer trimestre de 1995.

Jean BAUDRILLARD, *Le Crime parfait*, Galilée, 1995.

Sven BIRKERTS, *The Gutenberg Elegies: The Fate of Reading in an Electronic Age*, Faber and Faber, 1994.

Philippe BLASCO y Daniel LOUBET, *Décryptons le télétravail*, Les Editions d'Organisation, 1995.

Albert BRESSAN y Catherine DISTLER, *La Planète relationnelle*, Flammarion, 1995.

Philippe BRETON, *L'utopie de la communication*, La Découverte, 1995.

Thierry BRETON, *Les Téléservices en France: quels marchés pour les autoroutes de l'information?*, La Documentation française, 1994.

Grigore BURDEA y Philippe COIFFET, *La Réalité virtuelle*, Hermès, 1993.

Philippe COIFFET, *Mondes imaginaires*, Hermès, 1995.

George GILDER, *Life After Television*, Discovery, 1994.

Erik HOLSINGER, *Le Multimédia... Comment ça marche?*, Dunod, 1994.

Peter HUBER, *Orwell's Revenge: The 1984 Palimpsest*, Free Press, 1994.

Christian HUITEMA, *Et Dieu créa l'Internet*, Eyrolles, 1995.

Daniel ICHBIAH, Arnaud de LA POMMERAYE y Stéphane LARCHER, *Planète Multimédia: Regardez vous y êtes déjà!*, Dunod, 1994.

Renaud de LA BAUME y Jean-Jérôme BERTOLUS, *Les Nouveaux Maîtres du monde*, Belfond, 1995.

Marshall McLUHAN y Quentin FIORE, *The Medium is the Message* and *War and Peace in the Global Village*, Touchstone, 1989.

Dominique MONET, *Le Multimédia*, Dominos/Flammarion, 1995.

Fred MOODY, *I Sing the Body Electronic: A Year with Microsoft on the Multimedia Frontier*, Viking, 1995.

Nicholas NEGROPONTE, *Being Digital*, Alfred A. Knopf, Inc., 1995.

Simon NORA y Alain MINC, *L'informatisation de la société*, La Documentation française, 1978.

Jacques NOTAISE, Jean BARDA y Olivier DUSANTER, *Dictionnaire du multimédia*, AFNOR, 1995.

Don PEPPERS y Martha ROGERS, *The One to One future: Building Relationship one Customer at a Time*, Doubleday, 1993.

Neil POSTMAN, *Amusing Ourselves to Death: Public Discourse in the Age of Show Business*, Penguin Books, 1986.

Howard RHEINGOLD, *Virtual Communities*, HarperCollins, 1993.

Howard RHEINGOLD, *Virtual Reality: The Revolutionary Technology of Computer-Generated Artificial Worlds – and How It Promises to Transform Society*, Touchstone, 1991.

Joël de ROSNAY, *L'homme symbiotique. Regard sur le troisième millénaire*, Seuil, 1995.

Anita ROZENHOLC, Bruno FANTON, Alain VEYRET, *Télé-travail, télé-économie: une chance pour l'emploi et l'attractivité des territoires*, DATAR colección IDATE, 1995.

Douglas RUSHKOFF, *Cyberia: Life in the Trenches of Hyperspace*, Harper San Francisco, 1994.

Victor SANDOVAL, *Les Autoroutes de l'information*, Hermès, 1995.

Léo SCHEER, *La Démocratie virtuelle*, Flammarion, 1994.

David SHEFF, *Génération Nintendo*, Addison-Wesley Francia, 1994.

Rapport de la commission présidée par Pierre SIRINELLI au ministre de la Culture et de la Francophonie: "Industries culturelles et nouvelles techniques", La Documentation française, 1994.

Michelle SLATALLA y Joshua QUITTNER, *Masters of Deception: The Gang that Ruled Cyberspace,* Harper Collins, 1995.

Bruce STERLING, *The Hacker Crackdown: Law and Disorder on the Electronic Frontier,* Bantam, 1993.

Clifford STOLL, *Silicon Snake Oil: Second Thoughts on the Information Highway,* Doubleday, 1995.

Gérard THERY, *Les Autoroutes de l'information,* La Documentation française, 1994.

Georges ZENATTI, *CD-ROM et Vidéo-CD,* Hermès, 1995.

SITIOS DE INTERES EN INTERNET

El lector que disponga de acceso al WWW y un programa de navegación –como Mosaic, Netscape Navigator o Internet Explorer– encontrará en la siguiente lista un buen complemento de la bibliografía presentada en la sección anterior. Todos estos sitios, por su parte, servirán como punto de partida para obtener información sobre temas emparentados.

La revista *Wired*, polo de atracción para el interesado en las ciberculturas, dispone además de un sistema de pedido por correo electrónico que brinda acceso gratuito a gran parte de sus notas, muchas de ellas citadas en este libro. Hay más información en la página Web de *Wired*, incluida en esta lista.

- **Glosario Internet (polilingüe)**
  "NETGLOS"
  http://wwli.com/translation/netglos/netglos.html

- **Glosario de telecomunicaciones (polilingüe)**
  "TERMITE"
  gopher://sajo.itu.ch/11/.1/Termite

- **Glosario hacker**
  "Hacker Jargon"
  http://www.ccil.org/jargon/jargon.html

- **Minitel**
  "Information on the French Minitel"
  http://www.ensmp.fr/~scherer/minitel/

- **Revista *Wired***
  "Wired Magazine"
  http://www.hotwired.com/wired/

- **Jean Baudrillard, entrevista**
  Cybersphère 9 : Philosophie
  http://www.quelm.fr/CSphere/N9/philo.html

- **Sven Birkerts, *The Gutenberg Elegies*, fragmentos selectos**
  "Sven Birkerts: The Gutenberg Elegies"
  http://www.obseuropa.de/obs/english/books/nn/bdbirk.htm

- **Sven Birkerts, comentario**
  "Book review: The Gutenberg Elegies by Sven Birkerts"
  http://ccat.sas.upenn.edu/jod/texts/birkerts.review.html

- **Sven Birkerts, entrevista**
  "Roundtable Interview - Sven Birkerts"
  http://www.irsociety.com/birkerts.html

- **William Gibson, *The Hacker Crackdown*, versión digital completa**
  "The Hacker Crackdown - Table of Contents"
  http://ftp.germany.eu.net/books/crackdown/crack_toc.html

- **George Gilder, textos y referencias**
  "The Official Gilder Web Site"
  http://www.discovery.org/ggindex.html

- **Jaron Lanier, textos y referencias**
  "Jaron Lanier Home Page"
  http://www.well.com/user/jaron/index.html

- **Lynch y Rose, *Internet System Handbook*, descripción del libro**
  "AW * Lynch/Rose * Internet System Handbook"
  http://heg-school.aw.com/cseng/authors/lynch/internet/internet.html

- **Nicholas Negroponte, *Being Digital*, índice y capítulos selectos**
  "Being Digital by Nicholas Negroponte, Contents"
  http://www.obs-europa.de/obs/english/books/nn/bdcont.htm

- **Howard Rheingold, *Virtual Communities* versión electrónica completa, más otros links**
  "Howard Rheingold The virtual community"
  http://www.cms.dmu.ac.uk/~cph/vc.html

- **Roger C. Schank**
  "Roger C. Schank" http://web.eecs.nwu.edu/faculty/schank.shtml

- **Roger C. Schank, entrevista**
  "BLINK interview: Dr. Roger Schank"
  http://www.acns.nwu.edu/blink/issue1/schank.interview.html

INDICE ONOMASTICO

Adler, Dan: 205
Alper, Martin: 164
Andreessen, Marc: 98, 99, 100, 103
Arakawa, Minoru: 196
Araki, John: 235, 236, 237, 238
Arganbright, David: 303, 304, 305
Artzt, Edwin: 126
Atkinson, Bill: 262, 263, 264, 265, 266, 267, 268, 270.

Backes, Mike: 202
Balladur, Edouard: 289, 290, 291
Bangeman, Martin: 288
Barlow, John Perry: 65
Barton, James: 152, 153
Baudrillard, Jean: 320, 331
Becker, William: 30
Benveniste, François: 61
Berg, Jeff: 201
Berners-Lee, Tim: 99
Billaut, Jean-Michel: 327
Birkerts, Sven: 330
Birrel, Bill: 225, 226
Bishop, David: 213
Blanchard, Chuck: 246
Block, Bill: 199
Bohringer, Richard: 221
Bouygues, Martin: 291

Brand, Stuart: 65
Brownstein, David: 203
Bryson, Steve: 246

Cameron, James: 218, 223
Canter, Laurence: 73
Canter & Siegel: 80
Carrey, Jim: 220, 224
Case, Steve: 87, 88, 89, 91, 92, 93, 94
Castelli, Leo: 29
Cerf, Kahn: 76
Cerf, Vinton (llamado "Vint"): 74, 75, 76, 77, 78, 81, 84, 87, 100
Chaum, David: 105, 106
Chesler, Jay: 245
Chiddix, James: 154
Chirac, Jacques: 292
Clarck, Jim: 96, 97, 98, 100, 101, 103, 108, 133
Cleary, Bill: 118, 119, 120
Clinton, Bill: 66, 77
Cobb, Ron: 203
Cohen, Elie: 289, 296
Colby, William: 36
Cole Ford, Alan: 213, 227
Colletti, Todd: 184
Cormier, Ernie: 305
Crane, Larry: 129, 130, 137, 138

Crenscenzo, Phil: 222
Cubbage, Scott: 235, 238

Dauzier, Pierre: 313
Davidson, Bob: 42, 43, 45
Davidson, Janice (llamado "Jan"):
 42, 43, 44, 45, 46
Delors, Jacques: 286
Devine, Graeme: 161, 162, 163,
 164, 166, 168, 169, 199
Diller: 22
Dhéry, Max: 301
Disney, Tim: 239
Duizabo, Olivier: 50
Duncan, Richard: 57, 58, 59
Dunley, Tim: 187

Edelson, John: 183
Eisner, Michael: 22, 206
Ellis, Quinn: 141
Elmer-De Witt, Philip: 57
Eugene, Warren: 135
Exon, James: 328

Fancher, Bruce: 67
Fassberg, Matthew: 203
Ferguson, Niels: 107
Fidler, Roger: 62
Fillmore, Laura: 80
Fillon, François: 292
Fisher, George: 265
Flichy, Philippe: 279, 280, 281,
 282, 283
Friedman, Denis: 184, 186

Galvin, Robert: 265
Gates, Bill: 78, 104, 134, 137, 140,
 141, 142, 285, 286

Geffen, David: 41, 203
Gentry, Jeff: 115
Getlan, Michael: 241
Gibson, William: 20, 211
Gilder, George: 132, 133
Gleason, Donald: 106
Gleick, James: 67
Goldfinger, Charles: 327
Gordon, Bing: 185, 186
Gore, Al: 17, 77, 287, 288, 321,
 325
Grant, Larry: 80
Gray, Steve: 194
Green, Cordell: 245
Greenberg, Richard: 229
Greenberg, Robert: 128, 229, 230
Greene, Harold: 145
Gross, Bill: 39, 40, 41, 51
Gross, Larry: 39, 40
Grove, Andrew: 133, 277
Guber, Peter: 226, 227
Guiot, Alain: 307
Guiraudios, Jean: 299
Gulbrandsen, Arnt: 74

Hanks, Tom: 219
Harrison, George: 195, 197
Harvill, Young: 246
Hawkins, Trip: 181, 182, 183
Hector, Roger: 188
Heffner, Chris: 71
Heilig, Mort: 243, 246
Henrot, François: 293
Herbulot, Rémi: 169
Heron, Jeannine: 50
Hertzfeld, Andy: 263, 264, 265,
 266, 267, 268, 269, 270
Hoff, Ted: 210, 212
Horn, Stacy: 63, 65, 66, 67, 68, 83,
 91
Hundt, Reed: 273

INDICE ONOMASTICO

Ingle, Robert: 54, 55
Inman, Dean: 250, 251
Isgur, Lee: 214

Jacobson, Robert: 254
Jennewein, Chris: 52, 53, 54, 55, 59
Jobs, Steve: 261, 265
July, Serge: 29
Juppé, Alain: 292, 293

Kahn, Robert: 75
Kalinske, Tom: 182, 186, 189, 213
Kaplan, Ken: 129, 130, 137, 138, 139, 140, 142
Kapor, Mitch: 65, 322
Karlsten, John: 277
Katz, Jon: 56, 57, 61
Katzenberg, Jeffrey: 41, 203
Kavner, Robert: 207
Kinney, Dave: 235, 237, 238
Kohl, Helmut: 290
Kohn, Daniel: 104
Kolb, Jack: 71, 72
Kolling, Karen: 70
Koontz, Paul : 102, 103, 104
Kroupa, Patrick: 67
Kursh, Matt: 109
Kurtz, Keith: 326
Kvamme, Mark: 118, 119, 121, 123

Lagardère, Arnaud: 302, 303, 305, 306, 307
Lagardère, Jean-Luc: 302
Landeros, Rob: 161, 162, 163, 164, 165, 166, 167, 169, 199
Lanier, Jaron: 242, 243, 244, 245, 246, 247, 248, 249

Larue, Jean-Claude: 301
Lasserre, Bruno: 291, 292
Le Diberder, Alain: 309
Le Lay, Patrick: 314
Lefranc, Jean-Martial: 169
Leonsis, Ted: 126
Lescure, Pierre: 309
Levin, Gerald: 134, 147
Lincoln, Howard: 182, 191, 193, 194, 195
Lisimachio, Jean-Louis: 306
Longuet, Gérard: 295
Lucas, George: 41, 203, 215, 216, 223, 225, 240
Lux, Eric: 179, 180, 212
Lynch, Daniel: 76

Main, Peter: 193, 194, 196, 197
Malone, John: 22, 115, 133, 134, 142, 148, 208
Mancuso, Frank: 212
Mandel, Tom: 57
Martin, James: 249
Maxey, Jim: 71
McCaw, Craig: 272
McCann, Carey: 114
McCormick, Richard: 144, 147, 157
McCracken, Ed: 97, 153, 154, 192, 322
McKeever, Michael: 144, 148
McLuhan, Marshall: 133
Messier, Jean-Marie: 294
Metcalfe, Jane: 64
Miller, Avram: 275, 276
Miller, Herb: 130, 138
Miller, Rand: 169
Miller, Rich : 266
Miller, Robyn: 169
Minsky, Marvin: 245
Mital, Gérard: 310

Mitchell, Bill: 54
Mitnick, Kevin: 83, 84
Morita, Akio: 176
Moss, Jeff: 82
Murdoch, Rupert: 22, 207, 309 314

Nahon, George: 298
Nakayama, Hayao: 189
Negroponte, Nicholas: 20, 21, 133, 279, 317, 323
Nicholson, Jack: 220, 222, 224
Nisenholtz, Martin: 127
Noble, Leslie: 111
Norstad, John: 84, 85, 86, 87

Ohga, Norio: 176, 265
Olafsson, Olaf: 175, 176, 177, 178, 183, 184, 185
Orr, Joel: 253, 254
Ovitz, Michael: 205, 206, 207

Pack, Ellen: 67
Pardun, Thomas (llamado "Tom"): 144, 146, 147, 148, 207
Paretti, Giancarlo: 206
Paul, Skip: 210
Payne, Steve: 190
Peloux, Cyrille du: 314
Peppers, Don: 113, 123, 124, 125
Perot, Ross: 326
Perro, David: 151
Peters, Jon: 227
Picinelli, Margaret: 158
Pierrot, Alain: 305
Pioch, Nicholas: 298
Porat, Marc: 257, 258, 260, 261, 262, 263, 264, 265, 266, 267, 268, 269, 270
Prestat, Alain: 311

Quilès, Paul: 295

Race, Steve: 175, 184, 211
Redstone, Sumner: 22, 134
Reitman, Ivan: 214
Rheingold, Howard: 64, 65
Rhine, Nancy: 67
Rickard, Wendy: 279
Riess, Tom: 249, 250
Roach, Greg: 202
Rogers, Martha: 113, 123, 124, 125
Rose, Marshall: 76
Rosen, David: 188
Rosnay, Joël de: 332
Ross, Steve: 211
Rossetto, Louis: 64
Rouet, Christian: 215, 217, 219, 220, 221, 222
Roulet, Marcel: 290, 293
Rousselet, André: 308, 313
Rozenholc, Anita: 278, 283, 284, 285
Runtagh, Hellene: 276
Rutkowski, Tony: 76, 79, 84
Ryan, Bob: 54

Saffo, Paul: 277
Saint-Girons, Régis: 312
Santer, Jacques: 288
Scarborough, Elizabeth: 29, 30, 31, 32
Schank, Roger: 46, 47, 48, 49, 50
Scheer, Léo: 390
Schneider, Laura: 71, 72
Schulhof, Michael (llamado "Mickey"): 175, 178, 265
Sculley, John: 262, 264, 269
Seabrook, John: 68
Shimomura, Tsutomu: 84, 388

Siegel, Martha: 73
Siino, Rosanne: 101
Smith, Ray: 134, 142, 143, 148
Sorenson, Jack: 184, 204
Spiegelman, Art: 29
Spielberg, Steven: 41, 201, 204, 211, 216, 223, 227
Spong, Chuck: 110, 112
Stanford, Steve: 199
Stein, Aleen: 27, 30, 35, 305
Stein, Robert (llamado "Bob"): 27, 28, 30, 33, 35, 305
Stein III, Robert: 167
Stewart, Jim: 236
Stoll, Clifford: 390
Stringer, Howard: 207
Suiter, Tom: 118
Sutherland, Ivan: 243, 246

Tessier, Marc: 309, 311, 315
Theriot, Peter: 61
Théry, Gérard: 289, 290, 292
Tompane, Rick: 181
Touraine, Agnès: 302
Turell, Jonathan: 30
Turner, Ted: 135

Ulrich, Philippe: 169

Van Damme, Jean-Claude: 214
Villanueva, Jean: 88
Visot, Betty: 324

Walden, Steve: 89
Weghorst, Suzanne: 250
Weissman, Terry: 150
White, Jim: 267
Willer, David: 166, 167, 168
Winter, Robert: 28

Yamauchi, Hiroshi: 195, 241
Yokota, James: 167, 168, 169
Yunich, Peter: 33, 34. 37

Zachary, George: 192
Zelnick, Strauss: 202
Zimmerman, Tom: 246
Zimmermann, Phil: 108
Zito, Tom: 209, 212

AGRADECIMIENTOS

Demasiadas personas me han ayudado, aconsejado y alentado en mi trabajo; demasiadas como para saludarlas individualmente. No obstante, debo agradecer especialmente a: Léone, Sylvie y Krystelle, sin las cuales Lola habría quedado huérfana de madre; Simon, sin el cual este libro no sería lo que es; Agnès y Ken, Claudine y Jean-Maurice, así como Florence, sin cuya hospitalidad y amistad a menudo me habría sentido sola. Olivia Lecasble, Eve-Lise Blanc Deleuze, Denis Roger-Vasselin, Bernard Cottin y Marie Blanchard por su preciosa ayuda; Christine Mital y el conjunto del servicio económico del *Nouvel Observateur* por su angelical paciencia; John Borthwick, David Braunschvig, Pierre Briançon y Frédéric Fillioux por su amigable aliento.

También agradezco calurosamente a: Olaf Olafsson, Steve Race y Denis Friedman de Sony/Psygnosis; Perrine Kaplan, Howard Lincoln y Peter Main de Nintendo; Lynn Brinton y Tom Kalinske de Sega; Arnaud Lagardère; Jean Louis Gergorin y David Arganbright de Matra Hachette; Delphine Reyre y Alain Prestat de Thomson Multimedia; Marcel Roulet, Bruno Janet y Gérard Merveil de France Télécom; Christiane Schwartz del CCETT; Jean-Marie Messier, Jacques Hayward y Etienne Mallet de la Compagnie Générale des Eaux; Marc Tessier; Cyrille du Peloux, Pierre Bouriez y François de Coustin de la Lyonnaise des Eaux; Olivier Duizabo y George Nahon de Microsoft; Jane Anderson y Marc Porat de General Magic; Christian Rouet de Industrial Light & Magic; Vinton Cerf y Tony Rutkowski de Internet Society; Tom Kalil de la Maison-Blanche; Steve Rattner de Lazard Frères; Nicholas Negroponte del Media Lab; Jaron

Lanier; Marie Gunter, Ed MacCracken y todos mis interlocutores de Silicon Graphics; Pam McGraw y Steve Case de America Online; Rosanne Siino de Netscape Communications; Andrew Messing, James Stewart y John Araki de Fightertown; Alan Cole-Ford de la MGM; Michael McKeever de Lehman Brothers; Lois Leach y Tom Pardun de US West; Casimir Skrypcsaz de Nynex; John Raftrey, Ronald Whittier y Avram Miller de Intel; Jane Lefevre y Rob Landeros de Trylobite; Camela Boswell y Jack Sorenson de Lucas Arts; Bing Gordon y Luc Bartholet de Electronic Arts; Alexandre Balkanski de C-Cube Microsystems y Pierre Lamond de Sequoia Capital; Bill Cleary y Mark Kvamme de CKS; Lynda Duttenhaver y Jan Davidson de Davidson & Associates; Steve Reynolds de Link Ressources; Tom Mandel de SRI International; Jean-Michel Billaut de la Compagnie Bancaire; Norbert Paquel de Canope; Bertrand de La Chapelle de Virtools y muchos otros, por haber creído en este proyecto y haberme facilitado la tarea con su profesionalismo y su atención.

Por último, mi afecto y reconocimiento a mis editores de Calmann-Lévy, por una confianza jamás desmentida.